MANESSE BIBLIOTHEK DER WELTLITERATUR

STRATIS MYRIVILIS
—

DIE MADONNA
MIT DEM FISCHLEIB

Roman

Übersetzung aus dem Neugriechischen
und Nachwort von
Helmut von den Steinen

MANESSE VERLAG
ZÜRICH

CIP-Kurztitelaufnahme der Deutschen Bibliothek

Myribēlēs, Stratēs:
Die Madonna mit dem Fischleib: Roman / Stratis Myrivilis
Aus d. Neugriech. übers. von Helmut von den Steinen
4. Aufl., 17.–19. Tsd.
Zürich: Manesse Verlag, 1984
(Manesse Bibliothek der Weltliteratur)
Einheitssacht.: Hē panagia hē gorgona ⟨dt.⟩
ISBN 3-7175-1304-4 Gewebe
ISBN 3-7175-1305-2 Ldr.

Copyright © 1955 by Manesse Verlag, Zürich
Alle Rechte vorbehalten

I

Hoch über dem Fischerhafen, dem Westwind entgegenblickend, steht auf einem mächtigen Felsenhang die Kapelle der Madonna mit dem Fischleib. Den wuchtigen Hügel davor nennen die Bauern «die Klippenbank der Allheiligen». Der Felsen wurzelt in dem flachen Grunde und erhebt seinen Kamm aus dem Wasser wie ein wildes Tier, das zur Hälfte aus dem Meere auftauchte und dann zu Stein wurde. Die Menschen verlängerten den Felsenvorsprung durch einen künstlichen Wall und stellten so ganz einfach die Mole her, die den Hafen gegen die von Anatolien heranziehenden Stürme verteidigt. Wenn die Sonne sinkt, so verdichten sich die Schatten im Wasser, und die Klippenbank schimmert rosenfarben. In der Nacht ragt ihre Masse düster und hoch über die Meeresfläche und den ebenen Strand. Dann steht sie wie ein Flurwächter da und bewacht die wenigen Häuser und kleinen Läden des Ankerplatzes. Fischer, die hier übernachten, steigen auf den Felsen und zünden in seinen kleinen Höhlen Feuer an, an denen sie ihre Fischsuppe kochen. Ihre

Schatten huschen dann über die Kalkwände der Kapelle. Diese ist keines der kleinen Meisterwerke, wie sie die Baukunst der Byzantiner in ganz Griechenland schuf; erst vor siebzig oder achtzig Jahren wurde sie von frommen Matrosen und Maurern mit viel Ehrfurcht und wenig Kunstfertigkeit rechteckig und festgefügt auf der Höhe des Felsens erbaut.

Die Leute waren zum Bau einer Seifenfabrik auf der Nordseite der Insel angeworben. Als sie auf ihrem Zweimaster an dem Kap vorbeisegelten, brach ein wilder Sturm aus. Ihr Schiff war in Gefahr, zu kentern, als sie plötzlich die Klippenbank der Allheiligen vor sich sahen. «Rette uns», gelobte ihr Anführer, «und wir werden dir eine Kapelle bauen!» – Sogleich legte sich der Sturm, und das Schiff fuhr in den kleinen Hafen ein. Sie legten an und erfüllten das Gelübde.

Die Kapelle hat eine Glocke, die in einem eisernen Gestell befestigt ist. Aus schlichtem Eisen ist auch das Doppelkreuz oben auf dem Dache. Vor der Kapelle steht ein Fahnenmast, dessen Holz während des Balkankrieges nach der Seeschlacht bei Helle angeschwemmt wurde. Die Bauern holten den Stamm ans Land, und als der griechische Kreuzer «Averoff» die Insel befreite, richteten sie ihn bei der Kapelle auf und hißten eine große blau-weiße Fahne, die jeden Sonntag fröhlich im Winde flatterte und von allen stolz angesehen wurde.

Dann kamen aber die schweren Kriegsjahre. Die Winde zerfetzten die Fahne allmählich, die Not lähmte die Begeisterung der Menschen, und niemand hatte Lust, eine neue Fahne zu besorgen. Auch der hohe Mast wurde allmählich von der Sonne ausgedörrt und vom Winde krummgebeugt.

In den Jahren vor den Kriegen brannte im Innern der Kapelle, vor der hölzernen Bilderwand, stets ein silbernes Lämpchen. Sein Licht drang jede Nacht wachsam durch das hellblaue Glas des runden Fensters unter dem Dache. Es war das sanfte Auge des kleinen Gotteshauses. Sorglich beobachtete es im Dunkel, wie die Wellen sich glätteten, wie die Hütten und Barken schliefen und wie der weit hingebreitete Olivenhain flimmerte, unter den unzähligen Sternen mit vielen geheimnisvollen Stimmen flüsternd.

Dies geschah, solange Käpten Lias in der Kapelle wohnte. Weil er dort ganz allein hauste, wie ein Derwisch in seinem Gehäuse, hatte man ihm den Spitznamen «Dede» gegeben. Er sorgte dafür, daß der Bodenbelag aus maltesischen Steinen, die Gläser und die Messinggeräte immer blank geputzt waren und daß es der Lampe weder an Öl fehlte, noch an einem frischen Docht.

Sein Lager da drinnen war ein alter Pelz aus Schafwolle, den er im Winter auch untertags am Leibe trug. Im Sommer und an warmen Wintertagen lag er, wenn er keine Arbeit hatte, ausgestreckt auf der Felsenhöhe und sonnte sich. Er rekelte sich wohlig auf dem Rücken, hatte sein Gesicht der Sonne zugewandt, rauchte aus einer Pfeife aus schwarzem Korallenkalk und grübelte. In den Sommernächten ließ er seine Beine über den steilen Abhang baumeln und starrte stundenlang in die Sterne. Dabei klapperten die kirschroten Knochenperlen des Rosenkranzes, den er in Händen hielt.

Aus seinem ganzen Benehmen schlossen die Bauern, Dede müsse früher Kapitän gewesen sein, einer jener vielgeprüften Männer, die das Meer wahllos dahin und dorthin schleuderte, gleich jenen glatten Stämmen, die der Sturm aus den Gebirgen Kleinasiens niederriß und an die Insel herantrieb.

Als sich nach dem Krieg vom Jahre 1912/13 das Gerücht verbreitete, die Türken würden alle Christen aus Anatolien vertreiben, sprach er zu den verängstigten Bauern: «Habt keine Furcht! Wir haben nirgends eine dauernde Stätte. Daher müssen wir zu jeder Stunde unser Bündel für die Abfahrt geschnürt halten und ein Messer bereit haben, um das Ankerseil rasch durchzuschneiden.»

Und so geschah es dann auch mit ihm. Als die Stunde seiner Abfahrt gekommen war, nahm er den Ranzen mit seinen Geräten auf den Rücken, schnitt ruhigen Herzens sein Ankerseil durch und verschwand. Aber sein Name blieb erhalten, und auch ein seltsames Bild, das er auf die Wand der Kapelle gemalt hatte. Dort steht es noch heute, obwohl verwischt von den Winden und verwittert vom Meeressalz. Es stellt eine Allheilige dar, die sonderbarste in Griechenland und in der ganzen Christenheit.

Ihr Kopf ist so, wie wir ihn von den alten Wandbildern her kennen: ein dunkles Antlitz mit feinen Zügen und träumerischem Ausdruck. Ein rundes Kinn, mandelförmige Augen und ein kleiner Mund. Das rote Tuch ihres Gewandes ist über die Stirne gezogen. Das Haupt ist, wie alle Ikonen, mit einem gelben Heiligenschein umgeben. Ihre Augen sind grün und unnatürlich groß. Von der Mitte des Körpers nach unten hat sie einen Fischleib mit hellblauen Schuppen. In der einen Hand hält sie ein Schiff, in der anderen einen Dreizack, der an den des Poseidon gemahnt.

Als die Fischer und Bauern dieses Bild zum erstenmal sahen, standen sie staunend davor, doch keineswegs befremdet. Die Frauen, die ihre Andacht in der Kapelle hielten, beteten vor dem Bild und spendeten ihm Weihrauch wie allen Ikonen.

Man nannte die Gestalt «die Madonna mit dem Fischleib» oder «Allheilige Seejungfrau». Von der Zeit an nahmen auch die Kapelle und der Hafen diesen Namen an.

Die Einheimischen und auch die durchreisenden Seeleute betrachteten die «Allheilige Seejungfrau» als ein ganz natürliches Wesen. Sie hatte schon früher in ihrem Geiste gelebt und war aus ihm emporgetaucht, als Käpten Lias sie gestaltete. Sie kannten sie schon, ehe noch ihr Bild an der Wand erschien.

*

Hoch auf dem Bergesgrat liegt das Dorf Murja. Die weißgetünchten Häuser drängen sich in ungeordneten Haufen zwischen den Oliven- und Mandelbäumen zusammen, als hätte hier eine Lämmerherde erschrocken Schutz gesucht. Von dort in den Hafen hinabzusteigen ist nicht schwierig: Man braucht dazu nur eine Stunde; aber um den steilen Maultierpfad hinaufzuklimmen, ist die dreifache Zeit nötig. Neben jeder Quelle, die man beim Aufstieg antrifft, haben die Bauern eine Ruhebank aus rotem Stein errichtet. Hier halten die Wanderer an und schöpfen Atem ... Unten im Hafen bleiben zur Nacht nur die Fischer, die in ihren Booten schlafen, und ein paar Geschäftsleute, die dort Kaffeeküchen und Werkstätten haben. Die kommen nur an den Festtagen ins Dorf.

Beim Landungsplatz ist die Fabrik: eine große Ölmühle mit vier Pressen. Während der Olivenernte herrscht hier großes Leben. Die Sammlerinnen verteilen sich in Gruppen in den Hainen. Sie tragen bunte weite Hosen und gestickte Tücher, schwingen in den Händen aus Schilf geflochtene Körbe und klirren mit ihren Armbändern aus rotem und blauem Glas. Alle Wege sind voll von jungen Arbeitern.

Den ganzen Winter, solange die Arbeit an den Oliven dauert, werden die Bauern durch die Dampfpfeife der Ölmühle geweckt. Sie heult durch die dunkle Nacht; ihre Stimme steigt an den Klippen und Schluchten empor ins Dorf und bringt es auf die Beine. Sogleich hört man das Klappern der Nagelschuhe der Menschen und der Hufe der Maultiere. Türen drehen sich kreischend in den Angeln und fallen dann krachend zu. Mädchen machen sich schwatzend und lachend auf den Weg. Die Olivenschüttler mit ihren langen Stangen auf dem Rücken singen Liebeslieder, die sie nur dann und wann unterbrechen, um, ebenfalls in singendem Ton, ihre Maultiere anzutreiben.

Das ist die große Olivenzeit!

Auf sie warten die achtundneunzig Dörfer der Insel das ganze Jahr. An den zarten Zweigen des Ölbaums hängt die Waage ihres Schicksals.

Die Fischer drunten haben ein kärglicheres, aber gesicherteres Leben; denn das Meer trägt stets seine Früchte und kennt keinen anderen Pflug als den Kiel der Schiffe. Freilich werden im Winter die Fluten stürmischer; aber dann zieht man die Boote ans Land und legt sie an geschützter Stelle auf dicke Bretter. Hier ruhen sie, bis das Wasser wieder friedlicher wird. Der Nordwind packt diesen Hafen gerne an, und die Fischersleute haben viel unter ihm zu leiden. Aber solange die Welt steht, bietet die Klippenbank der Allheiligen dem Angriff der Wogen Trotz. Sie ist übersät von alten Wunden und Narben. Ihre steinerne Fläche wurde von der Flut reingewaschen, und die Gewalt des Wassers bildete auf ihrem Rücken Mulden.

In den Nächten ist der Dämon des Sturmes oft völlig entfesselt. Er pfeift durch alle Ritzen, zwischen den Masten und in den Kaminen. Er schwingt sich auch auf das Eisengestell, das die Glocke der Allheiligen hält, hängt sich an den Klöppel und beginnt wie toll zu läuten.

Unten die Fischer hören das wilde Geläute, und oben auf dem Berge hören es die Bauern von Murja. Die Fischer strecken vorsichtig ihre Köpfe aus den Decken hervor und fangen an zu fluchen. Die Bauernfrauen erheben sich leise vom Lager, hüllen sich fest ein, streuen der Ikone Weihrauch und bekreuzen sich dazu. «Die Madonna mit dem Fischleib möge die Menschen beschützen!»

Das gleiche sagen sie auch für die am Meere befindlichen Boote und für die Schiffe auf fernen Reisen. Sie beten ein Vaterunser für die unbekannten Seeleute, die in dieser furchtbaren Stunde auf dem offenen Meere sind, über dem finsteren Abgrund des salzigen Wassers, den Händen Gottes und des Schicksals überlassen.

Wenn sich dann, nach langem Sturmestoben, der Himmel wieder erhellt, strahlt die Sonne Gottes wie ein Wunder aufs neue über die Klippenbank, und Friede träufelt aus den Olivenbäumen. Heiter reckt sich der Felsen im goldenen Licht ...

Und wenn die Fischer vom Fange heimgekehrt sind, steigen sie zur Allheiligen empor und spannen an den Mauern der Kapelle ihre feuchten Netze aus. Sie befestigen sie an den kreuzweise aufgestellten Rudern, am Fahnenmast und am eisernen Glockengestell. Im Winde schwellen die Netze wie Gewänder. Manchmal sind es so viele, daß sie die ganze Kapelle umhüllen. Keine andere Allheilige in der Christenheit trägt jemals solche Gewänder wie die Allheilige Seejungfrau.

2

Bis zu dem Zusammenbruch in Anatolien war Käpten Lias der einzige Landfremde unter den wenigen Bewohnern des Hafenplatzes gewesen. Die Menschen, die jetzt mit ihren Barken den Strand füllen und dort ein ganz neues Dorf, «Murja-Hafen», geschaffen haben, kamen alle vom gegenüberliegenden Festland herüber, als das große Unglück geschah.

Ein Vorhang aus Feuer und Rauch senkte sich herab, alles verhüllend und erstickend. Das glückliche Land gegenüber, mit seinen Bergen und Strömen, ging verloren: die Städte mit den heiteren Straßen, die Kirchen mit den weißen Glockentürmen gingen verloren: die fruchtbaren Felder gingen verloren und die stattlichen Rinder, die bei Sonnenuntergang mit den großen Kupferglocken am Hals heimkehrten. Auch die freundlich gesonnenen Menschen mit den hellen Gesichtern und den weiten Gewändern gingen verloren. Es war, als ob die Erde sich aufgetan und alles verschlungen hätte.

Seit jenem Tage nannten die Leute von Murja und die Fischer des Hafenplatzes das nahe Anatolien nicht mehr «drüben». Jetzt sprachen sie von ihm, wie es auch die Zeitungen taten, als vom «Ausland». Und wenn sie nicht ihr Leben aufs Spiel setzen wollten, so konnten sie sich nicht mehr dem geliebten Festland nähern, das nur einen Flintenschuß von ihrer Insel entfernt lag.

Die Fischer und Seeleute, die in jenem Lande wohnten, hatten an einem bitterbösen Tage aufbrechen und zu der Insel kommen müssen. Barfuß, abgerissen und elend kamen sie an. Ihre schwarzen Hosen hielt ein Wollgürtel fest. Auf dem Kopf trugen sie schwere spitze Hüte aus zerschlissenem Samt. In ihren angstvollen Augen war der rote Widerschein eines gewaltigen Brandes zu sehen. Über ihre Lippen kamen Zornesrufe und leidenschaftliche Klagen.

Es war ein regnerischer Nachmittag. Die Wellen rollten träge, ohne aufzuschäumen. Plötzlich tauchten die Boote aus dem Nebel auf. Das Meer war ganz erfüllt von dem Schwarm der kleinen Schiffe, die qualvoll auf den hohen Wogen schaukelten und sich allmählich an den Hafen herandrängten.

Zum Teil waren es Fischerboote, zum Teil alte Barken, die sich mit Rudern und Segeln mühsam vorwärtsarbeiteten. Als Segel dienten Decken und Frauenröcke. Auf der Mole hatten sich alle Bewohner des Hafens und eine Menge Bauern versammelt. Sie spähten aufs Meer hinaus und warteten auf den Augenblick, in dem sie die Schiffe ans Land ziehen und den Fremden an die Hand gehen konnten. Ein dumpfes Murmeln durchwogte die harrende Menge:

«Die Flüchtlinge! ... Die Flüchtlinge!»

Das Wort kreiste von Mund zu Mund. Jeder sagte es dem andern, um es selber zu hören.

Der Schwarm der Boote kam immer näher. Viele Menschen schienen in sie hineingepreßt zu sein. Um so unheimlicher war die Stille, die in ihnen herrschte.

Eines nach dem anderen fuhr in den Hafen ein. Die Segel schwankten. Seile wurden ausgeworfen, und die Inselbewohner banden die Boote, von denen manche von Geschossen durchlöchert waren, an den Seiten der Mole fest.

Die Flüchtlinge stiegen aus: Männer, Frauen, Kinder im Durcheinander. Ihre Gesichter waren schmutzig, grünlich fahl. Die Zähne bissen sie fest zusammen. Sie blickten um sich mit von Schlaflosigkeit geröteten und geschwollenen Augen. Einige von ihnen waren verwundet. Auch einige Tote hatten sie bei sich. Unter den Leichen, die sie heraushoben, war auch die einer jungen Frau. Ihre Wangen waren zerfleischt, ein weißes Tuch hielt ihre Kinnbacken zusammen, und ihre Augen starrten weit offen in den Himmel. Tiefschwarze Augen ...

Eine Greisin kniete, sogleich nachdem sie die Mole betreten hatte, zum Gebet nieder. Sie streichelte den Boden mit ihren welken Händen, küßte die Erde und weinte mit krächzenden Lauten wie ein wilder Vogel. Da begannen viele der Umstehenden mit ihr zu weinen.

Das Schweigen war gebrochen. Bald war der kleine Platz mit Stimmenlärm und Bewegungen erfüllt. Mit ihrem Wunsch, den Flüchtlingen zu helfen, waren die Einheimischen aufgeregter und verängstigter als jene. Sie brachten sie in alten Häusern und Kaufläden des Hafens unter, und auch in nahen Feldhütten. Einige wurden auch in den Speichern der Fabrik, in denen die Bauern ihre Oliven einzulagern pflegten, untergebracht. Man stärkte sie mit Speisen, Schnaps und Kaffee.

Auch der Arzt Platanas war mit seiner Arzneitasche aus dem Dorf herabgestiegen. Er war klein, breitschultrig und rothaarig. Mit aufgeblasenen Backen schnaufte er und rief in einem fort: «He, he, he!», während er mit seinen dicken, behaarten Händen Gaze wickelte und Wunden verband.

«He, he, he!»

Die Toten trug man zur Beerdigung hinauf zum Friedhof von Murja. Das ganze Dorf gab ihnen weinend das Geleite.

Alle bemühten sich, den vom Schicksal Niedergetretenen irgendeinen Trost zu spenden und ihre vergrämten Seelen aufzurichten. Die Frauen des Dorfes, die ihre Söhne oder Männer im Krieg verloren hatten, erlebten ihre eigene Trauer aufs neue. Sie stellten sich an die Gräber ihrer Lieben und stimmten laut die Totenklage um jene an, die als unbegrabene Opfer Anatolien treu geblieben waren.

3

Dann richteten sich die Flüchtlinge im Hafen von Murja ein und wurden von Tag zu Tag mit der Landschaft, den Dingen und den Menschen vertrauter.

Anfangs war jeder ganz in sich verschlossen, wie ein gehetztes Wild, das in einem Loch Unterschlupf gefunden hat und nun den Kopf vorsichtig herausstreckt und die Außenwelt argwöhnisch mustert. In ihren wilden, düsteren Augen brannten Trotz und Mißtrauen. Ihre Blicke waren schräge, ihr Kopf geneigt, ihre Rede leise. Wenn man sie etwas fragte, so gaben sie kaum eine richtige Antwort; sie maßen den Fragenden vom Kopf bis zu den

Füßen und erwiderten nichts, oder logen mit kindischer Gewissenlosigkeit.

Da prahlten die Frauen auf einmal mit den prächtigen Häusern, die sie hatten verlassen müssen. Sie erzählten von ihren wunderbaren Gärten und Olivenhainen und schwatzten von ihren großen Landgütern und ihrem üppigen, herrschaftlichen Leben. Und dabei hielten sie die eingesunkenen Augen fest nach dem fernen Anatolien gerichtet: «Ach, was haben wir alles im Stich gelassen! ...»

Die Einheimischen hörten den törichten Schwindeleien geduldig zu. Sie schüttelten die Köpfe und sahen schweigend vor sich hin. Sie wußten, daß drüben alle Vermögenderen verbrannt oder niedergemetzelt worden waren. Die Flüchtlinge hier waren nur die ärmste Schicht. Ein Haufe armseliger Fischer, die von der Hand in den Mund lebten. Einige hatten sich auch als Schmuggler oder Dynamitfischer durchgebracht, ständig von der türkischen See- und Zollpolizei verfolgt und umhergejagt.

*

Allmählich begannen die neuen Bewohner des Hafens einzusehen, daß das Schicksal sie, die für den Abgrund bestimmt schienen, noch recht sanft gebettet hatte. Die Umgebung der Insel war ein vorzügliches, seit vielen Jahren unausgebeutetes Fischgebiet. Die Leute von Murja, die vor dem Kriege alles hatten, was sie brauchten, hatten sich nicht sehr um die Fischerei gekümmert, die schwere Mühsal brachte und harte Ausdauer erforderte. Also rafften sich die Flüchtlinge, nachdem sie wieder Kräfte gesammelt hatten, auf, schnürten die Gürtel fester und stürzten sich in die Arbeit.

Sie überholten und verpichten die Boote. Im Hafen ging es sehr geschäftig zu. Überall roch es nach heißem Teer und Ölfarbe. Am Felsenhang hallten die Schläge der Holzhämmer und Keulen wider, mit denen man die Kiefernsamen zerstampfte, die man zum Färben der Netze benötigte.

Sie warfen sich vor allem auf die Netzfischerei, gingen aber auch mit Angel und Köder auf Fang aus und machten mit Speeren Jagd auf Polypen.

Der Hafen der Allheiligen, der jetzt auch wieder immer häufiger von vorbeifahrenden Segelschiffen besucht wurde, hallte von Stimmen und Lärm. Die Ufer wurden immer dichter mit Netzen umspannt. Und wenn die Nacht hereinbrach, dann flammten auf der Klippenbank die Feuer unter den Kesseln der Flüchtlinge auf.

Die Regierung sandte Unterstützung, und auch die Einheimischen hatten sich freiwillig eine Abgabe auf ihre Einkünfte aus dem Olivenöl auferlegt, mit der sie den Flüchtlingen in ihrer großen Not zu Hilfe kamen.

Der Fischbezirk der Allheiligen war in der Tat der rechte Zufluchtsort für diese Hungerleider! In kurzer Zeit fühlten sie wieder festen Boden unter sich. Der harte Kampf um den Lebensunterhalt, den sie führen mußten, rüttelte sie auf. Ihre Art war zäh und lebensfreudig. Sie fischten, fluchten, tranken Schnaps, tanzten unter den Weinranken der Kaffeeschenken und setzten ein Kind nach dem anderen in die Welt.

Die Frauen waren nicht schön und überdies noch entstellt durch ihr schweres Schicksal. Sie waren klein, hatten volle Brüste und dichte Brauen. Fast alle hatten aber die herrlichen braunen Augen ihres Stammes, die von Klugheit und Leidenschaft funkelten. Kaum hatten sie sich halbwegs in ihrem Obdach eingerichtet, als sie sich schon daran machten, zu heiraten und zu gebären. Bald sah man, wenn man in den Hafen kam, keine Flüchtlingsfrau mehr ohne ein Kind auf dem Arm und ein zweites unter dem Herzen. Nach wenigen Jahren war der Hauptplatz am Hafen und der ganze Strand mit Kinderlärm erfüllt. Das Klima war gesund, die Erde fruchtbar, und zeugungskräftig war auch die in der Not erprobte Rasse.

4

Eines Tages erschien, vom Bischof der Hauptstadt der Insel ausgesandt, eine Kommission im Hafen zur Untersuchung der Wohnverhältnisse. Sie stellte die starke Vermehrung der Bevölkerung fest und die Not und Enge in den verfallenden Häusern, in denen die Familien zusammengepfercht wohnen mußten, alt und jung, Männlein und Weiblein, in der Nacht reihenweise nebeneinanderliegend.

Als die Kommission die Fischer versammelte und ihnen mitteilte, die Regierung plane, Häuser für sie zu bauen, die ihr Eigentum sein sollten, fand diese Kunde keine freundliche Aufnahme. Die Fischer machten saure und mißtrauische Gesichter. Es gab in den Kaffeehäusern aufgeregte Diskussionen. Was sollte denn dies bedeuten? Aus heiterem Himmel wollte man ihnen, den barfüßigen Habenichtsen, ein ganzes Haus schenken, als wäre es eine Schachtel Zigaretten? Was steckte hinter dieser plötzlichen Gunstbezeigung? Was wollte man später dafür zurückbekommen?

«Nichts», sagte die Kommission, «wir wollen nur, daß ihr ein Dach über dem Kopf habt und keine Not leidet.»

«Also geschenkt! Wen wollen sie denn dumm machen?»

«Politik!» sagten die Schlaueren und kratzten sich dabei hinter den Ohren. «Politik! In Athen wollen sie, daß wir hier festkleben, damit sie unsern Besitz in Anatolien an die Türken verschachern können! Wir müssen aufpassen!»

Der alte Schulmeister Avgustis reizte sie mit wilden Redensarten auf. Sie lauschten ihm leidenschaftlich. Er war belesen, und er war einer der Ihren. Der Widerstand gegen den Bau der Siedlung wurde immer stärker. Die Kommission wurde der Sache überdrüssig und schickte sich an, den ganzen Plan aufzugeben und die Fischer dem Erbarmen Gottes zu überlassen. Nur der Bischof wollte seine Absicht, den trotzköpfigen Seevagabunden menschenwürdige Behausungen zu schaffen, nicht aufgeben. Er berief sie zu sich, redete mit ihnen in ihrer eigenen Sprache und bewies ihnen, wie dumm sie seien und wie sehr sie gegen ihre eigenen Interessen verstießen.

Ein harter Winter brach an und kam dem Bischof zu Hilfe. In den Häuserruinen und Speicherräumen herrschte eine furchtbare Kälte. Mehrere Kinder starben an Lungenentzündung. Schließlich brachte der Bischof die Fischer dazu, sich zu einer Baugenossenschaft zusammenzuschließen und einen Vorsitzenden zu wählen. Nach endlosem Toben und Zanken erhielt Varuchos dieses Amt.

Der war unter ihnen der Maßvollste und Vernünftigste. Überdies stand er auch zum Bischof in einer Art Gevatterschaft, worauf vor allem seine Frau Nerantzi sehr stolz war. Diese Beziehung, die ihm ein gewisses Ansehen gab, war allerdings ziemlich weit hergeholt: Der Vater des Bischofs hatte Nerantzi aus der Taufe gehoben. Varuchos wurde aber durch die Reden seiner Frau so in seinem Selbstbewußtsein gestärkt, daß er sich den andern gegenüber in einer Art benahm, die der hohen geistlichen Verwandtschaft entsprach.

Nerantzi war nicht wie die anderen Fischersfrauen. Sie war die einzige unter ihnen, die ihrem Mann nicht bedingungslos gehorchte. Ihr Verstand war viel schärfer als der seinige. Sie beherrschte das Haus und bestimmte in jeder Beziehung die Ansichten ihres Mannes, der ihren Worten andächtig lauschte und ihren Verstand grenzenlos bewunderte. Und wenn Varuchos bei allen Respekt genoß, so hatte er das zum großen Teil der vernünftigen Lenkung seiner Frau zu verdanken.

*

Die meisten Fischer waren der Baugenossenschaft beigetreten. Ihre Versammlungen hielten sie vor dem «Café zum Maulbeerbaum» ab, das Fortis gehörte. Dort breitete ein riesiger wilder Maulbeerbaum seine Äste aus. Er gab keine Frucht, spendete aber weit in die Runde dichten Schatten. Jedes Frühjahr setzte er nach allen Richtungen neue Zweige an.

In seinem Laube sammelten sich in der Dämmerung eine Menge Vögel. Sie zwitscherten laut, und Fortis war stolz auf sie. Aber die Fischer nahmen Ärgernis an ihnen; denn sie beschmutzten die Kaffeetassen und auch ihre Mützen. Aber Fortis wollte sie nicht vertreiben; denn er lebte mit ihnen zusammen. Im Sommer stieg er mittags und abends auf einer hölzernen Leiter zur Krone des Baumes empor und schlief dort in einer Art Kämmerlein, das er sich aus Planken zurechtgemacht hatte. Abends zog er die Leiter zu sich herauf, um vor jeder Belästigung geschützt zu sein.

Als seine Frau noch lebte, pflegte auch sie ihm des Abends in seine luftige Höhe zu folgen. Als Fortis eines Tages in fröhlicher Laune sein Bübchen Lambis auf den Armen schaukelte, zeigte er mit dem Finger auf das hölzerne Storchennest auf dem Hause und sagte: «Siehst du, von dort oben bist auch du in diese Welt gekommen. Wie die Vögel des Himmels.»

Die Frau sah ihn streng an; dann senkte sie errötend den Kopf.

Jetzt ist sie schon lange tot. Sie starb bei ihrer zweiten Geburt und hinterließ ihm Lambis als einziges Kind.

5

Es gab noch ein paar andere Schenken am Hafen; aber alle bessergestellten Männer nahmen ihren Kaffee bei Fortis. An den großen Nägeln, die Fortis übereinander in den Stamm des Baumes eingeschlagen hatte, hingen sie in Reihen die frischen Fische auf, die sie unten einkauften und die sie am Abend ins Dorf hinauf mitbrachten.

Sie zogen Fortis vor, weil die Kreide, mit der er

an der Türe die Schulden der Gäste notierte, niemals mehr anschrieb, als die Rechnung wirklich ausmachte. Auch enthielt sein Kaffee kein Körnchen Gerste. Und wenn er seinen Schnaps bereitete, so preßte er die Trester immer besonders gründlich aus. Außerdem lauschten sie alle mit Vorliebe den würzigen Schnurren, die trotz ihres Alters ihre Frische bewahrten und von denen er einen unerschöpflichen Vorrat besaß.

Fortis hatte reiche Lebenserfahrung. In seinen Reiseabenteuern, von denen er unermüdlich erzählte, spielte Amerika eine große Rolle. Es schwindelte den Menschen, wenn sie seine wunderbaren Geschichten mitanhörten. Schließlich fragten sie sich, ob das alles wohl wahr sei oder ob er hineinmischte, was seine eigene Phantasie ihm eingab und was er an «Seltsamen Nachrichten aus aller Welt» in den merkwürdigen Zeitschriften fand, die ihm jeden Monat in dicken Bündeln aus New York zugesandt wurden.

Tatsächlich hatte Fortis den Atlantischen Ozean vier- oder fünfmal in beiden Richtungen überquert, und das flößte den Seeleuten Respekt ein. Sechs Jahre hatte er in den Fabriken von Ford – er sprach es «Fortis» aus – gearbeitet, und er führte diesen Namen so oft im Munde, daß er schließlich für immer an ihm selbst haftenblieb.

In jenen sechs Jahren hatte er nie etwas anderes getan, als vor einem langen Tisch zu stehen und mit einem Hammer auf die Köpfe der Schrauben zu schlagen, die auf einem Fließband nacheinander an ihm vorbeiliefen. Bis eines Tages eine Schraube absprang und ihn am Auge verwundete. Man schaffte ihn ins Fabriklazarett, verband seine Wunde, drückte ihm fünfhundert Dollar für das beschädigte Auge in die Hand und entließ ihn.

Er nahm das Geld, hob von der Bank seine Ersparnisse ab, setzte sich zwei große runde Brillengläser in amerikanischer Goldfassung vor die Augen und kehrte in die Heimat zurück, um dort in Ruhe die Früchte seiner Mühen zu genießen. Er baute sich ein Haus, richtete die Kaffeeschenke ein, bearbeitete ein Stückchen Land und heiratete ein hübsches Bauernmädchen. Aber es war ihm vom Schicksal nicht bestimmt, sich ihrer lange zu erfreuen.

Jahrelang hatte er den Bauern von den Wundern Amerikas erzählt, und jetzt wiederholte er seine Geschichten vor den Flüchtlingen, die in seiner Schenke zusammenkamen, um über die Häuserangelegenheit zu beraten. So war es auch diesmal. Und als einige Unglauben und Spott zeigten, lächelte er dazu nachsichtig. Dann holte er ein großes hellblaues Taschentuch hervor, wischte langsam und würdevoll seine Brille und stand auf, um Ramona und Garbo, die beiden Ziegen, zu empfangen, die sein Gehilfe Alekos Tsalekos gerade von der Weide zurückbrachte.

Tsalekos war ein Palikare, etwa zweiundzwanzig Jahre alt, groß und sehr kräftig. Er hatte eine tiefe Stimme, die wie eine Glocke dröhnte. Deshalb wurde er auch im Dorf und im Hafen als Ausrufer verwendet. Er war ein Waisenkind und stand, seit sein Vater am Schnaps zugrunde gegangen war, ganz allein auf der Welt. Fortis hatte ihn für alle Arbeiten zu sich genommen. Er erntete die Oliven, grub den Acker um, hütete die Ziegen, und wenn er dann noch Zeit hatte, spielte er im Café den Kellner.

Seine Jugend erstickte ihn förmlich, seine Kraft schien ihn zu zersprengen. Und oft machte er sich Luft mit dem Schrei: «Oooh, Tsalekos fliegt in der Luft!»

Die Leute hörten diesen Schrei, wenn er nachts aufstand, um die Tiere zu tränken, oder zur Mittagsstunde, wenn sein zottiger Kopf in Brand geriet.

Man hielt ihn allgemein für einen gutherzigen Tölpel und lachte über den Schrei. Er selbst lachte mit den anderen und nahm nie etwas übel.

Jetzt grüßte Tsalekos mit einem lauten «Guten Abend!» und nahm eine große Last üppiger Pappel- und Terebinthenzweige vom Rücken. Dann ging er ins Haus, um die Wasser- und Schnapsgläser zu waschen, während Fortis zärtlich mit den Ziegen plauderte und sie dabei melkte.

6

Die Fischer nahmen ihr Gespräch über die Häuser wieder auf. Varuchos gab sich als Vorsitzender alle Mühe, ihre törichten Einwände zu entkräften.

Da trat ein kleines Mädchen ein, ging zu Varuchos und sagte, verlegen zur Erde blickend: «Muhme Nerantzi sagt, du sollst schnell kommen. Das Kind, sagt sie, brennt vor Hitze.»

Varuchos sprang auf.

«Sina?» fragte er.

Das Mädchen nickte.

«Es wird von unreifen Früchten sein. Das hat nichts zu bedeuten!» meinte Fortis, während er das Ziegeneuter drückte. «Ich werde ihr ein Glas frische Milch schicken, damit es vorbeigeht.»

Varuchos zahlte und ging. Lathios aus Aivali, der am Nebentisch saß, sah ihm nach und sagte kopfschüttelnd: «So geht es denen, die nur ein Kind haben. Immer Angst und Aufregung. Ein Kind, kein Kind!»

Panajis Lathios war der Geeignetste, über diese Frage zu urteilen. Er war ein langer, magerer Kerl, der erfolgreichste Angler unter den Fischern. Jedes Jahr setzte er ein Kind in die Welt.

Seine Frau war ein kleines, hageres Geschöpf. Wenn sie mit zwei Krügen in die Hüften gestemmt zum Dorfbrunnen ging, konnte man sie überhaupt nicht wahrnehmen, so winzig war sie, so ganz ohne Fleisch.

Und dennoch brachte sie jedes Jahr ein Kind hervor, manchmal sogar zwei zugleich, ohne daß man vorher eine Schwellung ihres Leibes bemerkt hatte. Auch ihre älteste Tochter, die sie schon mit fünfzehn Jahren verheiratet hatte, zeigte die gleiche Fruchtbarkeit.

Mutter und Tochter gebaren Seite an Seite in dem alten Hause, das ihnen der «Siedlungsdienst» zugewiesen hatte. In dem gleichen Hause wohnte auch Varuchos. Ein großer, zerschlissener Teppich, der von der Decke bis zum Fußboden niederhing, trennte die Familien.

Bei Lathios versammelte sich des Nachts seine ganze Sippe: seine Frau Marija, ihre vier Kinder und die drei Enkelkinder, die oft miteinander verwechselt wurden. Bei ihnen lebte auch noch Muhme Permachula, die Mutter Marijas, eine magere Greisin, die trotz ihrer ungezählten Jahre kräftig und biegsam war wie ein junges Mädchen. Ihre einzige Beschäftigung war, hinter der Kinderschar herzulaufen.

*

Im gleichen Hause mit dieser Kinderschar wuchs auch Sinovia auf, das einzige Kind von Varuchos und Nerantzi. Sie wurde verzärtelt und verwöhnt, ganz im Gegensatz zu den anderen Fischerkindern.

Sie war sehr spät zur Welt gekommen, zu einer Zeit, in der ihre Eltern kein Kind mehr erwarteten. Ihr wandten die beiden ihre ganze Liebe zu.

Varuchos fand sie jetzt in ihrem mit trockenem Tang ausgestopften Bettchen liegen, vor Fieber glühend. Nerantzi saß neben ihrem Kissen und hielt eine Tasse mit verdünntem Rosenessig in Händen. Sie wechselte die feuchten Tücher auf der Stirne und über den Händchen. Die schwarzen Äuglein des Kindes brannten trüb und düster.

«Nun, was hat unser Dämchen? Warum habt ihr mich aufgeschreckt?»

Varuchos fragte es lächelnd. Seine Frau blickte ihn sorgenvoll an. Sie gab keine Antwort. Er beugte sich vor und legte seine Hand auf die kleine Stirn. Erschrocken zog er sie zurück.

Die Frau und die Tochter von Lathios warteten in einer Ecke, ob man für sie einen Auftrag hätte.

Varuchos sah sie angstvoll an.

«Was hat sie?» fragte er.

«Ich weiß es nicht. Große, große Hitze», sagte Marija.

Der Fischer blickte nacheinander auf die drei Frauen; dann sah er verwirrt auf das Kind, dessen zarte Brust sich hastig hob und senkte. Dann eilte er, von jäher Angst ergriffen, hinaus.

Auf der Straße stieß er mit Tsalekos zusammen, der eine Tasse frischer Milch brachte.

«Geh hinauf!» sagte er zu ihm, «und bringe sofort

den Arzt aus dem Dorf! Siehst du das hier? Ich habe
ausgespuckt. Ehe mein Speichel trocken ist, mußt
du mit dem Arzt wieder hier unten sein. Renne!
Ich werde deinem Herrn sagen, daß ich dich geschickt habe.»

*

Als Tsalekos nach Murja hinaufkam, fand er Platanas beim Bewässern seines Gemüsegartens. Als er
hörte, daß man im Hafen nach ihm verlangte, zog
er ein schiefes Gesicht und sagte hastig: «Es ist
nichts. Eine Birne wird ihr im Magen liegengeblie-
ben sein. Lauf in die Apotheke und hole eine Portion Rizinusöl für sie!»

Dann wollte er seine Gartenarbeit fortsetzen.

Tsalekos bestand aber auf seiner Forderung. Es
sei notwendig, daß er hinunterkäme. Es sei doch
das Töchterchen von Varuchos, und der lasse ihn
sehr bitten, zu kommen.

Der Arzt blickte verzweifelt auf die halbbegos-
senen Furchen und brüllte dann: «Nun, so komme
ich!»

Die Sonne war schon im Sinken, als sie ankamen.
Varuchos saß bei Fortis und wartete mit Schmerzen
auf den Arzt.

Als sie ins Haus kamen, fanden sie die Mutter
noch in der gleichen Stellung wie vorher. Marija
und ihre Tochter wuschen einige Tücher und Laken in einem Holzfaß. Das Kind litt sehr und wim-

merte und phantasierte. Sein Atem war kurz und pfeifend. Manchmal öffnete es für einen Augenblick die Augen und sah sich um, ohne jemanden zu erkennen.

Platanas setzte sich auf einen Schemel, den ihm die Frauen zuschoben, und steckte dem Kind das Thermometer ein. Nachdem er die Temperatur abgelesen hatte, sah er sich in dem Zimmer um und entdeckte das Faß mit den Tüchern.

«Macht das leer!» verordnete er. «Stellt schnell Wasser aufs Feuer und bereitet ihr ein Bad!»

Die Frauen rannten nach allen Seiten, während der Arzt das Kind aufdeckte und abklopfte. Varuchos hörte die Kleine mit schwacher Stimme wimmern. Sein Herz bebte, ohne daß er wußte, warum. Er bemühte sich, in dem runden Gesicht des Arztes sein Urteil zu lesen. Zögernd fragte er: «Was hat sie?»

«Das ist ganz klar. Es ist ein Lungenschlag!» sagte der Arzt, wie zu sich selbst. Dann stand er auf, schloß seine Tasche und machte sich zum Fortgehen bereit.

«Geh nicht fort, Doktor!» sagte Nerantzi und richtete flehend ihre großen Augen auf ihn, die vor Erregung brannten. «Du bist jetzt unser Trost. Ich Unglückliche weiß nicht, was ich tun soll, wenn etwas geschieht.»

Er lächelte sie teilnahmsvoll an: «Es wird nichts geschehen. Seid unbesorgt. Ihr werdet ihr jetzt das

Bad machen. So heiß, wie Eure Ellbogen es aushalten. Nach dem Bad wird das Kind wieder aufatmen. Ich komme morgen früh wieder, um nach ihm zu sehen.»

«Medizin? Werdet Ihr uns keine Medizin geben?» fragte Varuchos demütig.

«Ich schicke sie Euch heute abend durch den Diener. Es wird eine kleine Flasche sein. Gebt dem Kind alle halbe Stunde einen Löffel davon.»

Nach dem Bade erholte sich Sinovia tatsächlich ein wenig. Ihr Blick erhellte sich. Mühsam und starr lächelte sie die Mutter an.

«Mütterchen ...»

«Was ist, mein Liebling?»

«Ich möchte mein Feiertagskleid.»

Nerantzi stand auf und brachte das rote Kleidchen. Sie breitete es auf der Bettdecke aus, so daß Sina ihre zitternden Fieberhändchen auf die kühle Seide legen konnte.

«Kommt bald die Kirchweih der Allheiligen?» fragte sie.

«Ja, mein Kind, sehr bald.»

Nach einer kurzen Pause sagte sie wieder: «Ich will meine Pantöffelchen.»

Nerantzi brachte ihr die kleinen Lackschuhe. Sie steckte ihre Fingerchen hinein, schloß die Augen und lächelte matt. Dann öffnete sie die Augen wieder: «Ich will mein Band, Mütterchen!»

Sie brachte ihr auch das rote Kopfband. Sie berührte es und schlief ein.

Am nächsten Morgen vor Sonnenaufgang kamen die Krämpfe wieder. Sie warf sich hin und her, als läge sie auf einem glühenden Herd, und wimmerte und phantasierte. Nerantzi wußte nicht mehr, was sie tun sollte.

Am Nachmittag erholte sich Sina wieder ein wenig; aber gegen Abend kamen so heftige Krämpfe, daß sie beinahe den Atem verlor. Das Fieber stieg so hoch, daß die kühlen Laken, mit denen man sie zudeckte, sogleich zu dampfen anfingen.

Dann begann der Todeskampf. Einförmig, endlos, mit kurzem Aufschreien und Stöhnen.

Sie starb in der Morgendämmerung.

Nerantzi zog ihr das rote Kleidchen an und auch die Lackschuhe. Sie kämmte ihre Haare und band eine schöne Schleife hinein, die wie ein großer roter Schmetterling auf ihren glänzenden Locken saß. Auf ihre Brust legte sie das kleine Bild der Allheiligen, das zwischen ihren Kopfkissen gesteckt hatte. In ihre Händchen legte Marija, die Frau des Lathios, drei dunkelrote Nelken.

Nerantzi saß neben ihrem geschmückten Kind und weinte. Marija saß unweit von ihr in einem Winkel. Sie beobachtete die schluchzende Nerantzi und dachte: Wäre doch Sina gerettet worden und hätte Gott ein anderes Kind genommen!

Sie hatte schon sagen wollen: Eines von den

meinigen! – dann hatte sie aber bemerkt, daß sie das nicht sagen könnte, und wollte nunmehr sagen: Nähme er das, was ich in meinem Leibe habe und noch nicht kenne!

Jedoch im gleichen Augenblick fühlte sie, wie das Kind sich in ihrem Inneren bewegte. Erschrocken gebot sie ihren Gedanken Einhalt und schlug heimlich über ihrem Schoß ein Kreuz.

7

Die Bemühungen des Bischofs um die neue Siedlung hatten schließlich Erfolg, so wenig auch der Widerstand dagegen aufhörte. Der Streit entflammte meist bei der Frage des Baugeländes. Wo sollten die neuen Häuser gebaut werden? Die Gemeinde Murja bot bereitwillig als Geschenk einen schönen Platz mit fließendem Wasser zwischen dem Dorf und dem Hafen an. Die Flüchtlinge zeigten dafür keinen Dank. Wie konnte man ihnen als Fischer einen so langen Weg zumuten? Wenn sie bauten, so müßte es nahe bei ihren Barken, nahe bei ihren Netzen sein!

Dieser Grund war überzeugend. Daher schlug ihnen die Gemeinde einen anderen, dem Hafen näher gelegenen Ort vor. Aber auch der behagte ihnen nicht. Sie wollten unmittelbar am Wasser leben. Die Bauern nahmen diese Weigerung übel, und es entstand unter ihnen eine Mißstimmung gegen die Flüchtlinge. Sie klagten die Fischer auch an, daß sie unnützerweise die alten, ehrwürdigen Olivenbäume fällten und daß sie nachts in ihre Obst- und Gemüsegärten einbrächen.

«Das ist unser Recht», antworteten jene trotzig, «euretwegen haben wir alles erdulden müssen.»

«Und haben wir nicht unsere Söhne hergegeben, um euch vor den Türken zu retten?» fragten die Einheimischen voll Zorn.

Die Erregung stieg von Tag zu Tag.

Die Frauen zeigten ihre Verachtung gegen die Neuangekommenen in jeder Weise, und die Bauernkinder sangen Spottlieder auf die Flüchtlingskinder. Die Männer sonderten sich allmählich je nach ihrer Zugehörigkeit in bestimmten Kaffeehäusern ab. Hie Einheimische, hie Flüchtlinge! Auch die Wortführer der politischen Parteien schürten den Zwist, um Stimmen zu erjagen.

Der Schulmeister Avgustis mahnte: «Kinder, wir alle sind Griechen! Im Namen Gottes, Kinder, nur der Feind hat seine Freude daran!»

Aber die Fischer entschieden: «Wenn ihr uns Häuser baut, so müssen sie am Wasser liegen; sonst ziehen wir nicht hinein!»

*

So ging noch ein Jahr dahin, ehe die Siedlungsfrage gelöst wurde. Das Komitee der Baugenossenschaft blieb eine Formsache, und nur zum Spaß sagten die Fischer gelegentlich zu Varuchos: «He, wann legst du den Grundstein, Herr Vorsitzender?»

Nur einer ermüdete nicht. Das war der Bischof. Er fuhr immer wieder nach Athen und sprach dort mit Griechen, mit Amerikanern, mit Bankleuten, und schließlich siegte er. Die Nationalbank stellte ein ausgetauschtes Gut an der Küste als Baugelände zur Verfügung. Es lag in einer schönen Gegend, mit vielen Oliven- und Feigenbäumen. Eines Tages erschienen dann die Handwerker aus der Hauptstadt, um den Bau vorzubereiten und den Grundriß der Gebäude anzuzeichnen. Die Fischer trauten ihren Augen nicht. Und Varuchos wurde nun im Ernst der Vorsitzende der Baugenossenschaft.

Im Kaffeehaus von Fortis versammelten sich jetzt die Fischer häufig unter dem großen Maulbeerbaum und berieten über die Angelegenheit der Genossenschaft. Auch der Bauleiter kam her und erklärte ihnen alles. Eines Tages sagte er ihnen:

«Dort hinter dem Hügel, auf dem der Wachtturm steht, ist der lange Strand von Kaja. Von dort holen die Einheimischen von weit her den Sand und zahlen dafür die gesetzliche Steuer. Für euch hat die Regierung den Sand freigegeben. Ihr müßt jetzt dafür sorgen, daß das Abschleppen nichts kostet. Die meisten von euch haben Boote und nur wenig Arbeit; denn ich sehe sie immer von Kaffeehaus zu Kaffeehaus bummeln. Ich fordere euch auf, eine

Einteilung zu treffen, daß jeden Tag zwei oder drei Boote nach Kaja fahren und Sand laden können. Es ist ja ganz nahe, und ich rechne damit, daß ihr mir in einer Woche den Sand bringen könnt, den ich für meine Bauten nötig habe. Die Entscheidung überlasse ich euch.»

Er trank seinen Kaffee aus und ging fort. Die Fischer fingen sogleich an, heftig zu diskutieren. Sie schrien und gestikulierten. Jeder berauschte sich an seiner eigenen Stimme und an seinen eigenen Handbewegungen. Varuchos und die anderen, die den Vorschlag des Bauleiters befürworteten, drangen in dem Lärm nicht durch. Zum Schluß wurde die Frage durch die Majorität entschieden. Varuchos und der «Schriftführer» Gavalas mußten dem Bauleiter das Ergebnis mitteilen:

«Nichts zu machen! Niemand will seine Arbeit verschenken.»

Der Mann traute seinen Ohren nicht: «Was soll das heißen: verschenken? Für eure eigenen Häuser soll jeder zwei bis drei Stunden arbeiten. Die Häuser sind doch für euch, für eure Frauen und Kinder, für eure Kranken, die jetzt alle elend untergebracht sind!»

«Das stimmt», sagte Varuchos, «das meint auch meine Frau.»

«So ist es!» sagte auch Gavalas. «Es ist, wie du sagst ...»

«Also?»

«Also ... aber niemand will Sand schleppen, wenn er nicht dafür bezahlt wird. Das ist es!»

Der Bauleiter wurde zornig und drohte, er würde das den Behörden und dem Bischof melden. Der Hochehrwürdige müsse wissen, mit was für Menschen er es zu tun habe.

«Ich kann nichts ausrichten», entschuldigte sich Varuchos. «Wer hört denn zu, wenn ich rede?»

Während sie noch sprachen, kam Lathios. Mager, braunhäutig, schüchtern. Er grüßte und sagte: «Verzeiht, daß ich euch im Gespräch störe. Ich bin gekommen, um zu sagen: Die ganze Zeit, in der ich mit meiner Barke nicht beim Fischen bin, stehe ich mit meinen Kindern für den Sand zur Verfügung. Ohne Bezahlung. Und Entschuldigung, daß ich euch im Gespräch gestört habe!»

Der Bauleiter bekreuzigte sich: «Zu guter Letzt doch *ein* Mensch!»

8

Er hatte nicht unrecht. Panajis Lathios war ein «Mensch». Der ärmste von allen, der fleißigste von allen, hielt er sich abseits von der Rotte der Zänker und Schreier. Er redete wenig und langsam, er lächelte selten und trank immer bei Fortis für sich allein seine kleine Karaffe, mit sauren Pflaumen und salzigen Sardellen als Zukost. So verbrachte er den Abend in glücklicher Einsamkeit.

Die Stunden vergingen, und die Sterne zogen ihre Kreise über dem großen Maulbeerbaum, und Lathios dachte noch immer nicht daran, nach Hause zu gehen. Da begann das harte Amt der greisen Permachula. Nachdem sie die ganze Kinderschar mit List und Gewalt eingepfercht hatte, brach sie auf, um auch den Schwiegersohn einzutreiben. Leise ging sie durch das Dunkel, und ihr verhutzeltes Gesicht tauchte plötzlich hinter dem dicken Stamme auf, ohne daß man vorher ihre Schritte gehört hätte. Leise, aber eindringlich bittend sagte sie immer wieder: «Komm doch, Panajis! Steh auf! Die Würmchen wollen essen.»

Lathios gab zunächst keinen Laut von sich. Erst nach langer Zeit wandte er sich der Alten in einer Weise zu, als habe er ihren Ruf zum erstenmal gehört, und sprach teilnahmslos: «Sag ihr, sie soll den Kindern zu essen geben!»

Das war aber nur Gerede. Er wußte, daß seine Frau sein Kommen erzwingen wollte und daß sie den Tisch – und wenn auch die anderen verhungerten – nicht eher decken würde, ehe er erschiene. Manchmal ärgerte er sich darüber; aber im Grunde war er stolz. Schließlich fühlte er Mitleid mit den hungrigen, müden Kindern; auch langweilte ihn das fortwährende Wispern der Alten. Er leerte die Karaffe, bezahlte, wünschte gute Nacht und ging nach Hause.

«Panajis, Panajis!» rief die Alte, die zuerst eintrat.

Lathios folgte ihr auf dem Fuße und verriegelte die Tür. Dann begann das Getümmel der Mahlzeit. Der niedrige Tisch zog sich von einem Ende des Zimmers zum anderen hin, und ringsum kauerte mit unterschlagenen Beinen die ganze Kinderschar. Sie klapperten begeistert mit den Löffeln und aßen gierig aus großen irdenen Schüsseln.

*

Auf der anderen Seite der Teppichwand, die den Raum teilte, saßen Varuchos und seine Frau Nerantzi. Einsam, noch immer um Sina trauernd. Ihr Schmerz schien mit der Zeit nichts an Bitterkeit zu verlieren. Der Mann lag auf dem Sofa, wickelte sich dicke Zigaretten und rauchte ununterbrochen. Nerantzi saß nahe der Lampe, strickte Strümpfe und seufzte. Ihr braunes, in ein dunkles Tuch gehülltes Gesicht war wie von Gram zerfressen. Die Trauer um Sina quoll aus ihrem Herzen wie ein dunkler Strom, der alles ringsum befleckte.

Nie ging sie vor Einbruch der Dunkelheit aus. Den ganzen Tag saß sie eingeschlossen im Hause und grübelte bitter darüber nach, was für eine Sünderin sie wohl vor den Augen des Herrn sein mußte, daß er sie so bestrafe.

Jeden Samstagabend stieg sie zur Klippenbank der Allheiligen empor, trat in die Kapelle, zündete das Lämpchen an und streute Weihrauch. Vor dem Bild der Madonna mit dem Fischleib kniete sie nieder und sprach Bußgebete. Sie erhob ihre Augen zum Antlitz der Allheiligen, die mit drohenden Blicken auf sie herniedersah. Nerantzi betrachtete sie mit Grauen, wie sie das Schiff in der einen Hand hielt und in der anderen den Dreizack hochhob, wie sie den furchtbaren blauen Schuppenschwanz einringelte. Sie nahm das Bild des göttlichen Ungeheuers in sich auf, bis die Tränen und die immer dichter werdende Abenddämmerung es allmählich unsichtbar machten. Mit ihren schmalen Lippen preßte sie das verzweifelte Aufschluchzen ihrer Ratlosigkeit zurück.

«Warum mußtest du sie mir nehmen, Allheilige mit dem Fischleib, warum?»

Die Allheilige sah sie in drohendem Schweigen an, bis ihre Gestalt in der Dunkelheit versank. Als letztes erloschen ihre großen grünen Augen. Nerantzi sprach noch drei Gebete und ging dann hinaus. Vor der Kapelle stand sie noch eine Weile, wobei sich ihre schlanke Silhouette aufrecht und unbewegt von dem rotgoldenen Horizont abzeichnete.

Dann knüpfte sie ihr Tuch unter dem Kinn fest und stieg die Felsenstufen langsam hinab, eine nach der anderen. Die Leute, die ihr begegneten, hielten im Gespräch inne und traten still zur Seite, um die gespenstig nächtliche Erscheinung der Trauer vorbeizulassen.

Der Ingenieur, der den Bau der Siedlung beaufsichtigte, gab Varuchos eine Kopie des Gesamtplanes und erklärte ihn ihm genau. Um das Interesse der Fischer zu wecken, heftete er ihn an eine Wand des Kaffeehauses von Fortis. Vor ihm versammelten sich alle und begafften und besprachen ihn. Varuchos erklärte ihnen die Bedeutung der roten und blauen Linien, wie er sie den Reden des Ingenieurs entnommen hatte. Der Raum jedes Hauses war klar abgegrenzt; für jedes war auch ein kleiner Hof für die Hühner und für die Zierpflanzen vorgesehen.

Alle schwatzten vor dem Plan mit der Unvernunft und dem Eigensinn kleiner Kinder. Jeder suchte den schönsten Platz für sich aus und rief den Vorsitzenden, damit er ihm diesen «zuschreibe», damit er den anderen zuvorkäme. Es gab großen Zank und Streit.

Der Ingenieur erschrak zuerst vor dem wütenden Geschrei; dann aber mußte er über ein derartiges Benehmen erwachsener Männer lachen und erklärte ihnen, daß alles Wählen und Teilen nach dem Siedlungsplan zwecklos sei, da die Kommission gemeinsam mit dem Bischof die Häuschen zuerst an jene Familien verteilen würde, die in größter Not wären, und unter diesen würde das Los entscheiden. Dann sprach er von neuem mit ihnen über den

Sandtransport und versuchte sie bei ihrem Ehrgefühl zu packen. Vergebliche Mühe!

«Du hast ganz recht!» sagten sie und verlangten dann doch Bezahlung. Da wurde der Ingenieur ärgerlich. Er setzte sich hin und berichtete alles dem Bischof. Der telegraphierte nach Murja, man solle sofort Varuchos zu ihm senden.

Varuchos rief die Vernünftigsten aus der Genossenschaft zusammen und machte ihnen klar, daß der Bischof keinen Spaß verstand und daß alles, was er sagte, unter allen Umständen geschehen müsse. Dann sagte er ihnen, daß er am nächsten Tage in die Stadt zum Hochehrwürdigen Bischof fahren müsse, und daß ihm dort eine schwere Stunde bevorstünde.

Da erwachte in ihnen die heilige Furcht und Verehrung, die die Griechen Anatoliens ihrem Bischof als ihrem natürlichen Oberhaupt zollen, und sie beschlossen, daß sie die Reise aus der gemeinsamen Kasse bezahlen, und daß sie dem Bischof als Geschenk zwei große Hummern und ein Bündel erlesene Seefische senden würden.

Zu Hause beriet er den ganzen Abend mit Nerantzi und Lathios über seine Reise. Er tat, als sei er stolz auf den persönlichen Ruf seines «Gevatters»; aber im Innersten war er voll Angst. Der Bischof war gewiß ein guter Mensch; aber wenn sein gesegneter Zorn ihn packte ... «Wo sollen wir Sünder uns verstecken?»

Da griff Nerantzi ein und belehrte ihn stundenlang darüber, wie er sich vor dem Bischof benehmen sollte: «Die Segel nach seinem Winde drehen, verstehst du! Mach dir einen Knoten nach jedem Wort, das er sagt! Kümmere dich nicht um die barfüßigen Lumpen hier!»

Als er nach fast ganz durchwachter Nacht am Morgen an der Mole erschien, erwarteten ihn etwa zehn verschlafene Kerle und gaben ihm zu seiner Barke das Geleit. Würdevoll spielte er seine peinliche Rolle als Vorsitzender. Jeder flüsterte ihm noch Bestellungen ins Ohr, für Angeln und Fangseile und anderes, was nur in der Stadt zu bekommen war. Mit umwölkter Stirn stieg er in das Boot. Er fühlte sich von der Verantwortung seiner Mission niedergedrückt und nickte zu allem nur zerstreut: «Jaja!», und hörte nichts.

Als die Barke sich schon etwas von der Mole entfernt hatte, schrie ihm Nerantzi, die die ganze Zeit schweigsam gewesen war, einen letzten Auftrag zu, der nur für das Ohr der anderen bestimmt war: «Küsse die Hand des Gevatters und übermittle ihm meine Verehrung. Von seinem Patenkind Nerantzi, der Tochter von Hadzidiamandis, sag ihm das!»

Dann kehrte sie ins Haus zurück, ernst, voll Stolz über das Recht, alle diese Titel zu tragen.

*

Varuchos trat beim Bischof ein, mit schlimmen Ahnungen und Geschenken des Meeres beladen. Der Bischof behielt ihn eine halbe Stunde bei sich, und diese ganze Zeit grollte seine Stimme wie ferner Donner. Schließlich durfte Varuchos gehen. Er wankte ganz schwindlig rückwärts nach der Tür, seine rechte Hand verehrungsvoll vor der Brust, mit ununterbrochenen ungeschickten Bücklingen, so tief wie beim Bußgebet.

Als er sich auf der Straße befand, brannten ihm die Ohren von dem bischöflichen Empfang. Er stolperte verwirrt zwischen den vielen Automobilen und sonstigen Fahrzeugen hin und her.

Er war tief bedrückt, im Innersten bekümmert wegen der harten Reden des Bischofs ... Ja, sehr böse war der Metropolit mit ihm verfahren. Es war ihm nicht gelungen, die Grüße von Nerantzi auszurichten, und auch die Geschenke des Meeres hatte der Bischof nicht beachtet. Er hatte zwei- oder dreimal versucht, die Rede auf die Hummern oder die Seefische hinzulenken; aber der Bischof hatte ihm das Wort mit Donnerstimme abgeschnitten: «Still! Kein Wort! Ich will von unverantwortlichen Menschen keine dummen Rechtfertigungen hören! Schweige, sage ich, du Esel!»

Um dieses «Esel» zu betonen, stieß er heftig mit dem Fuß auf, so daß der Boden erzitterte, und seine hellblauen Augen blitzten hart.

Als er so in Gedanken versunken dahinging, hörte er plötzlich einen Anruf: «Onkel Varuchos, he! Onkel Varuchos, he!»

Er blickte auf und sah an der Tür einer kleinen Taverne Safiraki, den Sohn seines alten Freundes Markos.

Sein betrübtes Gesicht hellte sich auf. Er drückte dem jungen Mann die Hand und klammerte sich wie ein Schiffbrüchiger an ihn.

«Safiraki, du? Tavernenwirt?»

«Wie du siehst.»

Er führte Varuchos hinein und stellte eine kleine Karaffe Schnaps zur Anregung des Appetits vor ihn hin. Dann brachte er ihm die Reste eines Hammelragouts und einige Stücke gesalzenen Fisch, die er mit Essig und Öl, mit Tomaten, Gurken und Oliven anrichtete, so daß sie einen würzigen Geruch verbreiteten.

Beim ersten Bissen merkte Varuchos plötzlich, wie hungrig er war. Jetzt erst erinnerte er sich, daß er seit dem Morgen außer dem Kaffee nichts im Leibe hatte.

Als er einigermaßen gesättigt war, sprachen sie dem dunklen schweren Wein tüchtig zu und erzählten sich von den beim Zusammenbruch in Anatolien ausgestandenen Leiden. Dann kamen sie auf die Flüchtlinge zu sprechen, und Varuchos berichtete von der geplanten Siedlung und von seiner Mission beim Bischof. Der junge Tavernenwirt lachte über den Empfang, den der Bischof ihm bereitet hatte, aus vollem Halse und meinte, es wäre eine große Schande, wenn die Fischer vom Allheiligenhafen sich weigerten, selbst beim Bau ihrer Häuser mitzuhelfen. Varuchos, dessen Herz schon bei den Reden des Bischofs ganz weich geworden war, fühlte es jetzt vollends in Reue hinschmelzen ...

Die Nacht war weit vorgerückt, als er sich endlich erhob. Mit schwankenden Schritten erreichte er den Ort, an dem er seine Barke festgebunden hatte. Sehr behutsam stieg er ein. Er war in einem Zustand seliger Benebelung. Der Wein hatte seinen trüben Sinn angenehm besänftigt und allen seinen Gedanken ein rosiges, freundliches Aussehen gegeben.

Er löste das Seil und zog den Anker auf. Vorsichtig ruderte er am Leuchtfeuer vorbei. Außerhalb des Hafens spannte er sein geflicktes Segel aus, setzte sich ans Steuer und fuhr hart der Küste entlang. Das Meer war so schön und ruhig, wie es nur in diesen Sommernächten sein konnte. Von der Küste her winkten die weißen Felsen als geisterhafte Gestalten, die scheinbar näher kamen und dann doch wieder zurückwichen.

Als er das Rabenkap umsegelte, hörte er vom Lande her Herdenglocken. Leise Friedenstöne, die über das Wasser mit seltsamer Süßigkeit durch die kristallklare Nacht an sein schlafumfangenes Herz drangen. Er reckte sich und dehnte alle Glieder, und dabei gähnte er so laut und lange, daß es wie Hundegeheul klang. Die Felsen am Ufer hallten davon wider, als gähnten auch sie aus allen ihren Höhlen.

In diesem Augenblick ertönte von der Spitze des Bootes her, aus dem Verschlag, in dem er seine Fischergeräte verstaut hatte, wie als Antwort auf das Gähnen, eine dünne Stimme, hoch, miauend: «Guàaa.»

Varuchos fuhr empor und rieb sich die Augen. Dann rief er: «He, was war das? Eine Katze? Ein Hund?»

Er rieb sich noch einmal die Augen. «Pah! Das kommt vom Wein und von der Müdigkeit! Das ist nicht ...»

«Guàaa, guàaa ...»

Mit diesem Schrei, spitz wie die Stimme einer hungrigen Möwe, wurde ihm das Wort abgeschnitten. Es war das Kreischen eines kleinen Kindes. Varuchos bekreuzigte sich. «Hilf, Allheilige», sprach er zu sich selbst, «wenn es ein böser Geist ist, der mir die Rede wegnimmt!» Dann bekreuzigte er sich nochmals, zog das Segel ein und ging nach vorne.

Als er aus dem Verschlag den Korb hervorzog, in dem er die Angelleine aufbewahrte, lag ein Säugling darinnen und strampelte und schrie. Im Licht der ersten Sonnenstrahlen, die über dem Wasser spielten, konnte er ihn ganz genau sehen. Als er sich über das Kind beugte, wurde es plötzlich still; es steckte den Daumen in den Mund und fing an zu lutschen, als verlange es nach Milch.

Varuchos stand mit offenem Munde da. Sein erster Gedanke war, nach der Hauptstadt zurückzukehren und den kleinen Bastard, den man ihm in den Korb gelegt hatte, bei der Polizei abzuliefern. Als er aber den Kopf hob, sah er dicht vor sich die Klippenbank der Allheiligen, und das ohne Lenkung gebliebene Boot kam dem Felsen bedenklich nahe. Da setzte er sich auf die Ruderbank und tat ein paar kräftige Schläge. Zwischen seinen Beinen stand der Korb mit dem Kind.

Es war inzwischen ganz hell geworden. Über den Bergen Anatoliens flammte ein roter Glanz empor, wie ein gewaltiger Brand. Die Brise war abgeflaut. Das Meer dehnte sich vor ihm in köstlicher Frische.

Alsbald fuhr er in den Hafen ein. Das Kind saugte beharrlich weiter an seinem Daumen und war anscheinend sehr betrübt, weil keine Milch herauskam. Wie zum Protest wimmerte es ununterbrochen klagend. Aber der Finger verließ dabei das hungrige Mäulchen nicht. Von Zeit zu Zeit reckte es das andere Händchen ungeduldig in die Luft und schien dem Fischer strenge Blicke zuzuwerfen, als mache es ihn für alles verantwortlich.

Varuchos spürte das und lächelte: «O du kleiner Bastard, du wirst mir Sorgen machen!»

11

Er band die Barke fest, nahm den Korb mit dem Säugling unter den Arm und eilte mit großen Schritten nach Hause. Dabei überlegte er angstvoll: «Wie fange ich es jetzt mit Nerantzi an? Wie fange ich es nur an?»

Seine Besorgnis war nicht unbegründet. In seinem Hause warteten schon eine Menge Menschen auf ihn. Es war ein Rätsel, wie sie von seinem Mitbringsel erfahren hatten.

Rings um den Korb versammelte sich die ganze Horde des Lathios und dazu noch einige Nachbarinnen und der Lehrer, der das Geschrei gehört hatte. Bald erschien auch Fortis, der die Barke von seinem Möwennest aus gesichtet hatte, als sie hinter dem Rabenkap aufgetaucht war. Alle umkreisten den Korb und tuschelten. Sie bewunderten das schöne Kleidchen des Kindes und die prächtigen Windeln. Sie betasteten die kostbare Steppdecke, die aus dem Korb ein weißes Bettchen machte. Alle Sachen waren weiß und leuchteten hell in diesem düsteren Haus.

«Ein hübsches Fischlein hast du gefangen», meinte Lathios, der sich verschlafen die Augenbrauen rieb.

Das Kind regte sich und wimmerte. Es hob die Arme, als probierte es seine Flügelchen aus. Grämlich sah es auf die dunklen Gesichter, die sich zu ihm niederbeugten. Es war kräftig und wohlgenährt

51

und zappelte, um aus den Tüchern herauszukommen. Da es sich im Boot ausgeschlafen hatte, war es nunmehr hungrig.

Varuchos erzählte in zwei Worten die Geschichte des Kindes. Nerantzi stand stumm und streng, ihre Hände über dem Bauch gefaltet, neben ihm. In ihrem dunklen Blick, den der Fischer auf seinem Gesicht brennen fühlte, las er die Frage: Haben wir dich nach der Stadt geschickt, um ein uneheliches Kind aufzulesen oder um beim Bischof dein Geschäft zu erledigen?

Er antwortete, als hätte er die von ihr nicht ausgesprochene Frage gehört: «Ich sage dir doch, Frau, ich habe es überhaupt erst dort am Rabenkap bemerkt. Das elende Ding hat auf der ganzen Fahrt nicht einmal gequiekt.»

Nerantzi fragte: «Und jetzt? Was machen wir mit dem Säugling? Ist es ein Polyp, den man in der Sonne aufhängen und dörren kann?»

Varuchos zuckte bekümmert mit den Achseln und kratzte sich an seinem dicken Kopf.

Da drängte sich Marija, die Frau von Lathios, vor. Sie kniete neben den Korb, nahm vorsichtig das Kind in ihre Arme, zog sich mit ihm in eine Ecke zurück und legte seinen Mund an ihre Brust.

«Ja, das ist heilige Arbeit», sagte Fortis. «Das war für den Augenblick notwendig. Das andere hat Zeit.»

Das Kleine begann begierig zu lutschen. Es gluckste vor Vergnügen und schloß die Augen halb. Dann öffnete es sie wieder und lächelte Marija an, die über sein Gesichtchen gebeugt war.

«Mein Kleines. Vor Durst war es vertrocknet», sagte sie voll Mitgefühl zu den herumstehenden Frauen.

Auf all den geplagten Gesichtern lag zärtliche Teilnahme.

«Der Teufelskerl hat Appetit», sagte Varuchos vergnügt.

Keiner antwortete.

Als das Kind gesättigt war, begann es an der Brust zu spielen. Es lachte und gurgelte. Nerantzi trat näher, nahm es aus den Armen der Frau, legte es auf das Kanapee und löste die Windeln. Als das Kleine seine Beinchen befreit fühlte, strampelte es glückselig. Mit seinem rosigen, kräftigen Körperchen voller Bewegung war es schön. Es hatte blonde Haare und meergrüne Augen.

«Der Teufelskerl ist guter Laune», redete Varuchos wieder.

Ohne den Kopf zu heben, versetzte ihm Nerantzi ärgerlich: «Der Teufelskerl, wie du sagst, ist ein Mädchen. Merk dir das!»

Sie zog die nassen Windeln fort, wickelte es trokken und schlug mit der Handfläche ein Kreuz über seinem Köpfchen. Das kleine Mädchen lächelte sie an wie ein Engel. Sie gab ihm zur Antwort: «Da du so ungerufen zu uns gekommen bist, was machen wir mit dir, meine Dame? Sollen wir dich hinter die Klippenbank der Allheiligen werfen? Das geht doch nicht!»

Fortis, der inzwischen weggegangen war, kehrte mit einer Schale frischer Milch zurück.

«Das schickt die Garbo», verkündete er und setzte das Tongefäß auf den Boden.

Nerantzi gab dem Lehrer ein Papier, das sie an die Decke des Kindes geheftet fand.

«Sieh doch, was das hier bedeutet!»

Es war ein Stückchen Pappe, wie eine Visitenkarte, nur ohne Namen. Es stand in breiter, sicherer Handschrift nur ein Wort darauf: «Ungetauft.»

«Diese Buchstaben sind von weiblicher Hand geschrieben», meinte der Wirt, der dem Alten über die Schulter sah.

«Ja, weiblich. Es sagt, das Kind ist ungeweiht.»

«So sind die reichen Weiber in der Stadt», sagte Marija mit strengem Kopfschütteln. «Sie bringen es heimlich zur Welt, dann kleben sie ihm ein Papier auf den Rücken und werfen es in ein Fischerboot.»

«Sobald sie einen albernen Fischer finden, der vom Rausch benebelt ist», fügte Nerantzi hinzu.

Varuchos, schuldbewußt, erwiderte nichts.

Fortis mischte sich ein: «Wir müssen jetzt sehen, was wir mit diesem Unglückskind machen», sagte er nachdenklich. Er kniete neben der Kleinen hin und schnitt drollige Grimassen.

«He, Kleine? Kleine Smaragdi? Smaragdi würde ich dich nennen, du mit deinen seltsamen Augen.»

«Aphrodite wollen wir sie taufen, da sie aus dem Meer gestiegen ist», meinte der Schulmeister.

«Was müssen wir nach deiner Ansicht mit ihr tun?» fragte Varuchos den Kaffeewirt.

Fortis faßte sich heftig an die Glatze.

«Nach dem Gesetz müßt ihr sie melden», sagte er sachlich. «In der Stadt gibt es ein Waisenhaus. Das ist das Richtige.»

Die Frau von Lathios mischte sich ein. Dünn, schwach, mit zwei schmalen Zöpfen aus zerzaustem Haar auf dem Rücken. Sie sagte, das Kind betrachtend, im natürlichsten Ton: «Christus und die Allheilige! Was redet ihr da? Ich nehme es als mein Vögelchen. Herrschaftliche Pflege wird es nicht kennenlernen, es wird aber niemals mit leerem Magen bleiben. Einmal ich, einmal meine Tochter, he?»

Die Frage richtete sich an ihren Mann.

Lathios hob die Schultern, gutmütig lächelnd: «Ob du es nimmst oder nicht nimmst ... Ich habe schon lang die Rechnung mit den Knirpsen verlernt. Einer mehr, einer weniger. Was macht das aus?»

«Er hat recht», sagte auch die Greisin, die Muhme Permachula, die schon als Hirtin ein Schäfchen mehr in ihre Kinderherde eintreten sah. «Das Kind braucht die Brust.»

Da brach Nerantzi los. Sie stieß ihre Worte hervor, während sie die nasse Decke des Kindes an das Fenstergitter hängte.

«Ich meine, die Leute sollen sich nicht einmischen, wo sie nicht gefragt sind. Ich habe niemanden gebeten, mir zu sagen, was ich mit dem Kindchen machen soll. Zu uns kam es aus dem Meer. Es sei willkommen. Die Madonna mit dem Fischleib hat es uns geschickt, sie wird die Sorge darum tragen. Und sie, die es in ein kinderloses Haus gebracht hat, versteht wohl mehr davon als Ohm Fortis und als meine Nachbarin Marija und als die alte Permachula und als ihr alle. Das sage *ich*!»

«Das sage auch ich», rief schnell aus seiner Ecke Varuchos, der bisher nicht gewagt hatte, ein Wort hervorzubringen.

Aber Nerantzi schenkte ihm nichts.

«Besser, du hältst den Mund. Und wenn du für ein Geschäft in die Stadt fährst, dann laß das Boot nicht allein, um saufen zu gehen!»

12

Weder die Drohungen noch die Ratschläge des Bischofs wirkten. Sie gingen den Fischern zu einem Ohr hinein, zum anderen hinaus. Nur Lathios und Varuchos erklärten sich bereit, bei Beschaffung des Sandes und bei anderen Arbeiten Hand anzulegen. Lathios für zwei Häuser, eins für seine eigene Familie und eins für die seiner Tochter; Varuchos, der sich nun auch um eine Tochter zu kümmern hatte, für seines.

Die übrigen gewannen es nicht über sich, auch nur den kleinen Finger ohne Bezahlung zu rühren. Schulmeister Avgustis wurde nicht müde, den Widerstand mit seinem brennenden Fanatismus zu schüren.

«Verflucht sind diese Häuser, die sie für euch bauen wollen», sagte er, «unter ihnen wird alle eure Kraft und euer Glaube an die große Heimkehr ersticken ...»

All das hinderte den Fortschritt der Arbeiten nicht. Der Ingenieur sah sich schließlich gezwungen, den Fischern für den Sand zu zahlen. Der Mann tat es aus Gewissenhaftigkeit, weil er nicht die zehnfache Summe für das Herbeischaffen durch Lasttiere aufwenden wollte. Aus der Stadt kam Zement, und der Bau begann. In der Mitte des Dorfes wurde ein Brunnen gebohrt. Die Zimmerleute hämmerten schmale lange Fassungen für den Beton.

Wo sich bisher das weite Küstengelände mit Olivenbäumen ausgedehnt hatte, wuchs Tag um Tag ein Dorf mit hübschen festen Häuschen empor. Ihre Reihen zogen sich in geraden Linien zwischen dem Strand und dem Olivenhain hin. Die Häuser waren alle gleich: mit zwei Zimmern und einer Küche, mit dem Hof für die Hühner und die Zierpflanzen. Als die Maurer ihr Werk beendet hatten und die Rohbauten verließen, begannen die Fischer auf den nunmehr schon abgegrenzten Straßen des neuen Dorfes spazierenzugehen. Auf und ab gehend, schwatzten sie, um sich an diese merkwürdige Sache zu gewöhnen.

«Hier wird der Dorfplatz sein», sagten sie und zeigten auf eine Baumgruppe, die der Ingenieur im Zentrum des Dorfes unversehrt gelassen hatte.

Avgustis redete jeden Tag weniger. Er ging zu Fortis und hockte mit mürrischem Gesicht allein in einer Ecke. Er hörte die Fischer leidenschaftlich über die Siedlung reden und bebte innerlich vor Ärger. Sie schwatzten über die praktische Einrichtung der Häuser, über die Qualität der Zimmermannsarbeit, über die Dachziegel, die ein großer Kahn aus der Stadt herangefahren hatte.

Der Vergnügteste von allen war Varuchos. Er setzte sich mit seinem mächtigen Körper auf Fortis' Kanapee, das in allen Fugen krachte. Er strich mit dem Handrücken über seinen hängenden Schnurrbart, bestellte Kaffee und klopfte rhythmisch mit der Tabaksdose, ehe er sie öffnete, um eine seiner dicken Zigaretten zu drehen.

«Wie hätte ich es ahnen können, Gevatter, daß ich in jener Nacht die Freude meines Hauses im Angelkorbe mit mir führte ...»

Zum Gevatter war Fortis schon in Erwartung der Taufe des Mädchens bestimmt, die in ein bis zwei Monaten stattfinden sollte, wenn Nerantzi die zwei Trauerjahre um Sina abgeschlossen hätte. Jeden Morgen in aller Frühe schickte er seinem Patenkind durch Tsalekos die große Kanne aus altem Glas, mit frischer Milch gefüllt. Er machte die hübsche Bemerkung: «Ehe ich Öl für die Taufe hineintue, tue ich Milch hinein. Gott möge es zum Guten lenken und uns alle gesund erhalten, damit ich auch selbst den Wein für die Hochzeit hineintun kann!»

13

Varuchos hatte wahr gesprochen. Mit diesem Mädchen kam wieder die Freude in sein Haus. Das Wunder begann bei Nerantzi. Diese Frau, die jetzt zwei Jahre lang mit seltsamer Lust ihr eigenes Gift eingesogen hatte, bekam noch vor kurzem eine Art Haß gegen sich selbst, als sie bemerkte, daß mit dem Verlauf der Zeit allmählich in ihrem Innern das strahlende Bild des verstorbenen Kindes zu verblassen begann.

Eine solche Entfernung würde sie sich selbst niemals verziehen haben. Sie betrachtete sich wie eine in der Welt lebende Nonne, der Erinnerung an Sina durch ein religiöses Gelübde geweiht, von mystischen Freuden und Ängsten bewegt. Sie hüllte sich vom Kopf bis zu den Füßen in Schwarz, sie verschloß sich vor dem Licht, dem Meer, vor jedem Vergnügen. Und jetzt wurde sie von einem erschütternden Erlebnis heimgesucht:

Einige Wochen vor der Reise ihres Mannes zur Stadt erwachte sie eines Nachts plötzlich und blieb auf ihrem Lager vor Schrecken starr. Sie hatte Sina im Schlaf gesehen. Das Kind kam vom Meere her, sein Kleidchen mit beiden Händchen hochhaltend. Und wie Nerantzi den Blick auf das Kind richtete, fühlte sie ihre Haare vor Entsetzen zu Berge steigen. Sina hatte kein Gesicht. Da waren die dunklen Locken, das rote Haarband, jedoch kein Gesicht. «Oh», schrie sie – und saß bebend aufrecht in ihrem Bett. Ein eisiges Gefühl stieg ihr bis in die Haarwurzeln. Sie schloß die Augen und versuchte, eigensinnig und angestrengt, das Gesichtchen Sinas wieder herzustellen, jene grausige, leere Stelle auszufüllen. Es war eine endlose Qual, die immer unerträglicher wurde.

Sie kämpfte und kämpfte und gewahrte angstvoll, daß es ihr nicht gelang, die geliebten Formen vor ihren Blick zu bannen. Ihre Angst wuchs und wuchs. Ihr Atem keuchte. Sie biß sich die Lippen blutig und flüsterte sich beharrlich zu: «So schwarz waren ihre Äuglein, so lächelten sie und schlossen sich halb, so kräuselte sich ihre Oberlippe, wenn sie unartig war. Ihr Näschen ... ihre Brauen ...»

Sie wußte, wie alles war; aber sie konnte es nicht sehen. Qualvoll zogen sich die Stunden hin. Ihre Verzweiflung wurde zu körperlichem Schmerz.

Sie preßte die Zähne aufeinander, um nicht zu schreien. Und dann wieder zog sie sich heftig an ihren Zöpfen, um ihre Gedanken durch die Peinigung des Fleisches abzulenken.

Am Ende ergab sie sich einer dumpfen Trauer, der Erstickung nahe. Sie drückte die Handfläche auf ihren Mund, um das Schluchzen zurückzudrängen. In der Hilflosigkeit gegen ihr Leid quollen ihre Augen, riesengroß aufgerissen, vor. «Warum muß ich sie verlieren?» fragte sie sich unbarmherzig, in ihrer eigenen Seele die Schuld suchend. Es war, als ob sie den Verlust in Wahrheit erst in diesen Stunden erlitte. Langsam stand sie auf und ging zu der Ikone. Sie kniete nieder, um aus zerrissenem Herzen zu flehen.

«Allheilige, hilf mir, daß ich von diesem neuen Jammer verschont bleibe! Nimm sie mir nicht, du Allheilige mit dem Fischleib, mir, der Unseligen!»

Als der Tag anbrach, achtete sie auf die Zeit, da alle aus dem Haus fortgingen. Sowie sie sich überzeugt hatte, daß sie ganz allein war, öffnete sie eine kleine Kiste aus Pappelholz. Ihr entnahm sie Sinas alte Strümpfchen und Schuhchen, ihr Hemdchen, ein Beutelchen mit zwei Muscheln und das fleckige Tuch, das sie in jener furchtbaren Nacht in Rosenessig getaucht hatte, um das Gesicht des Kindes zu kühlen. Sie roch leidenschaftlich daran und drückte es gegen ihr Gesicht, um die verflüchtigte Säure zu spüren. All diese Sächelchen breitete sie auf dem

Boden aus, kniete in Betrachtung davor und schlug sich auf die Brust. Sie suchte Hilfe, um die Züge des Kindes wiederzufinden. Immer wieder faltete sie die kleinen Tücher, streichelte sie die Bänder. Sie erreichte nichts. Sinas Gesicht blieb im Nebel des Traumes versteckt. Die Lumpen und Muscheln halfen ihr nicht mehr weiter.

Da warf sie die ganzen Sachen wild durcheinander und überließ sich lautem Weinen, um an ihren Tränen Labung zu finden. Sie hörte ihr eigenes Schluchzen; und doch war es ihr, als klage ein anderer Mensch, der neben ihr säße. Plötzlich kam aus diesem Weinen ein bekannter Ton zu ihr, herzzerreißend und unverwechselbar. Er war das Echo der Erstickungslaute des Kindes. Sie erlebte den Tod des Kindes zum zweitenmal. Und da tauchte zu ihrer wilden Freude aus dem Klang, gleichsam wie aus dem Wasser, die unversehrte Gestalt Sinas empor, ihr rotes, fiebergeschwollenes Gesichtchen, das sie in dem bösen Traum plötzlich verloren hatte.

Eine wahre Erlösung überkam sie, eine heftige Freude, als jene böse Umnebelung der Erinnerung versank. Dennoch, dies war die Ankündigung des Abschieds der Kleinen. Ihre Gestalt verblich völlig, löste und entfernte sich in blauem Dunst. Doch da jetzt aus dem Meer das andere Kind kam, war der Abschied friedlich und sanft. Nerantzi sah Sina entschwinden; doch gab sie ihr nichts als entsagende Liebe zum Geleit.

Seit dem Tage, da das ausgesetzte Kind in ihr Haus gekommen war, begann das Ehepaar sein Leben, seine Gewohnheiten und seinen Charakter zu ändern. Die Welt drehte sich für die beiden um einen neuen Mittelpunkt. Das blonde kleine Mädchen setzte mit seiner stimmkräftigen Persönlichkeit alles in Bewegung. Es trat in das schwarzverhüllte Haus wie ein Sonnenstrahl.

Nerantzi fing an, überall das Schwarze zu beseitigen, an den Wänden und an den Kleidern. Sie stieß die Fensterläden weit auf. Das verbannte Licht kehrte frei zurück, und das Kind lächelte zu dem großen Himmelsviereck im Fenster empor, unverständliche Worte lispelnd. Wieder bewegten sich die blanken Masten in diesem blauen Viereck und schrieben geheimnisvolle Buchstaben in die Luft. Das Kind folgte ihnen mit den Augen, als läse und verstehe es sie allein. Und des Nachts, wenn das Lärmen verstummte, ertönte das Rauschen des Meeres wie ein Zauberlied, das tausend und aber tausend Mündchen von kleinen Wellen sangen. Nerantzi hörte diese Sprache jetzt voll Staunen – bisher war sie nicht an ihr Ohr gedrungen. Es war ein Wunder. Der Sand, das Wasser aufsaugend, zischte, und die Schlünde der Klippenbank der Allheiligen glucksten, als verschluckten sie einen ganzen Mund voll Gelächter.

Eines Tages geschah auch dies Unglaubliche: Nerantzi hielt das Kind auf den Armen und wiegte es hin und her, als ein kleines zages Lied direkt aus ihrem Herzen aufstieg. Sie begann es herzusagen, zu Anfang ganz leise, dann mit triumphierendem Ton. Das Kind schrie vor Vergnügen, lächelte und klatschte in die Hände. Hingerissen sang sie das Wiegenlied zu einer heiteren Weise:

> «*Vor das Antlitz meiner Herrin*
> *Stelle ich ein Sieb voll Gulden,*
> *Vor die Füße meiner Herrin*
> *Schütt' ich eine Handvoll Perlen ...*»

14

Die Zeit der beiden Trauerjahre war erfüllt, und an einem Sonntag geschah die Taufe oben bei der Madonna mit dem Fischleib. Sie nannten das Kind Smaragdi, wie es Fortis wollte – mochte der Schulmeister seinen eigenen Vorschlag machen. Es gab ein wahres Volksfest im Kaffeehaus unter dem Maulbeerbaum. Die Getränke wurden alle vom Paten gestiftet, und Tsalekos ging hinauf zum Dorf, um die Musikanten von Murja, die berühmten «Kanarienvögel», zu holen.

Die «Kanarien» waren zwei Brüder, und nach ihnen wurde die ganze Bande benannt. Jene hießen Kanaris und erhielten nach der Süßigkeit ihrer Musik den Namen Kanarienvögel. Es waren Lefteris, der Violinspieler, und Jorgaros, der mit der großen Laute begleitete und, wenn es zum Tanz kam, die langgedehnten «Amanweisen» und die Refrainstrophen sang.

Lefteris war ein kleiner Kerl mit unbedeutendem, nettem Gesicht von müdem Ausdruck. Wenn er mit jemandem sprach, neigte er immer den Kopf gegen die Schulter – die Gewohnheit des Violinspielers. Jorgaros dagegen war groß und dunkelhäutig und mit seiner Adlernase ein jugendlicher Greis von etwa siebzig Jahren. Er war immer freundlich und zu Scherzen aufgelegt. Außerdem hatten sie Nasis, den Klarinettenspieler, bei sich.

Die Festfreude schlug hohe Wogen. Die Fischer tranken auf die Gesundheit des Paten.

«Mögest du tausend Jahre alt werden, Herr Komninos. Und zum Wohl auf die Heirat des Mädchens!»

Sie tranken auch auf die Gesundheit von Varuchos: «Lang möge Smaragdi für dich leben, Ohm Andonis.»

Der Schulmeister blieb bei seiner Idee: «Viele Jahre für Aphrodite, unsere Meerentstiegene!»

Und er machte sich wieder daran, den Fischern zu erklären, daß sie Aphrodite getauft werden müßte. Aphrodite war die schönste Göttin der alten Griechen. So eine war auch das Kind. Blond wie eine Traube, ihre Augen blaugrün wie das Meer über hellem Sand. Sie stieg aus den Wogen empor, der Strand leuchtete auf, die ganze Welt strahlte. «Bring sie her! Wir wollen sie begrüßen!» bat einer aus der Gesellschaft.

Einstimmig wiederholten es alle.

«Auf, Vorsitzender, bring uns das Mädchen, damit wir auf sein Wohl ein Glas trinken!»

Varuchos fragte den Kaffeewirt mit den Augen.

«Bring es uns!» stimmte auch der Pate ein.

Nerantzi wollte anfänglich nicht. Sie gab erst nach, als sie hörte, daß die Bitte auch von dem Paten kam.

Sie nahm das Kind in ihre Arme und trug es hinunter. Streng und wortlos stand sie unter dem Maulbeerbaum inmitten der Gesellschaft und hielt es stolz in seinem seidenen Taufkleidchen, das Fortis aus der Stadt mitgebracht hatte. Auf dem Mützchen hatte es einen Gulden und eine blaue Glasperle und am Hals eine goldene Kette mit einem Kreuz.

Die Fischer betrachteten es lange, und keiner sprach im Anfang, so ungewohnt war die Erscheinung. Das Kind schimmerte in seinem eigenen Licht aus Rosen und Gold, aus Hellblau und Hellgrün. Lächelnd sah es alle ringsum an, hob seine Händchen und lächelte wieder, und niemand wußte, warum es einem Wunder glich. Jedenfalls fühlten alle, daß es die Frucht aus einem anderen Saft als dem ihren und dem ihrer Kinder war. Es war wie das Christkind in der Krippe, wie es auf den Ikonen gemalt wurde, von einer goldenen Aura umgeben, während die Hirten und die Magier dabeistanden und es mit offenem Mund betrachteten.

Da beugte sich Lefteris vor und flüsterte seinem Bruder etwas zu. Auch die Klarinette erhielt ihren Wink. Und plötzlich begannen sie das Hochzeitslied zu spielen, das die jungen Burschen oben im Dorf sangen, wenn sie den Bräutigam und die Braut aus der Kirche nach Hause geleiteten.

Jorgaros sang die Reime:

«*Helios ist unser Bräutigam und unsre Braut Selene,*
Und der Gevatter ist berühmt im ganzen Mytilene.
Auf ihren Wangen kosen
Die Rosen, die Rosen.
Ein Goldstück werf' ich auf den Markt, damit es
lieblich klinge
Und schmücke unsre Braut und ihr wohl tausend
Jahre bringe.»

Und der ganze Hafen der Allheiligen fiel dröhnend ein: «Jaja – ihr tausend Jahre bringe!»

Ein Schaudern überkam Nerantzi. Sie erinnerte sich an die alte Permachula, wie sie bei der Trauerklage um die hingeschiedene Sina die Kleine gleichsam in eine erwachsene Jungfrau und Braut und Mutter, die verwaiste Kinder hinterließ, umgewandelt hatte. Sie schlug das Kreuz über Smaragdi und verließ die Zecher so wortlos, wie sie gekommen war.

Das Abendlicht senkte sich golden und purpurn auf die Bäume und die Gesichter. Es schimmerte in den Gläsern und ließ die runden Messingplatten funkeln. Gegenüber sank die Sonne ins Meer und berührte es schon mit seiner satten Röte. Die Wasser breiteten sich zwischen den Masten ruhig und müde, vom Licht und den vielfarbigen Spiegelungen gesättigt.

Der Lehrer trank, ohne zu sprechen; er blickte nach den Bergen Anatoliens hinüber, die in Kupferglut leuchteten. Überall ringsum flammten plötzlich große Blüten aus feurigem Gold auf.

Über die Menschen, die das Fest genossen, beugte sich die bittersüße Last des Lebens. Des Lebens, das voll von Leid und holder Freude war und alle, die gierig zu ihm drängten, an seinen Brüsten nährte.

15

Mit diesem Kind, das so wunderbar vom Meer auf Nerantzis Schoß geworfen wurde, fand die vielgeprüfte Mutter nach zwei Jahren den Sinn und Zweck ihres Lebens wieder. Ihr ganzes Sein war mit einemmal geradegerichtet, in sich gesammelt und ausgerüstet mit all den unberechenbaren Kräften, die die Natur in Leib und Seele des Weibes gelegt hat. Die kleine Wiege mit dem Lebewesen darin wurde zur Arche ihres Heils. Ihre matte Stimme fand die Töne der Mutter zurück wie auch die Töne der Gebieterin. Varuchos sah sie wiederum unermüdlich, vorausschauend und vorsorglich wirkend, mit fester Hand das Steuer des Hauses ergreifend und ihre Überlegenheit in allen Dingen bestätigend.

Dies bedrückte ihn nicht. Er hatte gelernt, die Entscheidungen seiner Frau anzuerkennen, und niemals eine schlechte Erfahrung damit gemacht. Außerdem war er stolz, weil alle ihn glücklich priesen, daß seinem Haus ein solches Kommando gegeben sei. Auch war es jene entfernte Verwandtschaft mit dem Bischof, die Nerantzi mit einem Dunst überlegener Vornehmheit umgab. Aber hauptsächlich wurde Varuchos durch seine natürliche Trägheit gehindert, selber zu überlegen und zu entscheiden. Sein Kopf schwindelte ihm, sobald er versuchte, einen Gedanken zu fassen. Sein riesiger Körper kannte keine Ermüdung; aber sein Gehirn arbeitete nur mühsam.

«Jetzt haben wir wieder ein Kind», sagte Nerantzi, die flammenden Augen auf ihn richtend. «Das Mädchen wird jeden Tag größer. Es braucht dies und das. Du mußt also deinen Geldbeutel zuhalten. Und das ‚andere' abstellen.»

Er hörte dies wie einen Richterspruch an.

Das «andere» war der Schnaps.

Und der Hüne Andonis hielt seinen Geldbeutel zu und stellte das «andere» ab.

Er begann zu sparen. Er machte sich mit frischer Lust an die Arbeit. Er wurde zu Gesellschaften eingeladen und ging nicht hin. Man hielt ihn frei, und er trank nicht. Er warf den zottigen Kopf zurück und sagte mit verschämtem Lächeln: «Tss. Es geht nicht. Wir haben jetzt ein Kind. Wir müssen vorsorgen.»

Und er sorgte vor. Er nahm Spiegel und Wurfspeer mit, spiegelte die Küstengewässer ab und fand dann im offenen Meer seinen geheimen Jagdgrund bei einer Gruppe von Klippen. Dort waren Mengen von Hummern. Sogar in der Nacht fuhr er mit der Fackel hin und rang dem Meer die Beute ab.

«Das ist jetzt für Smaragdi, und kein leichter Spaß mehr», sagte er, einfältig lachend.

«Auch ich habe Kinder, scheint mir», sagte Lathios. «Oder habe ich keine?»

Varuchos sah ins Weite und antwortete mit einer Grimasse: «Smaragdi ist etwas anderes. Sie hat keine Ähnlichkeit mit uns. Sie ist eine Städterin, sie stammt nicht aus unserer Rasse.»

Er sagte es als Scherz, jedoch fühlten alle so angesichts dieses Kindes. Wahrhaftig! Die Hafenkinder waren anders, dunkelhäutig, und hatten das Gesicht und die Ohren von Salzluft angefressen. Auch liefen sie halbnackt und barfuß umher, ihre dürren Körper von der Sonne blankgerieben wie ein geputzter Schuh.

Auch Nerantzi spürte in jedem Augenblick, daß

dieses kleine Mädchen nicht aus ihren Säften stammte. Sie nahm also jede Minute seiner lichten Gegenwart als gnädiges Geschenk vornehmer Herablassung hin.

Manchmal wollte sie vor Glück und Stolz aufschreien, daß ein solches Geschöpf ihren Dienst nötig haben konnte.

Und dieser Schatz war der ihre. Das Kind strampelte nackt in ihrer Umarmung. Es sprach zu ihr in einer unverständlichen Geheimsprache, die noch nie von Menschen vernommen worden war. Vergeblich suchte sie in deren Sinn einzudringen.

Fortis schickte der Kleinen regelmäßig die Milch. Tsalekos brachte sie pünktlich um sieben Uhr, nach dem berühmten Wecker amerikanischer Marke, der seit zwanzig Jahren keine Sekunde nachging. Oftmals machte sich Fortis selbst auf und brachte seinem Patenkind bunte Bilder, die er aus amerikanischen Zeitschriften ausschnitt. Smaragdi hatte große Freude, ihn zu sehen, und sie streckte die Hände nach ihm aus. Das machte ihn stolz.

«Jetzt erkennt sie mich», sagte er strahlend.

Aber Nerantzi, die die Liebe des Kindes ganz für sich allein haben wollte, erklärte ihm schlicht und boshaft: «Die Brille des Patenonkels interessiert sie. Die glitzert, und sie will damit spielen.»

«Du meinst, es ist wegen der Brille?» sagte der Kaffeewirt etwas enttäuscht.

Eines Tages fragte er aufs Geratewohl: «Und

was machen wir aus dem Pflegekind, wenn es groß wird?»

Varuchos nahm das Kind, hob es ganz hoch bis zur Decke und antwortete, indem er es anredete: «Was mache ich aus dir, meine Kleine, fragt der Patenonkel, wenn du groß wirst? He? Mache ich dich zur Lehrerin, damit du nicht von der Sonne dunkel gebrannt wirst? Viel Geld ist nötig für die großen Schulen in der Stadt. Mache ich dich zur Schneiderin? Dein Körperlein wird über der Nadel krumm werden. Mache ich dich zur Prinzessin? Wo finde ich den Prinzen in unserem Land? Also werde ich dich zur Fischerin machen, damit auch du auf dem Meer umherfährst. Wie die Allheilige mit dem Fischleib, die dich in meinen Korb getan hat und dich beschützt.»

«Nein, nein, mache sie nicht zur Fischerin!»

Es war Nerantzis Stimme, die trocken und abgehackt klang. Sie vermochte es nicht, im Scherz über das Heranwachsen von Smaragdi zu reden. Ihre Riesenaugen blickten scharf zuerst auf den Kaffeewirt, der die Frage gestellt hatte, dann auf ihren Mann, der das Kind in der Höhe tanzen und vor Freude jauchzen ließ. Er hörte sie und unterbrach sein Spiel. Er wandte sich zu ihr mit der ernsten Frage: «Wahrhaftig, Frau, was werden wir denn aus dem Mädchen machen?»

Nerantzi antwortete: «Wir werden es großziehen.»

«Und wenn es großgezogen ist?»

«Wird es das Beste, was es werden kann.»

Varuchos fand auch dies Wort, wie eben alles, was seine Frau sagte, richtig. Es würde das Beste werden. Jetzt war noch nicht Zeit, darüber nachzudenken. Vorläufig gab es nichts anderes, als die Prinzessin zu verwöhnen und sich zu freuen, daß sie ihnen erlaubte, ihre Sklaven zu sein.

16

Allmählich wurden die Häuser am Hafen fertig. Die Verteilung geschah durch Losen, so daß keine Klagen aufkommen konnten. Jeder nahm sein Haus entgegen, und für alle war es eine seltsame Empfindung, das neue blanke Schlüsselchen in die Tasche zu stecken.

Lathios trennte sich von Varuchos, aber auch von der Familie seiner Tochter. So begannen jetzt Mutter und Tochter, jede in ihrem eigenen Heim, zu gebären, und sie verwechselten ihre Säuglinge nicht mehr des Nachts auf dem gemeinsamen Massenlager. Doch gab jede weiterhin, wenn sie viel Arbeit hatte, das Letztgeborene der anderen zum Säugen. Ein neuer Säugling war eben immer vorhanden.

Varuchos erhielt durch das Los ein Häuschen in der allerersten Reihe, fünf Schritte vom Strand.

Smaragdis Glück! Man sah von der einen Seite das Ägäische Meer und Anatolien, an der anderen lagen der Olivenhain und der Berg von Murja mit dem heiligen Elias auf dem Gipfel. Rund um dessen Glatze legten sich die Wolken in leichten Kringeln wie weiße Haare.

Der Generalsekretär der Provinzverwaltung kam zur Verlosung aus der Stadt. Der Bischof sagte wegen Unpäßlichkeit ab.

«Was tun wir jetzt für unseren Schulmeister?» fragte halb scherzend, halb ernst der Sekretär, der das heiße Herz des alten Avgustis kannte.

«Tut nichts für ihn», antwortete jener kühl. Er blieb in seinem Trotz verschlossen. «Ich bin ein karger Mensch und habe weder Frau noch Kinder. Mir genügt ein Dachziegel, um meinen Kopf darunterzustecken. Gebt mir nur einen geschützten Raum, wo ich die Kinder versammle, um ihnen meine einfachen Kenntnisse beizubringen und sie ihre Pflicht gegen den Stamm zu lehren ...»

Man überließ ihm als Schule und Wohnung das schlechte Haus, das bisher Lathios und Varuchos geteilt hatten.

Die Bodendielen klafften auseinander, auf der Treppe fehlten ein paar mittlere Stufen, und die Fensterläden waren mit Schiffsdraht angebunden.

Man stellte einige alte Bänke, ein Geschenk der Gemeinde Murja, hinein. Dazu gab es einen Tisch und an den modrigen Wänden eine Reihe bunter

Steindrucke mit den Helden von 1821 und Szenen aus dem Alten Testament.

Die Fischerbuben vermieden es absichtlich, den Fuß hineinzusetzen, um so mehr, als ihre Väter sie fast immer zum Fischen mitnahmen. Nur einzelne Jungen erschienen alle paar Tage. Eine Anzahl Mädchen kam regelmäßig mit ihren Büchlein.

Es war ein Samstag, als die Flüchtlinge in ihre Siedlung einzogen und Hausbesitzer wurden.

An diesem Tag fühlte sich Avgustis sehr einsam. Kein Kind betrat seine Schule, alles lief zum Siedlungsfest. Er ging zwischen den leeren Bänken umher. Dann stand er vor der Tafel, die sich überallhin auszudehnen schien und alles mit einem schwarzen Meer bedeckte. Um einen Lichtstrahl in dies Dunkel zu werfen, nahm er die Kreide und schrieb mit großen schöngeformten Buchstaben auf die Tafel: «Kleinasien, vergib ihnen, denn sie wissen nicht, was sie tun!» Er blieb bis zum Abend in dem elenden Haus eingeschlossen. Rauchend und seufzend lief er von oben nach unten und wieder zurück. Die alten Dielen knarrten. Die Trauer der Vereinsamung drückte so auf seine Seele, als verlöre er seine Familie zum zweitenmal. Eigensinnig wischte er die feuchten Augen, dann ging er zu Fortis und machte sich ans Trinken.

Er leerte das Schnapsglas sehr langsam, ohne zu sprechen. Jedesmal, ehe er es auf den Tisch setzte, sah er zerstreut hinein, als suche er am Boden ein

Geheimnis aufzuspüren, wie die Wahrsagerinnen in den Kaffeetassen.

Aus der Ferne, von dort, wo in geraden Reihen die roten Dächer der Siedlung zwischen den silbergrauen Kronen des Olivenhaines herausragten, kam der fröhliche Lärm von Liedern und Stimmen.

Die Flüchtlinge redeten und jubelten in ihren neuen Häusern. Allmählich steigerte sich ihre Freude zu einem Volksfest.

Die Mädchen hingen Schaukeln an Bäume und Türrahmen auf und sangen Liebeslieder. Die Frauen besprachen mit kräftigen Stimmen rings um den großen Brunnen ihre Eindrücke. Das neue Rad knirschte lustig. Sie ließen das Seil hinunter, hörten den Eimer mit fröhlichem Plätschern fallen und lachten wie Kinder.

Ein neues Leben begann hier. Eine neue Welt fing an mit dem frohen Mut des Aufbruchs, bei dem man die Stricke der Vergangenheit durchschneidet und die Segel für die Fahrt in eine unbekannte Zukunft aufzieht.

Das Kaffeehaus war leer. Tsalekos arbeitete auf dem Feld.

Der kleine Lambis lief mit deutlicher Unlust umher, um die kleinen Wünsche seines Vaters auszuführen und einmal eine Olive als Bissen für den Lehrer, einmal ein Stückchen glühende Kohle für die Zigarette zu bringen.

Schließlich setzte sich Fortis vor seine Wasserpfeife, die er mit tausend wohlüberlegten Kunstgriffen vorbereitete, schlug ein Bein über das andere und ließ das Wasser gurgeln. Lambis, der nahe dabei stand, senkte seine lebhaften Augen zu seinen nackten Füßchen, von denen eines beharrlich das andere rieb.

«Jetzt habe ich keine Arbeit mehr», sagte er. «Darf ich auch nach der Siedlung gehen?»

«Na, weil du alles ordentlich gemacht hast, lauf, und sieh dir das neue Dorf an.»

Der Kleine verschwand wie ein Wirbelwind, noch ehe der Kaffeewirt seinen Satz beendet hatte.

So blieben also die beiden, der Lehrer und der Wirt, allein unter dem großen Maulbeerbaum zurück.

Die Zikaden erfüllten den schönen Nachmittag mit ihren metallischen Stimmchen, und es war, als hätten plötzlich alle leblosen Dinge, die Mauern, die Steine, die Blätter und die Hölzer, reden gelernt und erprobten die ersten Klänge ihrer Stimmen mit wildem Eifer ...

Als es zu dunkeln begann, erschien ein Fischerboot, das um die Klippenbank der Allheiligen einbog. Fortis nahm es mit Befriedigung wahr. Es würde reichlich billige Fische bringen, so daß die armen Leute sich heut abend und morgen am Sonntag sattessen konnten. Es würde auch Köder für die Angeln geben. Die Fischer ruderten, ohne zu sprechen. Sie waren alle aus Tschesme, von der Sonne kupferrot gebrannt, sie trugen weiße Hemden und weiße Hosen. Am Steuer kommandierte der alte Käpten Dumanis, eine im Hafen beliebte Figur. Er war rundlich und rosig, mit listigen lustigen Augen, blau wie die Glasperlen, die gegen den bösen Blick wirken. Seine ganze Zeit war mit Frohsinn und Späßen ausgefüllt.

Der Kaffeewirt stand auf, legte den komplizierten Apparat der Wasserpfeife beiseite und ging hinein, um das Feuer zu schüren und einen Kessel Bohnensuppe für die Ankömmlinge zu bereiten. Dumanis war mit seiner Bande Stammgast bei Fortis.

Lambis kam ebenso stürmisch zurück, wie er fortgelaufen war.

«Nun, wie war es in der Siedlung?» fragte Fortis, ohne von seiner Arbeit aufzusehen.

Der Kleine drückte seine Bewunderung in einem Pfiff aus, der wie eine Rakete auffuhr.

«Pfff, Häuser kannst du da sehen, Vater, Häuser! Sie sind rot. Sie sind gelb. Sie sind lila. Sie sind neu und schön und sauber.»

«Na», meinte der Kaffeewirt, «gut, daß du sie jetzt gesehen hast, mein Sohn. Morgen werden sie nicht mehr sauber sein.»

In Anatolien brach eine Welt zusammen, und der entwurzelte Stamm wurde nach Griechenland geworfen. All diese Flüchtlinge kamen über das Ägäische Meer angefahren, ankerten an den Küsten und schlugen dort neue Wurzeln. Ähnlich wie die «Herbstfäden», deren beflügelter Same mit seinem zarten Flaum leicht über das Meer dahinfährt und irgendwo im Bereich der Fluten, von Gottes geheimnisvollem Hauch getrieben, umherwirbelt. Dieser Same sucht eine Scholle, um in ihr stark zu werden und aufzublühen. Nur das Schicksal kennt das Land, das ihm bestimmt ist. So fliegt er eines Tages von Anatolien nach Griechenland. Und von Griechenland nach Anatolien an einem anderen Tage.

Dergestalt hatten die Flüchtlinge rings um die Klippenbank der Allheiligen Wurzel geschlagen. Jahr um Jahr mehrten sie ihr Geschlecht. Die Küste füllte sich mit neuen Stimmen und die See mit neuen Rudern.

In uralter Zeit hatte der Gotteshauch in umgekehrter Richtung geweht. Damals flog der flaumige Samen von Europa über das Ägäische Meer und blühte in Anatolien auf. Der Herr weiß, wann die «Herbstfäden» diesen Weg wieder aufnehmen werden, um den unvergänglichen Stamm mit seiner Kultur ein nächstes Mal an alten Küsten der lichtgesegneten See grünen und Frucht tragen zu lassen.

Jetzt rangen sie hier um ihr kärgliches Dasein, rührten die Hände in den Wogen, und die Madonna mit dem Fischleib stand schützend über ihnen. Sie beschirmte ihre Verehrer mit den dunkelbraunen Netzen, die an ihren Mauern und an ihrem Fahnenmast hingen.

Die Menschen befreundeten sich mit dem neuen Küstenstrich, den ihnen Griechenland gegeben hatte, um darauf ihren Lebenskampf zu führen. Sie paßten sich dem Ort und den Menschen an, formten Seele und Leib nach ihrer Umgebung. Jetzt kannten sie, besser als irgendeiner der Einheimischen, den Zug der Fische; niemand fand so sicher wie sie auf der blauen Wiese des Meeres die Pfade und die bösen Stellen, die tückischen Abgründe im Wasser, die Nester für Polypen und Hummern, die jungfräulichen Regionen, in denen sie ihre Netze auswerfen mußten. Jede Bucht und jeder Schlupfwinkel, jeder geschützte Ankerplatz und jeder Algengrund verriet ihnen seine Geheimnisse und enthüllte ihnen die verborgenen Kammern, in denen es von Schätzen des Meeres wimmelte.

Mit der Zeit lernten sie am Rande des Meeres auch den heiligen Ölbaum lieben, wie er von den Einheimischen angebetet und ausgebeutet wurde. Da keine bittere Stimmung mehr ihr Denken vergiftete, sahen sie verehrungsvoll, wie die Bauern der Insel mit schwerer Mühe die Erde in Schilfkörben auf dem Rücken schleppten und sie an hohen Berglehnen auf dem Gestein ausbreiteten, um dort oben eine neue Ölbaumwurzel neben den dreizehn Millionen Ölbäumen der Insel einzusenken.

So begriffen sie endlich den Abscheu, den die Bauern zeigten, wenn sie erleben mußten, wie die Flüchtlinge mitleidslos alte Ölbäume mit dem Beil vernichteten, um sie im Winter zu verheizen. Und je mehr sich ihr Atem mit dem der Menschen dieser Erde mischte, desto tiefer bewunderten sie dieses großartige Denkmal geduldigen Schaffens, wie es der endlose Olivenhain mit seinen zahllosen Bäumen darstellte, dessen steter silberner Wellenschlag von einem Ende der Insel zum anderen ging. Generationen um Generationen hatten diese Erde mit ihrem Schweiß und ihren Tränen fruchtbar gemacht. Sie knieten auf ihr wie der Mensch in der Kirche, um mit seinem Gott zu sprechen, oder auch vor der Frau, um ihren Leib zu gewinnen.

Die Jahre, die hingingen, ließen Einheimische und Flüchtlinge vollends eins werden. Die Fischer verbesserten ihre Arbeit und steigerten den Wert der Fische. Die schlechten Boote wurden vollständig erneuert; einige wurden mit großen Segeln ausgestattet, um weite Reisen unternehmen zu können. Der eine oder der andere setzte auch einen Motor ein und erfüllte die Gewässer mit Lärm und Benzingestank.

Der Allheiligenhafen verbreitete seinen Ruf als Fischereigrund bis zur Stadt. Manchmal kam in mondlosen Nächten eine ganze Flotte von Motorbooten angefahren. Sie zündeten ihre Lampen an, so daß das Meer erstrahlte. Im Sommer saßen die Frauen auf den Dächern ihrer Häuser und betrachteten dieses festliche Gewimmel in der Dunkelheit mit Vergnügen.

Neue Kaffeehäuser und Tavernen wurden aufgemacht, und sogar ein Speisehaus. Die Backöfen arbeiteten. Besucher aus der Stadt kamen und gingen, Ingenieure, Schiffsbauer und Fischhändler. Die Fischer der Hafenstadt verkauften ihre Fische an die Benzinboote, die in ihrem Innern Kühlschränke hatten und die Ware bis Athen brachten.

Dieses neue System von Maschinen und Benzinbooten war durchaus nicht nach dem Geschmack der alten Fischer, deren Motoren ihre eigenen Hände waren. Sie arbeiteten weiter mit den Geräten und mit der Technik, die sie von Vater und Großvater übernommen hatten. Angelapparat und Holzspeer wurden gebraucht, und langausgespannte Netze, die gemeinschaftlich eingezogen wurden, auf offenem Meer. In den seichten Gewässern diente der Spiegel, dazu nur Speerwurf und leiser Ruderschlag, den Kopf hielten sie im «Glas» und die Eisenfaust an der Seite.

Gelegentlich, wenn um das Kap herum keine

Beute zu erspähen war, schleuderten die Fischer auch eine Pulvermine, um ihr Blut in Wallung zu bringen. Und um Anatolien nicht ganz zu vergessen, machten sie sich bei günstiger Witterung auf, schlichen sich im Dunkel in die türkischen Gewässer ein und warfen dort ihre Netze aus.

Dazu waren Mut und Glück nötig. Der Wind mußte günstig sein, so daß man schnell tun konnte, was man tun wollte, ehe einen der Tag in den Gewässern Anatoliens überraschte und ein türkisches Patrouillenboot mit Verhaftung drohte. Die Türken konfiszierten die Netze der Verhafteten und ließen diese ganze Wochen vor den Gerichten zwischen Pergamon und Aivali herumlungern. Schließlich zogen sie noch Strafsummen ein.

Lathios gehörte zu denen, die in den verbotenen Gewässern heimlich fischten. Er nahm seine großen Knaben mit und fuhr los, ohne genau zu wissen, mit welchem Ziel. Oftmals kehrte er mit reicher Beute zurück. Er verkaufte sie glänzend, und solange die kleine Münze reichte, ging er gegen Abend zu Fortis, um dort allein und wortlos zu trinken. Bis ihn spät in der Nacht seine Schwiegermutter heimführte.

Wenn ihn die andern bei solchen Gelegenheiten fragten, wo er die Netze ausgeworfen habe, antwortete er mit wenigen Silben, in unbestimmter Richtung nach der Klippenbank weisend: «Na, da draußen.»

«Ah, da draußen», sagten die andern und schlossen die Augen.

Die Türken faßten ihn zweimal und konfiszierten seine Netze, jedesmal fünf und zehn Posten, ein ganzes Vermögen. Hartnäckig stürzte er sich dann in die Arbeit und – ging wieder los.

Sein Kopf vermochte diese «getrennten Gewässer», in denen man ihn festnahm, nicht zu fassen. «Stell dir vor, die Menschen teilen das Meer», sagte er. Das Festland – gut. Das verstand er. Auf die Erde setzte man den Pflug, man säte und begoß sie und quälte sich, um ein Stück für sich zu haben. Darum hämmerte man auch einen Pfahl ein, wischte sich den Schweiß ab und sagte: Bis hierher bestimme ich! – Aber die See – sie gehörte Gott. Sie war wie der Himmel. Wer pflügte sie und wer säte die Fische aus? Gott nährte sie für alle Menschen.

18

Unter den Häuschen der Ufersiedlung tat sich die Wohnung von Varuchos sehr schnell hervor. Nerantzi pflanzte Schlinggewächse an der Außentür. Diese begannen schon ihre Ranken voll saftiger Blätter über den Türrahmen auszudehnen. Da stellte sie Schemel auf beiden Seiten auf, um dort am späten Nachmittag zu sitzen, wenn die Sonne im Sinken war. Sie rief Meister Jorjis, den Schmied und Monteur der Fabrik, und ließ ihn außen an den Fenstern Eisenbehälter für die Blumentöpfe anbringen.

Smaragdi wuchs in der Obhut der guten Frau auf wie ein kräftiges Reis. Nerantzi widmete sich der Pflege ihrer angenommenen Tochter mit beinahe religiösem Fanatismus. Ihre sorgliche Lenkung hüllte das Kind den ganzen Tag über in eine warme Atmosphäre der Zärtlichkeit. Auch nachts blieb sie nahe bei dem Kopfkissen der Schlummernden, um sie im gedämpften Lampenlicht ekstatisch zu betrachten.

Die Kleine gewöhnte sich daran, auf dem Rücken zu schlafen. Dann legte sie die Ärmchen wie einen Kranz um den Kopf, den eine Fülle goldblonder Haare umrahmte. Sie atmete ruhig. Ihr rosiges Gesichtchen zwischen den dichten Locken war so schön, daß Nerantzi manchmal, von geheimer Scheu ergriffen, den Blick davon abwandte. Sie fürchtete, daß dieser schwache Atem von einem Augenblick zum andern anhalten könnte. Darum bekreuzigte sie die kleine Brust des Kindes mit ihrer Handfläche. Zugleich wandte sie die Augen von ihm ab, daß ihm die Gewalt der aus ihr strömenden Liebe keinen Schaden bringe.

Manchmal wachte die Kleine auf und sah über sich Nerantzis schützendes Gesicht. So wurden die bleichen Züge der Frau in Smaragdis Einbildungskraft und in ihr Herz eingezeichnet. Es war ein sanftes und ernstes Bild, das ununterbrochen über ihrem Dasein seinen Schutz ausbreitete. Ein hageres und dunkles Bild, wie das der «Madonna vom Süßen Kuß», mit zwei Riesenaugen voll flammenden Lichtes, mit zarter Haut, wie ein seidenes Tuch, die auf der breiten Stirn von feinen Runzeln durchzogen war. Die kupferfarbenen Ringe, die um diese Augen lagen, machten ihre Größe und ihren Glanz noch unheimlicher. Trotzdem zitterte das Kind niemals vor ihrem Gefunkel, da es sogleich in das sanfteste Lächeln der Mutter überging, wenn es dem Blick der geliebten Kleinen begegnete.

Smaragdi sagte: «Mütterchen.» Sie griff nach den abgearbeiteten Fingern, die sorgfältig ihre Haare ordneten. Überall wärmte sie sich an der Sonne der Liebe. Dennoch, als sie anfing, ihre Füßchen zu gebrauchen und ein wenig über die Grenzen des kleinen Hauses hinauszutreten, entdeckte sie ihren ersten Feind.

Das war Markos, ein zimtbrauner, ältlicher Hund, den der Fabrikwächter hielt, um das Gemüse im Garten der Ölpresse zu bewachen. Der Gartenzaun grenzte auf der Bergseite an Varuchos' Häuschen und war mit vier Reihen Stacheldraht bespannt. Hier sah Smaragdi nun zum erstenmal, wie Markos sie betrachtete. Sie erschrak und lief fort, da der Blick des Hundes böse war. Das Tier öffnete sein häßliches Maul und zeigte ein paar spitze gelbe Zähne.

Zum erstenmal empfand Smaragdi Furcht; aber ein merkwürdiger Eigensinn hinderte sie, dem Mütterchen irgend etwas davon zu sagen. Das gleiche geschah jedesmal, wenn der Hund und das kleine Mädchen sich trafen. Markos war eigentlich kein bissiger Hund, so gefährlich sein großer Kopf und seine dicken Beine auch aussehen mochten. Er war zahm mit aller Welt; nur gegenüber Smaragdi packte ihn eine unerklärliche Wut. Er konnte dem Kind nicht begegnen, ohne zu knurren, seine Zähne zu zeigen und sich auf es stürzen zu wollen.

Smaragdi fühlte ihr Herz laut gegen ihre Brust schlagen. Sie erbleichte. Ihre Hände wurden kalt, obwohl sie ihre Angst zu unterdrücken suchte. Sie trachtete Markos in Güte zu gewinnen. Oftmals warf sie ihm Brotstücke oder einen Knochen zu. Dann lächelte sie ihn freundlich an und erwartete, daß er mit dem Schwanz wedeln würde.

Aber das half nichts. Der Hund wurde nur noch wütender und fing an, sie feindlich anzubellen, als hätte sie Kiesel nach ihm geworfen. Schon bekam sie in ihren Träumen Furcht vor ihm. Zuletzt geschah das, wovor sie zitterte.

Nerantzi schickte sie eines Tages, ein Stück Brot, Zwiebeln und Essen in einer bedeckten Tonschüssel zu ihrer Barke zu tragen, da der Vater noch seine Arbeit beenden mußte und nicht nach Hause zum Essen kommen konnte. Smaragdi zog mit all diesen

Dingen ab, die schön in eine Serviette gewickelt waren. Am Strand, ehe sie den Platz des Hafens erreichte, kam Markos über einen Feldweg gelaufen und stürzte sich auf sie.

Das Kind schrie auf. Ihm wurde vor Schrecken übel, als es die haarige Schnauze des Hundes auf seinem Gesicht fühlte. Es fiel auf die Nase, Blut tropfte über seine Bäckchen. Leute liefen herbei und vertrieben das wilde Tier mit Stöcken. Sie hoben Smaragdi in die Höhe und brachten sie zu Nerantzi. Ihr Röckchen war von den Hundezähnen zerfetzt. Das Kind zitterte am ganzen Leibe und erholte sich erst nach langer Zeit.

Erst jetzt vertraute Smaragdi dem Mütterchen ihre früheren Erlebnisse mit Markos an. Seine unerklärliche Tücke, und wie sie immer wieder versucht hätte, seine Feindschaft zu überwinden. Nerantzi hörte zu, streichelte das Kind, und eine böse Flamme leuchtete in ihren Augen auf. Sie pflegte die Kleine und suchte sie zu trösten. Sie dachte sich tausend Schnurren aus, um das schreckliche Erlebnis aus ihrem Sinn zu verscheuchen. Schließlich versicherte sie ihr, Markos würde ihr nie mehr unter die Augen kommen. Dabei leuchtete wieder jene böse Flamme in ihrem Blicke auf.

Sie sorgte dafür, daß das Kind nicht mehr allein das Haus verließ. Entweder mußte sie selbst dabei sein oder Varuchos, falls es nicht Muhme Permachula war oder Manolis, der älteste Junge von Lathios. Der sagte zu ihr: «Wenn ich bei dir bin, hat auch das stärkste Tier Angst, dich zu ärgern.»

«So stark bist du?» fragte Smaragdi ungläubig.

Manolis antwortete hierauf nicht, sondern fing an, ihr zu erzählen, wie ein Mann aus Kutali einen Löwen, der sich auf ihn stürzte, mit der einen Hand am Oberkiefer und mit der andern am Unterkiefer gepackt und ihn wie eine Sardelle mitten durch gerissen habe. «Da, so, durch. So einer war Panajis aus Kutali.»

Am nächsten Tag zeigte er ihr eine Schleuder aus starkem Segeltuch. Er tat einen Kiesel hinein.

«Sieh her», sagte er zu ihr.

Er ließ den Stein mit Macht über seinen Kopf kreisen und schleuderte ihn weit hinaus zum Meer. Der Stein pfiff laut beim Abfliegen und sang auf seinem ganzen langen Weg, bis er in die Wogen fiel.

«Das war für Markos», sagte er zu ihr. «Eines Tages gehe ich und mache ihn tot, weil er dich gebissen hat.»

Mehrere Tage später fand man Markos verendet.

«Du hast ihn getötet», sagte Smaragdi zu Manolis und war böse.

«Nein», sagte Manolis. «Ich habe es nicht getan», und schlug die Augen voll Schuldbewußtsein nieder.

Der Wächter sagte, das Tier habe sehr gelitten. Es habe stundenlang Krämpfe gehabt, ehe es mit ihm zu Ende ging. Sicher habe ihm irgend jemand

Rattengift gestreut. Man warf den großen Kadaver ins Meer. Dort schwoll sein Bauch, und seine Beine reckten sich wie Stangen empor. Drei Tage schaukelte er auf den Wellen, bis der Wind umschlug und er verschwand.

Smaragdi ging aufs neue an dem Drahtzaun vorbei und warf wider Willen einen Blick auf die Stelle, wo sie dem grausigen Kopf mit den braunen Augen, die ein unauslöschlicher Haß erfüllte, begegnet war. Ein kalter Schauer überrieselte sie, und sie hörte wieder ihr Herz klopfen. Schließlich ging auch diese Angst vorbei, und sie empfand nur noch Erleichterung, mit Betrübnis gemischt.

Eines Tages, als sie wieder von Markos sprachen und Manolis seine Schleuder erprobte, sagte er zu ihr: «Ich wollte ihn töten, weil er dich gebissen hat; aber ich küsse das Kreuz, ich habe es nicht getan.»

Und er schleuderte vor ihren Augen einen Stein, der noch weiter ins offene Meer hinausflog als der frühere und sein Lied sang, ehe er verschwand. Dann drehte er sich um und sagte zu ihr: «Trotzdem, wenn es geschieht und ein Löwe kommt ...»

In den Augen Nerantzis erlosch jetzt jene böse Flamme. Wenn man über den Tod von Markos sprach, äußerten alle ihr Erstaunen über die unnatürliche Feindschaft dieses Tieres gegen das Kind. Nur die alte Permachula wiegte den Kopf, blickte Smaragdi bedeutungsvoll an und sprach in abgebrochenen Sätzen: «Jaja ... da gibt es Dinge ... ich sage ...»

«Was für Dinge, Muhme Permachula?»

«Nichts, nichts.»

Sie wollte ihr Geheimnis nicht preisgeben.

19

Unter den Fischerkindern, die sich zu unregelmäßigen Fristen in Avgustis' Schule zusammendrängten, erschien eines Tages auch Smaragdi. Sie hielt ein Säckchen aus Gummituch in der Hand, trug Sandalen an den Füßchen und eine hellblaue Schleife in ihrem gekämmten Haar.

Die andern standen um sie herum und staunten.

«Wirst du das jeden Tag tragen?» fragte ein barfüßiges Mädchen mit ungewaschenem Mäulchen.

«Ja», sagte jene mit einem Lächeln, das Verzeihung zu erbitten schien.

«Was bleibt dir dann zu Ostern anzuziehen übrig?» fragte das Mädchen ratlos und berührte mit seinem Finger die Schleife.

«Sie ist eben die einzige Tochter», erklärte ein Junge.

Da mischte sich Jana, die Tochter von Gatzalis, ein. Sie runzelte boshaft ihre schwarzen Augenbrauen und warf das böse Wort hin: «Einzige Tochter? Ich bin eine einzige Tochter. Sie ist eine Uneheliche.»

Nun fuhr Lambis, der Sohn von Fortis, dazwischen und riß Jana am Zopf. Sie schrie vor Schmerz.

«Was juckt dich, daß du dich einmischest?» fragte ein anderes Mädchen den Jungen.

«Smaragdi ist meine Patenschwester», sagte er.

Jana heulte, und Lambis bekam vor Aufregung ein feuerrotes Gesicht.

In diesem Augenblick trat der Lehrer ein. Sofort war alles still. Dennoch blieb das böse Wort während der Schulstunde in Smaragdis Herz wie ein Stein liegen. Sie bewahrte ihn gleichsam auf und lief dann geradewegs zu ihrem Mütterchen. Was bedeutete das? Die düstere Flamme blitzte in den Augen Nerantzis auf, während sie sich umdrehte und zum Haus von Gatzalis hinsah. Sie schloß das Kind leidenschaftlich in die Arme, als wollte sie sein Gesicht vor einem Schlag oder einem Schmutz, den jemand ihm anwarf, beschützen.

Das Mädchen zeigte sofort Liebe zum Lernen. Sein Interesse erstreckte sich auf alles, was Avgustis den Fischerkindern beizubringen unternahm.

Er selbst war von der Anmut des Kindes, wie jedermann, der ihm nahe kam, bezaubert, und sagte unverblümt zu Fortis: «Ich versichere dir, Herr Komninos, daß ich nur für dein Patenkind tue, was ich tue. Mit den anderen komme ich nicht voran.»

«Hörst du das?» mahnte der Kaffeewirt seinen Sohn.

Lambis hörte es wohl und schämte sich vor seinem Lehrer. Er bekam rote Ohren und senkte den Kopf, immerfort an Smaragdi denkend.

Freilich machte er sich nichts aus dem Lernen. In Wahrheit war es so, daß er den alten Avgustis, den Schnapsbruder, nicht liebte, der noch in der Klasse nach seinen Getränken roch. Außerdem sprach er immerfort über Dinge, die nichts mit dem Meer und den Bäumen zu tun hatten. Und nur diesen galt das Denken des Knaben. Manchmal saß der Lehrer auf seinem Stuhl und weinte und schnaubte sich die Nase, ohne sich zum Unterricht aufzuraffen. Dann fingen die Kinder Fliegen, spießten sie auf Holzsplitter oder ließen sie in der Klasse umherschwirren. Das einzige Ergebnis war, daß der Alte die Buben einen halben Tag lang vom Schwimmen, vom Angeln und vom Vogelfangen fernhielt. Keiner von ihnen lernte gern. Aber Lambis ging noch weiter. Er haßte das Lernen geradezu.

Smaragdi jedoch, die mit weitgeöffneten meergrünen Augen den Geschichten des Alten lauschte und ein herzerwärmendes Lächeln aufsetzte – wie konnte jemand sie nicht lieben?

Wenn Lambis zur Schule ging, tat er es nur ihr zuliebe, und ein wenig seines Vaters wegen. Er wußte, daß auch andere Jungen nur Smaragdi zuliebe hingingen. Um sie auf der alten Bank in ihrem dunkelblauen Röckchen zu sehen, mit ihren blanken Sandalen unter so vielen kleinen Barfüßern, und mit jenem dicken blonden Zopf, dessen lockiges Büschel mit dem blauen Schleifenband umwunden war.

An all das dachte Lambis, fühlte seine Ohren brennen und rieb an einem Knopf.

«Du willst also nicht lesen lernen?» fragte Fortis mit einer vor Betrübnis sanften Stimme.

Der Kleine antwortete nicht.

«Sprich! Ich frage dich», befahl nun sein Erzeuger streng. Er antwortete: «Ich will nicht, Vater.»

Dann senkte er wieder die Wimpern, die, schwarz und dicht, einen Schatten auf seine dunklen Bäckchen warfen.

«Und was soll aus dir werden, du Tor? Wirst du Stichlinge fangen oder dein ganzes Leben lang unsere Ziegen hüten?»

Lambis antwortete, ohne die Augen zu heben: «Ich bleibe bei dir und helfe dir, Vater. Bald, wenn du alt und matt wirst, bin ich neben dir und kommandiere das Geschäft und die Felder.»

Er sprach mit Ernst und Entschlossenheit, wie einer, der diesen Plan oft in seinen Gedanken erwogen und geklärt hatte.

Fortis bemühte sich, den Erzürnten zu spielen; aber sein Herz schmolz vor Rührung. Er wollte seinen Sohn in die Arme schließen, ihn auf seine schwellenden roten Lippen küssen und seine dunklen Haare streicheln. Doch wollte er auch seine Schwäche nicht zeigen. Er gab ihm also einen Klaps hinten drauf und sagte: «Fort mit dir. Das ist dir also bestimmt: dein ganzes Leben barfuß und ärmlich umherzulaufen. Jetzt geh schwimmen. Danach sehnt sich dein Herz, du Strolch.»

Avgustis machte eine zweifelnde Bewegung.

«Wer weiß», sagte er, «vielleicht hat der Junge recht. Eines ist lernen, ein anderes ist weise sein.»

«Und wie soll er im Leben vorwärtskommen?» seufzte Fortis sorgenvoll.

Da sprach der Schulmeister mit seiner leisen Stimme zu ihm: «Das will ich dir sagen, Komninos. Im Leben fangen es manche mit dem Herzen an, manche mit dem Gehirn. Bald herrscht das eine, bald das andere. Ich liebte von Kindheit an die Bücher. Dennoch lebte und marschierte ich immer nach meinem Herzen. Nach meinem vereinsamten Herzen. Ich schliff dies hier» (dabei zeigte er mit dem Finger auf seine Stirne), «soviel ich konnte. Was nützte es? Es war und blieb für mich immer nur ein geschliffenes Schwert, das in seiner Scheide steckenblieb. Und wenn es doch einmal herausfuhr – stach es in mein Herz.»

Er trank und trank, um seinen Gram zu ersticken, bis seine Hände zitterten. Das Trinken schnitt ihm den Appetit ab. Er begnügte sich mit den Bissen zum Schnaps, in dessen Fluten er seine düsteren Gedanken ertränkte.

Nur am Samstagabend legte er sich nüchtern zu Bett. Denn jeden Sonntag zog er seinen guten Anzug an und stieg zur Kirche nach Murja hinauf. Dort bei der Heiligen war er der Psalmodierer zur Rechten, um sein armes Gehalt zu vergrößern und die Melodien der byzantinischen Musik zu genießen. Er psalmodierte nach der alten, bis auf die Epoche des orthodoxen Kaisertums zurückgehenden Überlieferung, die im einfachen Volk weiterlebte.

Dennoch schwächte der Trunk seine Stimme, und die Kirchenvorsteher brummten schon über ihre Heiserkeit und Härte, sobald sie nach der Liturgie den Kaffee in der Sakristei einnahmen.

«Ach, das kommt vom Alter», sagte Avgustis, mit demütigem Lächeln über die Kaffeetasse gebeugt.

«Wäre es nur das Alter!» Einer der Vorsteher gab ihm diesen bedeutungsvollen Stoß.

Die andern stimmten mit allgemeinem lautem Schlürfen zu.

Avgustis bekam nichts anderes zu trinken.

20

Sobald Smaragdi kräftig genug war, nahm Varuchos sie mit sich in das Boot, damit sie ihm bei der Arbeit helfe, wenn der Augenblick es verlangte. Man sah sie beide mit der Stange die alte Barke bugsieren, die sich langsam und schwerfällig bewegte, ehe sie ins Freie kam. Dann setzte sich die Kleine an die Ruder; und er selbst beugte sich über den Bootsrand und steckte seinen großen Kopf, der noch zottiger erschien, seit er weiß wurde, in den Spiegelapparat.

Die Barke senkte sich nach der Seite, auf der sein dicker Körper das Gewicht verstärkte. Die Kleine ließ das Fahrzeug vorwärtsgehen oder stillstehen, während sie ihre Kinderhände fest an die Ruder hielt und aufmerksam den kurzsilbigen Befehlen lauschte, die er in abgehackten Rufen aus der runden Blechbüchse des Spiegelapparats gab.

Das Licht durchdrang das Gewässer mehrere Ellen tief bis zum Grund. Unter dem roten Kiel spiegelte sich die Farbe des Bootes wie ein Gewirr von dicken Fäden, die ins Meer geworfen waren und dort flimmerten. Häufig nahm Smaragdi den Spiegelapparat, steckte den Kopf hinein und bat Varuchos, sie in der magischen Landschaft der Tiefe spazierenzuführen. Er begann damals, den ganzen Tag vor den kleinen Buchten, in denen sich die Küste öffnete, in gemächlicher Arbeit zu verbringen.

Vor dem runden Glas zogen langsam die seichten Gründe vorbei, durchsichtig, mit bläulichen Kieseln ausgelegt, mit Muscheln und grünem Sande geziert. Die bunten Fische schwammen glücklich in diesem strömenden Licht hin und her. Einige bewegten sich träge, als vergafften sie den guten Tag, der die Tiefe golden machte. Andere wiederum flitzten wie zu eiliger Arbeit. Manche schwammen allein; aber es gab auch ganze Schwärme, die mit Disziplin, von einem Willen, von einem Befehl gelenkt, dahinzogen. Niemand hörte den Befehl, niemand sah den Wink des Führers, dennoch folgten ihm die Fischlein alle miteinander, wie kleine gedrillte Soldaten bei der Parade.

Von Varuchos lernte Smaragdi den Namen, die Gestalt und die Farbe jedes einzelnen kennen. Tiefen Eindruck machte ihr der «Christusfisch», der die Zeichen beider Finger Christi trug. Doch am besten gefiel ihr die Barbe. Sie hatte ein Seidengewand aus bunten Bändern, das vom Kopf bis zum Schwanz herunterhing. Grüne, rote, orangefarbene Bänder. Und dann die himmelblaue Barbe, ein Wunder von Schönheit, vom Meere geboren und vom Himmel in seine zarteste Farbe gekleidet.

Jetzt fluteten Algen vorbei, im geheimnisvollen Rhythmus der Tiefe bewegt. In ihnen hausten schwarze Igel und hingen mancherlei dunkelglitzernde Fische.

Dann gelangte man zur Tiefe. Die Wasser strudelten abwärts. Höhlen unter zerklüftetem Gestein wechselten mit Abgründen, von Rankengewächsen überzogen. Blätter flatterten wie Zungen aus ihnen hervor, und seltsame Blüten mit gläsernen Kelchen, und purpurne, perlrunde Früchte schaukelten sich darin. Zwischen ihnen schlängelten sich dunkle

Fische, und Quallen stiegen bis zum Schaum der Wellen empor, ihre bläulichen Schirme spannend.

Varuchos zeigte ihr die Höhlen der Fische und die Kammern, wo die Polypen lauerten, um ihre acht Fangarme zum Kampf herauszuschnellen. Wenn diese sehr hungerten, begannen sie an den Spitzen ihrer eigenen Glieder zu fressen. Sie wußten, daß sie in kurzer Zeit wieder nachwachsen würden.

Er erklärte ihr, daß alle diese Wesen, die so glücklich und schön in blauen und goldnen Gewässern erschienen, ihr Leben in Bangen und Angst dahinbrachten. Den Hummer lähmte der Schrecken, wenn man ihm vor sein Nest ein Stück Polypenhaut hängte, und ganze Herden von kleinen Fischen wurden die Beute von großen, die das Schaumgebiet abweideten.

Das Geheimnis der Tiefe, das Tag für Tag vor ihren staunenden Sinnen seine Wunder darbot, verfolgte sie noch weiter. Nachts sah sie mit ihrer starken Phantasie all diese Landschaften wieder. Sie wandelte durch die lichten Gewässer, von ihrem silbernen Schimmer umflossen. Mit den Händen schob sie lange Girlanden von Meerblumen beiseite, um den Eintritt in Korallenhöhlen freizulegen. Dort drinnen funkelten die Rosenkreuze und wachten die grausigen Polypen mit ihren vorquellenden kalten Augen, aus denen List und Bosheit starrten.

Varuchos hörte befriedigt zu, wenn sie dem Mütterchen von den Wundern der Spiegelspaziergänge erzählte. Sie war von allem gefesselt, was das Meer und seine Geheimnisse anging.

Aber auch der alte Lehrer hatte mit der Lebhaftigkeit ihres Geistes zu tun. Tatsächlich war Smaragdi bei seinem Unterricht oftmals das einzige Kind, das zu lernen gewillt schien. Avgustis sah dies immer wieder und faßte endlich den Entschluß, überhaupt nur noch für sie zu reden.

Sie lauschte ihm begeistert, wenn er Geschichten aus der Mythologie erzählte. Auch von der Seejungfrau Gorgone, der Schwester des großen Alexander, berichtete er ihr, die in den Meeren umherschwimmt, einen Schlag mit ihrem Fischschwanz tut und vor dem Bug griechischer Schiffe aus dem Schaum emportaucht. Sehnsüchtig befragt sie die Kapitäne nach ihrem Bruder. Und wenn sie freundlich mit ihr reden, bringt sie ihnen neue Melodien und neue Lieder bei.

«Sie ist Griechenland», sagte der Lehrer, von seinen eigenen Visionen hingerissen.

Smaragdi sah sie ganz lebendig aus den Fluten auftauchen, in der Gestalt der Allheiligen auf der Klippenbank. Sie trug die Himmelskrone über dem kirschroten Kopftuch und blickte streng aus großen grünen Augen, das Meer mit ihrem silbernen Schwanz aufpeitschend.

Eines Tages, als die Mutter sie zum Weihrauchstreuen mit hinaufnahm, glaubte Smaragdi die Stimme der Allheiligen zu hören, während sie sich vor der Ikone bekreuzigte. Sie stellte jene Frage nach Alexander. Zitternd unterbrach sie ihr heruntergeleiertes Gebet und gab hastig Antwort: «Er lebt und ist König, meine Herrin, und regiert die Welt.»

Und die Allheilige lächelte ihr zu, so daß sie in Ruhe ihr Gebet fortsetzen konnte.

*

Als ihre Schulzeit zu Ende gegangen war, fühlte Avgustis sein Herz gepreßt, sooft er die alte Bank vor sich sah, wo sonst jeden Morgen der Lockenkopf mit dem goldenen Zopf, dick wie ein Schiffstau, zu erscheinen pflegte. In der zerbröckelnden Klasse fehlte jetzt das Licht, das um das Antlitz des Kindes schimmerte. Die blaugrüne Flamme, die alle Dinge dort verklärte, war verschwunden. Ihre Augen ruhten nicht mehr auf der schiefen Wandtafel, den klappernden Fensterläden und dem halbzerbrochenen Stuhl. Auch manche Kinder schienen das zu fühlen. Lambis, der zwei bis drei Jahre in jeder Klasse gesessen hatte, brannte für immer durch, als seine Patenschwester Smaragdi die Schule verließ.

Oft ging Lambis zur Klippenbank hinauf und setzte sich auf ihren höchsten Vorsprung, den man den «Balkon» nannte. Jäh unter ihm dehnte sich der unbetretbare Abgrund. Von dort oben beobachtete er die Barke, die am Felsen des Wachtturms vorbeifuhr. Der Alte saß an den Rudern, das Mädchen stand aufrecht am Bug, gleichzeitig mit seiner Bewegung auf und nieder schwankend. Dabei ruhte ihr Körper fest auf den Planken des Decks. Ihre linke Hand lag an der Hüfte, mit der rechten schützte sie die Augen gegen die Sonne, einer festlichen Fahne gleich, wenn der Wind ihren kurzen blauen Rock über den hellgebräunten Beinen flattern ließ. Wenn die Barke weit entfernt war, kehrte der Knabe mit trübem Gesicht in die Schenke zurück.

Manchmal blieb auch Varuchos selber mit Stolz in den Anblick seiner Pflegetochter versunken. Er fühlte, daß ein Hauch der Ferne sie umwehte, dessen Rätsel er nicht zu ergründen vermochte. Und da er nicht gewohnt war, sein Gehirn mit der Frage nach dem Sinn der Dinge zu belasten, hörte er auf zu grübeln und begnügte sich, vom Heck der Barke aus ihre Figur aus dem Wasser zum Himmel steigen und zurück in den blauen Abgrund sinken zu sehen.

Smaragdi blickte wortlos in die Ferne. So verweilte sie lange Zeit. Ihr Auge schaute über das Meer und die Felsen, über die fernen Bäume und die Hügel mit dem gelben Getreide. Auf der entgegengesetzten Seite, wo die Farben des Himmels und des Meeres sich berührten und vermischten, zog sich rotgolden das Festland Anatoliens hin.

Und solange die Sonne die Atmosphäre durchglühte, erhoben die Vorsprünge der Insel ihre Spitzen wie Schiffsmaste in die helle Luft.

«Wonach schaust du denn aus?» fragte eines Tages der Alte.

Überrascht drehte sie sich um, hob die Schultern und lächelte verlegen; denn sie wußte es auch nicht zu sagen.

Dann kam es ihr drollig vor, und sie lachte laut. Sie lief herbei und krallte ihre Finger in seinen Haarpelz. Sie hörte ihr eigenes Lachen von Lust und Gesundheit sprudeln.

Sie fragte: «Darf ich jetzt schwimmen?»

Das war das Glück! Wenn die Mutter sie bestrafen wollte, verbot sie es: «Diese Woche gibt es kein Schwimmen!»

«Schwimm nur, Goldfisch!» sagte der Alte.

Sie ging in die Kabine hinab, warf ihr Kleid fort und schoß kopfüber wie ein Pfeil in die dunkle Tiefe.

«Das Meer zieht sie an», murmelte der Fischer in seinen Bart.

Und er dachte daran, daß das Meer sie ihm geschenkt hatte.

Als sie zum erstenmal im offenen Meer in die Tiefe sprang, während alle anderen ihr Bad nur verborgen hinter dem Felsen des Wachtturms nahmen, empörten sich die Familienmütter, und Nerantzi erschrak.

«Was heißt das? Du springst ins offene Meer? Du, als Mädchen, allein? Daß ich dich nicht noch einmal dabei ertappe!»

Das änderte aber nichts. Schließlich fanden Männer und Frauen es natürlich, daß Smaragdi in anderer Weise als die übrigen Mädchen schwamm.

Fortis verstand den Drang nach Freiheit, der jede ihrer Bewegungen auszeichnete. Er fand ihn natürlich.

«Die Mädchen in Amerika ...»

Und Varuchos wiederholte, um eine Erklärung für ihre Art zu geben: «Das Meer, siehst du, zieht die Kleine an. Hat es sie denn nicht geboren?»

Smaragdi selbst bat das Mütterchen oft, ihr die Umstände ihrer Ankunft zu erzählen.

«Ich hab' es dir doch schon oft gesagt, Tochter!»

Das Kind legte den Kopf auf ihren Schoß und preßte die kleine harte Hand, die es streichelte, heftig gegen sein Gesicht.

«Das macht nichts. Erzähl es noch einmal, Mütterchen!»

Und die Muhme Nerantzi wühlte mit den Fingern in den goldenen Haarwellen, richtete die traurigen Augen nochmals auf die Vergangenheit und erzählte wieder.

«Na, also. Es war Sommer, ganz, ganz früh, als ich gerade die Augen öffnete. Ich lag noch auf dem Bett, da höre ich den Klopfer an der Tür. Dein Vater war es, er kam aus der Stadt zurück. Er war zu unserm Gevatter, dem Bischof, gegangen. ‚Steh auf, Frau!' ruft er. ‚Sieh, was ich im Boot gefunden habe. Unter dem Bug war es, im Fischkorb wimmerte es. Ach, der Schelm, der Schelm!' Ich öffne die Windeln und sage zu ihm: ‚Daß du es weißt', sage ich zu ihm, ‚der Schelm ist ein Mädchen.' Na, so geschah es. Und du kamst zu uns. Gott liebte uns und schickte dich uns.»

Sie fragte auch Varuchos.

«Sag mir, Vater, wie du mich fandest.»

«Ich hab' es dir gesagt. Das Meer schickte dich.»

«Mütterchen sagt, Gott schickte mich.»

«Spotte nicht! Das bedeutet das gleiche.»

«Nun gut. Sag es jetzt!»

«Ich hab' es dir gesagt. Ich war betrunken. Ich kam aus der Stadt, ich höre ein Winseln am Bug. ‚He', sage ich, ‚wie konnte zu dieser Stunde ein Hündchen ins Boot fallen?' Verschlafen und schwindlig von der Nachtwache und vom Schnaps lasse ich das Steuer fahren. Ich beuge mich über den Korb. Wer rief, das warst du. Na, so war die Geschichte!»

21

Muhme Permachula wußte diese Dinge besser und erklärte sie anders. Für sie war das Leben untrennbar mit dem Wunder und dem Märchen verknüpft, wie am Webstuhl der Zettel mit dem Einschlag.

Smaragdi genoß mehr als alle andern Kinder ihr Vertrauen. Sie erhielt das goldene Schlüsselchen und durfte, wann immer sie wünschte, in die magische Welt der Alten eintreten.

Einmal fand die Alte Smaragdi in der Abenddämmerung, den Angelapparat auf dem Sande ordnend. Der Korb stand auf ihrem Schoß, sie kaute geröstete Feigen und reihte sorgfältig die gesäuberten Haken am Rande des Korbes auf.

Muhme Permachula setzte sich neben das Mädchen, holte aus ihrem Busen ein Parfümfläschchen mit Kognak und tat einen kleinen Schluck, genießerisch die Augen schließend. Sie wischte ihre Lippen mit der Handfläche ab und trocknete diese dann an ihrem Kleid.

«Ach, Gott sei Lob und Dank!»

Sie seufzte, durchdrungen von der melancholischen Zufriedenheit hochbejahrter Menschen, die sich gut auf den Beinen halten.

Smaragdi bat sie, ohne ihre Arbeit zu unterbrechen: «Erzähle mir etwas, Großmütterchen, damit die Zeit vergeht.»

«Was soll ich dir erzählen, meine Sultanin?»

Die Kleine drehte sich lächelnd zu ihr. Sie schob den Korb und die Schnüre beiseite.

«Komm, Großmütterchen, erzähl mir's! Der Vater sagt, das Meer schickte mich. Die Mutter sagt, Gott schickte mich. Warst du dabei, als ich ankam?»

«Natürlich war ich dabei, meine Herrin. Es war in

der Frühe, als der Himmel hell wurde. Es gab großen Lärm, Leute liefen ins Haus. Doch wer kann wissen, wie es geschah, daß ein solches Mägdlein in der Barke eines betrunkenen Fischers gefunden wurde? Es war wie ein Sternchen im Korb, alle ringsum sahen es, berührten es und wurden betäubt. Es hatte Gold im Haar und Smaragde in den Augen. Es sah die Menschen an, die um es herumstanden und deren Herz mit einemmal wie eine Rose aufblühte. Es lächelte, und der Himmel öffnete sich. So ein fremdländisches Mädchen ... he, was weiß das Volk hier? Es sind einfache Leute, außer Fischen und Schnaps kennen sie nichts. Was sie nicht wissen, sehen sie nicht. Was sie nicht sehen, wissen sie nicht.»

Sie schwieg und rührte mit der Spitze des Zeigefingers an Smaragdis Kinn. Dann redete sie leiser, in vertraulichem Ton:

«Jedoch, wenn einen das Schicksal zum Samstagskind gemacht hat, wie mich müdes altes Weib, und wenn man in dieser Welt mehr als hundert Jahre zugebracht hat, ja, dann erfährt man viel und lernt viel und verrät wenig. Fragst du, warum? Ach, meine Taube. Die Menschen heutzutage laufen vor der Frömmigkeit fort. Sie spotten, wenn du davon sprichst, und halten dich für eine Faslerin. Wenn dem Menschen der Glaube fehlt, späht er umher und sucht nur seine Interessen. Gott liebt so etwas nicht. Darum hat uns der Herr verleugnet und uns die sieben Flüche und die zwölf Plagen geschickt...»

Sie zog das Fläschchen hervor, tat einen kleinen Schluck und stöpselte es sorgfältig wieder zu.

«So waren die Menschen in der alten Zeit nicht. Sie waren noch nicht zu schlau. Man sagte ihnen, daß die Allheilige empfing, als sie an der Himmelslilie roch, die ihr der heilige Engel brachte, und niemand kam auf den Gedanken, es nicht zu glauben. Na, die Felsenbank der Allheiligen ist nahe bei uns. Frage deinen Patenonkel, der von hier stammt. Er muß es als Kind erlebt haben. Ehe sie die unbedachten Sprengungen machten, war dort in dem Felsen auf einem Stein der Abdruck des Füßchens der Allheiligen. Der kam dorthin, als sie in den Städten und Dörfern umherschweifte, um ihren Einzigen Sohn zu finden. Die Trauerklage am Karfreitag spricht von dieser Irrfahrt der Großen Freudenmutter. Die Engel, welche sie auf ihren Flügeln trugen, brachten sie auch hierher. Sie rastete auf der Klippenbank wie ein Adlerweibchen, und seitdem nannten die Leute den Felsen ‚Klippenbank der Allheiligen'. Dort, wo sie ihr goldenes Füßchen zuerst hinstellte, wurde der Stein weich und empfing die Form ihrer Sohle wie weiches Wachs.

Das wissen die Alten auch noch. Sie gingen hinauf und küßten den Stein und zündeten Kerzen an. Ich weiß es; denn als ich ein junges Ding war, brachten mich meine Eltern im Boot hierher, und wir feierten Mariä Himmelfahrt am fünfzehnten August. Geh heute und sage es all denen, die nichts mehr feiern. Sie werden sagen, du seist närrisch ... Jetzt gehen sie dort nur noch hinauf, um ihr Wasser zu lassen, die Gesetzlosen.

Kannst du zählen, wieviel Seelen wir hier sind? Sie rettete uns vom Messer der Heiden, und keine einzige Seele findet sich, um hinaufzugehen und ihr einen Zweig vom Basilienstrauch oder eine gestickte Schürze zu bringen. Wenn nicht deine Mutter wäre, würde auch ihr Lämpchen verlöschen und verkohlen. Ja, zu solchem Unglauben sind wir herabgesunken, und Gott hat seine Hand von uns abgezogen. Und was gab es alles! Wenn du ihnen davon erzählst, bekommen sie Angst wie vor dem bösen Blick. Aber ich erinnere mich aus meiner Kinderzeit an Geschichten, die die Leute hier blödsinnig nennen. Darum erzähle ich sie auch nur meinen Enkeln und Urenkeln als Märchen. Siehst du, Märchen lassen sich die Menschen noch gefallen, und nur in Märchen hören sie auf Gottes Wahrheit. Ja, Daras, wie er hieß ... Von der Kälberinsel kam er, ein Vorfahr des dicken Nikolas Mutafis ...»

Sie verstummte. Sie versank in die Erinnerung an das Vergangene und neigte den Kopf nach rechts und links, hundert Jahre mit ihrem Gedächtnis zurückgehend.

«Wer war dieser Daras?» fragte die Kleine begierig.

«Daras, meine Dame, war der erste Palikare der Kälberinsel, ein Schmuggler, wie sie ihn nannten. Die türkischen Polizisten zitterten vor ihm, die Griechen aus Aivali waren neidisch auf ihn. Er schleppte am hellichten Tag Tabak mitten durch die Stadt. Seine beladenen Pferde kamen an den Wachtposten vorbei. Daras ritt mit kurzer Flinte unter dem Pelz voran, hinter ihm drein seine Helden. Das Pflaster sprühte Funken unter den Hufen, die Straße dröhnte vom Getrappel der Pferde. Die Polizisten taten, als wüßten sie nichts, und riefen ihm einen freundlichen Gruß zu. Und er zog, wie ein Hummer gepanzert, an ihnen vorbei. Ich war noch klein; aber ich erinnere mich, wie die Mutter ihn mir zeigte: ‚Komm heraus, Kind. Sieh, wie Daras vorbeireitet.‘ Er hatte schwarze Augen und dichte Augenbrauen, er war ein lustiger und wunderschöner junger Held. Wer ihn sah, rief aus: ‚Gib mir noch zwei Augen mehr, mein Gott!‘ Solch ein Mann war er. Und wie er tags und nachts umherschweifte und mit dem Meer und mit den Bergen und mit den Flüssen Anatoliens tanzte, sah ihn am Strand eine Herrin und verliebte sich in ihn ...»

«Was für eine Herrin?» fragte Smaragdi.

Die Alte sah sich nach rechts und links um, ob niemand sie beobachtete, nahm noch einen Schluck aus dem Fläschchen und erzählte mit Lust weiter:

«Sie war eine Fremde, weißt du, eine Fischnixe. Ein Geschöpf des Wassers. Ein Koboldwesen. Grün waren ihre Haare wie Tang, und Augen ... He, wie deine. Sie sah ihn, liebte ihn und zündete Feuer im Herzen des Helden an. Sie nahm ihm die Sprache und gab ihm ihre Liebe. So halten es die. Der Jüngling wurde stumm, er, der seine süßen Weisen gesungen hatte, daß die Herzen der Mädchen wie Pappelblätter bebten. Er sprach kein Wort mehr, hing seine Flinte an die Wand und legte die Patronentaschen ab. Er gab das Schmuggeln auf, wurde mager und zitronengelb. Er schleppte sich an den Küsten von Klippe zu Klippe, von Boot zu Boot. Er beugte sich über das Wasser und blickte stundenlang hinab. Dann legte er die Hand über die Augen und starrte nach der Ferne auf die Meeresfläche. Unersättlich suchte er. ‚Was hast du, Daras?‘ fragten sie ihn. Er redete nicht, sondern lächelte nur betrübt und seufzte. Er wollte seine Herrin wiederfinden, verstehst du? Er suchte die Nixe. Aber sie erschien nicht wieder. Sie hatte ein Kind von ihm empfangen und erschien danach nicht mehr. So halten es die. Wenn sie die Liebe zu einem jungen Helden packt, empfangen sie ein Kind von ihm, dann verlassen sie ihn und kehren zu ihrem Geschlecht zurück. Als nun eines Tages meine Großmutter – Gott sei ihr gnädig, dort, wo ihre Knochen verwesen, von den Türken besudelt! –, als meine Großmutter mit einigen anderen Frauen am Strand umherging, fanden sie dort auf dem Sand einen Säugling. Sie bückten sich und nahmen ihn auf. Er war tot. Er war aber nicht wie die menschlichen Geschöpfe sonst. Sein Fleisch war weiß wie Schnee, seine Haare waren lang wie die eines Zweijährigen, goldrot wie Feuer. Und hier am Nacken, über der Schulter, hatte er grüne Schuppen wie ein Fisch. Sie wickelten ihn in ein Tuch und brachten ihn zum Popen zur Beerdigung. Aber der weigerte sich, die Totenmesse zu lesen, und schloß ihn vom Friedhof aus. Sie begruben ihn außerhalb des Kirchenbezirkes und lasen die Beschwörung über ihm. Denn alle sahen es sonnenklar, daß es ein Nixengeschöpf war, von Daras mit seiner Herrin erzeugt.»

«Und woran sahen sie es?»

«Nun, hier auf der Backe unter dem Auge hatte er ein linsengroßes dunkles Wärzchen. Und Daras auch. Es war ein Erbzeichen.»

Smaragdi seufzte nachdenklich.

«Kehrte die Nixe nie mehr zur Kälberinsel zurück?»

«Nie mehr, mein Dämchen.»

«Sie hatte grüne Haare? Wie war sie sonst?»

«Wer hat sie gesehen, meine Herrin? Nur Daras mußte es wissen. Aber er sprach nie mehr, siehst du. Dennoch ist es alles klar. Die Herrinnen des Meeres sind so schön, daß jeder Mann den Verstand verliert ...»

Die Alte schob ihr Gesicht noch näher heran, so daß Smaragdi den häßlichen Schnapsgeruch in

ihrem Atem spürte. Sie berührte die Knie des Kindes und sagte in eindringlich vertraulichem Ton:
«So, meine ich, ist auch dein Stamm, meine Taube. Sogleich, als ich bei jener Morgendämmerung sah, wie dich dein Vater in dem Fischkorb brachte und das Haus wie beim Aufgehen eines Sternes schimmerte, verstand ich, woher du zu uns kommst. Aber wie soll man das diesen Christenfeinden sagen, die in der Passionswoche auf Fischfang ausgehen?»

Smaragdi war von diesem unerwarteten Schluß überrascht. Sie lachte ein wenig ärgerlich.

«Na, sieh doch meinen Nacken an», scherzte sie, heftig den Kopf beugend. «Fühle hier mit deiner Hand, Muhme Permachula. Ich habe nirgends Schuppen.»

Diese zog das Tuch vom Kopf des Mädchens und wühlte mit den Fingern in seinen Haaren. Blitzend fielen sie nach allen Seiten auseinander. Sie wogten über den Rücken, sie bedeckten die Wangen. Die Alte wand sie um ihre dürren Finger, und sie knisterten wie Seide.

«Du hast keine Schuppen. Aber du hast diese Haare. Glaubst du, sie sind wie die Haare der anderen? Hast du solche je auf einem anderen Kopf gesehen? Sag es mir!»

«Nein», lachte Smaragdi.

«Und du wirst sie nie sehen, mein Liebling, außer im Spiegel. Denn nur von dort aus der Tiefe kommen diese Wunder.»

Mit ausgestrecktem knochigem Finger zeigte die Alte auf das Meer, das sein goldenes Glitzern bis vor ihre Füße ausbreitete und in der Ferne wie Rosen glänzte. Lange Zeit verlor sie sich in diesem Anblick, als sähe sie aus den durchsichtigen Zaubergewässern goldene Zöpfe und Gesichter mit riesigen grünen Augen hervorkommen.

Smaragdi hob den Kopf und blickte auch auf das Meer. Ihr Lachen war verstummt. Als ob wirklich jetzt irgendwo das Haupt der fünffach schönen Nixe von Daras emportauchen würde. Und sie wartete darauf, ihre blaugrünen Augen lächeln und ihre Haare, golden wie die abendliche Flut, im Rhythmus der Wogen gleich Schlinggewächsen der Tiefe schaukeln zu sehen.

Muhme Permachula sprach aufs neue, ohne den Blick vom Meer abzuwenden: «Unter den Felsen, auf dem Grund des Meeres, sind die Nixenhöhlen. Sie sind mit Perlen und feinen Muscheln ausgelegt. Dort sitzen sie, kämmen sich und spielen vergnügt. Ihr Leib ist weiß wie Elfenbein, und ihre Haare sind rot, sind golden, sind grün. Ebenso ihre Augen. Es gibt Seejungfrauen, bei denen sie rubinrot wie Granatäpfelkerne sind, bei anderen grün wie deine. Und andere wieder haben Augen, golden wie der Mond. Eine von ihnen war deine Mutter, sie hatte Augen wie Smaragde und Haare wie Honig.»

Smaragdi fühlte einen Schauer im Herzen.

«Meine Mutter», flüsterte sie wie im Traum, und ihr Atem stockte.

«Deine Mutter, meine Edelfrau. Sie hat dich so schön geboren und in jener Nacht in die Barke von Varuchos gelegt. Ihr Gesetz, siehst du, läßt es nicht zu, ein Kind, das sie von einem Menschen empfangen haben, bei sich zu behalten, so sehr sie nach ihm verlangen.»

«Wahrhaftig, Großmütterchen?»

«Wahrhaftig, Herrin.»

Die beiden schwiegen und sahen in der Ferne die Zaubergestalten auf dem Meere der Einbildung dahinsegeln. Sie hörten nur das Plätschern der kleinen Wellen auf dem Strand bei ihren Füßen und das leise Knirschen, mit dem der Sand das Wasser in sich einschlürfte.

«Du weißt so viele Dinge, Muhme Permachula», seufzte schließlich Smaragdi, von Furcht und Bewunderung erfüllt.

Die Greisin neigte das Haupt bedeutungsvoll und wiederholte schwermütig, voll ruhiger Gewißheit: «Ich weiß vieles, mein Kindlein, ich weiß vieles.»

Da wurde Smaragdi von einer rätselhaften Angst ergriffen. Sie sammelte das Angelgerät in den Korb ein und rannte nach Hause, die Alte allein lassend. Dort warf sie sich so heftig in die Arme des Mütterchens, daß Nerantzi überrascht war und das Kind mit einiger Unruhe betrachtete: «Was fehlt dir denn, daß du so ...?»

«Nichts fehlt mir. Nur, ich habe dich lieb. Du bist mein Mütterchen.»

Sie sagte dies ganz schnell, mit geschlossenen Augen, sich eng an Nerantzi schmiegend.

«Du bist mein Mütterchen.»

Sie fühlte, daß ihre Seele in der Sicherheit dieser Umarmung, die sie wie Gottes Segen umfing, aufatmete. Nichts Süßeres und Köstlicheres könnte für sie auf Erden bestehen. Hier war sie befreit von dem Zauberbann der Märchen, die den Geist betäuben und das Herz schwächen. Hier war die Mutter. Sie ergriff ihre braune Hand und preßte sie fest gegen ihre eigene Wange, um die harten Finger zu fühlen. Sie ahnte nicht, daß das Schicksal beschlossen hatte, ihr aus dieser Hand den ersten schweren Gifttrank des Lebens zu reichen.

*

Eines Morgens befand sie sich mit ihrem Vater zusammen auf dem offenen Meer. Sie warfen zwei Angelapparate, jeder mit seinem eigenen Kürbisschwinger, nebeneinander aus. Sie waren so weit draußen, daß sie am Strande einen Mann nicht von einer Frau hätten unterscheiden können. Plötzlich hörten sie einen großen Lärm von der Klippenbank der Allheiligen herüberklingen. Sie streckten die Köpfe empor und sahen die Höhe schwarz von Menschen. Alles wimmelte durcheinander, auch Kinder schrien und fuchtelten heftig mit den Händen. Einer stieß in gleichmäßigen Abständen in die Trompete.

«Was ist los?» rief Varuchos. «Machen sie Kirchweih bei der Allheiligen oder sind sie verrückt geworden?»

Das Mädchen fühlte plötzlich ihr Herz gefrieren. Sie sah zur Kapelle hin, sie sah nach rechts und links über das Meer.

«Sie geben Signale, Vater», sagte sie mit versagender Stimme. «Sie geben Signale für uns. Kein anderes Boot ist in der Nähe.»

«Du bist verrückt, sage ich.»

Smaragdi wartete nicht länger. Sie warf sich auf die Ruder, wendete die Barke um und begann aufrecht stehend zu rudern.

«Oh, Vater, ich kann nicht mehr ...»

Sie fühlte, wie ihre Knie versagten, ihr Herz bebte.

Er sah sie ratlos an. Dann plötzlich durchfuhr ihn die unerklärliche Angst der Kleinen wie ein Dolch.

Er nahm die Ruder aus ihren Händen und trieb das Boot mit vollen Schlägen vorwärts. Je näher sie dem Ufer kamen, desto deutlicher hörten sie die Stimmen zu sich herschallen.

«Schnell, macht schnell, Muhme Nerantzi, Nerantzi.»

«Allheilige Seejungfrau, sie sprechen von der Mutter», sagte die Kleine, sich bekreuzigend.

Sie rannten in wilder Hast nach Hause.

Alle diese Leute, die geschrien und gestikuliert hatten, liefen nun stumm hinter ihnen her. Seit diesem Augenblick hörte Smaragdi immer den dumpfen Klang der Tritte hinter ihrem Rücken; die Menge nackter Füße, die auf den Boden stampften.

Sie fanden Nerantzi im Sterben. Sie erkannte niemanden mehr. Sie lag ausgestreckt auf dem Sofa und öffnete und schloß den Mund wie ein erstickendes Huhn. Fortis war da, verwirrt und zitternd, mit seinen Fläschchen. Muhme Permachula und die Frauen von Lathios mühten sich, sie mit Essig und Äther zu beleben. Sie starb nach kurzer Zeit. Ohne einen Schrei. Nur ein langgezogenes leises «Ach» entrang sich ihr. Ihre Seele entwich zusammen mit diesem Seufzer.

22

Smaragdi vermochte nicht, die Katastrophe in ihrer ganzen Schwere zu begreifen. Hier war etwas für ihre Sinne Unfaßbares und für ihr Gehirn Unannehmbares. Sie kauerte am Rand des Sofas und sah verstört auf das Mütterchen, sah auch auf die Leute, die das Zimmer füllten und miteinander flüsterten. Sie hörte das Summen von vielen Stimmen. Ein dumpfer Klang schwoll an und verbreitete sich wie eine Flut im ganzen Haus, auf dem Flur und in der Küche. Wie ein Plätschern kleiner Wellen zog er sich an den Wänden und an den Dielen hin. Und plötzlich, in den Pausen, jene gedämpften Tritte einer Unzahl nackter Füße. Wollte sie fortlaufen, verfolgten sie sie hinter ihrem Rücken. Überall jagte ihr dieser peinigende Lärm ungezählter nackter Sohlen nach. Und dann wiederum das Raunen all der Stimmen, wie von kleinen Wellen, wie von Waldbäumen.

Gelähmt versanken ihre Gedanken in einer Dämmerung und machten nicht einmal den Versuch, sich zu klären.

Ohne zu verstehen, hörte sie den Bericht, den Lathios' Tochter Varuchos gab. Wie das Mütterchen auf das kleine Feld gegangen sei. Früh am Morgen habe sie den Korb genommen, um Feigen zu pflücken. Dort auf dem Feigenbaum sei ihr Fuß abgeglitten und sie von einem Ast heruntergefallen. Ein Kind habe sie auf dem Boden liegen sehen. Der Korb habe noch, halbgefüllt mit Feigen, an seinem Henkel an einem hohen Zweig gehangen. Das Kind sei schreiend in die Siedlung gerannt. Zwei oder drei Männer seien hingelaufen, hätten sie aufgehoben und sie auf einer Lasteselin nach Hause geschleppt.

Nirgends war eine Wunde oder eine Schürfung sichtbar. Nur einige Tropfen Blut rannen aus ihrer Nase, und am Hinterkopf hatte sich vom Fall eine Schwellung gebildet. Das Unheil mußte in ihren inneren Organen und im Gehirn geschehen sein.

Frau Lathios nahm Smaragdi bei der Hand und zog sie in die Küche. Das Mädchen folgte wie ein welkes Blatt, willenlos und matt. Dort sprach die gute Frau mit ihm und streichelte seine Hand. Sie redete, um es zu trösten, lange, lange auf es ein. Das Mädchen hörte auch diese Stimme wie ein sinnloses Geräusch, genau wie das Geflüster all der leisen Stimmen im ganzen Haus. Es dauerte wohl eine geraume Weile, bis die Tochter von Lathios hereinkam.

«Zu Ende?» fragte ihre Mutter.

«Zu Ende», antwortete sie leise und wischte sich die Augen mit dem Rande ihres Kopftuches.

Da stand die Frau auf, zog Smaragdi wieder an der Hand fort und schob sie gelinde in das Zimmer der Toten. Jetzt war das Haus menschenleer. Während sie über den Flur gingen, sah das Mädchen den Patenoheim in einem Winkel stehen.

Fortis wollte ihr die Hände entgegenstrecken. Aber er zog sie wieder zurück, um die Kleine in das Sterbezimmer eintreten zu lassen.

Muhme Permachula saß neben dem Kopfkissen der Hingeschiedenen, die Hände über ihren hochgezogenen Knien gefaltet. Die Tote war in ihr bestes Gewand gekleidet. Ausgestreckt erschien sie jetzt groß, sehr groß, während sich ihr Lager gleichsam verkürzte. Ihre Augen waren geschlossen, und auf ihren schmalen Händen lag eine Ikone der Allheiligen. Zwei kleine Kerzen brannten mit einer

Flamme, die im Mittagslicht unsichtbar blieb; sie waren in irdene, mit Körnern gefüllte Näpfe gestellt, eine zu Häupten, die andere zu Füßen der Toten. Da plötzlich überkam das Mädchen das ungeheure Gefühl des Verlustes und des Todes. Hier rief niemand mehr nach dem Arzt, niemand hastete, keine Fußtritte waren hörbar. Keine Essigumschläge, keine Fläschchen. Alles war für immer zu Ende, und die Mutter lag dort in ihrem guten Kleid, feierlich wie in der Kirche. Zurechtgemacht, starr und freudlos. In Smaragdis Kinderseele drang jäh die überwältigende Gewißheit des Zusammenbruchs ein. Sie stieß einen Schrei aus und warf sich auf den dünnen Körper der Mutter. Die öffnete ihre Arme nicht, nur ihr Kopf neigte sich durch die Erschütterung auf dem weißen Kissen erst nach rechts, dann nach links. Das Mädchen hörte den getrockneten Tang in dem frisch gestopften Kissen knistern. Sein Geist versank in einem düsteren Gewässer. Zu Anfang widerstand dem Sinken ein schwacher Auftrieb in seinem Innern; doch bald gab es sich ruhesüchtig dem Fallen hin, und alles brach leise in einem tiefen Nichts zusammen.

*

Als sie sich allein in dem Haus befand, fühlte Smaragdi, wie die Einsamkeit einen Gürtel um ihre Seele legte. Das war etwas sehr Bitteres, Giftiges und Gefährliches. Die Bitternis saugte sie begierig mit all ihren Sinnen ein. Die Gefahr vermochte sie nicht zu ermessen; aber sie spürte sie wie einen lauernden Schatten, an alle Wände geheftet. Jetzt mit einem Male begriff sie Nerantzis Liebe in tausend Einzelheiten, die sie früher nie bedacht hatte.

Solange die Mutter lebte, war ihr kindliches Dasein, ohne daß sie darauf achtete, von einer Menge glücklicher Erlebnisse erfüllt gewesen. So zog der Frühling über die Erde, so schwebten gewichtlos die Abendwolken mit den Farben der Blumen über dem Meer. Jene Liebe war eine ständige Nahrung ihrer Seele, die nun plötzlich hungerte und dürstete. Ihr Tag wurde von Verlusten erfüllt. Liebe fehlte ihr am Morgen beim Erwachen, bei der Rückkehr vom Meere, am Abend, während der Nacht, während der ganzen Nacht.

Auch die Art ihres täglichen Lebens änderte sich, mußte sich ändern. Jetzt, da die Hausfrau nicht mehr da war, entdeckte man plötzlich, wie unbegreiflich viel Arbeit durch ihre schlanken Finger gegangen war, so daß alle Dinge ihre rechte Ordnung hatten. Die Zimmer sauber, die Teller und Töpfe gewaschen, die Betten und die Kleider sauber und gebügelt, die Löcher geflickt und die Knöpfe angenäht. Und das Problem der täglichen Mahlzeiten gelöst, ohne daß sich jemand darum zu kümmern brauchte. All das erledigt mit jenem zärtlichen, unbeschreiblichen Lächeln auf dem schwermütigen Gesicht.

«Was tust du alles für mich!» sagte Smaragdi einmal zu ihr.

Und die Mutter legte ihre Hände auf die Schultern des Mädchens und erwiderte schlicht: «Was ich für dich tue, Tochter, ist wenig. Genug, daß Gott dich geschickt hat, daß ich dich vor mir sehe und ihn lobe.»

Wie konnte all das von einem Augenblick bis zum anderen fehlen?

Ach, und wie es fehlte!

Sie wandte sich von Winkel zu Winkel, von Schrank zu Schrank. Sie öffnete alles und schloß es wieder, sie berührte die Sachen der Mutter mit den Fingern und mit der Wange und weinte jedesmal in erneutem Schmerz über jedem Ding, das von der Erinnerung an die Tote erfüllt war ...

Wenn die Nacht herannahte, wurde sie unruhig. Sie wußte, daß ihre Angst anhalten würde, bis der Vater aus dem Kaffeehaus zurückkehrte. Dann folgten die Phantasien, das Herzklopfen und die unbestimmbaren trüben Ängste, die sie quälten und bis zum Morgen schlaflos machten.

Sie grübelte über die neue Lage, in der sie sich jetzt befand. Sie mußte an die Stelle der Mutter treten, auf ihre kindlichen Schultern die ganze Bürde nehmen, die jene hinterlassen hatte. Sie tat es einfach und natürlich. Nur bat sie manchmal Muhme Permachula am Abend, die Nacht bei ihr im Hause zu schlafen, bis die Angst verging.

Varuchos nahm die Katastrophe in seiner eigenen Art hin. Als sie vom Friedhof zurückkehrten und das Haus leer fanden, setzte er sich in eine Ecke nahe am Fenster und starrte auf das Meer. Er seufzte und rauchte, rauchte und seufzte. Das war alles.

Bald begann er, wie die anderen, zu trinken. Zu Anfang aus bloßem Verlangen, seinen Kopf zu benebeln. Solange Nerantzi lebte, bestimmte sie alles. Sie hatte den richtigen Sinn, um zu urteilen und zu entscheiden. Seit vielen Jahren war Varuchos gewohnt, das auszuführen, was sie vorbedacht hatte. Er beließ das Steuer in den Händen seiner Frau. Er wußte, es war in sicheren Händen.

Und jetzt fehlten ihm plötzlich im Hause und draußen der Geist, der kämpfte, und die Hand, die lenkte. Niemand war mehr da, um ihm vorzuschreiben, wann das Haus aufgeräumt werden müsse, wann und wohin er zum Einkauf zu gehen habe, wann und zu welchem Preis er die gedörrten Polypen verkaufen solle. Varuchos fühlte sich dem Leben preisgegeben wie ein Schiff, das ohne Kompaß auf offenem Meer dahintreibt. Er zitterte, ihn schwindelte. Anfänglich ging er zu den gewohnten Stunden heim, als erwarte ihn jemand. Er setzte sich in eine Ecke und wußte nicht, was er sagen, was er machen sollte. Er sah die Kleine, runzelte die Augenbrauen und schwieg.

Eine Weile bestand das Kommando der toten Frau weiter. Während der ersten Monate ging die

Uhr noch, die Nerantzi aufgezogen hatte. Langsam jedoch lockerte sich der Rhythmus ihres Tikkens. Tag für Tag zog sich die feste, befehlende Stimme der Verstorbenen weiter zurück, sie wurde zum Flüstern, und am Ende war sie nur noch ein Rascheln welker Blätter oder trockenen Tangs. Ein Echo ohne Sinn, das man hörte und nicht beachtete. Dann verlosch die Stimme der Toten ganz. Auch das stille, strenge Antlitz mit den feinen Zügen verschwand.

Varuchos schloß die Augen halb und versuchte, sich zurechtzufinden und zu verstehen. Da bemerkte er allmählich, daß die Leere um ihn herum, die durch den Verlust seiner Frau entstanden war, auch von ihm etwas nahm, das ihm zwar kostbar, aber zugleich drückend erschienen war. Nun entschwand es aus seinem Innern und aus seiner Umgebung und lastete nicht mehr auf ihm. Er hob seine kräftigen Greisenschultern, als schüttle er eine Bürde ab. Die lustvolle Erfahrung der Freiheit überkam ihn.

So empfand es Varuchos, besonders wenn er trank und in gute Laune geriet. Dann ergriff ihn eine aufregende Lust, nach dem eigenen Kopf zu handeln. Daraus folgte, daß er immer das Gegenteil von dem tun mußte, was Nerantzis Ordnung verlangt hatte.

Fortis sah ihn lange aufbleiben, ärgerte sich und zankte: «Los, steh auf und scher dich nach Haus!

Es ist eine Schande, daß das Kind so lange wach sein muß, um auf dich zu warten.»

Eines Abends lehnte er die Bestellung ab.

«Heute abend habe ich keinen Schnaps mehr, Gevatter.»

Varuchos hob mit Mühe die schweren Lider: «Was heißt das? Ich zahle bar.»

Der Kaffeewirt trat zu ihm heran und klopfte ihm auf die Schulter.

«Es ist nicht wegen des Geldes, Gevatter. Ich bin bekümmert, meinetwegen und wegen meines Patenkindes.»

«Sie ist dein Patenkind, aber meine Tochter. Ich habe die Verantwortung.»

«Ich ebenso. Bin ich nicht ihr geistlicher Vater?»

«Gibst du mir Schnaps oder nicht? Sag mir das!»

«Ich gebe keinen.»

«Gut, dann gehe ich woanders hin, Gevatter. Gute Nacht!»

Er stand auf und zog mit schleppenden Füßen zur Taverne der Gatzalis in Ammudeli. Dort hatten sie das neue Lokal eröffnet, abseits von den andern Häusern und Cafés, um den Schleichhandel zu erleichtern. Dort verkehrten die jungen Fischer und die Fremden von der Fabrik und den Motorbooten, die auf der Durchfahrt waren. Die Rechnungen schwollen, entsprechend dem Rausche der Kunden, an. Mitternacht ging vorbei, Lathios war schon lang heimgekehrt, nur Varuchos war noch nicht zu

Hause. Smaragdi fürchtete, ihm sei etwas zugestoßen. Sie ging ins Nebenhaus und bat die alte Permachula, nachzusehen. Immer wieder nahm sie den Topf vom Feuer und stellte ihn wieder darauf, damit der Vater bei der Rückkehr das Essen warm finde.

Die Alte machte sich auf, ging hinüber und sah ihn.

«Auf, sage ich. Auch hat Smaragdi Angst ...»

Gelächter ringsum. Varuchos vermerkte es übel.

«Was fehlt ihr?»

«Smaragdi sagt, du solltest jetzt nach Hause kommen.»

«Ah, das bestimmt also Smaragdi?»

Er gab der Alten einen Schnaps und schickte sie fort. Eigensinnig trank er weiter und kam erst sehr spät und schwer berauscht heim. Smaragdi, der vom langen Aufbleiben ganz taumelig war, hörte ihn an der Tür und stürzte zum Tisch. Ihr Gesichtchen war verschwollen, ihre Augen rot.

«Setz dich und iß mit!» sagte er, ohne sie anzusehen.

«Ich will nicht, Vater. Ich habe keinen Appetit.»

Varuchos wurde ärgerlich und erhob seine grobe Stimme: «Was soll das heißen? Machst du jetzt auch Faxen mit mir? Ich sage dir, iß! Du mußt essen. Hörst du?»

Zum erstenmal sprach er zu ihr in dieser Art. Sie hörte es erschrocken.

«Setz dich an den Tisch!» befahl er.

Sie setzte sich zitternd, während ihr Herz heftig klopfte. Sie biß sich auf die Lippen, um sich zu beherrschen.

«Iß, habe ich gesagt!»

«Ich kann nicht, Vater.»

Plötzlich kamen ihr Tränen, und Schluchzen erstickte sie.

Sein Ärger wuchs.

«Höre, mir gefällt diese Winselei nicht. Und nächstes Mal schicke niemanden mehr in die Kaffeehäuser, um nach mir zu suchen. Sonst ... Sage mal, glaubst du, ich habe dich aufgelesen, damit du in meinem Hause kommandierst? He?»

Dies Wort klang ihr so roh, daß sie den Kopf hob und ihn anstarrte. Durch die Tränen, die ihre Augen füllten, sah sie nun sein verzerrtes Gesicht und erbebte. Seine Unterlippe, dick und rot, hing häßlich aus dem zottigen Barthaar hervor. Er war so fremd, als sähe sie ihn zum erstenmal in ihrem Leben. Sie schauerte vor dieser wilden Maske.

«Iß, habe ich gesagt!» brüllte er sie an.

Ein Stich ging ihr durchs Herz, die Kehle krampfte sich zusammen. Dennoch hielt sie die Augen auf ihn gerichtet und sagte mit Festigkeit: «Ich kann nicht essen.»

Der Betrunkene nahm den tönernen Teller mit den gebratenen Fischen und schleuderte ihn zum Fenster: «Da, wenn du nicht ißt.»

Die Schale zerbrach klirrend. Der Lärm erklang laut durch die stille Nacht.

Dem Mädchen entschlüpfte ein Angstruf: «Mutter!»

Wie gehetzt sprang es zur Tür und lief hinaus zur alten Permachula.

Die Alte hatte sich noch nicht niedergelegt. Sie nahm Smaragdi mit vors Haus, und sie setzten sich nebeneinander auf die Schwelle.

Die Kleine zitterte an allen Gliedern. Sie konnte sich nicht beruhigen. Die Alte klopfte ihr sanft auf den Rücken.

«Ich habe Angst, Großmütterchen.»

«Sei ruhig, meine Herrin, sei ruhig. Es ist nichts. Du mußt die Männer kennenlernen und dich an sie gewöhnen. Sieh mich an. Kein Abend ging vorbei, daß mich mein Mann nicht mißhandelte. Er war sanft, ein goldener Mensch. Ein treues Herz. Jedoch er trank, und wenn er nach Hause kam, gingen die Wellen hoch. Über das Geringste geriet er in Wut und schlug mich.»

Smaragdi sah durch das Dunkel mit festem, starrem Blick auf die Alte. Wie ein Nachtvogel. Schließlich sagte sie leise, mit einer erstaunlichen Entschiedenheit: «Ich würde niemals jemandem erlauben, mich zu schlagen.»

Ihre Stimme klang so wunderbar ruhig durch die Nacht wie der Widerhall von dem leichten Wellenschlag.

Die Alte wandte sich um.

Sie sah neben sich das weißschimmernde Kindergesicht eine Weile an. Sie bemühte sich zu verstehen. Dann streichelte sie mit ihrer Knochenhand die Fülle des seidenweichen Haares. Sie lächelte und wiegte den bejahrten Kopf. Ganz langsam sagte sie: «Du, meine Sultanin, wahrhaftig, ich weiß nicht, was du mit den Männern machen wirst, wenn deine Stunde kommt. Du bist ein anderes Ding.»

23

Als Varuchos am Morgen hinunterging, fand er Smaragdi im Boot, das Deck scheuernd. Sie war barfüßig, hatte die Ärmel hochgekrempelt und schüttete Wasser aus einem Holzeimer. Der Alte sah, daß die Kleine ihn bemerkte und doch den Kopf von ihrer Arbeit nicht hob.

Ehe er die Barke betrat, blieb er zögernd auf der Mole stehen. Er rieb an seinem Schnurrbart und beobachtete, wie Smaragdi diese tägliche Arbeit mit gewohnter Sorgfalt verrichtete. Er folgte ihren Bewegungen mit dem Blick, sah zu, wie sie sich über Bord beugte und das Gefäß zum Füllen ins Meer hinunterschwang. Dann zog sie es geschickt herauf, ohne daß es umkippte oder an den Rand des Bootes stieß. Schließlich beachtete er die Art, mit der sie das Wasser ausschüttete und auch nicht mit einem Tropfen ihr dunkles Röckchen benetzte.

All das zeugte von eigener Anmut und Schönheit an diesem klaren Morgen, der es mit dichter, blauer, vom frisch glitzernden Meer gewürzter Luft umhüllte. Fröhlich plätscherte das Wasser aus dem Holzeimer, lief über die nackten Füße des Mädchens, erhellte die starken Farben der Bohlen und sprudelte singend aus den Bordlöchern ins Meer zurück.

Von diesem Klang, von diesen Farben, von den Bewegungen des Mädchens fühlte sich Varuchos zu einer zärtlichen Stimmung angeregt. Dies hochaufgeschossene Kind war sein; er hatte es ernährt und erzogen. Er zog die Barke am Strick näher und sprang, so schnell er konnte, hinein.

Smaragdi drehte sich um und sah ihn. Sie stellte den Eimer unter den Bug, wischte ihre Hände und ordnete ihre Haare. Sie strich sie nach hinten zurecht, um sie mit dem schwarzen Bändchen zusammenzufassen. Während sie so ihre Ellenbogen hochhob, spannte sich der biegsame Körper rückwärts. Ihre unreifen, kaum hervortretenden Brüste erschienen unter dem Baumwollmieder rundlich, wie zwei kleine Fäuste. Varuchos bemerkte zum erstenmal, daß seine Tochter allmählich zur Frau wurde. Er schämte sich wegen seines gestrigen Benehmens und fühlte sich plötzlich wieder vor der Herrin des Hauses, der gegenüber seine Stellung immer die des Gehorsamen gewesen war. Etwas von Nerantzis hauswirtschaftlicher Strenge umwehte ihn hier auf der wohlaufgeräumten Barke im stillen Hafengewässer. Verlegen kratzte er sich am Kinn.

«Guten Tag, Smaragdi.»

«Guten Tag, Vater.»

Sie antwortete ihm, über ihre Arbeit gebeugt, auf den Knien vor dem kleinen Blechofen, der am Heck des Bootes brannte. Kurz darauf erhob sie sich und brachte ihm Kaffee in einer blauen Tontasse. Ihr Gesicht, von der Morgensonne vergoldet, war unbewegt und streng.

Er nahm das Töpfchen in seine dicke Tatze und wußte nicht wie anfangen. Er wandte den Kopf zum Meer, das sich ruhig dehnte und nur hier und dort nach Osten zu unter Lichtfunken zitterte.

«Hast du heute einen Wind bemerkt? Wir werden den ganzen Tag Stille haben, Smaragdi ...»

«Wahrhaftig.»

«Außer wenn ... es kann sein, daß durch die Meerenge, weißt du, ein frischer Hauch kommt.»

«Ja ...»

Er sah, daß er ihr von dieser Art nichts mehr zu sagen hatte. Er begann den Kaffee mit lautem Schlürfen zu trinken, beharrlich in die große Tasse hineinstarrend. Dann stellte er sie beiseite und sagte plötzlich: «Siehst du, Smaragdi, der Mensch ist nicht in allen Stunden der gleiche ... So ist es ...»

«Gestern hast du außer Haus geschlafen.»

«Bei Frau Lathios, ja.»

«Ich verstehe. Das meine ich nicht ... Ich habe Schuld, weißt du ... Und ich begreife die Sache einfach nicht, glaubst du es mir? Mit dem Trinken, siehst du ...»

«...»

«Und jetzt, du, warum sollst du noch an gestern abend denken? ... He, stelle dir vor, ich erinnere mich gar nicht mehr, was ich gesagt und was ich getan habe.»

«Du sagtest, daß du mich nicht aufgelesen hast, um mein Kommando über deinem Kopf zu haben.»

«Na, siehst du, betrunkenes Gerede. Trage es mir nicht nach, Smaragdi.»

«Ich trage es dir nicht nach, Vater.»

Sie nahm die Tasse, wusch sie und stellte sie an ihren Platz. Dann zog sie aus der Kabine einen großen Tonteller mit kleinen Fischen hervor. Sie brachte auch das Angelgerät, und beide begannen, die Köder zu stecken, ohne noch ein Wort, es sei denn über die Arbeit, fallenzulassen.

Zur Nacht kam Varuchos ganz früh ins Haus zurück. Zur Stunde von Muhme Nerantzi. Sobald sie aufgegessen hatten, drehte Varuchos das Licht der Lampe klein. Er verweilte noch am Fenster und spielte schwerfällig mit seiner dicken Holzperlenkette, tock ... tock ... Plötzlich hielt er an, drehte sich nach ihrem Lager um und fragte leise: «Schläfst du, Smaragdi?»

«Nein, Vater.»

«Ah ... höre also, damit du verstehst ... Wie wir sagten ... Ich meine, jedesmal, wenn ich trinke, werde ich ein anderer Mensch. So geht es mit diesem elenden Zeug ... Es macht den Menschen zum Vieh.»

«Ja, Vater.»

«Na, und du, wenn du mich in dem Jammer siehst, dann nimm mir nichts übel. Dann darfst du mir nichts übelnehmen.»

«...»

«Es kann sein, daß ich ein Wort zuviel sage. Was bedeutet das? Der Schnaps ist es, der spricht, und nicht der Mensch.»

«...»

«Hörst du mich, Smaragdi?»

«Ich höre dich, Vater.»

«Im Trunk kann einer selbst nicht mehr viel machen. Dann mag er sogar die Hand aufheben.»

Vom Lager der Kleinen erklang durch die Nacht ihre zarte und leise, dennoch entschlossene Stimme: «Wenn du die Hand gegen mich aufhebst, laufe ich aus dem Haus fort und komme nie mehr zurück, Vater.»

Der Alte zuckte zusammen. Die Holzperlenkette prasselte auf die Dielen nieder.

«Du läufst fort, sagst du?»

«Wenn du die Hand aufhebst, um mich zu schlagen, laufe ich fort.»

«Und wohin wirst du gehen? Das darf ich doch fragen?»

«Gleich, wohin. Im Sommer fische ich, im Winter mache ich Hausarbeit. Irgendwie verdiene ich mein Brot.»

Der Fischer hob sein Gesicht zur Decke und lachte aus vollem Halse. Dann zündete er sich eine Zigarette an, blies den Rauch mit Macht und sagte: «Höre einmal, Smaragdi. Seit dem Tag, da Gott dich in meine Hände übergab, änderte sich das Leben hier drinnen. Wir waren zwei abgekämpfte Menschen, zwei ausgetrocknete Körper. Alles war düster, und wenn deine selige Mutter Honig in den Mund nahm, wurde er zu Gift. Was für einen Sinn hatte dies Leben? Wir wurden in unserem bösen Schicksal hin und her gedreht wie zwei Fische in der Pfanne. Dann kamst du, und alles wurde anders. Nimm dir deine Mutter zum Vorbild, Smaragdi. Sie war ein wenig kurz angebunden und spöttisch; aber keine war so bedacht wie sie und so klug ... Und ein tapferes Herz. Was immer sie tat, sie wußte, warum sie es tat. Und tat jedesmal, was das Richtige war.»

Er hielt eine Weile an und versank in Erinnerungen.

Durch das Dunkel ertönte das Schluchzen des Kindes.

Varuchos seufzte, den Rauch fortblasend. Er machte eine Gebärde der Ergebung.

«Was kann man tun? Gott wollte es und nahm sie uns fort. Und nun höre, deine Mutter hatte ein großes Verlangen, schon als du noch in den Windeln lagest, daß ich dir ein Boot besorge. Ein eigenes Fischerboot für dich. Stark, neu und schön wie du selbst. Das solltest du als Mitgift und Brautschatz haben. Deine Mutter wußte, was sie tat. Ich übergab ihr alles Geld, das wir verdienten, und sie legte davon bald wenig, bald viel auf die Seite und tat es in dein Knotentuch ... Da du jetzt herangewachsen bist und Verstand und Urteil bekommst, wie ich sehe, sage ich es dir, damit du es weißt. Dort am Herd unterscheidet sich eine gelbe Kachel von den anderen Steinen der Deckplatte. Wenn du sie mit einem Haken heraushebst, findest du darunter einen Kaffeekasten aus heller Bronze. Hebe den Deckel hoch, und du findest das Geld. Es sind, glaube ich, neun oder zehn Tausender. Hörst du, was ich dir sage, Smaragdi?»

«Ich höre, Vater.»

«Das wollte ich dir sagen. Ich hatte mir vorgenommen, es dir zu sagen, wenn du erwachsen wärest. Bis jetzt hielt ich dich für ein Kind. Heute sah ich, daß du deinen Weg gemacht hast. So seid ihr Weibsleute. Ihr schwellt von einer Stunde zur anderen an wie der Teig in der Brotmulde, und quellt aus euern Kleidern heraus. Und wir Eltern sind überrascht, weil wir euch als Kinder behandeln. So ist das. Gott sei Dank halte ich mich noch aufrecht. Wenn mir nichts Schlimmes zustößt, habe ich noch einige Brote zu verzehren, ehe ich abfahre ... Ja, und bis dahin, denke ich, gelingt es mir auch, mit meiner Hand noch etwas in den Kaffeekasten deiner Mutter hineinzulegen.»

Smaragdi redete nicht, und er fragte sie wieder: «He, was meinst du? Sagst du gar nichts?»

«Was soll ich sagen, Vater? Gott möge dich schützen.»

«Das ist es nicht. Sag ein Wort, damit ich dich höre ...»

«Ja ... trinke nicht, Vater. Das Trinken bringt dich um.»

«Ha, daran hast du die ganze Zeit gewürgt? Mir kommt es vor, als ob die Selige mit deinem Munde spricht. Und doch trinken alle, und noch niemanden hat der Trunk umgebracht. Lathios. Gibt es einen anderen, der so viel Schnaps einsaugt? Sag mir das!»

«Der ist von Jugend auf daran gewöhnt, Vater. Darum tut es ihm nichts. Ja, als du den Teller in die Scheibe warfst und ich erschrocken zur alten Permachula lief, hörte ich Lathios auf seinem Lager sagen ...»

«Was sagte Lathios?»

«Er sagte: ‚Du mußt den Schnaps herunterkriegen, aber er nicht dich.'»

Schweigen erhob sich zwischen dem Greis und dem Mädchen. Lange Zeit hörte man wieder Holzperle auf Holzperle. Er sah, wie sie sich gleich einer Schlange auf ihrem Lager einwickelte. Er wandte sich nochmals zu ihr: «Gut, ich werde damit aufhören ... Jetzt schlafe nur. Morgen früh haben wir Arbeit.»

*

Er hatte es mit Entschlossenheit versprochen, vermochte aber nicht, viele Tage durchzuhalten. Solang er gut imstand war, ging er zu Fortis ins Kaffeehaus. Dort fand er Lathios, der immer nach der Regel trank, einsam in seinem Winkel, stundenlang schweigend, bis die Alte ihn auf die Beine brachte. Dann stand er auf, zahlte, sagte gute Nacht und ging fort, als wäre er gar nicht derselbe, der so viele Stunden gezecht hatte. Solang es noch hell war, fand Varuchos dort auch einige Bauern aus Murja und Kapitäne von Segel- und Motorbooten. Auch diese tranken, aber unterhielten sich vernünftig und sorgten für Ordnung in ihrem Leben. Aber wenn sein Gevatter plötzlich aus dem Kaffeehaus verschwand, dann wußte Fortis, daß er wieder zum Saufen bei den Gatzalis gelandet war.

Dann wurde Varuchos manchmal betrunken nach Hause geschleppt. Diese Nächte waren ein Martyrium für Smaragdi. Er wurde böse mit ihr, und je mehr er sich vor dem Mädchen schämte, desto wütender benahm er sich. Geschah dies Unheil, dann ließ ihn die Kleine jedesmal allein und lief zum Schlafen zur Muhme Permachula. Aber niemals kam eine Klage aus ihrem Mund. In ihr Inneres verschlossen, schluckte sie das Gift, um am nächsten Morgen den Nachbarinnen und Fischern ein helles, freundliches Gesicht zu zeigen.

Fortis beobachtete die Tragödie des Mädchens dauernd, und eines Tages, als Varuchos in gutem Zustand war, zog er ihn in seinen Laden und sang ihm sein Lied vor: «Der Weg, den du eingeschlagen hast, führt dich zu einem häßlichen Ende. Verzichte auf den Schnaps, ehe er dich zugrunde richtet. Der Trunk ist nichts für dich. Du hast zu spät damit angefangen, siehst du, und deine Natur verträgt ihn nicht. Du warst der Gesetzteste unter den Fischern, und alle respektierten dich und ehrten dich, solange Nerantzi lebte. Jetzt grinsen sie, wenn sie über dich reden. Vorgestern abend sah ich, wie dich diese Gatzaliskerle aufrecht nachhause schleppten. Sie machten dich betrunken, um dich auszuplündern. Sie schrien – es war Mitternacht – und hämmerten an deiner Tür, damit die Kleine herunterkäme und öffnete. ‚Komm herunter, he, Smaragdi, und sammle den Alten ein!' Der ganze Hafen klang von ihrem Rufen und Johlen wider, und du brülltest zusammen mit diesen Lumpen:‚ He, komm herunter!' Ich hörte es, Gevatter, und senkte die Augen aus Scham für dich. Ich habe dies Kind mit

Öl geweiht. Bedenke, daß es heute ein junges Mädchen ist. In wenigen Tagen ist es vierzehn Jahre her, daß wir es tauften. Sage mir jetzt: Ist das eine Sache, daß diese Vagabunden seinen Namen in ihrem schmutzigen Mund hin und her schieben?»

Varuchos hörte zu und ließ seinen großen Kopf hängen.

Fortis nahm seine Brille ab, rieb sie mit dem Taschentuch und setzte sie wieder voll großer Behutsamkeit auf die Ohren, um das Haupt zurückzuziehen und jenen von unten her zu betrachten.

«Bedenke, Gevatter, was für eine Schande das ist.»

Der Fischer nickte; ja, so war es.

Solang er bei Sinnen war, gab er alles zu und beichtete es und erwog es. In diesem Augenblicke glich der einfältige Riese mit dem hechtgrauen Bart und dem starken Nacken einem verlegenen Jungen, der ausgezankt wird. Er seufzte und wagte es nicht, den Blick zu heben. Der Kaffeewirt dämpfte seine Stimme noch mehr: «Da wir davon sprechen: Um das Mädchen bin ich am meisten besorgt. Die Kleine wird reif, und du merkst es nicht. Es geht einfach nicht, daß die Gatzaliskerle betrunken vor ihrer Tür stehen und nach ihr brüllen. Gevatter, wir leben für unsere Ehre auf dieser Welt. Und wenn wir nicht würdig sind zu leben, ja, sieh, dann nehmen wir einen Stein, hängen ihn fest um den Hals und springen hinter der Klippenbank der Allheiligen ins Meer ... Hab' ich recht? Sag es mir!»

Varuchos hob die Augen. Sie waren feucht, und er wischte sie mit dem Zeigefinger ab. Er legte seine Hand auf das Knie des Wirtes.

«Es ist so, wie du sagst ... Ich muß damit aufhören ... Ja ... Du siehst, mein Unglück ist, daß ich meine Frau verlor. Solang sie neben mir lebte ... Laß es sein. Doch denke nicht, daß ich mich um die Kleine nicht gekümmert habe. Smaragdi hat ihren eigenen Besitz. Und wenn ich alter Hund eines Tages abkratze, hat sie ein Haus und ein eigenes Boot. Nicht diesen schlechten Kahn. Ein neues Boot, schön wie ein junges Mädchen ...»

Er erzählte Fortis von dem Kaffeekasten mit dem Geld. Darüber freute sich der Kaffeewirt sehr. Er sah Varuchos mit anderen Augen an. Er rief seinem Sohn zu, zwei Tassen Kaffee auf Kosten des Geschäftes zu bringen. Lambis brachte das runde Messingtablett, an dem alles blitzte. Erstaunt sah der Fischer den großen, kräftigen Knaben, dessen Augen von Heiterkeit leuchteten.

«Wann ist der schon so herangewachsen?» sagte er. «Ein richtiger Palikare.»

«Er ist gewachsen, aber nicht sein Gehirn», meinte Fortis mit heimlichem Stolz auf den Jungen. «Die Bücher sind seine Feinde. Ohm Avgustis hat ihn aufgegeben. ‚Laß ihn‘, sagte er, ‚er ist nicht für dergleichen.‘»

Er betrachtete seinen Sohn von oben bis unten und lächelte in seinen Bart.

«Ein guter Palikare. Ich sage nicht nein. Aber ein unbelehrbarer Schädel. Hart wie ein Feuerstein. Wenn du vom Herzen sprichst – Gold. Sobald er in vier bis fünf Jahren in die Zwanzig kommt, übergebe ich ihm das Geschäft und die Felder. Und ich steige dann auf den Maulbeerbaum, strecke mich in meinem Storchennest und erwarte meine Zeit mit dem Schlauch der Wasserpfeife im Munde ...»

Sein Herz wurde von seinen eigenen Worten zärtlich gerührt.

Er weidete sich eine Weile an seinem Stolz. Dann folgte er dem Blick des Knaben, der immer nach der gleichen Stelle hingewandt blieb. Er sah eine Barke in den Hafen einfahren. Darin erblickte er das Trauergewand und den goldenen Kopf seines Patenkindes. Smaragdi führte aufrecht stehend das Ruder mit lässiger Gebärde, so daß die Barke nur gerade nicht stehenblieb.

«Also?» fragte der Kaffeewirt in möglichst gleichgültigem Ton.

Der Junge schrak zusammen.

«Wie war es beim Schwimmen?»

Lambis wurde rot und lachte.

«Großartig», sagte er. «Wir gingen auch in den Obstgarten und schnitten Wassermelonen. Dir habe ich einen Korb frischer Feigen mitgebracht.»

«Na, dann muß ich dich mindestens zu einem Schwammfischer machen, damit du genug zu tun hast.»

24

Auch diesmal war Varuchos unfähig, durchzuhalten. Der Dämon des Trunkes hatte darauf gelauert, daß Nerantzi verschwinden würde, um sich auf seinen Nacken zu setzen. Jetzt hatte er ihn endgültig in seiner Gewalt. Varuchos vermochte nicht mehr, ihn abzuschütteln. Wenn er Fortis sah, ließ er den Kopf hängen. Allmählich zog er sich ganz von den Bänken des «Maulbeerbaumes» zurück. Sogar zum Kaffee ging er nun nicht mehr zu seinem Gevatter.

Die Tyrannei des Trunkes bemächtigte sich seiner völlig, sowie es dämmerte. Ein Durst überkam ihn, der ihn von allem anderen ablenkte. Bis es Nacht war, lief er sinnlos hierhin und dorthin. Dann zog er auf geradem Weg nach Ammudeli und quartierte sich in der Taverne der Gatzalis ein.

Tag um Tag änderte sich auch sein Benehmen gegenüber Smaragdi. Schließlich fühlte er nicht einmal mehr das Bedürfnis, sich nach Roheiten bei ihr zu entschuldigen. In seinem Trotz bestärkte ihn auch noch die Haltung des Mädchens, das all seine Erklärungen mit bedeutungsvollem, stolzem Schweigen hinnahm.

Zwischendurch kam Varuchos auch zur Besinnung und sah mit Entsetzen seinen abschüssigen Weg. Dann stürzte er sich für wenige Tage mit einer Art von Wahnsinn in die Arbeit. Vom Meer und vom Wachen ließ er sich ganz aufzehren; er blieb lange beim Angelapparat und beim Spiegel. Frühmorgens kehrte er mit durchnäßten Hosen, mit eingefallenen Wangen und roten Augen heim. Smaragdis Herz wurde von Mitleid erfüllt, wenn sie den inneren Kampf des Alten beobachtete.

Dennoch dauerte er nicht lange.

Besiegt kehrte er zum Glas zurück und gab sich ganz seinen Begierden hin, ohne mehr auch nur einen Versuch des Widerstandes zu machen.

Smaragdi ließ nicht mehr die kleinste Bemerkung vor ihm verlauten. Der Alte begegnete nur oftmals dem offenen Blick ihrer leuchtenden Augen, die ihn streng und traurig, wie die Augen eines gekränkten Erzengels, ansahen. Dann begehrte er auf und zankte, daß er nirgends Ruhe finden könne. Ohne Ursache benahm er sich heftig gegen sie; schon allein die Gegenwart des Mädchens machte ihn wütend.

Eines Tages trat Smaragdi barfuß in den Herdraum zu einer Stunde, in der sie der Alte fern im Boot glaubte. Sie blieb verlegen an der Tür stehen und faßte sich vor Überraschung an die Wange.

Ihr Vater kniete in der Ecke und setzte die gelbe Kachel wieder an ihre Stelle. Daneben lagen der Haken und drei Hundertdrachmenscheine auf dem Boden.

Varuchos hörte den leisen Aufschrei, der ihr entfloh. Er drehte den Kopf und wurde sie gewahr. Dann warf er einen Seitenblick auf das Geld. Er war tief beschämt, daß er von dem Mädchen als Dieb ertappt wurde. Diese Regung verwandelte sich jedoch sogleich in wilde Wut gegen die Kleine. Er stierte sie häßlich mit seinen Glotzaugen an und warf ihr Worte wie Steine an den Kopf: «Ha, jetzt hast du's gelernt, mir nachzuschleichen. Wie ein Spion. Ich sage dir eins, und merke es dir: Solche Faxen dulde ich nicht ... Und höre ...»

«Ich wollte nicht ... ich wußte nicht ...» stammelte das Mädchen zitternd.

Der Alte schob das Geld in seine Hosentasche.

In immer größerer Erregung reckte er sich auf. «Was ich dir sage: Du schnüffelst mir nach und stellst mir nach. Als ob ich dir deinen Lohn und deinen Dienst stehle ... Schließlich habe ich alles mit meinem Schweiß verdient, oder nicht?»

Smaragdi hatte nach dem ersten Schrecken ihre Kaltblütigkeit wiedergefunden. Sie sagte mit ruhiger Stimme, die nicht mehr zitterte: «Das Geld gehört dir, Vater. Ich werde nie etwas von dir verlangen. Du bist der Herr und kannst es nehmen und damit machen, was du willst.»

Sie bekreuzigte sich und schloß: «Bei der Seele meiner Mutter, die uns in dieser Stunde hört: Ich bin zufällig hereingekommen.»

Dieser Schwur, den sie so feierlich im Schatten der Verstorbenen aussprach, erschütterte den Alten. Er blieb in der Mitte der Kammer stehen und warf einen Blick nach dem Versteck. Dann nahm er aus seiner Tasche die drei Scheine und zeigte sie ihr in seiner Hand.

«Was du dir nicht alles denkst ... Hier, drei Hunderter habe ich genommen. Ich brauche sie. Ich will das zerbrochene Ruder, in das kein Nagel mehr einschlägt, ersetzen. Ich will auch einen eisernen Haken für die Speergabel bestellen, deren Spitzen abgefressen sind. Dein Frätzchen will ja alles prüfen, und wir müssen vor dir Rechnung ablegen. Tss. Morgen oder übermorgen, wenn ich den gedörrten Polypen verkaufe, lege ich sie an ihre Stelle zurück. Sorge dich nicht darum. Hast du jetzt verstanden? Oder hast du nicht verstanden?»

Er sprach schnell, wie einer, der sich entschuldigen will.

Smaragdi sagte nichts mehr.

Sie trat vor, nahm aus einem Fach einen Fadenknäuel und einen kleinen Holzpfeil, den sie brauchte, und ging dann, ohne sich zu beeilen, hinaus. Sie setzte sich unter die kleine Ranke an die Außentür und machte sich daran, die zerrissenen Maschen eines großen Netzes zu flicken.

An einem anderen Tage fuhr er sie wegen ihrer tollen Schwimmsucht heftig an. Die Fischer und auch die Seeleute hören von dem Tag an auf zu schwimmen, an dem sie in den Lebenskampf mit dem Meere eintreten. Sie betrachten es fortan als Element der Qual und spielen nicht mehr damit, wie auch kein Landarbeiter Spaziergänge macht.

Erholung und Zerstreuung sucht jeder außerhalb des Elementes, mit dem er im Ringen um sein Dasein handgemein wird. Darum sieht man nur die Kinder der Seeleute das Meer genießen, bis auch sie unter sein Joch kommen.

Smaragdi hatte eine wahre Schwimmleidenschaft. Unwiderstehlich zog das unendliche Wasser mit seiner Kühle und seinem Glanz sie an. In ihm verlor sie ihre Schwere und fühlte sich von großen himmelblauen Flügeln getragen, die sie in ihrem eigenen Innern sich rauschend entfalten hörte.

Jede Stunde, die sie sich im Meer tummeln durfte, wenn sie nichts anderes zu tun hatte und die gewünschte Einsamkeit fand, wurde zu einer Hingabe, die an Rausch grenzte. Dann nahm sie die Barke und ruderte um den Bogen herum, den der Felsenabhang des Wachtturmes gegen das Meer zu bildete. Dort gab es eine Menge Schlupfwinkel, Schluchten und Höhlen, wo es von Muscheln und weißen Tintenfischschalen wimmelte und nach wurzellosem Tang roch. Dorthin gingen die Frauen des Hafens und die von Murja, wenn sie schwimmen wollten. Sie zogen sich in den Schluchten aus, und niemals kam ein Mann zu ihren Stunden dieser Gegend nahe.

Zu anderen Zeiten, wenn sie das Meer von Booten frei sah, fuhr sie mit ihrer Barke in die offene See hinaus.

Dort genoß sie in der unbedingten Freiheit, die

sie vom Scheitel bis zu den Zehen umfing, ein unschätzbares Vorrecht. Sie zog sich zwischen Himmel und Meer aus und sprang kopfüber hinein, mit einem Schauer der Lust, der sie toll machte. Diese wilde Freude erlebte sie einzig bei dem kühlen Hieb, den das Wasser in diesem Augenblick ihrem ganzen Körper versetzte. Da spürte sie in ihrem Innern das wahre, das volle Leben so, als schleppte sie sich zu allen anderen Stunden draußen am Lande nur in einem halben Dasein dahin.

Kraftvoll schwang sie ihre straffen Glieder, die im Wasser schimmerten. Ihr Fleisch wuchs fest und glatt wie jene rosa Kiesel am Strand, deren Kalk jahrhundertelang von der Bewegung der Wogen und dem Feuer der Sonne bearbeitet wird, bis ihre Rundheit überall in ihrer Vollkommenheit leuchtet. Diese Schwimmleidenschaft rettete Smaragdi auch vor dem Schwatzen und Klatschen, das die anderen Mädchen der Siedlung in ihrer Mußezeit beschäftigte.

Varuchos glaubte eines Nachts in der Taverne bei Gatzalis Zweideutigkeiten zu hören. Er fühlte eine Art von Anwürfen gegen sich selbst in Verbindung mit der Kleinen. Aufgereizt kehrte er heim.

«Was wird aus diesen Schamlosigkeiten?» schrie er und warf die Mütze auf das Kanapee.

Sie hörte das große Wort, das seinem Munde entfahren war, und sah ihm ins Gesicht. Ihre Augen fragten voller Verlegenheit. Zugleich sah er sie von

Wahrheit und Unschuld leuchten. Dennoch schrie er nochmals: «Schamlosigkeiten, was sonst? Ich spreche von deiner Schwimmerei. Der ganze Hafenplatz redet über deine Tauchersprünge. Du bist aus deinen Kleidern herausgewachsen und benimmst dich noch wie ein kleines Kind.»

Sie hob die Schultern.

«Ich tue niemandem etwas zuleide, und keiner sieht mich, wenn ich schwimme.»

Der Alte redete sich in immer größere Erregung: «Das weiß ich. Du stehst sogar in der Nacht auf und gehst hinaus, um dort herumzuhopsen. So etwas hat man bis jetzt noch von keinem Mädchen gehört. Aber du fürchtest dich vor nichts und schämst dich vor nichts.»

Seine Lippe zitterte.

Sie trat an ihn heran, sah ihm gerade in die Augen und fragte: «Sage mir, Vater, was habe ich Unpassendes getan, um mich zu schämen, und was habe ich Böses getan, um mich zu fürchten?»

Trotzig wandte er den Kopf zur Seite.

«Ich weiß nicht. Es fehlte noch, daß sie dich sehen, wenn du dich ausziehst. Daß sie es wissen und sich vorstellen, genügt schon. Es sind Männer, und sie fallen in Versuchung ...»

Sie hob wieder die Schultern, die sich unter dem schwarzen Mieder zur Fülle rundeten, und setzte ihm sein Essen vor. Sie verstand nichts von all diesen Geheimtuereien.

Eines Abends gab es in der Taverne der Gatzalis großen Betrieb. Der ganze Hafenort dröhnte von dem Jubel wider, und eine ganze Nacht lang waren das Gebrüll der Stimmen und der Klang der Instrumente weit über die Siedlung hinaus zu hören.

Ein Motorboot, das Fische und Gemüse transportierte, landete im Hafen, und ihm entstieg eine kleine Bande von Musikanten, darunter auch eine Frau. Sofort verbreitete sich die Nachricht unter den Fischerfrauen, zu Gatzalis seien «Primadonnen» gekommen. Unter Primadonnen verstanden sie verdorbene Weiber. Die Wahrheit zu gestehen, war es nur eine Gesellschaft von vier ausgehungerten armen Teufeln, die Musik machten.

Der Führer dieser Künstlergesellschaft war ein junger Geiger. Klein gewachsen, dünn wie ein Paukenstock, bleich, mit schwarzen, feurigen Augen und einem Stupsnäschen. Eine besondere Merkwürdigkeit waren seine Ohren. Große durchsichtige Ohren, weich wie welke Platanenblätter. Die Natur schien sie dort angeklebt zu haben, damit ihn jeder daran, wie einen Topf an seinen Henkeln, hochheben könnte. Trotz seiner Winzigkeit reichten ihm die Hosen nur bis an die Fußknöchel, und seine Ärmel waren sehr knapp, besonders wenn er die Geige zum Spielen hob.

Der zweite in der Rangordnung dieses Orchesters war ein sympathischer Greis in dunklem Anzug. Halbtaub, hieß er mit seinem Spitznamen «der Taube». Er lächelte ständig und sprach so leise, daß sein Zuhörer sich selber verdächtigte, taub zu sein.

Der dritte war die Glanznummer der musikalischen Genossenschaft. Er war ein langer Kerl mit breitem Kinn und riesigen Händen, mager und grobknochig wie ein schlecht genährtes Maultier. Er spielte die Türkentrommel, ein Tamburin mit Messingglöckchen an seinen hölzernen Reifen, das in seiner Hand Wunder wirkte. Sowie die Instrumente gestimmt waren und das Spiel unter den Weinranken der Gatzalis anfing, waren alle Zuhörer von der Meisterschaft dieses Menschen wie bezaubert.

Mit wahrhaft akrobatischer Meisterschaft ließ er das Tamburin an allen den Stellen seines Körpers tönen, wo seine Knochen in spitzen Winkeln herausragten. Und die Leute klatschten in die Hände und schrien, sobald es wie ein Rad auf seiner kräftigen, riesigen Nase kreiste. «Vai, vai, vai!»

Er war seinem Spiel so völlig hingegeben, daß seine Lippen sich öffneten und seine dicken Augenbrauen sich zusammenzogen, als redete er heftig auf das Tamburin ein. Dieses antwortete dann hüpfend und lachend. Wenn der Spieler die gespannte Haut mit seinem Mittelfinger auf besondere Art kratzte, hatte sein Lachen einen ganz menschlichen Klang.

«Meister Apostolos», riefen ihn alle mit seinem Namen, und er hätte seine Beliebtheit ungeteilt bis zum Ende behalten, wenn nicht Lulu dazwischengekommen wäre. Das war die sogenannte «Primadonna».

Sie war eine dunkle Gestalt, schon etwas über die Dreißig hinaus. Mit schwarzen Augen und hochgebogenen Brauen, mit dichten, welligen Haaren, die wie Traubenbündel hervorquollen und düster glänzten. Sie schüttelte sie, damit sie die Strahlen zurückwerfen sollten, während sich das Licht von oben über ihren Kopf ergoß. Ihr Mund war dick und rot bemalt. Ihre Zähne blitzten schneeweiß.

Von allen Seiten drängten sich auf Holzbänken und Schemeln unter der Weinranke die Jugend der Siedlung sowie die älteren Fischer, die hieran Geschmack fanden. Die Karaffen gingen hin und her, die Gruppen bewirteten sich unter sich und gegenseitig. In dem Augenblick, da die Frau plötzlich vor den Männern erschien, nahm alles seine Bewegung und seinen Klang nach ihren Rhythmen. Als sei die Temperatur mit einemmal gestiegen, kam alles in Hitze und hysterische Spannung. Die Fischer zwirbelten die Schnurrbärte und streckten die Lippen vor. Jeder bemühte sich, als der freigebigste Liebesheld zu erscheinen.

Da Lulus Gesicht von einem gutmütigen Lächeln erhellt war, begannen die Gruppen, ihr allerlei anzubieten. Unglaubliche Leckerbissen, für besondere Stunden gespart, häuften sich als Huldigungen der Fischer vor ihr auf. Gedörrte Hummerschwänze und honiggelbe Polypen, langsam an der Asche geröstet, deren Absud auf die Teller tropfte und das Dorf bis zum Wachtturm hinauf mit seinem Geruch durchdrang.

Lulu hob ruhig das Schnapsglas und begrüßte die Gruppe, die es ihr angeboten hatte. Die Gruppe lächelte glücklich, vier oder fünf Männer, bartlose Burschen und auch Väter von heiratsfähigen Töchtern. Sie kannten ihr ganzes Leben lang die Liebe einzig mit der schlampigen, ungekämmten Frau, die auch im Bett nach Fischen und Zwiebeln roch. Dieses Mädchen trank wie ein Mann, und es stand ihr nicht schlecht. Den Fischern schwindelte es, zu sehen, wie sie das fertigbrachte. Sie wies nichts Angebotenes zurück, und ihr blitzendes Auge verriet keine Trübung.

Das Tamburin gab klirrend ein Zeichen, und sie stand auf, um ein neues Lied zu singen.

Die ganze Zeit wandte der Violinist seine runden Augen nie von ihr ab. Im Anfang glaubte man, er wolle dem Takt ihres Liedes folgen, den sie nach ihrer Laune angab. Aber später beobachteten alle, daß der Kleine seine Augen auch in den Pausen nicht von dem Mädchen löste.

Meister Apostolos setzte seine Vorführung mit dem Tamburin wacker fort. Unermüdlich tanzte und kämpfte er mit dem Ding. Er kitzelte es, und es lachte; er koste es mit dem Mittelfinger, und es schluchzte; er schüttelte es, und es sprang wirbelnd wie ein Dämon auf seinem Rücken und auf seinem Kopf.

Bald entdeckten die Zecher noch eine andere akrobatische Fähigkeit des Meisters. Jedesmal, wenn ein Fischer aus seinem Geldbeutel enthusiastisch ein silbernes Zweidrachmenstück hervorholte und den Spielern zuwarf, streckte Meister Apostolos, der doch ganz und gar in das Gespräch mit seinem Instrument vertieft war, in plötzlichem Ruck seinen langen Arm mit dem Tamburin aus und fing die Münze im Fluge, von woher sie auch geflogen kam. Er verlor weder den Takt im Lied, noch wandte er die Augen vom Tamburin ab. Er lächelte nur mit gesenktem Blick, ganz Selbstbeherrschung und Eleganz. Er lächelte das Tamburin an, wenn er auch die Münzen in der Luft auffing.

Vor der Taverne sammelten sich viele Frauen und Kinder, um die Alten und Jungen nach Hause zu holen. Sie stellten sich in Reihen an die Zäune, sie stiegen auf Schemel und beobachteten und flüsterten miteinander.

Die Zeit ging vorbei, und der Mond stieg empor. Viele standen auf und gingen fort. Sie seufzten vor Verlangen und ließen den Schnaps genießerisch aufstoßen. Aber einige blieben noch zurück, als Mitternacht schon vorbei war, entschlossen, bis zum Morgenlicht weiterzuzechen.

Es waren fünf oder sechs Palikaren, die heftig tranken, tanzten und sich gegenseitig bewirteten. Mit ihnen zusammen saßen ein paar ältere Leute, die zu Anfang nur vorbeispazieren wollten und dann allmählich durch eine Gesellschaft, bei der sie sich niedergelassen hatten, in das endlose Kreisen des Bewirtens eingefangen wurden. Tsiros Stamataki, der immer bunte Hemden mit bauschigen Ärmeln trug und die Eleganz in der Siedlung vertrat, der Segler Käpten Andrias, Jannikos, die Gänsekatze, und Stavrakas, das Vögelchen. Bei ihnen blieb auch Varuchos sitzen.

Zu Anfang war er ruhig und schweigsam. Wie jedoch die Zeit verstrich, erwärmte er sich und kam in Schwung. Schließlich wandelte ihn die Lust zum Tanzen an. Er stand auf, zog sein Taschentuch aus dem Gürtel, ließ den ältesten der Gatzalisbrüder anfassen, und sie tanzten. Erst bestellte er einen Tanz mit leicht gleitenden Schritten; dann aber ging er zu einem leidenschaftlichen türkischen Soldatentanz über, wie er in Aivali gepflegt wurde. Endlich kam der griechische Inseltanz an die Reihe, in dessen langsamen Kreisbewegungen die Tänzer aufzuatmen und den Musikanten je nach Laune und Vermögen Trinkgelder zuzuwerfen pflegten. Varuchos zog sein Geldsäckchen hervor und ließ es sich durch sein Gewicht öffnen, während er es an der Schnur festhielt. Immer weitertanzend, griff er hinein. Er zog einen frischen, glatten Schein von fünfzig Drachmen heraus. Dann rollte er das Säckchen zusammen und näherte sich der Primadonna. Gerade vor ihr blieb er stehen, beleckte das Papier mit der Zunge und klatschte es auf die Stirn des Mädchens.

Überrascht rümpfte sie die Nase und verzog den Mund. Im gleichen Augenblick jedoch entschloß sie sich zur Nachsicht und blieb geduldig stehen wie eine Ikone, wenn ein Beter ihr eine Silbermünze auf das Antlitz drückt. Das Papier klebte jedoch nicht an, so daß der Fischer es von neuem beleckte und wieder versuchte, es haften zu machen. Plötzlich mischte sich der kleine Violinist ein und griff nach dem Geldschein. Dabei funkelten seine schwarzen Augen, und sogar sein öliger Schnurrbart glänzte stärker vor Wut. Seine Bewegung erfolgte mit nervöser Leidenschaftlichkeit, auf seinem fahlen Gesicht zuckte es, und sein Körper bebte wie eine Saite. Er zerknüllte das Papier mit der Faust und schleuderte es fort.

Sogleich streckte Meister Apostolos, dessen Augen und Sinne doch von seinem Spiel untrennbar schienen, den langen Arm mit dem Tamburin aus und fing den Fünfziger im Fluge auf, um ihn in seine Tasche zu stecken.

All das geschah in einem Nu, ohne daß die Musik innehielt, ohne daß der Rhythmus erschlaffte und ohne daß Meister Apostolos aufhörte, sein Tamburin wie einen Engel anzulächeln.

26

Die Männer nährten das Feuer in ihrem Innern, indem sie den brennenden Schnaps schlürften. Sie hörten die Frau und starrten sie an. Mit roten Augen hingen sie an ihr, mit stechenden Blicken verfolgten sie sie. Diese Blicke schlangen sich wie unsichtbare Reifen um ihre nackten Arme, umspielten ihre nackten Beine, hingen sich wie Bänder über ihre kräftigen Brüste und drangen in die geheimnisvoll dunklen Höhlen unter ihren Achseln. Alle weinten und suchten und flehten: «Amàn, Lulu, Lulu, Lulu!»

Das Weib lächelte glücklich und betrunken: die barbarische Gottheit, die angebetet wird. Es war deutlich, daß alles, was vorging, den kleinen Geiger schmerzte. Sowohl die Witze, die man ihr zurief, und die Schnäpse, die man ihr spendierte, als auch die grobschlächtigen Zweideutigkeiten und bäurischen Liebesworte, die von Tisch zu Tisch liefen.

Das Unheil, das er befürchtete, ging jedoch von Lulu selbst aus. Denn sie war nunmehr vom Trunk und von dem Männeratem, der sie umgab, schwer berauscht. Sie stand also auf und streckte ihre dicke Hand aus. Sie klammerte sich mit ihren polierten Nägeln an das Hemd von Dinos Gatzalis, einem hübschen, tanzfreudigen Burschen mit großem blondem Schnurrbart, den er zwirbelte, während er spöttische Worte fallenließ.

Der Fiedler bebte von den Haaren bis zu den Zehen und machte eine Bewegung auf sie zu: mit seinem Körper, mit seinen Händen, mit der Geige: «Nein, Lulu, nein!...» die ganze Bewegung ein krampfhafter Schmerz.

Sie kümmerte sich nicht um ihn und stand stolz aufgerichtet mit ihren festen Brüsten und schwingenden Hüften da. Sie senkte die Augenlider und betrachtete ihn von oben herab, nicht als Gefährten, nicht als Liebhaber, sondern einfach als Geiger. Ohne sich zu rühren befahl sie: «Den Pferdekutscher!»

Der Taube mit der Zither las den Befehl von ihren Lippen, beugte sich sogleich über die Saiten und liebkoste sie lächelnd und unbefangen mit den kleinen Schlägen.

Der andere schüttelte das Tamburin, und ein frischer Wirbel metallener Töne ergoß sich aus den Glöckchen. Der Geiger biß sich auf die blutlosen Lippen und krampfte die Augenbrauen zusammen. Dennoch rückte er gehorsam das verschwitzte Tuch zurecht, drückte die Geige unters Kinn und legte los, wie ein hilfloser Märtyrer.

> *«Pferdekutscher, Pferdekutscher,*
> *Mit der Peitsche in der Hand,*
> *Pferdekutscher, fahre los,*
> *Fahre ins Schlaraffenland!»*

«Fahre!» riefen alle Fischer, vor Begeisterung rasend, und klatschten in die Hände und klopften mit den Gläsern auf die Tische.

Fahre nach Schlaraffenland.
«*Fahre!*»
Dort sind wunderschöne Weiber.
«*Fahre!*»
Tolle Zeitvertreiber.

Und Lulu kreischte vor Lachen, völlig betrunken.

Da streckte unversehens der tanzende Gatzalis seine langen Arme aus und riß die Frau an sich. Er hob sie leicht, wie man ein Kind aufnimmt. Dann bog er sich über sie und preßte seinen zottigen Kopf mit dem großen Schnurrbart gegen ihre Brust.

Im gleichen Augenblick warf der Fiedler Geige und Bogen auf den Tisch, zog ein schmales Messer aus der Hüfttasche und stürzte sich auf Gatzalis. Doch dieser kam seinem Angriff zuvor, noch ehe die anderen es gewahrten. Er setzte das Mädchen wieder auf die Beine und griff nach der Hand des Kleinen in der Luft. Er packte sie, zusammen mit dem Messer, preßte und renkte sie aus. Das Messer in der Hand des Kleinen stieß er in die Spalte eines Tisches, ohne jene loszulassen. Dann bog er es hin und her, bis die Klinge zerbrach. Den schwarzen Griff ließ er in den gelähmten Fingern und versetzte dem Kleinen einen Schlag ins Gesicht, so daß er mit blutigen Zähnen zur anderen Seite zurücktaumelte. Dort fiel er auf die übrigen Kumpane der Bande, die ihn mit Juchhe auffingen und wie einen Lumpensack nach der Gegenseite zurückschleuderten. Und die warf ihn wieder hinüber.

In diesem Tumult stand Varuchos auf und verließ die Taverne.

Er fühlte sich betrunken, völlig betrunken. Kaum hielt er sich auf den Füßen. Trotzdem lenkte er den Schritt nach der Siedlung, sich von Mauer zu Mauer, von Baum zu Baum vorwärtstastend. Er war aufgewühlt, das Blut wogte stürmisch in dem großen Körper; er fühlte es in seinen Adern mit kräftigen Schlägen pulsieren. Sein Zorn stieg.

«Pfui über eure Schamlosigkeiten, ihr Lausekerle!»

Er setzte sich auf eine Bank beim Brunnen und lehnte sich mit geschlossenen Augen an die Mauer.

Mühlsteine drehten sich in seinem Schädel und mahlten und mahlten ... Er fühlte, es müßte eine Wassermühle sein, weil er mit dem Knirschen zugleich das Gurgeln des im Brunnen plätschernden Wassers hörte. Es sagte etwas und kam nicht zu Ende damit, es redete unaufhörlich. Und zugleich kreiste vor ihm die Gestalt des lachenden Weibes, des schamlosen, tollen, das mit halbgeschlossenen Augen tanzte. Und das Tamburin dröhnte und seine Glöckchen rasselten. Und jener Gatzalis, der Schuft, rieb sein Maul und seinen fuchsigen Bart an dem zuckenden Busen des Mädchens. Die steigende Wut wollte ihn ersticken.

«Pfui über dich, verfluchte Sau!»

Er stieß einen lauten, tiefen Seufzer hervor und hielt seinen Kopf unter den Brunnen. Er fühlte das Wasser erfrischend über die dicken Haarbüschel, hinter seine Ohren, über den starken Nacken rinnen. Es träufelte über seine entzündeten Augen, über den Schnurrbart und über die Haut unter dem Hemd, wollüstig den ganzen Körper bis zum haarigen Bauch hinab benetzend.

So ließ er das Wasser eine lange Zeit über sich fließen und lauschte halbgelähmt seinem monotonen Gegurgel. Bis in sein Herz fühlte er es sickern und die Flammen dort allmählich löschen. Er stand auf und zog nach Hause, um sich endlich auf seinem Lager auszustrecken.

Varuchos überschritt die Schwelle der Haustür und trat ein. So geschah es immer. Smaragdi hörte das Geräusch und rief von innen: «Bist du es, Vater?» Jetzt erwartete er auch, ihre Stimme zu hören; aber er hörte sie nicht.

«Ha, die Tochter ist wieder einmal böse, weil ich so lang ausgeblieben bin», dachte der Alte. «Ich bin wirklich ein Esel.»

Er fühlte sich schuldig und beschämt. Er hatte Lust zu heulen. Aus den nassen Hosen rann das Wasser über seine Schenkel.

Er faßte den Plan, geradewegs zu seinem Lager

zu gehen und sich ohne viel Rederei schlafen zu legen.

Er schloß leise die Tür, überquerte den kleinen Flur und fühlte den frischen Zement unter seinen nackten Sohlen. In der Küche flackerte die Lampe mit kleingestelltem Docht. Dort fand er das niedrige Speisetischchen, mit Essen gedeckt, auf ihn wartend. Er wehrte mit der Grimasse des Gesättigten ab. Er zog sich zurück, öffnete die große Kammer und trat geräuschlos ein. Dort blieb er wie versteinert stehen.

Smaragdi, von der Arbeit ermüdet, war es überdrüssig geworden, auf den Vater zu warten. Sie öffnete das Fenster, um frische Luft hereinzulassen. Die Nacht war schwül, das Meer schien in der Hitze zu erstarren. Der Schein des vollen Mondes überflutete das Zimmer. Smaragdi zog sich halb aus und nahm Wasser aus der Kanne, die sie draußen auf dem Brett bei den Blumentöpfen kühl stehen ließ. Sie wusch sich und besprengte zur Erfrischung auch ihren Hals. Dann zog sie ihr Bett nah an das offene Fenster, legte sich hin und wartete. Hier überfiel sie der Schlaf. So fand sie Varuchos, als er eintrat. Im ersten, tiefen Schlummer.

Der Mond erleuchtete ihr Gesicht von der Nase abwärts. Schatten lagen um den frischen Mund, so daß die Lippen wie eine halbgeöffnete Blume herausragten. Er beleuchtete auch ihre nackte Brust, die, in jungfräulich zarter Form, in stillen Atemzügen ruhig auf und nieder ging. Smaragdi schlief auf dem Rücken, ihre beiden Arme um den Kopf geschlungen. So war sie es von Kind auf gewöhnt. Ihre nackten Schenkel waren offen, wie bei Kindern, die in großer Hitze schlafen.

Varuchos lehnte sich taumelnd an die Wand. Verwirrt starrte er, von Entschluß und Urteil verlassen. Er wußte nicht: Was sollte er tun, wohin gehen, sie wecken oder fortlaufen? Er stand dort mit offenem Mund, mit hängendem Kinn und glotzte nur mit den Augen, die wie gereizte Wunden brannten. Seine Hände zitterten hinter ihm, an der Wand tastend, seine dicken Finger kratzten im Kalk, seine Füße schlotterten bis zu den Schenkeln, wie im Fieber.

Plötzlich rückte er von der Wand ab und näherte sich lautlos dem schlafenden Mädchen. Er stürzte sich auf seinen Körper wie eine hungrige Bestie, mit gekrallten Händen, mit gierig verzerrter Fratze.

Smaragdi erwachte in einer grauenhaften Wirrnis von Schrecken, Ersticken, Schmerz und Ekel. Sie sah den entmenschten Greis an ihre Brust geklammert, ihre Haut zerreißend, mit dicken, schleimigen Lippen an ihrem Fleisch, wo er es nur erreichte, saugend. Sie fühlte, wie ihr Atem unter seiner unerträglichen Last, unter seinem nach Tabak und Schnaps stinkenden Keuchen verging. Ganz nahe an ihrem Gesicht begegnete sie mit entsetztem Blick seinen Augen, die im Mondlicht flackerten.

Es waren zwei rote, geschwollene Augen, voll Irrsinn und Bosheit.

Von Angst und Übelkeit zur Verzweiflung getrieben, fing sie an, um Hilfe zu schreien und mit ihren Nägeln dies gräßliche, behaarte Gesicht zu zerkratzen. Als sie mit ihrer Hand das Glas erreichte, packte sie es und schlug damit auf den zottigen Kopf, der sie totdrücken wollte. In diesem Grauen verlor sie die Besinnung, und alles erlosch.

Im Nu war die Kammer voll von Nachbarn, die das Schreien geweckt hatte. Sie rannten herbei, um zu sehen, was dem Mädchen geschah. Darunter waren Lathios mit seinen drei ältesten Söhnen, seine Frau mit der alten Permachula und noch zwei oder drei Fischer und einige Frauen. Alle kreischten und machten einen Höllenlärm, der noch mehr Leute herbeizog. Die alte Permachula und Marija nahmen das Mädchen auf und trugen es fort, um es zu pflegen. Die andern packten Varuchos, zogen ihn zu Boden, traten ihn mit den Füßen und schlugen ihn mit Eisenhaken, mit Besen und mit allem, was ihnen gerade in die Hand fiel. Die Weiber rissen ihm die Haare und den Schnurrbart aus und zerfetzten seine Kleider. Zum Schluß ließen sie ihn auf der Erde liegen, wie ein Kalb blökend und überströmt von Blut, das sich in seinen Haaren und in seinem Bart verklebte.

Ehe sie fortgingen und ihn allein ließen, nahm Lathios die Wasserkanne vom Fenster und goß sie über Kopf und Brust des Alten aus. Dann spuckte er auf die blutige Fratze und ging als letzter hinaus, die Tür hinter sich abschließend.

27

Als Gott es wieder Tag werden ließ, schäumte die Siedlung vor Aufregung. Die Hausväter und die Ehefrauen sprachen ohne Umschweife von Varuchos' Untat. Alle brachen verspätet zu ihrer Arbeit auf. Allmählich sammelte sich eine Menge rings um sein Haus. Die Worte, die flogen, waren gereizt und böse. Die Menschen warfen sie gegen das Haus der Sünde wie Steine, denen Fluchgebärden mit den Fingern folgten.

Die Frauen priesen die Muhme Nerantzi selig, daß Gott sie geliebt und zu sich genommen hatte, ehe sie das Gift dieser Schande trinken mußte. Die Männer schlugen grausame Qualen für den Schuldigen vor. Man sollte ihm mit einer glühenden Zange die Organe der Sünde ausreißen. Dann kamen andere, zumal Kinder, mit Petroleumbüchsen und verfaultem Gemüse. Sie warteten, daß der Alte aus der Tür trete, um ihn mit Geschrei zu begrüßen und ihn zu bewerfen. Die alten Weiber brachten stinkige Lumpen und zerbrochene Kannen, die ihm vor die Füße prallen sollten.

Die Gemüter der Frauen waren noch vom Vorabend durch die Primadonna aufgereizt. Sie war wie eine Herausforderung angekommen und mitten in die kleine Gemeinde gefallen, wo nur mit lebenslänglicher Ehe erhalten werden konnte, was jene mit Lachen und Singen wie ein Glas unverdünnten Schnaps anbot.

Allmählich kamen alle Einzelheiten der Geschichte an den Tag, die sich im Laden der Gatzalis abgespielt hatte. Einige alte Frauen, die hinter dem Zaun lauernd gewacht hatten, und einige Jungen, die unter Büschen verkrochen waren, konnten alles haarklein erzählen. Die Einzelheiten gingen von Mund zu Mund, und jeder streute beim Weitererzählen noch etwas Pfeffer hinzu:

Wie die Gatzalisburschen die Tänzerin geraubt hatten, wie sie sie in die Barke warfen und mit ihr aufs offene Meer hinausfuhren. Wie das Gelächter und ihr Geschrei bis zum Morgen vom Meere her gehört wurde. Wie der kleine Geiger am Strande weinend und sich selbst schlagend hin und her lief, bis die Sünderin zurückkehrte. Und wie Gatzalis die Musikantenbande mit der gleichen Barke zu einem anderen Hafen der Insel, zwei und eine halbe Stunde nach Norden, verfrachtete.

Als die Zecher nach Hause zurückkehrten und ihre wartenden Frauen in der Stimmung des sturmaufgewühlten Meeres vorfanden, kam es zu mancherlei Handgreiflichkeiten in der Siedlung. Eine Braut sogar, die erfuhr, daß ihr Verlobter bei der

Zecherei mitgewirkt hatte, schickte ihm den Ring zurück und löste die Verlobung auf. Alle Frauen waren voll Erbitterung, weil es ihnen nicht gelungen war, der Primadonna habhaft zu werden, sie verkehrt auf einen lahmen Esel zu setzen, ihr den Schwanz in die Hand zu geben und sie so durch die ganze Siedlung und den geschändeten Hafenort zu ziehen.

Jetzt ergoß sich der ganze Zorn über den alten Varuchos. Er würde die gesamte Schuld zu bezahlen haben, in die alle verstrickt waren, er würde die ganze Last der Schande tragen. Ja, so viele Jahre hatten sie nicht gewußt, was für ein Bock er war; die Fischer hatten ihm in allen Dingen den Vorrang gegeben und ihn, wie man sagte, als Krone auf ihren Kopf gesetzt. Und jetzt mußte gerade dieser Mensch, der Gevatter des Bischofs obendrein, die heiligsten Dinge verletzen, die Ehre des Vaters, die Keuschheit des heranwachsenden Mädchens, das Vertrauen des schutzlosen Waisenkindes. Ein solches Verbrechen trat in der Chronik des Dorfes zum erstenmal auf.

«Der Antichrist muß verbrannt werden.»

Jedes Wort fiel wie ein weiterer Öltropfen in das lodernde Feuer, jede Kleinigkeit steigerte die Aufregung, verzerrte die Gesichter zu immer grausameren Grimassen. Eine Frau trat auf die Schwelle des Hauses und versuchte, die Tür aufzumachen. Sie wollte den Alten mit Gewalt auf die Straße ziehen. Aber die Tür war verschlossen, verschlossen wie die Fenster.

Die Frau schrie: «Wir wollen Stroh anzünden, um das Nest auszuräuchern, damit der Schmutzkerl herauskommt.»

Die Kinder fingen begeistert an, trockene Knüppel von den Zäunen abzureißen und Stroh herbeizuschleppen. Von der Polizei sprach niemand.

Diese Menschen, die einem fremden Joch entronnen waren, betrachteten den Landpolizisten stets als Feind. Dies Gefühl fanden sie auch bei den Einheimischen vorherrschend. Sie konnten sich untereinander auffressen, aber niemand rührte sich, um bei der Polizei Meldung zu machen.

In diesem Augenblick trat Fortis in Erscheinung, ernst und mürrisch. Er trieb die Frauen und Kinder auseinander und trat die kleinen Brände aus, die schon vor der Tür aufflammten. Einige wollten ihn daran hindern. Der Kaffeewirt schob sie mit Ruhe zurück und stellte sich groß und unnahbar auf die Steinschwelle. Er setzte seine Brille zurecht, griff vorsichtig an seine Glatze und räusperte sich. Dann öffnete er die Hände gegen seine Zuhörer, schüttelte sie und erzwang sich damit sogleich Ruhe.

Es war durchaus klar, daß er ihnen eine kleine Rede halten würde.

«Hört!» sagte er zu ihnen. «Ihr habt vollständig recht, daß ihr so außer Rand und Band seid. Wir alle sind es wahrhaftig bei dieser unerhörten

Schändlichkeit, die unsern Hafenort entehrt. Ich, der ich zu euch spreche, habe noch einen besonderen Grund, um dieses Kind besorgt zu sein. Ich habe es mit dem heiligen Öl gesalbt, ich bin sein geistlicher Vater. Jetzt befindet sich das Mädchen bei Lathios. Da ist es in guten Händen, und für die Zukunft werde ich sehen, was geschehen soll.»

Jemand unterbrach ihn: «Den Mistkerl wollen wir austreiben.»

Fortis winkte ihm mit der Hand, zu schweigen.

«Kinder», sagte er, «ihr habt in eurem Leben Schlimmeres gesehen und erlitten als ich. Leben und Tod sind unter uns, und wir dürfen uns nicht vom Teufel fangen lassen. Wir dürfen unsere Menschlichkeit nicht verlieren. Das ist es. Dieser Mensch, will ich sagen, liegt seit gestern nacht hier drinnen auf dem Boden. Er ist böse zerschlagen, er blutet. Was weiß ich? Vielleicht lebt er nicht mehr.»

«Ein räudiger Hund verreckt nicht.»

«Soll der Verfluchte vor Angst ersticken, daß seine Seele verkehrt herausfährt!»

Einer machte die Bemerkung: «Wenn er nicht mehr lebt, wie konnte er von innen zuschließen?»

«Richtig!» riefen mehrere zornige Stimmen.

Fortis stopfte ihnen den Mund. Er zog einen Schlüssel aus der Hosentasche und zeigte ihn.

«Das stimmt nicht!» sagte er. «Ich kam und schloß ihn, als ich den Lärm hörte, am frühen Morgen ein. Ich sage euch, dem Menschen geht es nicht gut. Er liegt geschlagen da wie ein Haufen Unglück. Macht euch klar, daß hier kein Räuberland ist, auch kein Anatolien, wo man dem türkischen Schutzmann eine Silbermünze in die Hand drückt, damit er zur Seite sieht. Hier ist griechisches Gebiet, und hier steht und richtet das Gesetz. Und wenn man erfährt, daß ihr Varuchos erschlagen habt, werden sie euch mit Handschellen in die Festung abführen. Seid gewiß, wenn ihm etwas geschehen ist und er nicht mehr lebt, wird keiner von euch entwischen. Ihr werdet alle verbrennen.»

Niemand sprach. Einer, der mit dem Ruder auf der Schulter dastand, drehte sich bald darauf um und zog zum Hafen hin, laut ausrufend: «Ich habe ihn nicht geschlagen. Nur einen Fluch habe ich ihm mit der offenen Hand ins Gesicht geklebt.»

Der Kaffeewirt wußte, daß jetzt der Augenblick gekommen war.

«Jemand hat ihn mit Eisen auf den Kopf geschlagen», sagte er.

Die Fischer erschraken und fingen an, untereinander zu streiten, wer geschlagen und wer nicht geschlagen hatte. Die Frauen zogen ihre Männer fort, damit sie nicht an dem bösen Ort zugegen wären.

Fortis steckte den Schlüssel in das Loch und öffnete die Tür. Er trat ein und schloß von innen wieder zu.

Er fand Varuchos auf dem Bett zusammengekrampft wimmernd. Sein Gesicht war geschwollen, von den Schlägen entstellt. Eine große Kopfwunde hatte die Schädelhaut aufgerissen. Der Verwundete hatte es fertiggebracht, eine Handvoll Tabak darüberzustreuen und sein Taschentuch darumzubinden. Er sprach mit Anstrengung, mühevoll bewegte er seine schmerzenden Glieder. Überall war er getreten und geschunden.

Fortis zog aus seiner Hosentasche ein Fläschchen Jod, Watte und Verbandstreifen.

Er reinigte die Wunden und verband sie und tastete den großen Körper ab.

«Sie haben dich nicht zum Krüppel geschlagen», sagte er. «Du bist billig davongekommen. In ein bis zwei Tagen wirst du wieder auf den Beinen sein. Dennoch muß ich dir sagen, nach dem, was du uns angetan hast, sind sie sanft mit dir umgegangen.»

Varuchos seufzte, aber er sprach nicht. Er nickte nur bejahend mit dem Kopf. Der Kaffeewirt wickelte die Arzneien mit pedantischer Genauigkeit zusammen und stopfte sie in seine Tasche zurück.

«Wenn es dir besser geht», sagte er, «komme ich wieder, und wir werden dann ernsthaft über das Mädchen sprechen.»

Das offene Auge des Alten leuchtete auf.

«Jaja», bedeutete er mit lebhaftem Kopfschütteln. Das war eine Anstrengung, die ihn vor Schmerz sein Gesicht verzerren ließ.

«Jetzt gehe ich. Ich schließe dich wieder ein. Da draußen lauern sie darauf, mit dir einen Umzug zu machen. Aber ich lasse dich nicht im Stich. Hab keine Angst!»

*

Er überließ ihn wahrhaftig nicht seinem Unglück.

Ein bis zwei Tage später konnte Varuchos im Hause aufstehen. Er humpelte umher und bediente sich selbst. Die Nacht darauf besuchte Fortis ihn wieder.

Sie saßen bei der Lampe, drehten Zigaretten und redeten lange Zeit. Es war spät, als der Kaffeewirt aufstand und fortging. Varuchos begleitete ihn mit der Lampe bis zur Haustür. Fortis nahm tiefgerührt Abschied. Er preßte seine Hand lange und sagte zu ihm: «Auf! Gott sei mit dir.»

In der anderen Hand hielt er eine Blechbüchse, die kreuzweise mit Angelschnur zugebunden war: Nerantzis Kaffeekasten.

Als die Fischer am Morgen aufstanden, fanden sie die Barke von Varuchos nicht mehr an der gewohnten Stelle. Es hieß, man habe ihn in dunkler Nacht hinausfahren sehen, und jeder glaubte, der Alte sei geheilt und habe in aller Stille die Arbeit wieder aufgenommen.

Es wurde Abend, und die Barke erschien nicht wieder. Alle warteten, nur um zu sehen, mit was für einem Gesicht er die Welt nach der Nacht der Schande anblicken würde. Er kehrte jedoch während der ganzen Nacht nicht zurück, und auch am nächsten Morgen tauchte seine Barke nirgends auf.

Fortis, der den Schlüssel des Hauses an sich genommen hatte, hörte die Fischer unter dem Maulbeerbaum mit lauter Stimme über die Angelegenheit streiten. Es zuckte ihm auf den Lippen, zu sprechen; aber er äußerte keinen Laut. Er schüttelte nur den Kopf: «Ich weiß nichts.» Die Schultern hochziehend, fügte er geheimnisvoll hinzu: «Hm, wer weiß, wohin er gegangen ist ...»

«Hm, was soll einer sagen ...»

Erst nach Ablauf von drei Tagen öffnete er das Haus wieder. Er rief Smaragdi, schloß sich mit ihr ein und offenbarte ihr alles. Er übergab ihr das Haus mit dem Schlüssel und unterrichtete sie über den Kasten mit dem Geld, das er für ihr neues Boot aufbewahrte. Am nächsten Tage würde er in dieser Sache nach Perachora zur Werft gehen, um den Schiffsbauer Manos Alimonos zu finden und für sie zu bestellen, was von ihrer Mutter und von ihrem unseligen Vater für sie erträumt worden war.

Das Mädchen machte eine Bewegung des Schreckens, als sie von jenem reden hörte. Fortis bemerkte es wohl.

«Höre, Smaragdi», sagte er. «In Amerika, in dem Riesenhaus, in dem ich damals schlief, als ich in der Eisendreherei arbeitete, wohnte auch ein junger Mann. Ein sehr netter und ein sehr unglücklicher Bursche. Sein Name war Telemachos Stefanidis,

und er stammte aus dem Dodekanes. Er fand keine
Arbeit, sammelte gebrauchte Flaschenpfropfen und
verkaufte sie wieder. Er wusch Teller in den Kellern der großen Betriebe. Er tat mir leid, weil er so
schwach war und immer hüstelte. Ich half ihm mit
dem, was ich überflüssig hatte. Darum liebte er
mich sehr. Er war ein gebildeter Junge, schrieb Gedichte, und sein Traum war, ein großer Schriftsteller zu werden und Bücher mit Geschichten und
Liedern herauszugeben. Alle hatten ihn gern. Als
Mac Stephen kannten sie ihn in der Herberge, und
am Abend, wenn er sich wohl fühlte, kamen wir
vier oder fünf Griechen zusammen, und er las uns
aus seinen Papieren vor. Eines Tages also, als ich zu
ihm von der Bosheit der Menschen redete und behauptete, daß wir alle mehr oder weniger eine
schwarze Seele haben, sah mich Mac mit seinen
Kinderaugen an und antwortete mit einem Wort,
das so tief war wie ein Spruch aus dem Evangelium:
‚In der Seele jedes Übeltäters sitzt ein Heiliger gefangen, der weint und auf seine Befreiung wartet.‘
Der Spruch bohrte sich in mir fest, und viele Male
tröstete er mich. Als ich in jener Nacht ging, um
mit deinem Vater zu reden und zu sehen, was er
nach seiner Tat noch für ein Ziel haben könnte,
fand ich ihn weinend wie ein kleines Kind, ihn, den
starken Mann. Ich erinnerte mich an Mac Stephen
und den Heiligen. Er gab mir den Kasten mit dem
Geld und sagte, du brauchtest keine Angst zu haben,

daß er dich bei seinen Lebzeiten wiedersehen würde. Er würde vor Scham vergehen, wenn er dir gegenüberträte. Jetzt ist er aus der Gemeinde ausgeschieden. Er ist mit seiner Barke zum Heiligen Berg Athos gefahren. Dorthin wolle er gehen, sagte er zu mir, um Vergebung für seine Seele zu finden. Und ich dachte in meinem Innern: Da haben wir den Heiligen von Mac, der in dieser sündigen Seele weinte und jetzt endlich frei wird.»

Das Mädchen sagte nichts. Es hörte seinem Paten zu, biß sich auf die Lippen und weinte still.

Fortis zog sein großes Taschentuch hervor, schnaubte geräuschvoll die Nase und fuhr fort:

Also, Smaragdi, du wirst sehen ... Ich habe nie erfahren, was aus jenem Jungen Mac Stephen geworden ist. Er ging eines Tages fort, und wir verloren seine Spur. Obwohl seither viele Jahre hingingen, kommt er mir immer wieder mit seinem Spruch in den Sinn. Wenn ich jetzt mit ihm sprechen oder an ihn schreiben könnte, würde auch ich ihm gern ein Wort sagen: Mac Stephen, würde ich sagen, geschieht nicht auch das andere? Bedenke, sitzt nicht auch im Herzen jedes Heiligen ein Übeltäter und lauert auf seine Stunde? Varuchos war ein guter Mensch, Smaragdi, glaube mir, was ich sage. Doch da ist der Teufel, der dreimal verfluchte, und er kommt mit tausend Listen und reizt den Übeltäter auf. Einmal kommt er als Weib, einmal als Schnaps... Es ist wie die Versuchung des heiligen Antonius...»

Von jenem Tage an richtete sich Smaragdi als Herrin in ihrem Hause ein. In den Nächten schlief die alte Permachula bei ihr. Sie nahm einen oder zwei ihrer kleinen Enkel oder Urenkel mit sich, die miteinander stritten, wer zuerst zum «Mühmchen» gehen dürfte.

Wenn sie die Hausarbeit beendet hatte, ging Smaragdi mit Lathios zusammen auf die Fischerei. Sie hatte große Freude daran. Mit jedem Tag machte sie neue Fortschritte im Speerwerfen und im Netzfang, nachdem sie bisher nur im Polypenfang und mit dem Angelapparat Erfahrung hatte. Lathios staunte, wenn er sie beobachtete. Ihre Gewandtheit und Tüchtigkeit verblüfften ihn.

«Dies Mädchen», sagte er zu Fortis, «ist nicht irgendein Weibchen, das in der Küche Teig anrührt. Es ist ein perfekter Fischer und fängt das ganze Meer in seinen Händen ein. Was gewisse Prahler angeht, dein Patenkind, Komninos, kann ihnen heute schon beibringen, wie sie ihre Sache anpacken müßten.»

Lambis hörte das, und sein Herz klopfte, er lauschte und biß sich auf die Lippen, während der stolze Fortis, mit dem Bernstein der Wasserpfeife im Schnurrbart, Lathios großmütig freihielt.

Eines Tages nahm Lathios Smaragdi und seine beiden ältesten Söhne mit sich, und sie fuhren Anatolien zu. Dort, rings um einige öde Inselchen vor Aivali, waren seine alten Schlupfwinkel. Zufällig stießen sie auf einen Schwarm von Fischen, ein Glücksfund. Dieser dichte Schwarm ging in Richtung auf die Kälberinseln, um dort im Schlamm der Untiefe zu weiden. Lathios zog die Dynamitschleudern aus seinem Gürtel. Er band sie zusammen und zeigte sie Smaragdi.

«Sieh hier», sagte er zu ihr. «Stimmt dein Herz zu?»

In ihren grünen Augen blitzte ein seltsames Verlangen auf. Sie blickte den Fischer an und wartete mit halbgeöffnetem Mund. Er sah ihre Erregung. Er beobachtete ihren schnellen Atem und lächelte befriedigt: «Also, auf dein Wohl. Jetzt nach deinem Wunsch!»

Er nahm die Schleuder in die Rechte und seine angezündete Zigarette in die Linke. Er tat einen Zug, schlug mit dem Finger die Asche ab und legte das Feuer an den Docht. Ganz kurz hielt er das Geschoß, um es alsbald hinauszuwerfen.

Explosion im Meer und Widerhall am nahen Festland. Die Wasser kochten in großen weißen Wirbeln auf, der Meeresboden erschien in grüner Färbung und verschwand. Dann beruhigte sich die verwundete See. Aus ihrem zerrissenen Innern tauchte eine ganze Welt von Fischen im Schaume herauf.

Sie schwammen betäubt, zuckten und verendeten. Das Wasser ringsum war wie starr. Sie warfen die Netze aus und zogen und zogen. Der Reichtum, den das Meer schenkte, war unerschöpflich.

Smaragdi sah diesen Vorgang zum erstenmal. Bis in die Fingerspitzen fühlte sie den prickelnden Schauer dieser verbotenen Handlung, die so leicht und so schrecklich war.

Lathios erkannte ihre Verwirrung am fiebrigen Glanz ihrer Augen und am Zittern ihrer Hände.

«So nicht», sagte er streng. «So erreichen wir nichts. Diese Arbeit verlangt Blut, so kalt wie Fischblut.»

Sie kehrten, das Boot bis zum Rande beladen, zurück. Und da an diesem Tage kein Handelsschiff aus der Stadt im Hafenort lag, kauften die Händler aus Murja und den nahen Dörfern die ganze Beute.

Der Zollinspektor war ein frisch verheirateter Greis mit gefärbtem Schnurrbart. Er spielte den ganzen Tag Tricktrack am Fenster, um dabei seine Frau zu bewachen, die er eifersüchtig auch im Sommer hinter verschlossenen Türen hielt. Er merkte es nicht einmal, daß die Fische mit Dynamit gefangen waren. Der Steuerbeamte seinerseits, der die ungesetzliche Sache auf den ersten Blick erkannte, hatte kein Interesse daran, zu reden. Ihm war es nur wichtig, eine tüchtige Menge zu versteuern und davon als Familienvater seine Prozente einzuziehen.

Smaragdi kehrte in brennender Erregung nach Hause zurück. Sie war um ein neues Erlebnis voll heldenhafter Größe reicher geworden. Jetzt verstand sie die Süße der Gefahr, die einen dazu verführen konnte, ein Stückchen seines Körpers nach dem anderen der See zu opfern.

Während sie in den Hafen zurückfuhren und das Segeltau einzogen, berührte sie die verstümmelte Hand von Lathios' ältestem Sohne Manolis mit ihrer Handfläche. An dieser Hand des Palikaren fehlten zwei mittlere, an der Wurzel abgehackte Finger.

Er erschauerte, hob die Augen zu ihr auf und wurde rot.

«Kommt das daher?» fragte das Mädchen.

Manolis begriff zuerst nicht. Dann betrachtete er seine entstellte Hand und lächelte verschämt.

«Ja», sagte er. «Die gingen als Köder fort.»

Smaragdi bemerkte mit Erstaunen, daß die Fischer so etwas als Kleinigkeiten der täglichen Arbeit betrachteten, worüber ein Wort zu verlieren sich nicht lohnte.

*

Später kam ein unvergeßlicher Tag für sie. Es war jener, an dem sie Lathios dazu brachte, ihr zum erstenmal selbst die Dynamitschleuder anzuvertrauen.

Die drei ältesten Jungen waren mit ihrem Vater in der Barke dabei, und sie fühlte alle ihre Augen auf sich gerichtet.

«Wie ich sagte», betonte der Fischer: «Kaltes Blut wie beim Fisch!»

Als sie geworfen und sich nach der Erregung wieder beruhigt hatte, fühlte sie bis ins Innerste die stärkende Macht der Freude. Die breiten Flügel, die gefaltet in ihr ruhten, regten sich und wollten so mächtig schlagen wie das Wasser, das sich vor ihr auftat und sich wieder schloß. Dieses Schleudern gab etwas in ihrer Seele frei, was vorher gebunden war. Es schien ihr, daß sie jetzt den Menschen fester ins Auge sehen könne.

Das Geheimnis, das sich ihr in großer Klarheit enthüllte, bestand darin: in diesem Leben beruhte alles auf Krieg. Wer würde siegen, wer würde sich so hoch emporringen, daß eine neidische Welle ihn nicht in die Tiefe ziehen könnte? Es gab Krieg zwischen den Menschen, mit dem Meer, mit dem Festland. Überall herrschte der gleiche Kampf. Es galt vorzustürmen, um zu gewinnen, kraftvoll zu ringen, damit der andere einen nicht niederwerfe.

Bei der Rückkehr des Bootes stand sie aufrecht da, gegen den Mast gelehnt. Sie sann über viele Dinge nach und blickte dabei zerstreut auf Stratos und Vatis, die ruderten.

Lathios saß mit seinem Ältesten am Bug. Er schwieg nach seiner Gewohnheit. Manolis sah sie auf seine Brüder blicken und sagte lachend zu ihr, mit dem Kinn auf jene deutend: «Die Zwillinge sind neidisch auf dich. Du weißt, Vater hat ihnen noch niemals den Docht anvertraut.»

«Wir sind nicht neidisch auf Smaragdi», sagte Stratos.

Auch Vatis, der eine halbe Stunde später als er geboren war und ihn als älteren betrachtete, blickte auf Smaragdi und lächelte sie mit seinen vollen roten Lippen an.

Die Zwillinge glichen einander wie zwei Wassertropfen. Dennoch hatten sie grundverschiedene Charaktere. Stratos, straffer und brauner, bemühte sich, in allem dem großen Manolis zu gleichen, der schon ein Palikare von neunzehn Jahren war und zu den Erwachsenen gezählt wurde, zumal er mit seiner großen dunklen Erscheinung der Gestalt des Vaters so ähnlich war. Stratos trat wie sein großer Bruder ernst und wortkarg auf. Er warf sein dichtes Haar zur Seite, wie Manolis es tat, hielt den Kopf zurück, wenn er breitbeinig und barfüßig voranschritt, und steckte die Hände in die Hosentaschen oder kreuzte sie auf dem Rücken. Er träumte davon, wie auch er am Samstag zum Barbier und in die Taverne gehen würde, wie es ihm vergönnt sein würde, in der Tasche eine große Tabaksbüchse aus gelbem Messing zu tragen, damit er nicht im geheimen zu rauchen brauchte, wie jetzt, auf der Klippenbank mit seiner Bande versteckt. Er war auch eifersüchtig auf seinen großen Bruder wegen der zwei abgesprengten Finger. Ihr Fehlen an der Hand von Manolis betrachtete er als ein Zeichen der Männlichkeit.

Vatis dagegen war schwächer und zarter, mit weitgeöffneten, feuchten Augen. Nicht ausgebakken, fand Lathios, und zur Arbeit untauglich.

Der Alte hatte recht. Vatis liebte die Muße und gaffte stundenlang auf das Meer und die weißen Wolken, die langsam dahinzogen oder sich in lichten Farben hoch am Himmel häuften. Er faulenzte und ließ seinen Geist umherschweifen. Er hatte einen roten Mund und weiche Mädchenhände. Darum rechneten ihn auch die Mannsleute des Hauses nur mehr oder weniger als halbe Person. Dagegen liebten ihn seine Mutter und vor allem die alte Permachula besonders innig. Denn Vatis war ein zärtlicher Junge, der Liebkosungen brauchte und gewährte.

Als sie heimkamen und Smaragdi in ihr Haus eingetreten war, pries Manolis die Tüchtigkeit des Mädchens. Er hatte mit Bewunderung beobachtet, wie es aufrecht am Bug stand und den Speer auswarf. Er sprach von seiner Tapferkeit, und das Mädchen erschien ihm wie Sankt Georg, der lanzenschwingende Reiter. Auch die Sicherheit seiner Hand lobte er.

«Seine Augen sehen klaftertief ins Wasser hinein. Dieses Mädchen ist ein Geheimnis.»

Auch Stratos zuckte mit den dunklen Wimpern, wie Manolis es tat. Dann hob er die Augenbrauen und wiederholte ernst: «Wahrhaftig, sie ist ein geheimnisvolles Mädchen.»

Vatis hörte zu und beobachtete beider Mund, während sie Smaragdi priesen. Es schien, als wolle er keine Silbe verlieren. Als Stratos sein Wort gesagt hatte, senkte Vatis den Blick und starrte auf seine Hände.

Die Alte redete gleichfalls. Bedeutungsvoll wiegte sie den Kopf und sagte zu den Männern: «Na, jetzt fangt ihr an zu verstehen. Seit dem Tag, da Varuchos sie in der Barke fand, sage ich es euch: Dieses Mädchen ist ein anderes Ding ...»

Lathios, der nicht geredet und nur heftig geraucht hatte, lachte auf: «Ein Nixenfindling, sag es nur!»

Sogleich schwieg er wieder, und sein Gesicht wurde ernst. Ebenso plötzlich, wie er in das Gespräch eingegriffen hatte, verlor er das Interesse daran und sagte nichts mehr.

Die beiden älteren Jungen lachten, die Alte nickte zustimmend: «Wir haben es schon gesagt. Ihr Männer versteht von so etwas nichts. Ihr werft bloß ein Wort in die Luft. Ein Geheimnis ist das Mädchen. Das hat seinen Sinn, mein Sohn. Aber wenn ich mit meinen Jahren (möge Gott euch ebensoviel geben) zu erklären anfange, was das Geheimnis ist, auf das euer dummer Gedanke eben blind hinstößt, dann lacht ihr mich aus. Ihr versteht nicht, was ich verstehe. Darum seid ihr Spötter.»

Vatis hob den Kopf.

«Ich spotte nicht, Großmutter.»

Die Alte sah ihn liebevoll an: «Darum segne ich dich mit meinen zwanzig Nägeln. Du stammst nicht von der ungläubigen Brut.»

«Vielleicht bist du auch ein Nixenfindling», neckte ihn Manolis. «Merkst du nicht, daß dein Sinnen die ganze Zeit dem Meeresgrunde gilt?»

*

Als es Abend wurde, gab die Alte Vatis eine Fadensträhne, die sie aufwickeln wollte, zu halten. Sie waren allein vor dem Haus, und Vatis erinnerte sie: «Sag es mir, Großmütterchen!»

«Was soll ich dir sagen, mein Sohn?»

«Das Geheimnis von Smaragdi. Ich glaube dir, Großmutter.»

Die Alte wiegte nachdenklich den Kopf.

«Damit du das verstehst, mein Knabe, mußt du erfahren, daß es zwei Arten von Nixen gibt. Die, die auf dem festen Land umherwandeln, und die andern. Die von dem einen Geschlecht suchen Schluchten und Flüsse heim, tanzen zur Nacht vor dem Mond und lauern an Kreuzwegen. Sie gehen splitternackt umher, so wie sie ihre Mutter geboren hat. Sie sind schön und verführen leicht einen Wanderer, der nichts von diesen Dingen versteht. Sie sitzen mitten auf dem Weg, stellen ihre Rocken auf und spinnen ihre Fäden. Die Wolle ziehen sie aus dem Monde, wenn er voll ist. Dann nimmt er wieder ab. Sie spannen ihre Fäden über die Gassen, und wer durchkommt und sich dabei in das Mondgespinst verwirrt, fällt behext hin, verliert die Sprache oder wird ein Greis.»

«Und die anderen?» fragte Vatis.

«Die anderen sind die Meergeister, man nennt sie Gorgonen. Gorgonen mit Fischleibern. Wie du die eine auf der Klippenbank der Allheiligen abgemalt findest. Bis zu den Hüften sind es schöne Frauen. Von da nach unten sind sie wilde Fische. Sie sitzen auf öden Inseln und kämmen sich und singen auf Dünen und Klippen. Wenn sie einen Menschen sehen, erschrecken sie. Plötzlich schlagen sie mit dem Schwanz aufs Wasser, schütteln sich und tauchen bis zum Grunde. Wenn ihnen ein Seemann gefällt, kommen sie zum Schaum empor, klammern sich am Heck fest und steuern das Boot in die Irre. Nur zum Spiel. Da beugt sich der Steuermann nieder, sieht ihre Schönheit, hört ihre süße Rede und wird verhext. Er wird verhext und streckt die Hand nach ihnen aus. Sie gleiten fort und tauchen ganz langsam, dem Mann mit Lächeln in die Augen starrend. Sie lächeln so verführerisch, daß er sich vorbeugt und immer weiter vorbeugt, bis er ins Meer fällt und sie ihn mit sich nehmen.»

«Mit sich nehmen?»

«Ja, ins Unsichtbare. Dort nehmen sie ihm die Augen heraus und reihen sie an ihrem Halsband auf.»

«Warum nehmen sie ihm die Augen?»

Die Alte knüpfte einen abgerissenen Faden fest. Sie benetzte ihren Finger und zuckte mit den Achseln.

«Sie machen es eben», sagte sie. «Sie lieben die schönen Augen der Palikaren. Jedesmal, wenn man einen im Meer ertrunkenen Palikaren findet, fehlen ihm die Augen. Darum glaube nicht, daß sie nicht auch manchmal zu leiden haben. Sie machen die Seeleute irre und werden selber irre. Sie werden von Liebe geschlagen und schlafen mit den Männern zusammen und empfangen ein Kind. Wenn das Kind nach der menschlichen Art schlägt, setzen sie es am Strande aus. Wenn es nach der Gorgonenart schlägt, nehmen sie es mit sich.»

«Und wenn das Kind gerettet wird?» fragte der Junge und sperrte die Augen in Verzückung auf.

«Wenn es gerettet wird und lebt, unterscheidet es sich von allen anderen im Aussehen und im Geist. Es wird sehr schön. Es hat die Zeichen der Nixe, siehst du. Es wird auch sehr geschickt. Nur zieht das Meer es sein ganzes Leben an. Wenn du Nixenfindlinge ins Innere des Landes bringst, halten sie es dort nicht aus. Sie welken und sterben. Die Salzluft nährt sie und stärkt sie wie Weizenbrot. Und man hat gesagt, daß ihr Verweilen unter Menschen zu großem Glück ist oder zu großem Unheil.»

Der Junge sah immer noch auf die Alte, von ihrer Rede bezaubert. Dann schloß er nachdenklich ab: «Es wird so sein, Großmütterchen, wie du sagst!»
«So ist es, mein Sohn, und nicht anders!»

29

Mehrere Monate später hatte Fortis eines Tages Lathios als einzigen Gast, spendierte ihm einen Kaffee und zog einen Stuhl nahe an den seinen heran.

«Ich muß mit dir reden, Panajis», sagte er zu ihm in seinem bekannten offiziellen Ton.

Lathios nickte ihm seine Bereitschaft zu hören zu.

«Ich möchte von der Kleinen mit dir sprechen, da du sie nun so lange in deiner Nähe hast. Ich will wissen, ob Smaragdi fähig ist, ihre Arbeit mit ihrer eigenen Barke zu betreiben.»

Der Fischer trank, ohne sich zu beeilen, den letzten Schluck, stellte die Tasse hin und antwortete mit Bestimmtheit: «Was das angeht, so gibt es wenige neue Fischer im Hafen der Allheiligen wie dieses Mädchen. Das laß dir von mir gesagt sein.»

Fortis rührte, offensichtlich zufriedengestellt, leicht mit dem Finger an seine Glatze.

«Weißt du», sagte er, «sie haben mir heute aus Perachora gemeldet, daß ihr Boot fertig ist. Können wir es dem Mädchen übergeben, damit es seine Arbeit anfängt?»

Lathios sah ihn nachdenklich an und sagte schließlich: «Warum nicht? Es wird den Leuten seltsam vorkommen; aber was bedeutet das? Smaragdi hat Verstand und Urteil so viel wie fünf Mannsleute. Außerdem bin ich immer in der Nähe, um sie zu leiten und ihr zu helfen. Wir betrachten sie schon so lange als unsere Tochter ...»

So kamen die beiden Männer heimlich überein, demnächst mit Lathios' Barke nach Perachora zu fahren und von dort das neue Boot zurückzubringen. Sie wollten auf den fünfzehnten August warten, an dem die große Kirchweih dort oben auf dem Felsen der Allheiligen stattfand. Sie lächelten sich an, als sie es verabredeten. Es war eine kleine Verschwörung. Niemand sonst würde das Geheimnis kennen. Auch Smaragdi selbst nicht. Nur sollten die Frauen in Lathios' Haus sie dazu bringen, ihre schwarzen Kleider am Kirchweihtag abzulegen. Und wenn sie dann oben an der kirchlichen Feier teilnahm, wollten sie das neue Fahrzeug heranbringen und vor ihren Augen im Hafen landen.

So geschah es denn auch.

*

Es kam der Vorabend, und die Festbesucher stiegen von Murja und den Nachbardörfern in ihren guten Kleidern herunter. Sie ritten geschmückte Tiere mit roten Troddeln auf dem Zaumzeug und scheckigen Decken auf den Sätteln. Sie kamen, um ihre

Landsmännin zu feiern, die Allheilige des Meeres, die Gorgone, die Madonna mit dem Fischleib. Sie stiegen mit ihren Frauen und Kindern herab, um die Psalmen und Lobgesänge dort auf der Klippenbank zu hören, während ringsum das Meer sein Lied ertönen ließ.

Mit ihnen zusammen ließen sich auch die Fischer von der Atmosphäre der Freude, die durch Frömmigkeit und Schmauserei geschaffen wurde, zur Teilnahme am Fest hinreißen, obwohl sie durchaus unkirchliche Menschen waren, die an allen anderen Tagen nicht einmal hinaufgingen, um ihr das Lämpchen anzuzünden, sondern nur die Netze auf ihrer Klippe trockneten. Freilich bewarben sie sich auch um ihre Gunst, wenn Polizisten den Hafenort überfielen, um nach Schmuggelgut zu suchen. Dann versteckten sie unter dem Altartisch der Kapelle, was sie an Zollpflichtigem hatten, vor allem Zigarettenpapier und Tabak. Die Allheilige bewahrte es wohlwollend für sie auf, bis die Uniformierten abzogen.

Schon am Vorabend sammelten sich am Strand und in den Kaffeehäusern Musikanten und Leute mit Grammophonen. Tombola und Roulette fehlten nicht. Halvaverkäufer boten ihre runden Sesamkuchen an, die mit bunten Zuckerplätzchen geschmückt waren. Es kamen auch Krämer mit Pfeifen aus Pappe und winzigen Tonkännchen, die unter den Kindern Wasser verspritzten und, wenn an ihren Mundstücken geblasen wurde, wie richtige Nachtigallen süß tirilierten.

Am frühen Morgen kamen die Bauern herunter mit ihren Töchtern im Sonntagsstaat. Diese brachten ihre Gaben für die Allheilige in Schilfkörben, die sie am Arm trugen. Dann klirrten die gläsernen Armbänder unter ihren Ellenbogen, und es klirrte auch ihr fröhliches Lachen.

Sie brachten der Allheiligen schöngebackene Kuchen, die mit dem hölzernen Siegel des Doppeladlers vom Heiligen Berg versiegelt waren – Öl in Fläschchen für ihr Lämpchen, Kerzen aus gelbem Wachs und gestickte Tücher für die Ikone an der Bilderwand. Sie brachten ihr auch Halsbänder aus Jasminblüten, die auf Fäden gereiht waren, sowie Kränze aus Nelken und Kamillen, Basilienkraut und Majoran. Und sie stiegen auf die Klippenbank, um die Allheilige zu schmücken, um die Fliesen und Leuchter zu putzen, um die Wände weiß zu tünchen und Kalk über den Schmutz zu streuen, den die Fischer hier das ganze Jahr hindurch abgeladen hatten.

Die Kapelle blitzte nach der Reinigung und duftete voller Blumen. Die an der Bilderwand aufgehängten Gewänder der Allheiligen erstrahlten in Seide oder in Linnen. Abgesondert waren jene, die die Bräute des Jahres geweiht hatten. Sie trugen in der Mitte die mit Seide und Goldfaden gestickte Inschrift: «Sei gegrüßt, Maria, voll der Gnaden.»

Smaragdi gehörte zu den wenigen Fischerinnen, die zur Allheiligen hinaufgingen. Sie hatte ihr schwarzes Kleid abgelegt. Ihre Gestalt glänzte unter den anderen wie ein Stern.

Die Bauernmädchen, die sie zum ersten Male sahen, waren wie benebelt von der fremden Luft, die jede ihrer Bewegungen ausströmte. Sie rührten an ihr Haar, sie lächelten oder blickten verlegen vor ihren wunderbaren Augen. Ein goldener Schimmer umgab ihre ganze Person, eine eigene Atmosphäre von Licht und Gesundheit, in der das Mädchen wie in einem Strahlenkranz lebte. Dazu machten die merkwürdigen Abenteuer ihres kurzen Daseins die Doppelwaise der ganzen Welt liebenswert.

Die alte Permachula stieg mit ihr zur Klippenbank hinauf, und als Smaragdi ihr einen Knäuel Faden brachte, um den Kranz, den sie aus den Blumen ihrer Blumentöpfe gewunden hatte, rings um das Bild der Madonna mit dem Fischleib zu winden, schlug die Alte über ihr ein Kreuz, spuckte dreimal aus und sagte zu ihr: «Du, meine Herrin, bist die schönste Blume, die wir dieses Jahr ihrer Gnade dargeboten haben.»

Smaragdi verzog das Gesicht in der ihr eigenen, kindlichen Art. Sie rümpfte die Nase und machte mit ihren vollen Lippen ein Mäulchen.

In diesem Augenblick erschienen am Rande des Rabenkaps zwei Boote, die auf den Hafen zustrebten.

«Kirchweihgäste aus Perachora», sagten die Frauen und gafften von den Felsen aus.

Bald erkannten alle Hafenbewohner das eine Boot. Es war Lathios' Barke, erkenntlich an ihrem breiten Bau und zwei Flickstellen im Segel. Aber das andere, das jenem voranfuhr? Dessen Gestalt erschien zum erstenmal in den Gewässern der Allheiligen, und sie war es, die die Neugier aller Leute erregte.

Nicht nur die Fischer reihten sich auf der Mole auf, alle Festbesucher waren aus Neugier auf die Höhe gestiegen oder zum Strand heruntergekommen. Denn diese Barke, rot und blau, war wie eine Braut geschmückt und blitzte von frischen Farben.

Eine neue Fahne wehte an ihrem Mast, und das lateinische Segel blühte rot über den violetten Wogen. Nur zwei Schwammfischernachen, die selten einmal zum Fischen kamen, hatten ihre Segel so prächtig gefärbt.

Als sie näher kam, erschienen auch alle Stricke und Taue mit einer Menge bunter Bänder aus rotem, blauem und goldenem Papier geschmückt. Am Mast und am Takelwerk hingen schwankende Papierlaternen, die sich wie eine Ziehharmonika entfalteten.

Alle bewunderten das anmutige Gefährt, das schwellende kleine rote Segel und den geschwungenen Kiel, der tanzend die Wogen durchschnitt.

Endlich fuhren die beiden Barken in den Hafen

ein, und alle sahen, daß es keine Festbesucher aus Perachora waren. Nur Lathios und Fortis waren in dem neuen Fahrzeug, Manolis in dem anderen. Und als sie den Namen «Nerantzi» auf den beiden Bugflanken lasen, verstanden endlich alle, was geschah, und viele Stimmen wurden laut.

«Für Smaragdi! Das ist Smaragdis Boot!»

Sie selbst hörte die Rufe, sah den Namen ihrer Mutter mit schwarzen Buchstaben auf dem gelben Sims geschrieben und klammerte sich fest an die Hand der Alten: «Es sind die Unsern», sagte sie und fühlte ihr Herz in der Brust erbeben.

30

In ihrem Herzen sprudelte ein Quell der Rührung auf, der immer höher stieg, um schließlich in ihren Augen überzuströmen. Sie floh von allem fort und lief in ihr Haus. Sie schloß sich in ihre Kammer ein, um ganz allein zu weinen, zu lachen und Trauer und Freude zu genießen.

Sie lief nervös im ganzen Hause umher, sah in die Zimmer und auf den Flur und blieb am Fenster stehen, von wo aus man die Klippenbank übersah. Diese wimmelte von Leuten, die mit bunten Hosen und neuen Röcken herausgeputzt waren, und schien von allen Blumen Gottes bedeckt. An der Kapelle war es schwarz von Menschen.

Über sie und ihre Mutter redeten jetzt alle Leute. Sie fühlte sich beschämt, sie machte in Gedanken ihrem Paten und Lathios Vorwürfe, daß sie diese Sache mit so viel Aufsehen verbunden hatten. Sie wandte sich wieder ins Zimmer und blieb vor den Dingen stehen, als sähe sie sie zum ersten Male. Überall waren die Spuren von Nerantzi; ihre Liebe schimmerte um sie und auf ihr wie göttliche Gnade.

Sie stellte sich vor das ärmliche Spiegelchen mit dem Holzrahmen, das der Tafel aus dem Ranzen eines Schulkindes glich. Dort hatte die Mutter hineingesehen und ihren Scheitel geordnet, ehe sie das Band in ihr pechschwarzes Haar wand und zum Räuchern nach der Kapelle hinaufging.

Sie sah ihr eigenes rosiges Kindergesicht den Spiegelrahmen füllen, sie sah das Licht vom offenen Fenster her durch ihr goldenes Haar fluten. Zornig zog sie das rote Band heraus, das man ihr zum erstenmal, seitdem sie ihre Mutter verloren, zu tragen eingeredet hatte.

Sie schämte sich, daß sie so jung, so strahlend, so golden und blau war. Überdeckte nicht ihr Gesicht schamloserweise ein anderes im Spiegel? Und dieses war länglich und hager, von tiefschwarzem Haar eingerahmt, mit dunklem Kopftuch bis zu den Augenbrauen. Zwei Augen brannten darin wie Kohlen von fanatisch ruheloser Liebe, sie schienen langsam den dünnen Körper wie eine Fackel aufzuzehren.

Dieses Gesicht mit dem traurigen Lächeln war ihr immer nahe. In den Jahren, da sie ein kleines Kind war, fühlte sie es über sich wachen, wenn sie schlief. Oft, ehe sie des Morgens die Lider vom Schlaf befreite, hatte sie die Empfindung, sie könne jetzt ihre Augen öffnen, und dann würde es ihr gelingen, jenes süße und strenge Gesicht mit den starken Brauen und dem schmalen Mund über das Kissen gebeugt zu erblicken.

Und als sie aus der Ferne Lathios und Manolis in den Booten erkannte und bemerkte, wie ihr Pate mit seinem amerikanischen Fernglas vor den Augen sie unter den am Strande spazierenden Mädchen herauszufinden versuchte, da kam es ihr vor, als wäre am Bug der geschmückten Barke noch eine andere Gestalt.

Sie saß dort vorn, die Hände unbeweglich an den Schiffsrand klammernd, und starrte mit jenen übergroßen Augen schwermütig auf das stille Gewässer des Hafens.

So lehnte sie sich an die Felsen der Allheiligen, wenn sie hinaufgegangen war, um Weihrauch zu streuen und zu beten. Sie lehnte sich dort oben an und blickte lange Zeit hinunter auf das Wasser, das nach jener Seite grün und dunkel zu sein pflegte. Dann seufzte sie leicht, bekreuzigte sich, ehe sie hinabstieg, und sagte: «Lob sei dir, Herr.»

Oh, hätte Gott ihr nur ihr Mütterchen gelassen, sie würde ihn um nichts anderes bitten!

Sie berührte nacheinander alle Spuren ihres früheren Daseins. Durch einen Flor von Tränen sah sie wieder die Nägel mit dem gebogenen Kopf an der Küchenwand, die vielen bunten Tücher, viereckigen Decken und baumwollenen Deckchen auf den Truhen, neben dem Herd, an dem Sofa. Und dort, im entlegensten Winkel, am Bettchen des Kindes, eine kleine Ikone, an der Wand direkt über seinem Kopf hängend. Eine kleine Madonna, auf ein dickes Brettchen gemalt, eine Gabe des Bischofs, «unseres Gevatters». Ein trockener Lorbeerzweig vom Palmsonntag hing noch mit seinem verschlissenen Seidenband am Nagel.

Dort das Bett erinnerte sie an die Nacht der Schande und zugleich an die Abwehr aus unerträglichem Ekel, der sie ergriff und bis ins letzte Teilchen ihres Körpers durchdrang. Sie fühlte, daß dies große Unheil, das schlimmste, das ein Kind in den Jahren seiner Entfaltung erleiden konnte, wie ein giftiger Schleim in sie eingedrungen war und ihr Dasein für immer mit seiner Fäulnis durchsetzte.

Sie hockte sich auf eben dies Bettchen, so wie es noch zusammengerollt war, und weinte still vor sich hin, um ihr schweres Herz zu erleichtern. Sie mühte sich in ihren Gedanken, den alten Varuchos zu reinigen oder wenigstens zu verteidigen. Sie zählte sich im Geist all seine früheren guten Handlungen auf und sammelte beharrlich und sorgfältig alle freundlichen Erinnerungen, die sie an ihn seit ihrer Kinderzeit bewahrte. Die Fürsorge, die er ihr erwies, als er sie, ein ausgesetztes, schutzloses Geschöpf, gefunden hatte, die rührende Art, mit der er die Hände hochhob, seine Freude, wenn Nerantzi von seinem Verdienst einen Hunderter abtrennte und in das Knotentuch zusammen mit den anderen tat.

Sie wiederholte sich all seine guten Worte, die sie in den Jahren des Heranwachsens wie einen Schatz aufgespeichert hatte. Sie strengte sich an, sein früheres Gesicht in ihrer Einbildung wiederherzustellen, das väterliche Gesicht, vor dem sie auf seinen Knien getanzt hatte. Seine gutmütig lächelnden runden Augen, seinen Schnurrbart, der rechts und links in seinen dicken Mund hineinhing, seine zottigen Haare, die sie mit ihren Fingerchen in Büscheln riß, um seine drolligen Grimassen zu sehen und seinen Schmerzensaufschrei zu hören.

Sie sah ihn später als bemitleidenswert in seinem Kampf gegen den Dämon des Trunkes, der ihn überwältigte. Ach ja. Er war ein Mensch ohne Willen, ein schwaches, ratloses Herz, das sofort versagte, als das sorgliche Auge der leitenden Frau nicht mehr über ihn wachte.

Sie erinnerte sich an das Wort ihres Paten: «Ein Heiliger, der mit Tränen wartet.» Und auch jetzt noch kämpfte dieser Mensch und plagte sich irgendwo auf dem Meer oder im Kloster unter Gottes Auge. Er kämpfte gegen sich selbst und seinen

Dämon. Sie, ein junges Ding, das jetzt erst allmählich den Sinn der Welt begriff, welches Recht hatte sie, ein Urteil über ihn auszusprechen?

Aber während alle diese Gedanken ihr Gehirn wie ein Schwarm weißer Vögel durchflatterten, der Seele Trost und dem Herzen Frühling bringend, stieg plötzlich aus der Tiefe des Körpers, aus dem Quell ihres Lebens ein schwarzer Qualm von Gedanken und Vorstellungen auf. Dieser düstere Nebel erstickte alles andere in seinen unreinen Schwaden, verzerrte die freundlichen Erinnerungen, verwischte die Bilder des Mitgefühls. Es war die Nacht der Schande und des Grauens.

Nein, Smaragdi verurteilte nicht. Sie verzieh mit dem Verstand, sie bemühte sich sogar, ihn zu rechtfertigen, auf Grund des wenigen, was sie aus den Reden der Erwachsenen wußte oder erriet. Es schien, daß die Männer andere Wesen waren als die Frauen. Sie hatten ein wildes Tier in sich, das seine Beute zerreißen und auffressen wollte. Was erklärte ihr die alte Permachula? Wenn es so war und niemand Schuld hatte?

Dennoch brach diese ganze Logik im Angesicht des Grauens, das ihren Körper mit allen seinen Sinnen durchdrang, zusammen. Keiner ihrer sinnlichen Eindrücke hatte die Heftigkeit verloren, mit der sie in jener Nacht aus ihrem Kinderschlaf gerissen wurde. In jener Nacht der Schande.

Varuchos – sie konnte nicht mehr unter dem Namen Vater an ihn denken – Varuchos hatte nur noch *ein* Aussehen für sie. Ein grauenhaftes Aussehen. Jene riesige geschwollene Fratze, die ihr ganz nah gegen die Augen andrang, vom starken Mondlicht getroffen. Das Maul eines Raubtiers, voll harter, nasser Haare, aus denen stinkender Schweiß tropfte. Und in der Mitte der wilden Fratze zwei Glotzaugen, wie frische Wunden gerötet.

Die entsetzliche Fratze stieß giftigen schleimigen Hauch aus, dessen scharfer Geruch in ihre Brust eindrang, sowie sie, von der Last seines Körpers erstickt, Atem schöpfen wollte. Dieser Hauch mischte sich mit ihrem Atem und blieb wie ein Niederschlag von eitriger Fäulnis in ihrem Innern stecken. Sie fühlte das Eintröpfeln eines unreinen Saftes in den lauteren Quell ihres Lebens. Oh, sie würde sich nie von diesem Gefühl befreien können.

«Ach, Vater», stöhnte sie, «was hast du mir angetan!»

*

Ein Klopfen an der Haustür brachte sie wieder zu sich. Sie stand auf und öffnete.

Es war ihr Pate, dessen Glatze in der Sonne wie ein Heiligenschein leuchtete. Frisch rasiert, stolzierte er feierlich herein. Er streckte seine Hände nach Smaragdi aus.

«Hast du es gesehen? He, hast du es gesehen? Das ist dein Fahrzeug! Es ist ein Mädchen, ein Engel, der über dem Wasser dahinfliegt. Also herzlichen Glückwunsch, Kapitän Smaragdi!»

Das Mädchen ergriff seine Hand und beugte sich nieder, sie mit zitternden Lippen zu küssen.

«Los! Zieh jetzt dein gutes Kleid an und komm mit mir ins Kaffeehaus!»

«Ins Kaffeehaus?»

«Jaja. So gehört es sich. Dort ist die Lathios-Familie. Und alle anderen. Wir wollen die Barke einweihen und einen Schluck auf das Glück der ‚Nerantzi' trinken. Diese Einweihung ist ihre Taufe. In Amerika, weißt du ...»

Wie sehr liebte der Pate all dies Getue. Sie verstand sofort, daß sie sich ihm nicht entziehen durfte. Sie würde ihm alle Freude verderben. Daher sagte sie nichts.

Fortis zog sich in die Küche zurück, während sie sich zurechtmachte, und von dort aus verkündete er, ununterbrochen schwatzend, wie man in Amerika ein neues Schiff im Augenblicke seines Stapellaufes ins Meer taufte. Sie hörte ihn reden, ohne daß er ihrem Gehirn irgendeinen Gedanken vermittelte. Er fragte jedoch nach jedem Satz: «Hörst du mich, Smaragdi?»

Und sie antwortete jedesmal aufgeschreckt: «Ich höre dich, Pate.»

Als sie fertig war und festlich gekleidet in die Küche eintrat, fand sie ihn neugierig ein ungebrauchtes Tabakbeutelchen betastend, das irgendwo an seiner Seidenschnur gehangen hatte. Es war mit weißen, gelben und violetten Glasperlen bestickt. Diese stellten ein Rosenkränzchen um zwei kosende Tauben dar. Ein Verlobungsgeschenk der Muhme Nerantzi an Varuchos.

Der Kaffeewirt wollte sie scherzhaft fragen, was das für ein kostbarer Fund sei; aber er sah ihre Augen so schmerzlich auf die Handarbeit geheftet, daß er den Gedanken sogleich beiseite schob und eilig sagte: «Was für ein schönes erwachsenes Mädchen du geworden bist, und wir haben es gar nicht bemerkt. Komm jetzt schnell, auch der Pope wartet auf uns!»

Er schritt, mit dem Mädchen an der Seite, stolz wie ein Truthahn durch die Siedlung. Er trug wieder seinen unverwüstlichen Anzug, den er aus den amerikanischen Jahren für große Gelegenheiten aufbewahrte. Die Frauen waren vor ihren Türen oder grüßten aus den Fenstern.

«Herzlichen Glückwunsch, liebe Smaragdi!»

«Gott sei der Seligen gnädig!»

Smaragdi errötete und sah wie benommen nach allen Seiten. Sie schämte sich und hatte Lust zu weinen.

«Herzlichen Dank! Herzlichen Dank!»

Sie trug ein hellblaues Kleid mit weißer Stickerei, das sich weit um ihre Beine bauschte. Ein Band aus dem gleichen Stoff hielt ihre Haare zusammen, deren wogende Fülle sich nur ungern ordnen ließ.

Die Sonne und die Salzluft hatten ihnen einen eigenartigen Schimmer verliehen, wie man ihn manchmal auf altem Goldschmuck findet.

Vor lauter Stolz verlor Fortis seine natürliche Gangart. Aber schließlich gelangten sie auf den Platz des Hafenortes. Die Ankunft mit seinem Patenkind vor dem Kaffeehaus war ein wahrer Triumph. Dort erwarteten sie unter dem großen Maulbeerbaum der Pope und die Gäste. Alle brachen auf, der Pope an der Spitze, und gingen zu dem Boot, das nahe am Hafeneingang festgebunden war. Der Pope stieg mit dem Kreuz und dem Basilienstrauch in seiner Hand hinein. Ihm folgte Lambis, Fortis' Sohn, mit einer Kanne mit Weihwasser. Auch Lathios und Fortis stiegen ein sowie als letzte Smaragdi. Die andern stellten sich in einer Reihe auf die Mole. Der Pope las die Gebete, und Fortis half, durch die Nase psalmodierend, mit. Dann besprengte jener die Barke vom Heck bis zum Bug mit Weihwasser, besprengte die vier Himmelsrichtungen sowie auch das Meer: es möge gut und mild zu dem neuen Fahrzeug sein, es möge sich aller armen Menschen, die auf ihm arbeiteten, erbarmen. Er besprengte auch die Christen, indem er ihre Stirn mit dem feuchten Basilienstrauch anrührte. Sie küßten alle das Kreuz und seine Hand. Fortis nahm auch das Gesicht des Mädchens in seine beiden Hände und küßte es auf beide Wangen. Hinter seiner Brille zitterten zwei Tränen.

«Mögest du so lang leben wie die hohen Berge, meine Tochter!»

Lambis hielt noch die Kanne mit dem Weihwasser in der Hand. Wortlos blickte er aus seinen großen Augen.

«Komm und küsse deine Schwester», sagte der Kaffeewirt. «Heute ist ihr großer Freudentag.»

Der Knabe errötete plötzlich. Er versuchte zu lächeln, während seine Lippen zitterten. Mit schnellen Schritten ging er durch das Boot und stieg aus, ohne zu antworten.

«Sei ihm nicht böse, mein Schlingel ist noch etwas ungezähmt», sagte der Vater lachend.

Alle zogen zu Fortis, der sie bewirtete. Sie hoben das Glas zum Wohl auf das Boot und Smaragdi. Alle fügten hinzu: «Gott erbarme sich der seligen Muhme Nerantzi!», und keiner erwähnte Varuchos mit einem Wort.

Die ganze Zeit sann Smaragdi über dies Geschehen nach. Sie fand es natürlich, und dennoch fühlte sie einen Druck auf ihrem Herzen. Als daher Fortis das Glas hob und sagte: «Nun auf das Wohl derer, die uns fehlen!», und alle mit «Amen» einstimmten, sah Smaragdi ihn mit weitgeöffneten Augen an. Sie erspähte die klugen, gutmütigen Äuglein des Paten, die sie lächelnd hinter der großen Brille betrachteten, und verstand ihren Sinn. Auch sie lächelte ihm zu. Sie fühlte wieder, es war natürlich, was geschah. Und ihr Herz beruhigte sich.

Dann stand sie auf und zog sich zurück. Die Männer blieben allein, um sich alsbald in festlichem Gelage zu erhitzen. Die alte Permachula, Vatis und fünf bis sechs Kinder der Lathios-Bande folgten Smaragdi und stiegen in das Boot. Vatis hob den Anker, löste das Seil, und sie stießen sich mit der Stange zum Hafen hinaus. Dann zog Smaragdi das Segel auf, und die Zahnräder quietschten an den neuen Tauen.

Die Papierfähnchen raschelten, alle zusammen im Winde flatternd. Es roch nach eben gefälltem Holz und frischer Ölfarbe. Alle waren vergnügt. Die Lathios-Sprößlinge quietschten vor Vergnügen und lehnten sich über Bord und patschten ins Wasser. Vatis saß am Steuer und hielt den Griff mit beiden Händen. Er blickte nach der Mole, wo es von Menschen wimmelte und – auf das Mädchen.

Smaragdi saß neben der Alten im Schatten des Segels. Sie hörte ihr leises Reden, ohne darauf zu achten. Sie betrachtete die Barke. Sie berührte hier und da ein Holzstück, einen blanken, eisernen Haken, ein schöngedrehtes Ruder, das wie ein Flügel in seiner Gabel ruhte. Sie freute sich schon jetzt auf die Stunde, wo sie ganz allein in ihrer Barke sein würde, um sie zu streicheln, sie wie ein vielgeliebtes Gesicht in allen Zügen zu erkennen. Diese Barke gehörte ihr, und sie hieß «Nerantzi». Sie hielt ihre Eigentümerin in ihren Armen und schaukelte sie wie eine Wiege. Smaragdi versank in Nachdenken, faltete die Hände über den Knien und sah alles wie einen süßen, traurigen und wunderbaren Traum an ihren starren Augen vorbeiziehen. Sie erinnerte sich des Wortes, das ihr Pate zu Lambis gesprochen hatte. Das also war ein Freudentag. Sie sann, und sie begriff nicht.

Plötzlich hörte sie auf die Alte, deren Geschwätz bisher für sie nur wie ein Gemurmel rinnenden Wassers ohne Sinn gewesen war. Sie sagte: «Siehst du, alles, was mit dir geschieht, ist ungewöhnlich, meine Tochter. Du Unweib, das ein Kapitän im eigenen Boot ist, du junges Ding. Und daß du die Arbeit im Meer leistest, für die Männerverstand und Männerhand nötig sind ...»

«Wahrhaftig», sagte sie und fühlte die Verantwortung ihre Mädchenschultern belasten.

Dennoch gab es für sie keinerlei Zögern. Sie witterte im voraus mit starker, freudiger Begierde das neue Leben, das für sie begann. Diese Barke war bestimmt, die geheimnisvollen Flügel, die in ihr gefaltet warteten, zur Freiheit zu lösen. Plötzlich fühlte sie einen Taumel der Lust in ihrem Herzen. Was mag das sein, was mag das sein? dachte sie. Dann sah sie: es war die blaue Fahne, die oben am Mast flatterte. Sie hob den Blick zu ihrem wehenden Spiel. Sie, die Fahne, hatte große Freude.

«Nach dem Wachtturm oder nach dem Hohlenberg zu?» fragte Vatis am Heck.

Dies waren die beiden nächsten Hügel, zwischen denen sich der Hafen der Allheiligen öffnete.

«Ganz ins Freie hinaus», antwortete Smaragdi.

Und Vatis lenkte gerade auf die offene See zu.

Der Knabe sah das Mädchen zum erstenmal frei unter dem Himmel, und jetzt, so gut gekleidet und ernst, schien sie ihm viel älter und entrückter als früher. Das rote Segel hüllte sie in seinen farbigen Schatten ein, und jedesmal, wenn im Rhythmus des Schaukelns die Sonne ihr Gesicht beschien, entflammte sich ein Haarbüschel, der sich über ihrer rechten Wange gelöst hatte, in rotgoldener Pracht.

«Oh, wie schön ist unsere Smaragdi», sang das Herz des Jungen in seiner Brust.

Mehr und mehr fühlte er sich von einem Schwindel überwältigt, wenn er in seiner Begeisterung längere Zeit auf ihr Antlitz blickte, das mit seinen gemeißelten, kühnen Zügen unter dem Feuerbrand der Haare leuchtete.

Ihre Augen waren grün wie das erregte Meer, und wenn sie einen Menschen ansah, war ihr Blick so gerade, daß er bei dem anderen weder Verstellung noch Heuchelei zuließ. Man fühlte, diese Augen suchten auf dem Gesicht des Nächsten die stille Zusage, daß man auf ihm mit Vertrauen und schlichter Herzlichkeit ruhen dürfe. Sie suchten Freunde und Arbeitsgefährten, wie Lathios, Manolis, Fortis. Vatis sah dies ganz klar, und er dachte an das Glück all derer, die sie so in ihrer Mitte genießen durften, mit denen sie im Boot und im Haus als Schwester aus- und einging. Als ihre Schwester, die sie anbeteten.

Smaragdi stand auf, um das Segel für die Umkehr einzustellen, und ihr Körper straffte sich ganz in seiner Nähe in seiner vollen Geschmeidigkeit. Ihr Kleid rührte an seine Knie. Es brachte ihm einen Hauch würziger Kühlung ins Gesicht, als führe er an Granatapfelbäumen vorbei und streifte ihre schwellenden Früchte.

Er sah ihre feste Brust, und die Rundung ihrer Hüften traf ihn wie ein Blitz. Doch sogleich überkam eine geistige Regung den Knaben. Sein Herz begann zu singen, daß, ach, dies Mädchen als Schwester nicht unter ihnen leben konnte. Aber was sollte, was konnte geschehen?

Vatis verstand viele Dinge rings um sich herum, und soweit er sie nicht verstand, ergänzte er sie mit seiner leichten Einbildungskraft und seiner fast weiblichen Feinfühligkeit. Er wußte, die gleiche Unruhe erwuchs bei allen, bei Erwachsenen und bei Kindern, aus der Gegenwart Smaragdis.

31

Sie wurde sich dessen auch selbst bewußt, je mehr sie heranwuchs und je straffere Bogen die Linien ihres Körpers spannten. Jene Schreckensnacht brachte das Erwachen. Als dann Varuchos aus dem Hause verschwand und sie als Waisenkind in dieser Welt zurückblieb, spürte sie mit Bangen die männliche Begierde, die um sie lagerte. Sie kannte jetzt die Natur dieser Begierde. Die Augen des Alten brannten immerfort in ihrer Phantasie.

Sehr oft seit jener Nacht, wenn sie kameradschaftlich mit anderen Fischern plauderte oder arbeitete, ertappte sie in deren Augen jenes Aufleuchten der animalischen Gier.

Noch ein anderes, verwandtes Grauen, dessen Frost tief in ihr haftengeblieben war, zitterte in ihr als halberloschene Erinnerung nach. Ihr Suchen half ihr nicht, zu finden, woher dies Grauen kam. Da, eines Tages, als in den Hafen eine große Barke einlief, die ein aufgeregter rotbrauner Schiffshund bewachte, wurde sie bis ins Mark von einem Schauer getroffen, kaum daß das Tier an ihr vorbeikam. Und nun merkte sie, daß in ihr der alte Schrecken vor dem Hunde nicht erloschen war, der sie mit unerklärlichem, unstillbarem Haß in ihren Kinderjahren verfolgt hatte. Etwas ähnlich Hündisches flackerte manchmal in den Männeraugen, die sie ansahen.

Vor dem Blick des betrunkenen Varuchos war etwas in ihr erstarrt. Sie bildete eine Alarmbereitschaft zur Abwehr in sich aus. Sowie häßliche Worte in ihrer Nähe erklangen, war ihre gute Laune dahin, und Trotz und Zorn wogten in ihr.

knirschten im Sturm; es war, als ob jemand eintreten wollte. Das Lämpchen der Ikone erlosch, und es war finster in der Kammer. Der Vater war auf Reisen; ich schlief auf dem gleichen Lager wie meine Mutter. Wir taten, als ob wir schliefen; wir machten uns gegenseitig etwas vor und wanden uns beide wie Schlangen in unsern Kleidern. Da, plötzlich, im bösesten Sturm, hörte ich ihre Stimme. Die Stimme der Gorgone ...»

Vatis trat nahe an die Alte heran, ergriff ihre Hand: «Wie war es?» fragte er leise.

«Eine hohe, süße Stimme, als käme sie aus einem Flötenrohr. Es war eine weibliche Stimme. Sie sang und kam von weitem, aus dem Meer heraus. Sie schwieg und fing wieder an. So süß und traurig, daß das Herz des Menschen vom Hören zusammengepreßt wurde.»

«Hattest du Angst?»

«Was denn? Ich zog das Kissen über den Kopf und hörte mein Herz wie einen Hammer schlagen. Ich griff nach der Hand meiner Mutter. ‚Hörst du?‘ fragte ich sie ganz leise, da ich davor zitterte, laut zu sprechen. ‚Ich höre‘, sagte meine Mutter. ‚Was ist das, Mutter?‘ fragte ich und klammerte mich an sie. ‚Sei still und schlafe‘, gebot sie mir. ‚Es ist die Gorgone, die ihr Kind einlullt. Der Sturm hat es geweckt, und sie wiegt es in Schlaf. Mach die Augen zu und sprich nicht mehr. Es tut nicht gut.‘»

Auch in den Augen älterer Männer, die sie verehrte, spürte sie die böse Flamme auf und wurde von Übelkeit befallen.

Dennoch machte sie sich manchmal Vorwürfe, daß sie zu mißtrauisch sei, daß ihr Blick sich irre und daß wirklich nicht alle Männer gleich sein könnten. Müßte sie doch sonst in jedem Augenblick gewärtig sein, die roten Augen, dicken Lippen und krampfigen Hände des Varuchos auf sich zu fühlen. Auch jetzt, nach seinem Fortgehen, wirkte er gespenstisch in all denen weiter, die ihn in jener Nacht fast getötet hätten.

Eines Abends fragte Vatis die alte Permachula: «Hast du die Nixen, die Gorgonen, gesehen, Großmutter?»

«Ich selber habe sie nicht mit meinen Augen gesehen, mein Sohn. Jedoch meine Mutter sah einen Nixenfindling, der auf den Sand geworfen war, und gar dein Großvater, der mit dem Zweimaster bis Malta und Ägypten umherfuhr, hat sie bei lebendigem Leibe gesehen. Ich habe die Gorgone nur gehört.»

«Du hast sie gehört, Großmutter?»

«Ja, mein Sohn. Ich war ein Mädchen, wohl in deinen Jahren, und es war eine Nacht mit bösem Wetter, und der Wind pfiff in den Fenstern und ließ die Vorhänge wie Fahnen flattern. Unser Haus war nahe am Meer, im Winter prallten die Wellen bis an unsere Schwelle. Die Angeln der Haustür

«Und weiter?» fragte Vatis mit bebendem Herzen.

«Weiter nichts. Das Lied entfernte sich, entfernte sich in der Nacht, in der See. Wogenschlag und Windgeheul deckten es allmählich zu. Die Gorgone fuhr im Sturm davon ...»

«Vielleicht ging sie auch in ihr Gemach in der Tiefe», schloß Vatis nachdenklich.

«Vielleicht, mein Söhnchen. Wer kann es wissen?»

«Vielleicht war es dieselbe, die den Knaben mit den Schuppen auf dem Rücken gebar. Wie?»

«Kann sein, mein Junge.»

Vatis grübelte weiter über diese Geschichte nach. Plötzlich fragte er: «Sage mir, Großmutter, wenn eine Gorgone das Leben verliert, wie müssen wir dann sagen: ‚Sie ist gestorben' oder ‚Sie ist verreckt?'»

«Nach meiner Meinung müssen wir sagen ‚Sie ist gestorben'. Denn, siehst du, sie hat Menschengestalt und Gehirn und Menschensprache. Auch empfängt sie Kinder von Menschen.»

«Und sie sind sehr schön, Großmutter, nicht wahr?»

«So schön, daß du deinen Verstand verlieren kannst, mein Sohn. Weiß wie Milch sind ihre Glieder, grün wie das Meer sind ihre Augen. Wie Edelsteine funkeln sie. Und ihre Haare ...»

«Du hast Smaragdi im Sinn, Großmutter, wenn du so redest.»

Auch dies war der Wahrheit gemäß.

Und er selbst hatte Smaragdi im Sinn, wenn er über die Gorgonen nachdachte.

«Großmutter, wenn ich Kapitän werde, baue ich ein Schiff mit drei Masten. Ich nehme darauf Zwieback und Wasser mit und reise und reise, bis ich die Gorgone finde.»

Die Alte streichelte seine Haare, die ihm in die Stirn fielen.

«Mögest du stark werden, mein Söhnchen, und ein Mann, und ein Kapitän auf großem Schiff und weit fahren und sie nicht finden! Alle, die sie fanden, haben kein Glück für sich gefunden.»

Vatis sagte nichts. Er lächelte und zuckte mit den Achseln. Dann bückte er sich und hob einen flachen, kleinen rötlichen Stein auf, den er auf das glatte Meer schleuderte. Er blieb eine Weile geduckt stehen, um das leichte Ding wie einen roten Schmetterling über die Wasser entflattern zu sehen. Er zählte leise die Sprünge, bis zum letzten. Zwölf. Dann richtete er sich auf, sah der Greisin lange Zeit ins Gesicht und flüsterte ihr zu: «Und daß sie das Glück hatten, die Gorgone zu sehen – genügte ihnen das nicht?»

32

Die Lathios-Familie war die große Stütze und der Trost Smaragdis, seitdem sie begann, ihr verantwortliches Leben unter den Fischern zu führen. Oft schloß sie sich mit ihrem Boot der Barke von Lathios an. Sie verkehrte in seinem Hause wie in ihrem eigenen. Die Frauen liebten sie, und sie ging ihnen in allen Stücken zur Hand.

Die Leute waren von der Anmut und Würde des Mädchens entzückt. Ihr Name beherrschte die Gespräche in allen Nachbardörfern und Häfen. Die durchfahrenden Schiffer, die Mechaniker der Motorboote sahen das Mädchen mit ihrem Kopf im Glasapparat in den Untiefen nach Polypen jagen. Meistens saß ein junger Lathios, den sie kommandierte, an den Rudern.

Varuchos hatte sie gelehrt, auf den ersten Blick das kleinste Härchen zu unterscheiden, das sich auf den grünüberzogenen Felsen regte. Sie erspähte aus Instinkt jede Höhlung und jeden Schlupfwinkel, sie verstand es, den Polypen mit einem weißen Lappen zu täuschen, ihn mit einem Polypenstückchen zu ködern und im Notfall ihn mit einer Handvoll Kalk aus seinem Nest zu treiben. Sowie der Polyp zum Vorschein kam, war er verloren.

Sie zielte mit dem Speer auf ihn, traf ihn unfehlbar und zog ihn herauf. Das Tier schüttelte seine Arme wie rasend, heftete seine Saugnäpfe auf die Widerhaken und rollte sich um den Speer, bis es der junge Lathios packte und in den Kopf biß. Dann erschlaffte der Polyp und sank kraftlos aus den Armen des Jungen zu Boden.

«Heil und Freude, Kapitän Smaro!» riefen die Männer von vorbeifahrenden Booten.

Sie drehte den Kopf, um zu sehen, von wo die Stimme kam, und antwortete lachend mit ihrer frischen Stimme: «Heil!»

Wenn es ein Bekannter war, hob sie den Arm hoch zum Gruß, und dieser schimmerte, bis zur Schulter nackt, wie Bronze in der Sonne.

Mit ihrem zunehmenden Wachstum fühlte sie sich der Gier der Männer um sich herum heftiger ausgesetzt. Bei ihrer Arbeit auf dem Meere und auf dem Lande umlauerten sie hungrige Blicke. Sie standen still, wenn sie stillstand, sie wanderten hinter ihr her, wenn sie voranschritt. Sie suchten durch ihre Kleider zu dringen, wenn sie sich bückte.

Die Bauern waren gewohnt, das Weib als hilfloses Jagdwild zu betrachten, das von Natur allein auf keine Weise den Schatz ihrer Jungfräulichkeit zu verteidigen vermochte. Diese Pflicht hatten Vater, Bruder und Ehemann. Wo diese natürlichen Beschützer fehlten, betrachteten die Männer die Frau wie ein zaunloses Feld. Bei Smaragdi kam noch das Abenteuer mit Varuchos hinzu, um die Lüsternheit anzureizen.

Im Anfang, als sie in ihrem Boot selbständig zu arbeiten begann, drohte sie diese fieberhafte Atmosphäre zu ersticken. Sie empfand sie als einen Fluch. Es war ihr, als müsse sie eine schwere Kette an ihren Füßen schleppen. Sie sah, wie hart es sie ankam, sich mit den anderen kameradschaftlich zu verständigen, obwohl sie der Arbeit mit vollem Herzen hingegeben war. Der Abscheu, der sich seit jener Nacht in ihr festgewurzelt hatte, durchdrang alle ihre Empfindungen und ihren ganzen Körper, sowie sie fühlte, daß ein Mann sie mit seinem Auge oder seinem Körper berührte, weil ihn ein naturhaftes Verlangen dazu antrieb. Später merkte sie, daß die Dinge sich zum Besseren wandten. Sie verlor die Angst des Hühnchens, das die Habichte über sich kreisen fühlt und vor den sinkenden dunklen Schatten mit gesträubten Federn geängstigt niederkauert. Sie sah, wie sich die Fischer allmählich entspannten und sich an einen friedlichen Umgang mit ihr gewöhnten. Sie schienen sich dahin geeinigt zu haben: dies Mädchen ist für keinen von uns. Wie sehr bemühte sie sich, diese Stimmung zu fördern!

Es war freilich kein regelrechter Friedensschluß, sondern nur ein Waffenstillstand, der nicht mehr geltend wäre, sobald das Mädchen von ihrer absoluten Ablehnung abwich. Nur wenn sie den Hochzeitskranz trüge, würden sich alle mit dem neuen gesetzmäßigen Zustand abfinden ... Indessen gewann Smaragdi vorläufig ihre Ruhe, ohne etwas von ihrer Freiheit zu verlieren. Da nunmehr alle ihrer keuschen Unnahbarkeit gewiß waren, nahmen sie das Betragen des Mädchens, über das sie anfangs wütend gewesen waren, mit Gelassenheit hin. So konnte sie in der Nacht, wenn kein Mond leuchtete, unbelästigt mit der Barke hinausfahren und bei Fackellicht fischen. Sowie dann das Meer von den anderen Barken frei wurde, ruderte sie zu der sandigen Bucht jenseits des Wachtturmhügels. Dort löschte sie die Fackeln und sprang in die See.

33

Eines Nachmittags saß sie am Bug ihres Bootes im Hafen und ordnete mit Vatis zusammen die Angelschnüre, als er sie plötzlich fragte: «Was meinst du, gibt es Nixen im Meere oder gibt es sie nicht?»

Smaragdi lächelte.

«Da deine Großmutter weiß, daß ich ein Nixenkind bin, muß es doch wohl Nixen geben!»

«Du weißt nicht, wer deine Mutter war?»

«Natürlich Nerantzi!»

«Gut, das war eine Mutter. Aber die andere? Deine richtige Mutter, die dich geboren hat?»

Smaragdi schüttelte ernst den Kopf. Sie sagte mit Entschiedenheit: «Es gibt keine andere außer jener. Und wenn irgendeine Frau käme und zu mir sagte: ‚Ich habe dich geboren‘, eine Frau oder eine Nixe, würde ich nichts von ihr wissen wollen, und wäre sie auch eine Königin.»

«Gut! Doch was ist deine Meinung? Gibt es Nixen im Meere oder nicht?»

«Ich glaube ja! Alle Reisenden sagen es. Auch

Avgustis in der Schule. Erinnerst du dich nicht? Also gibt es welche. Warum fragst du immer wieder?»

«Weil ich eine Nixe zur Frau nehmen werde.»

«Du bist noch ein Dummkopf, armer Vatis!»

«Das hat nichts zu sagen. Ich werde älter werden, und mit fünfundzwanzig Jahren finde ich eine Nixe und nehme sie mir zur Frau.»

«Warum mußt du fünfundzwanzig sein?»

«Das ist so. Unser Manolis sagte gestern zum Alten, er wolle heiraten, und der Vater schnitt es ihm ab: ‚Die Ehe‘, sagte er, ‚verlangt ein gefestigtes Gehirn. Sobald du fünfundzwanzig bist, darfst du heiraten.»

«Ah! Und wer wird die Braut sein?»

Vatis antwortete nicht sogleich. Er steckte einen Köder auf einen Haken, hielt das Fischlein vor seine Nase und betrachtete es von allen Seiten.

«Ich weiß es nicht», sagte er.

«Ach, du weißt es nicht. Schadet nichts. Die glückliche Stunde wird kommen, und er wählt selbst eine aus, die seiner wert ist.»

«Ich weiß es doch», sagte er ein wenig trotzig.

«Dann sag es auch mir. Ich bin wie eine Schwester.»

Vatis sah sie keck aus blinzelnden Augen an: «Du weißt es auch. Unmöglich, daß du es nicht weißt.»

Das Mädchen zuckte ratlos die Achseln.

«Da ich dir doch sage, daß ich es nicht weiß ...»

Der Junge wiegte den Kopf hin und her. Sein

Gesicht wurde feuerrot. Endlich brachte er es heraus: «Dich will Manolis nehmen. Da hast du es. Er hat es niemandem gestanden und deinen Namen nicht genannt. Aber ich habe es gemerkt. Auch Stratos. Und die Alte. Sonst niemand ...»

«Na, na! Also ihr drei habt es gemerkt. Und euch zusammen hingesetzt und darüber geklatscht?»

Der Junge schüttelte verlegen den Kopf.

«Wir haben kein Wort miteinander gewechselt. Keiner von uns weiß, daß es der andere gemerkt hat. Auch Manolis ahnt nicht, daß wir drei es wissen.»

Smaragdi sah ihn streng an.

«Und du? Woher hast du all das gemerkt, was du mir aus dem Ofen holst?»

Vatis senkte die Augen und zupfte am Korb des Angelapparates. Sie schob seine Hand zur Seite.

«Du wirst den Korb zerpflücken. Sage mir nur, woher du das alles weißt? Ein grüner Junge bist du und findest heraus, was die anderen im Sinn haben?»

«Ich bin kein grüner Junge», erwiderte Vatis trotzig. «Aber ich verstehe die Sachen. Mit mir – ist etwas anderes.»

«Was ist mit dir? Sprich offen.»

Vatis nahm all seinen Mut zusammen. Er hob zwei flehende Augen zu ihrem Gesicht. Er errötete. Dann senkte er den Kopf.

Entschlossen sagte er: «Na, ich ... Ich will dich selbst nehmen. Deshalb!»

Smaragdi starrte ihn einen Augenblick mit offenem Munde an. Sie wollte ihm heftig erwidern, aber dann brach sie in ein Gelächter von kindlicher Lust aus, wie es sie manchmal so stark überfiel, daß sie sich die Seiten halten mußte.

«Du? Du? Und was weißt du von den Dingen, du Tölpel, der noch keine fünfzehn Jahre ist?»

Mühsam unterdrückte sie das Lachen, als sie Tränen in den Augen des Jungen aufsteigen sah. Auch seine Lippen zitterten. Bald strömten ihm die Tränen über die Wangen. Er suchte sie verzweifelt zu schlucken.

«Höre mir zu», sagte sie ernst. «Vor allem bist du ein Kind im Vergleich zu mir.»

«Ich werde älter.»

«Das Verhältnis bleibt das gleiche. Aber ich muß dir etwas anderes sagen.»

Der Knabe sah angstvoll bald auf ihre Augen, bald auf ihren Mund. Sie sagte zu ihm in festem Ton: «Ich werde niemals heiraten, Vatis.»

«Niemals?»

«Niemals.»

«Auch nicht unsern Manolis?»

«Weder euern Manolis noch sonst jemanden.»

Seine Augen leuchteten fröhlich auf. Doch dann schüttelte er mißtrauisch den Kopf.

«Das kommt nicht vor. Du redest nur so. Alle Mädchen heiraten. Auch du wirst einen Mann nehmen.»

«Nein, mein Dummerchen. Wenn das dein Kummer ist, beruhige dich. Ich nehme keinen.»

«Du küssest das Kreuz darauf?»

Der Junge streckte ihr seine gekreuzten Zeigefinger entgegen. Smaragdi neigte sich vor und küßte feierlich die beiden nach Fisch riechenden schmutzigen Finger.

Er drängte noch stärker und verlangte von ihr den furchtbarsten Schwur, den sie kannten.

«Sage: ich möge in Gottes Blut schwimmen.»

Das Mädchen wiederholte ruhig: «Ich möge in Gottes Blut schwimmen.»

Der Junge versank in Nachdenken. Schließlich meinte er ängstlich: «Jetzt verstehe ich. Du bist eben ein Nixenkind. Kommt es nicht daher?»

Smaragdi sah in die Ferne. Lächelnd hob sie die rechte Schulter und seufzte.

«Daher wird es kommen, Vatis. Es scheint so. Aber jetzt los, alle Hände an die Arbeit! Nach deinen Schwätzereien werden die Köderfische schon verfault sein.»

Als die Arbeit nach einiger Zeit beendet war und sie verschiedene andere Dinge beredet hatten, sagte Vatis plötzlich: «Damit du es weißt: auch Lambis liebt dich. Lambis, Fortis' Sohn. Er ist ein Jahr älter als ich und liebt dich.»

«Wieder dasselbe? Und woher weißt du das? Sprecht ihr zusammen über solche Torheiten?»

«Nein. Ich habe es von selbst gemerkt. Ich verstehe

es sofort, wenn einer dich liebt. Lambis, das ist ein hartnäckiger Hund. Er sagt niemals, was er im Sinne hat. Und er liebt dich. Wie er dich liebt, Smari!»

Sie unterbrach sein Gerede mit einer strengen Handbewegung.

«Also, Vatis, was gesagt ist, ist gesagt. In Zukunft erlaube ich dir kein albernes Geschwätz mehr. Sei von nun an ein guter Junge, damit auch ich dich liebe, wie ich es verstehe.»

«Gut», sagte Vatis mit Entschiedenheit. «Jetzt, da ich weiß ... Dennoch sage ich es dir, damit du es weißt. Ich werde niemals heiraten.»

Jene lachte aufs neue.

«Gut ... Gut ...»

«Lache nicht», sagte Vatis ernst. «Und wisse, daß ich imstande bin, alles dir zuliebe zu tun. Sogar zu sterben.»

«Christus und die Allheilige! Vergiß nur nicht, deinen Vater zu fragen, ob er dich morgen nicht nötig hat, damit er dir erlaubt, mir beim Aufräumen zu helfen ...»

Er nickte mit dem Kopf ein lebhaftes Ja. Sein Gesicht strahlte.

Sie stand aufrecht und beobachtete den Jungen, wie er mit einem Satz vom Bug auf die Mole sprang, seine blaue Drillichhose, seine dunklen, dünnen Arme, wie sie in den weiten Hemdärmeln hin- und herschlenkerten und sich wie Flügel eines

Vogels öffneten und schlossen. Sie sah, wie die Locken auf seinem Knabenkopf wogten, sie sah auch einen Zweig Basilienkraut am linken Ohr, der seine Sehnsucht verriet, für einen Mann zu gelten.

Sie lächelte seinen leichten, barfüßigen Schritten nach. Sie hätte gern mit ihm wie mit einem Bruder gespielt, mit ihren Händen seine Haare gepackt, auf seinem Rücken geritten und mit ihm um die Wette geschwommen. All das, alle Sehnsucht ihres Kinderherzens mußte sie nun unterdrücken.

Als sie allein blieb, grübelte sie über die vertraulichen Mitteilungen des Jungen nach und fühlte Tropfen von Bitterkeit in ihre Seele fallen. Vatis hatte das Gefühl der Sicherheit, das sie unter den Lathiossöhnen mit schwesterlicher Liebe genoß, endgültig zerstört. Auch im Hause ihres ehrwürdigen Paten Fortis mußte sie sich nun gegen Lambis Zwang antun. Oder sollte sie all dieses Bubengeschwätz nicht ernstnehmen?

Sie seufzte tief und spürte auf all ihren Gliedern eine schwere Last.

34

Smaragdi suchte wie immer bei der Greisin Rat. Hatte Manolis wirklich um die Erlaubnis gebeten, zu heiraten?

Muhme Permachula lachte. Sie klopfte dem Mädchen zärtlich aufs Knie und war froh, losschwatzen zu dürfen.

«So sind die Männer, mein Kind. Sie versteifen sich darauf, sich selbst ihre Sorgen zu schaffen. Gott, siehst du, hat es so eingerichtet, daß die Welt Eier legt und sich vermehrt. Auch unser Manolis, jetzt noch so jung ... Von Gott kommt das, siehst du. Sein Vater sagt nein. Werde erst fünfundzwanzig! Wenn du nach meiner Ansicht fragst, Tochter, so finde ich, daß Lathios unrecht hat.»

«Aber kann sich Manolis denn schon eine Familie aufladen?»

Die Alte wiegte den Kopf und lächelte listig mit ihren runzeligen Lippen.

«He, meine Herrin, der Augenblick verkauft sein Holz und der Winter kauft es. Wenn der Säugling wimmert und nach der Brust sucht, gib ihm die Brust. Wenn der Jüngling nach dem Weibe sucht, verheirate ihn. Dafür gebären und ernähren die Mütter ihre Töchter. Für die Palikaren gebären sie. Nur, daß der Handel ehrsam geschieht, wie der Herr es anordnet! Sie sollten Manolis jetzt, wo sein Herz es ersehnt, verheiraten. Die Liebe ist eine Narrheit in meinen Augen, eine Narrheit ist auch die Ehe. Ohne Narrheit, siehst du, hat diese Lügenwelt gar keinen Reiz. Nur muß der Mensch all seine Narrheiten in der Jugend durchmachen, damit er im Alter vernünftig wird. Wehe dem Jüngling, der wie ein Greis fühlt, wehe dem Greis, der den Palikaren spielt, sagt das Sprichwort. Tollblüter nennt man die Jünglinge in Anatolien. Und wenn wir die verrückte Zeit verstreichen lassen, wie können wir dann noch von einem Menschen verlangen, die Tollheit der Heirat zu begehen? Alles spielt sich in dieser Welt nach Gottes Ordnung ab, Tochter. Daher sage ich: Lassen wir ihn handeln, wie der Herr es will!»

Smaragdi scherzte: «Du hast eine andere Sorge, Muhme Permachula. Und ich kenne sie!»

«He, du, sage mir meine Sorge, damit ich Arme und Verlassene sie kennenlerne!»

«Höre zu, Muhme Permachula! Dein Verlangen ist, daß in der Lathios-Familie neue Geburten anfangen. Du denkst: Wie kann ich darauf warten, daß die jüngsten Töchter ihr Bett aufstellen? Geben wir also den Söhnen einen Stoß, damit ich es noch erlebe, an ihren Kindern meine Arbeit zu finden.»

Der Alten machte der Scherz viel Vergnügen. Sie lachte von Herzen, zog das Fläschchen aus dem Busen und tat einen kräftigen Schluck.

«Was du nicht sagst! Heil deinem Mund! Ja, das ist es, meine Taube. Und auch Gott will es: ‚Mehret euch wie der Sand am Meer.' Für die Fischer hat der Herr sein Wort geredet. Wo hätten die Inländer den Sand am Meere gesehen? Die kennen nur Lehm. Für uns ist der Sand am Meere da, damit wir unsere Geburten nach dem Worte des Herrn zählen können.»

Das Mädchen ergriff ihre greisen Hände und streichelte sie lächelnd.

«Sorge dich nicht, Muhme Permachula. Du wirst leben und alles genießen, was dein Herz verlangt.»

Es beugte sich nieder, um die schneeweißen Haare der Greisin an den Wangen zu kosen. Dabei drang ihm der Alkoholgeruch entgegen.

Muhme Permachula sagte: «Und du, meine Herrin, warum vergaffst du deine Zeit? Auch deine Stunde ist gekommen!»

Sie fuhr mit der Hand über den schwellenden Busen und die Hüften des Mädchens.

«Siehst du? Die Früchte werden reif. Laß den Winzer nicht säumen! Suche dir einen Palikaren aus, einen starken, schönen, arbeitsamen. Und daß er nicht die Natur meines Seligen hat! Daß er nicht die Hand gegen dich erhebt! Ich könnte es nicht ertragen, dich leiden zu sehen, meine Sultanin. Und daß er ja kein Mann vom Lande ist! Keiner, der Pferdemist für die Äcker zusammenscharrt und nach Erde und Schweiß riecht! Der deine muß ein Mann des Meeres sein! Zwar liebe ich das Meer nicht. Ich möchte das böse nicht wieder sehen, es hat mir und meiner Sippe viel Leid gebracht. Aber dir steht ein Bauer nicht an. Du bist ein Kind der See, und sie duldet nicht, daß man ihr die Nachkommenschaft wegnimmt.»

«Laß deine Galle in Frieden», lachte Smaragdi. «Weder ein Mann vom Festland noch einer von der See wird der meine sein. Und keiner, der mich prügelt. Ich bin nicht geschaffen, um verprügelt oder auch verheiratet zu werden.»

«Das sagen alle schönen Weibchen, solang sie taufrisch sind. Aber später ... Höre auf mich, meine Herrin. Ich weiß mehr als du. Das Weib und der Honig werden genossen, solang sie ganz frisch sind ...»

War das ein Steinwurf für Manolis? Hatte die Alte, wie Vatis behauptete, etwas von Manolis' Neigung bemerkt?

Smaragdi konnte mit all diesen Worten nicht viel anfangen. Dennoch ging sie beruhigt von der Muhme fort.

Auf ihrem Heimweg vernahm sie aus der Höhe von Murja den süßen Klang der Glocken der Heiligen Fotini. Es war Samstagabend. Die Vesper wurde geläutet. Sie bekreuzigte sich und nahm Öl und Weihrauch, um das Lämpchen der Allheiligen anzuzünden. Seit sie ihre Mutter verloren hatte, vernachlässigte sie diese Pflicht an keinem Samstag. Sie war die einzige Fischerin, die regelmäßig in der Kapelle betete und sie aufräumte. Darum hatten die Dorfaufseher ihr auch den Schlüssel gegeben.

Smaragdi stieg zur Allheiligen Gorgone hinauf.

35

Unten sah sie die Zwillinge von Lathios mit ihren beiden Freunden, von denen sie unzertrennlich waren, auf dem Gemäuer sitzen und die Beine im Wasser schlenkern. Sie hockten nahe am Haltepflock ihres Bootes und schwatzten mit leisen, aber lebhaften Stimmen. Kaum wurden sie ihrer ansichtig, so schwiegen sie. Als erster sprang Vatis auf.

«Willst du etwas, Smaragdi?»

Alle warteten darauf, daß sie ihnen die Freude machen würde, irgendeinen Dienst von ihnen zu verlangen. Das geschah jeden Tag. Sie beobachteten sie aus der Ferne mit halbem Auge, und sowie sie eine Hand zur Hilfe brauchte, sprangen sie zu ihr. Die Erwachsenen sahen ihre begeisterten Anstrengungen und nannten sie scherzhaft «Smaragdis Bande».

Die Bande bestand aus vier Jungen.

Es waren Stratos und Vatis und Lambis. Zu ihnen gesellte sich noch ein strammer, häßlicher Fischerjunge, Thymios, Thodoras Sohn. Er hatte die kleinen braunen Augen eines Hundes, der eben von seinem Herrn geschlagen worden war. Sein breites Gesicht war ausdruckslos. Er stand da und sah nach dem Meere, ohne zu denken. Er spuckte ins Wasser, und seine breiten Lippen waren niemals fähig, die großen, quadratischen Zähne ganz zu bedecken. Sie blitzten weiß und erhellten sein Gesicht, wenn er zu lächeln anfing. Er galt als dummer Bursche, dem alle grobe Arbeit aufgebürdet wurde.

Er sagte niemals nein. Man nannte ihn Thymios Schafköter.

«Sieh nur», sagte Vatis zu dem Mädchen. «Weißt du, daß Schafköter rohe Fische ißt? Ja, bei der Allheiligen, rohe Fische.»

«Ist das wahr?» fragte Smaragdi verlegen.

«Es ist wahr», riefen Stratos und Lambis aus einem Mund. «Auch ich habe es gesehen.»

Vatis fügte hinzu: «Er ißt die kleinen Heringe. Er sammelt sie auf dem Boden, wenn die Fischboote ausgeladen werden. Dann geht er auf die Seite und ißt sie roh. Pfui.»

Thymios verlor langsam sein Torenlächeln. Er senkte den Kopf und wurde rot bis zum Nacken.

Es war deutlich, um keinen Preis wollte er, daß ihm so etwas in Smaragdis Gegenwart gesagt würde. Sie sah seine glühenden Ohren und erwiderte hastig: «Was hat das zu bedeuten? Wenn es ihm Spaß macht, sie roh zu essen, warum nicht? Wir essen doch auch die Seeigel und Muscheln ungekocht. Und wenn es mir Spaß macht, kleine Heringe roh zu essen, esse ich sie eben roh.»

Thymios hob vorsichtig die Augen, und als er sah, daß sie ernst redete, sprudelte er über vor Dankbarkeit. Er glich einem Hund, den man unter der Schnauze streichelte.

Er drehte seine Augen nach rechts und links. Ein

alter Anker lag dort, halb im Sande versteckt und verrostend, herum. Er trat in zwei Schritten auf das Eisenstück zu. Dann betrachtete er die Jungen und spuckte sich in die Handflächen. Er bückte sich, packte den Anker mit beiden Händen, stemmte ihn langsam hoch und hielt ihn über seinem Kopf. Alle Muskeln seines stämmigen Körpers waren von der großen Anstrengung hart gespannt. Seine Halsadern schwollen zu Strängen, sein Mund lief blaurot an. Die anderen bissen sich auf die Lippen. Niemand sprach.

Der Schafköter warf den Anker zu Boden, atmete tief auf und zog mit langsamen Schritten, die Hände in den Taschen, ab.

Die anderen verstanden, was er wollte.

«Thymios ist sehr stark», sagte Smaragdi lächelnd.

Die Jungen sahen trotzig auf das schwere Eisen am Boden. Sie zuckten verächtlich die Achseln.

«Der Schafköter kann so viel heben wie ein Esel», bemerkte Vatis.

Stratos schleuderte Steinchen über die Wellen. Lambis hob seine feurigen Augen zu dem Mädchen und streckte seinen Arm weit nach dem Meer aus. Er sagte herausfordernd: «Was denn? Ich kann bis zum Rabenkap hin- und zurückschwimmen. Kann das der Schafköter?»

Dann zeigte er auf den höchsten Abhang der Klippenbank, etwa zwanzig Meter über der Meeresfläche.

«Dort vom ‚Balkon‘ mache ich einen Kopfsprung. Kann er das?»

Er sah auch die beiden anderen an und reckte sich.

«Ihr könnt es auch nicht.»

Smaragdi ließ sie allein prahlen und zanken.

Gegen Thymios waren die drei einig.

Vatis hatte sich niedergehockt. Die Ellenbogen auf die untergeschlagenen Knie gestützt, schüttelte er das schmale Gesicht zwischen seinen Fäusten.

«Immer das gleiche Theater. Jeden Tag macht ihr ihr dasselbe vor. Das sind alles Albernheiten. Und sie macht sich über alle lustig. Schafköter mit dem Anker, Lambis mit der Schwimmerei. Gestern sah ich Stratos in Ammudeli auf den Händen herumlaufen ... Eine Schande für euch.»

«Das habe ich nur aus Laune gemacht», versuchte Stratos zu erklären. «Aber du kannst gar nicht auf den Händen gehen.»

Ohne sich umzudrehen, erwiderte Vatis ruhig: «Du hast es getan, weil Smaragdi auf der Mole war und dich sah. Ihr habt kein Ehrgefühl mehr. Pfui!»

Er spuckte verächtlich zur Seite.

«Du hast Ehrgefühl!» rief Lambis. «Aber wer rechnet dich schon mit? Du hältst dich für einen Mann.»

«Warum soll er sich nicht für einen Mann halten?» Es war Stratos, der wütend dazwischenfuhr. Er stand, mit den Händen auf dem Rücken, vor dem andern. Lambis zuckte mit den Achseln.

«Hui, ich mache so mit ihm. Ich klappe ihn zusammen.»

«Na also. Noch eine Muskelprobe.»

So antwortete Vatis, ohne das Gesicht umzudrehen, und wies mit der offenen Hand auf Lambis.

«Klappe ihn nur zusammen. Das werden wir schon sehen», äußerte Stratos. «Und ich schlage dir den Schädel zusammen wie einen Blumentopf.»

Ihr Gezänk wurde immer gröber und drohender. Der beherrschteste von den dreien war Vatis. Vielleicht weil er der schwächste war. Stratos schimpfte Lambis einen «Lumpenkerl». Sie packten sich bei den Händen und rollten im Sand. Keuchend brüllten und schlugen sie sich. Lambis wurde zu Anfang gut mit den Zwillingen fertig. Aber plötzlich versetzte Vatis ihm einen Fußtritt, und der Sohn des Kaffeewirts fiel auf den Rücken. Da sprang Stratos auf seinen Bauch, preßte die Beine des Besiegten zwischen seine Knie und hieb mit der Faust auf ihn ein, bis er sagen würde: «Verzeih mir.» Lambis sagte es nicht, und der andere drückte ihm auf das Auge. Jener schrie nicht und weinte nicht. Sie standen staubig und zerkratzt auf.

«Ich hätte doch wieder ein Paket aus euch beiden gemacht – aber ihr habt mich feige von hinten niedergeworfen», sagte Lambis, sein Auge reibend.

Stratos trat an ihn heran und stieß ihn freundschaftlich mit dem Ellenbogen: «Komm nur. Es war nichts. Aber das nächstemal beiße nicht.»

Da der Streit beendet war, meinte Vatis: «Ich sage, wir fressen uns zwecklos gegenseitig auf. Das Beste wäre, wir trennten uns alle von Smaragdi.»

«Was hat Smaragdi damit zu tun?» schrie Lambis, mit dem Fuß aufstampfend.

Seine Augen blitzten wild.

Die Zwillinge sahen sich an und antworteten nicht.

«Wie sollen wir uns trennen?» fragte Stratos nach einer Weile.

Vatis machte also seinen Vorschlag. Sie sollten aufhören, Smaragdi bei ihrer Arbeit nachzulaufen. Das war es. Die «Bande» sollte damit aufhören. Dann würden auch die Schimpfworte und die Prügeleien unter den Freunden aufhören.

«Na, was meint ihr?» fragte er zum Schluß.

Lambis dachte nach. Etwas in ihm wollte widersprechen. Dann runzelte er die Brauen und nahm an.

«Gut», sagte er.

«Gut», sagte auch Stratos. «Nur müssen wir es dem Schafköter mitteilen.»

Der saß auf der Mole, spuckte ins Wasser und starrte auf das Meer, ohne an irgend etwas zu denken. Als sie ihn riefen, kam er zu ihnen gelaufen. Er war willig wie immer, sobald er den Signalpfiff der «Bande» hörte.

Sie teilten ihm mit, was sie gemeinschaftlich beschlossen hatten. Er stimmte sofort zu. Zum erstenmal brachten sie ihn auf den Gedanken, daß sie das, was sie taten, dem Mädchen zu Gefallen taten. Er hatte bisher nichts für einen Zweck getan. Jetzt merkte er das Gegenteil. Er hatte es doch zu einem Zweck getan. Und der Schafköter wurde verlegen.

Stratos fragte: «Und wenn sie etwas braucht und selbst jemanden von uns ruft?»

Vatis hatte auch diesen Fall vorgesehen, der für ihn von besonderer Wichtigkeit war.

«Wenn sie von sich aus jemanden ruft, dann geht er natürlich und hilft ihr. Das kann mit jedermann geschehen, auch mit denen, die nicht in unserer Schar sind. Die Frage ist ja nur, ob wir den ganzen Tag hinter dem Rock des Mädchens herlaufen. Das ist eine Schande für uns, sage ich, und die Leute lachen über uns hinter unserem Rücken.»

Lambis zog aus seiner Hosentasche Tabak und Zigarettenpapier. Sie drehten sich jeder einen Stengel und kletterten auf die Klippenbank, um heimlich zu rauchen.

36

So war alles geregelt, und die Schar fand ihre Herzlichkeit wieder, die für einen Augenblick erstickt zu werden drohte.

«Wir wollen Schmuggler spielen», schlug Schafköter vor.

Das gefiel allen Jungen. Dabei würden sie sich austoben und zugleich ihren Frieden bekräftigen. Sie brachen auf, um ihre Blechschiffe aus den Häusern zu holen.

Lambis hob einen Augenblick seine Hand, und die drei anderen blieben stehen. Er fragte: «Wenn einer von uns sein Wort nicht hält?»

«Was soll dann geschehen?» fragte Schafköter mit ratlosem Blick.

Vatis schlug eine heroische Lösung vor.

«Die andern werfen sich auf ihn und prügeln ihn tot.»

Alle fanden das sehr gerecht. So konnten sie auch mit Schafköter fertigwerden, wenn er die Frechheit hätte, dem Mädchen zu nahe zu kommen.

«Einverstanden?»

«Einverstanden.»

«Küßt ihr das Kreuz!»

Jeder von ihnen hob die beiden gekreuzten Zeigefinger hoch und küßte sie, den grausigen Schwur ausstoßend: «Möge ich in Gottes Blut schwimmen.»

«Gut», sagte Lambis. «Jetzt los, und ruft alle andern, die ihr findet, daß sie mit ihren Schiffen kommen.»

Schnell kamen alle «Schiffsherren» zusammen, die irgendwo herumgelungert waren. Fischerjungen von zwölf bis siebzehn Jahren. Es kam Thanasis, ein langer, knochiger Bursche. Er hieß auch «Wildfisch», weil er im Oberkiefer eine doppelte Reihe von Zähnen hatte.

Er hielt ein großes Schiff unter dem Arm und zog hinter sich seine vier jüngeren Brüder. Über seiner Schulter hing, an einer dicken Schnur, ein breiter Blechtrichter.

«Was ist das?» fragten die anderen erstaunt.

Zum erstenmal brachte er ein solches Gerät mit.

«Es ist ein Lautsprecher», antwortete Wildfisch würdevoll.

Er zeigte ihn herum und hängte ihn wieder über die Schulter.

Die «Schiffsherren» traten in einer Reihe auseinander, jeder mit seinem Fahrzeug in der Hand. Die Schiffe waren alle von ihren Kapitänen sorgsam gearbeitet; bei vielen war das Blech mit Ölfarbe überzogen, der Kiel rot, die Seiten gelb und die Bordlinie schwarz.

Sie wählten zunächst das Polizeiboot. Es mußte das stärkste und größte sein. Sie hingen eine rote Fahne an seinen Mast, die sein Erkennungszeichen war. Ohne Widerspruch wurde das Boot von Thanasis hierfür ausersehen. Fast einen halben Meter lang, rot und hellblau gestrichen, mit vollständigem Takelwerk. Hinter sich zog es ein Rettungsboot, aus einem einzigen Klotz meisterhaft geschnitzt.

Schnell wurde das Spiel organisiert.

Sie stellten zunächst auf den Höhen ihre Wachen aus, um nicht von dem Polizeiboot überrascht zu werden. Dann streiften sie sich die Hosen hoch, taten in die Blechboote kleine Kiesel für das Gleichgewicht und wateten bis zum Knie ins Meer hinaus, die Schiffe an langen Bindfäden hinter sich ziehend. So zog eine ganze Flotte zu großen Abenteuern mit lautem Geschrei aus.

Thanasis trennte sich als erster ab und versteckte sich mit seinem schwimmenden Blech hinter einem Stein auf der Mole.

Zu Anfang gingen die Schmugglerboote in einer Reihe längs des Strandes bis nach Ammudeli vor. Die andern Kinder, die außerhalb waren, legten die Hände als Trichter vor den Mund und schrien ihnen Nachrichten zu.

Plötzlich eine Stimme aus der Höhe. Sie kam von dem Späher, der bis zur Klippenbank hinaufgeklettert war.

«He, für die Schiffe! Polizeiboot am Ufer. An der westlichen Seite. Schnell, Kinder, schlüpft durch.»

Wahrhaftig erschien am Eingang des Hafens das Polizeiboot von Thanasis. Es fuhr majestätisch dahin, alle Segel gehißt, mit der roten Schlachtfahne am Mast. Der Wildfisch hob den Lautsprecher zum Mund und befahl den Schmugglern: «He, für die Barken. Die Segel nieder. Die Ruder hoch. Sonst beschieße ich euch alle.»

«Los, auf ihn», johlte die ganze Jungenschar. «Alle, schnell, und wir fressen den Schurken.»

«Hurra, hurra.»

«In den Grund mit dem Polizeiboot, in den Grund!»

«Die Ruder hoch, ihr frechen Kerle!» befahl zum zweitenmal der Lautsprecher.

Sogleich entbrannte die Seeschlacht.

Das Polizeischiff hatte das Recht, die Schiffe der Schmuggler mit Händen voll Kieseln zu beschießen. Diese mußten versuchen, es zu kentern, indem sie es mit ihren Bindfäden einfingen. Das war das Gesetz des Spieles.

Die Seeschlacht endete wie immer mit dem Kentern des Polizeischiffs, das jedoch vorher mit seinen Kieselwürfen einen Haufen Schmugglerboote schwer beschädigt hatte.

Der Sieg wurde durch lautes Geheul von See und Land her begrüßt. Die Freude der Jungen war wild, ihre Stimmen hallten an der Klippenbank der Allheiligen wider.

«Es lebe Käpten Lambis.»

«Zur Hölle mit dem Hund, zur Hölle.»

Der Hund war der Wildfisch Thanasis mit der doppelten Zahnreihe.

Dann zogen sie alle Schiffe ans Land, um sie von Wasser und Sand zu leeren, die Segel zu trocknen und das zerrissene Takelwerk auszubessern. Ein großer Kreis von Jungen saß um die Kapitäne herum, und lange Zeit wurde am Kommando und an den Manövern jedes Kapitäns laute Kritik geübt.

Während dieser Diskussion trat Smaragdi, von der Mole kommend, in Erscheinung. Sie trug einen geflochtenen Korb unter dem Arm. Sie hielt in Ammudeli an, zog ihr Kleid zwischen den Knien hoch und watete bis zu den Knöcheln ins Meer, um jenen Korb von Tang zu reinigen. Die großen Jungen betrachteten ihre im Wasser schimmernden runden Beine, sie beobachteten die starken Hüften, die sich beim Bücken wölbten. Lambis warf den anderen einen mißtrauischen Blick zu. Alle schwiegen und pfiffen leise vor sich hin. Sie taten, als sähen sie gar nicht dorthin, während jeder den anderen heimlich bespähte. Schafköter sah ins Weite und seufzte, ohne zu wissen, warum.

«Wer hat das Polizeischiff versenkt?» fragte das Mädchen fröhlich, ohne von seiner Arbeit zu lassen.

«Lambis», riefen die Jungen aus einem Mund.

Der wurde rot vor Stolz.

Smaragdi schüttelte das Wasser von dem Korb ab und erhob sich.

«Oh, die Schande. Ein Haufen Seeleute, und euch besiegt einer vom Land.»

«Ich bin nicht vom Land», rief Lambis voll Entrüstung. «Mein Vater ist Kaffeewirt, aber ich gehe zu den königlichen Schiffen.»

«He, was tut's. Bis dahin zählst du als Mann vom Land», neckte ihn das Mädchen und lief fort.

Lambis fühlte den Drang, ihr eine Ohrfeige zu versetzen, sich ihr dann zu Füßen zu stürzen und sie wie ein Hund in die Beine zu beißen. Mochte sie ihn dann nur mit ihren schönen Sohlen treten.

Mochte sie auf ihm trampeln, daß ihre nackten Fersen seine Brust zerstießen.

*

Am nächsten Tag nahm Smaragdi zwei oder drei der kleinsten Kinder von Lathios in ihre Barke und fuhr ganz früh aus dem Hafen auf Polypenfang. Sie hielt sich nah am Strand. Die klaren Wasser waren durchsichtig bis zum Grunde, und die Arbeit ging großartig. Die Kleinen beobachteten, über Bord gebeugt, wie die bunten Fische unter dem roten Kiel herzogen, und begrüßten sie mit Jubel. Jedesmal, wenn das Mädchen einen Polypen heraufzog, drängten sie sich begeistert heran. Sie wußten, wie man ihn in den Kopf beißen mußte, damit er verende.

Als die Sonne zu brennen anfing, warf Smaragdi den Anker und landete die Barke im Schatten unter den großen, kühlen Felsen des Wachtturms. Sie sprang mit den Polypen im Korb in einem Satz ans Ufer. Dann hob sie die Kleinen heraus, und sie begannen, die Polypen auf den Steinen zu schlagen.

Nach einer kurzen Weile erklang ein fröhliches Pfeifen, und hinter dem Felsen lugte ein Krauskopf hervor. Es war Fortis' Sohn, und seine Miene versuchte Überraschung, wie bei einem zufälligen Treffen, auszudrücken.

«Lambis», rief eines der Kleinen.

Er trat mit rotem Gesicht zwischen den Felsen

hervor. Er kam mit hochgekrempelten Hosen aus dem Meer. Smaragdi sah ihn verlegen an. Der Bursche senkte die Augen und machte eine unbestimmte Bewegung nach der See zu.

«Ich suchte nach Muscheln.»

«Hier zwischen den Felsen wimmelt es davon. Und du hast keine gefunden?»

Er öffnete die Handfläche. Darauf fanden sich zwei armselige Muschelchen geklebt.

Er fühlte ihren Blick wie eine Last auf seiner offenen Hand – die zuckte, so daß die Muscheln ins Meer fielen.

Darauf erschien der häßliche Kopf des Schafköters von der anderen Seite. Sein Haar war borstig, und er glich einem Igel.

«Auch die Zwillinge sind da», sagte er, mit beiden Händen hinzeigend.

Er lachte albern, wobei seine Äuglein sich schlossen.

«Da kommen sie heruntergerutscht.»

In der Tat hörte man im gleichen Augenblick die beiden den steilen Abhang des Hügels herunterrollen, wobei sie manchmal im Gestrüpp hängenblieben. Unter ihren nackten Füßen, die sich an den Wurzeln festhalten wollten, bröckelten Erde und Kies ab und fielen bis ins Meer.

«Ha, die ganze Welt beieinander!» rief das Mädchen. «Warum habt ihr beiden denn euch zum Unglück da oben hingehängt?»

«Wir gingen nach Feigen», sagte Stratos. «Wir sahen dich Polypen fangen und kamen, falls du uns zum Abklopfen brauchst.»

«Und Thymios?»

Schafköter wurde rot. Er zuckte mit den Achseln und sagte die Wahrheit, er allein: «Ich ... ich sah die andern und kam.»

Smaragdi biß sich auf die Lippen, um nicht über die Miene zu lachen, die sich jeder einzelne von ihnen aufzusetzen bemühte.

Schafköter kam plötzlich näher. Da bemerkten alle, daß an seiner Hand ein an den vier Ecken hochgebundenes Tuch hing.

«Das habe ich dir mitgebracht», sagte er.

Er legte das Tuch neben seine Füße. Alle Kinder sammelten sich um ihn. Etwas Lebendiges regte sich darinnen. Sie bückten sich, um zu raten, was es sei. Jeder meinte etwas anderes.

«Mach es auf», befahl Smaragdi.

Thymios band das Tuch auf. Heraus stürzte ein graues Tier. Die Kinder wichen erschrocken zurück. Es war ein Kriechtier, das zuerst auf das Meer zulief. Dann bog es ab und verlor sich in den Felsen.

«Eine Eidechse.»

«Das ist keine Eidechse», sagte Thymios ernst. «Die Eidechsen sind grün. Dies war ein Krokodil. Ein dunkles Krokodil mit Schuppen.»

«Du hast uns mit deinem Krokodil erschreckt», sagte eines der kleinen Mädchen.

«Vor denen braucht keiner zu erschrecken», sagte Thymios. «Ich fange sie mit der Hand. Ich lege sie auch an die nackte Brust.»

«Sei nur ruhig. Niemand hat Angst vor so etwas», erklärte Lambis. «Aber ich habe gestern mit dem Stock eine Schlange getötet und es doch niemandem erzählt. Eine wahrhaftige Schlange.»

Alle lachten über das falsche Tier, das er «wahrhaftig» nannte.

Smaragdi schnitt diese Unterhaltung ab.

«Na, ihr habt euch nun alle durch Zufall hier zusammengefunden. Da helft mir doch, damit wir eine Stunde früher mit diesem Zeug fertig werden.»

Das war für alle eine Erleichterung!

Sie warfen sich mit Wut auf die Arbeit. Die Felsen klangen von den Schlägen und den vergnügten Rufen wider.

Die vier waren vollkommen glücklich, und keiner von ihnen dachte mehr an die großen Schwüre und Verträge des gestrigen Tages.

39

Die Familie Gatzalis schien immer mehr an Manolis als künftigen Mann für ihre Tochter zu denken. Die Mutter von Jana nahm eines Nachmittags ihren Spinnrocken und stattete Frau Lathios, die sie allein auf ihrer Schwelle Strümpfe stricken sah, einen nachbarlichen Besuch ab. Zunächst war die Fischersfrau ahnungslos, obwohl ihr dieser ungewohnte Gast sonderbar vorkam. Als jedoch bald darauf Jana mit dem Krug vorbeiging, zeigte Frau Gatzalis stolz auf sie mit der Spitze ihres Rockens.

«Sieh nur, was aus meiner Jana da geworden ist! Wahrhaftig, wie geht es nur zu mit diesen Mädchen. Am Abend legen sie sich hin, flach oben, flach unten wie der Fladenteig, und am Morgen wachen sie auf mit rundlichen Leibern.»

«Das kommt von der guten Hefe», meinte Frau Lathios. «Der Teig quillt und dehnt sich, ehe man sich danach umsieht.»

«Und darum muß er auch so schnell wie möglich in den Ofen ...»

Die Plauderei blieb bei diesem spaßhaften Vergleich, und die Fischersfrau versäumte nicht, zu verstehen, worauf er gerichtet war, als Frau Gatzalis ihr anvertraute, daß Jana seit Monaten an ihrer Aussteuer nähe. Als ein häusliches Mädchen und als verwöhnte, einzige Tochter unter drei Brüdern habe sie schon einen beträchtlichen Schatz.

Das war ein deutliches Angebot. Frau Lathios spielte die Schlaue. Sie tat bis zum Schluß, als verstehe sie nichts.

Dennoch wurde der Versuch wiederholt, und zwar diesmal von Jana selbst. Sie kehrte eines Abends früh vom Olivenfeld zurück und fand die alte Permachula im Sande nahe am Meer bei der

Platane ruhend. Sie hatte neben sich einen Korb voll Wildgemüse. Das Mädchen setzte sich an ihre Seite und begann schöne Reden zu führen. Die Alte begriff dieses ungewohnte Betragen nicht. Als sie zum Fortgehen aufstand, erhob sich auch Jana und hielt sich nahe bei ihr. Sie legte ihr einen Strauß selbstgepflückter Zyklamen in den Korb.

«Da, nimm sie, Muhme, und stelle sie ins Wasser. Etwas Gutes zum Riechen.»

«Was mich angeht, meine Herrin», sagte die Alte, «so rieche ich nicht mehr viel und sehe nicht mehr gut. Für uns Alte taugen nur Herbstblumen, die nicht verwelken. Blümchen sind für Mädchen und junge Palikaren.»

«Nun, dann nimm sie für junge Palikaren», versetzte Jana und wurde rot wie Klatschmohn.

Muhme Permachula erzählte Smaragdi die ganze Geschichte und war neugierig, deren Meinung zu hören.

«Das ist keine schlechte Sache für unsern Manolis», sagte das Mädchen, gerade auf den Kern losgehend. «Jana ist im Grunde ein gutes Mädchen.»

Die Alte unterbrach sie ärgerlich: «Faul ist die Wurzel von all den Gatzalisleuten. Eltern, Söhne, Tochter, alle sind sie das gleiche, ein unreiner Saft. Ihr Haus da drüben ist, so wie du es siehst, ein Schlangennest. Brenne es aus mit Pulver und Petroleum!»

Smaragdi lächelte über diesen Ausbruch.

«Und Manolis?» fragte sie. «Was sagt er?»

«Manolis», rief die Alte in noch größerem Zorn, «der hält das stumme Wasser in seinem Munde zurück. Ein verstopfter Brunnen. Fängst du mit ihm zu reden an, sieht er in die Ferne nach den Schiffen und pfeift. Er läßt dich wie eine alte Närrin allein schwatzen. Doch, kann jemand in sein Herz sehen?»

*

Dies Gespräch fand an einem Morgen statt. Da kam einer der kleinen Jungen von Lathios aus dem Hafen zu ihnen gelaufen.

Er brachte eine schlimme Nachricht ins Haus. Der Vater und die großen Brüder waren gerade mit der Barke zurückgekehrt. Sie führten nichts mit als das leere Netz, das sie zerfetzt aus dem Wasser gezogen hatten.

«‚Ein Hund hat es zerrissen‘, sagt Vater.»

Schon bei anderen Gelegenheiten hatten sie durch den Hundsfisch solchen Schaden erlitten. Vier Lagen des Netzes hatte er zerrissen. Das bedeutete Arbeitslosigkeit für mehrere Tage, während derer die Familie zusammensaß und das Netz ausbesserte.

So geschah es auch diesmal.

Lathios, der gewohnt war, alle Dinge mit Geduld und ohne nutzlosen Ärger hinzunehmen, ließ die Burschen das Netz ausladen und zum Plateau der Allheiligen hinaufschleppen. Er schickte auch den Kleinen, um die Seinen daheim zu benachrichtigen. Sie sollten alle mit Fäden und Holznadeln kommen, um sich an die Arbeit zu machen. Er selbst ging zu Fortis und setzte sich in eine Ecke. Er bestellte eine kleine Karaffe und trank in gemächlichen Zügen. So würde es länger dauern, bis das Netz wieder hergestellt war. Mehrere volle Tage.

Auch Smaragdi ging mit Holznadel und Taschenmesser, um bei der Arbeit zu helfen. Sie fand die ganze Kompagnie der Lathios-Familie um das Netz gelagert.

Sie aßen dort oben ihr Mittagsmahl und arbeiteten weiter bis zur Dämmerung. Als das Licht schwächer und die Luft kühl wurde, packten sie das Netz in die Kapelle, um am nächsten Tag gleich wieder anfangen zu können, und stiegen von der Klippenbank herunter. Die Frauen waren schon früher der Vorbereitung des Abendessens wegen gegangen. Als letzte blieben Manolis, der sich noch eine Zigarette drehte, und Smaragdi, die alle Holznadeln, Fäden und Messerchen in einem Fischkorb einsammelte.

Die Sonne war untergetaucht. Über dem Wasser schwebte noch ein Feuerinselchen, das eine lange Zeit brannte und dann versank.

Smaragdi streckte die Hand aus.

«Ach, könnte einer dorthin gehen», sagte sie leise.

Manolis rauchte. Er antwortete nicht. Er sah berauscht auf das Antlitz Smaragdis, das wie eine magische Blume vor ihm aufblühte. In der Tiefe ihrer

Augen, die sich weit öffneten, um den ganzen Sonnenuntergang zu umfassen, strahlte und erlosch der Glanz des Gestirnes, das in den Wogen versank.

Wie sie zu ihm hinblickte, neigte er verwirrt den Kopf, tat einen letzten Zug und warf den Zigarettenrest ins Meer, das sein abendliches Spiel gegen den Felsengrund dort unten begann. Als erwarte er, die Glut im Wasser erlöschen zu hören, lauschte er einen Augenblick. Dann sagte er mit seiner ruhigen Stimme: «Weißt du, Smaragdi, ich habe im Sinn, mich vom Vater zu trennen. Das wollte ich dir sagen, damit du es auch weißt.»

«Dich zu trennen?» fragte das Mädchen überrascht.

«Ja, mich zu trennen. Es war Zeit, es zu überlegen, und jetzt habe ich mich entschlossen. Ich meine, ich will mich vom Alten zurückziehen, mein eigenes Boot fahren und auch auf meine eigene Rechnung verkaufen. Ich habe ein paar Scheine gespart. Wenn Gott will, bringe ich es zustande.»

Smaragdi dachte nach, ehe sie antwortete. Dann sagte sie, ohne zu zögern: «Ich muß sagen, wenn ich es überlege, finde ich es nicht schlecht. Du bist ein Palikare und verstehst die Arbeit besser zu leiten als irgendwer. Und wenn du gar Ersparnisse hast, so mache dich nur daran. Es ist gut, es ist nicht dumm. Eines Tages kommt es in jedem Fall. Wenn nicht heute, dann morgen.»

Manolis lächelte vergnügt.

«Ich freue mich, daß du es gut findest. Ich habe es noch niemandem gesagt. Ich weiß, zu Hause werden sie etwas traurig sein ...»

«Ja, du bist für deinen Vater die rechte Hand bei der Arbeit. Aber du willst es nun einmal. Wenn du mich fragst, ziehe ich es vor, der Kopf zu sein statt die rechte Hand.»

«Richtig.»

Sie fühlte, daß er lächelte und sie ansah. Offenbar überraschte es ihn, einen solchen Gedanken so schroff aus dem Munde eines jungen Mädchens zu hören. Sie rechtfertigte sich vor ihm: «Sieh mich nicht so an, Manolis! Ich bin von klein auf sonderbar gewöhnt. Und je älter ich jetzt werde, desto besser verstehe ich es. Ich würde es, auch für die ganze Welt, glaube ich, nicht annehmen, unter dem Kommando von irgend jemand zu stehen.»

Sie sah ihm gerade in die Augen.

Der Palikare lächelte verschämt.

«Na, so meine ich es auch nicht. Jedenfalls wirst du noch älter werden, und dann wirst auch du, wie alle Frauen, etwas suchen, andere Dinge –»

Etwas würgte in ihm.

Smaragdi blieb stehen. Sie fühlte, der Augenblick für eine Erklärung war gekommen. Sie fragte mutig: «Was für Dinge?»

«Nun, ... so ... mehr häusliche Dinge», erklärte der Palikare mit einer unbestimmten Handbewegung.

Er drehte sich um und beobachtete sie scharf. Er fragte aufs neue: «Nun?»

Er wartete mit betrübtem Lächeln auf eine Antwort. Smaragdi gab sie mit Festigkeit, mühelos das Gewicht ihres Blickes verstärkend: «Das wird niemals geschehen, Manolis.»

Es war wie ein Einbruch von Trauer in seiner Stimme, die wiederum leise und langsam im Halblicht ertönte: «Niemals?»

Doch ihre Stimme antwortete wieder in fast noch härterem Klang: «Niemals.»

Sein Verlangen, mit ihr zu sprechen, war mit einem Schlage erstickt. Zum Zerreißen zitterte eine dünne Saite in seiner Brust. Beide schwiegen jetzt und gingen an der Mauer entlang. Schwer trugen sie die Last der Stille. Zerstreut rührte er an die Haltepfosten aller Boote, die in der Reihe aus der Mole hervorragten. Plötzlich erklang ein wildes Gebell aus einem Schiff von Chios, das eben in den Hafen eingelaufen war. Ein schwarzer Schiffshund zeigte ihnen mit viel Bösartigkeit die Zähne. Smaragdi fühlte, wie ein Schrecken ihr Herz überfiel. Ihre Knie versagten. Mit einer unwillkürlichen Bewegung suchte sie nahe bei Manolis Schutz. Doch schnell zog sie sich, wie in Beschämung, wieder von ihm zurück. Sie lachte gezwungen.

«Hast du das gesehen?» fragte sie. «Viele Jahre ist es jetzt her, daß der zimtbraune Köter mich biß, aber die Angst davor ist mir noch nicht vergangen.

Jedesmal, wenn ich einen Hund höre, der mich ankläfft, fühle ich, wie meine Haare sich sträuben, und mein Herz sich zusammenkrampft.»

«Wieviel Jahre sind seitdem vergangen», lachte er leise. Er war froh, daß das lastende Schweigen zwischen ihnen gewichen war. «Du warst damals ein kleines Mädchen mit einer blauen Schleife im Haar.

«Wahrhaftig», sagte Smaragdi ernst. «Du warst immer mein großer Bruder. Jetzt sind wir beide erwachsen. Du wirst bald dein eigenes Schiff und deine eigene Wirtschaft haben. Du wirst ein eigenes Haus gründen. Ich ... ich bin etwas anderes ... Ich bitte die Allheilige nur, daß ich stets deiner, was du auch tust und was ich auch tue, als meines großen Bruders gewiß bin.»

Er machte eine Gebärde, als wolle er sprechen. Sie wies ihn mit einer Kopfbewegung zurück.

«Das ist es. Höre nicht auf, mein großer Bruder zu sein, Manolis!»

Sie blieben stehen. Der Weg gabelte sich. Nach der einen Seite ging es zur Siedlung, nach der anderen zu den Kaffeehäusern. Sie standen einen Augenblick, ohne etwas zu sagen. Schließlich seufzte Manolis: «Also, gute Nacht», sagte er.

Der eine zog hierhin, die andere dorthin.

Smaragdi setzte sich an ihr Fenster. Sie hörte das Meer und mühte sich, ihre Gedanken zu ordnen, die von vielen Fragen, von zärtlichen und traurigen Sorgen bewegt wurden.

Sie fühlte sich befriedigt, eine Art gefunden zu haben, Manolis in die richtige Beziehung zu sich zu setzen. Schwieriger war es, sich selbst in die richtige Beziehung zum Leben zu setzen, das sie als ein großartiges Bild, voll von Farben, Düften und Sternen, aber auch von Schlamm beflutet empfand. Sie hatte niemanden, der ihr einen persönlichen Zugang zu diesem Bild, eine Deutung seiner süßen und furchtbaren Gestalt zu schenken vermochte.

Die veilchenfarbige Nacht sank über Bäume und Gewässer. Myriaden Augen am Himmel betrachteten sie durch die Zweige, über den Felsenhöhen, von der fernen Küste Anatoliens her.

Eine Stimme kam von der Straße herauf: «Soll Vater dir ein paar Fischchen, die er übrig hat, zum Ködern aufbewahren, Smaragdi?»

Sie sah Vatis' schlanke Gestalt im großen Schatten. Die Züge des Jungen blieben undeutlich, aber auch ohne seine Stimme würde sie ihn an seiner Haltung erkannt haben, an der Art, in der er dastand, das Kinn gehoben, die Hand in der Hosentasche, den Kopf anmutig zur Schulter geneigt.

Sie antwortete, daß sie nicht damit rechne, morgen Angeln auszuwerfen. Sie hörte sein Pfeifen, als er sich entfernte, und sah seine Gestalt um die Ecke des Hauses verschwinden.

Sie erinnerte sich an die unbedachten Worte, die

ihm entfahren waren, und staunte bei dem Gedanken, wie richtig der Junge die Träume gewittert hatte, die sein älterer Bruder um sie selber spann. Es war vom Schicksal bestimmt, daß sie bald erfahren sollte, wie sinnvoll auch sein übriges Schwatzen gewesen war.

38

Die Herbstnächte hüllten die Inseln des Ägäischen Meeres in bläuliches Dunkel. Der Sand, die Felsen und die Planken der Schiffe waren noch warm. Die Wasser des sternüberglänzten Meeres atmeten langsam und tief.

Smaragdis Barke lag nicht im Hafen, sondern war schon früh im flachen Gewässer vor der Siedlung befestigt. Sie tat dies mit Absicht. Denn kaum lag die Welt im Schlaf, so watete sie bis an die Knie ins Meer hinein, sprang ins Boot und stieß es dann mit der Stange fort, bis sie die Ruder gebrauchen konnte.

Das Mondlicht floß wie in Bächen von der Klippenbank herab und überflutete den Hafen. Smaragdi fuhr um die wilden Klippen des Wachtturmes und hielt sich nah an den Strand von Kaja, der sich bis zum Rabenkap ausdehnte. Dort war eine schmale Rinne zwischen Steinen und dicken Büschen, die bis an den Wasserspiegel hinunter ihre Zweige ausdehnten. Sie senkte den Anker im Schatten, den die Felsen warfen, streifte ihr Kleid ab und stürzte sich kopfüber ins Wasser.

Glückseligkeit erfüllte ihren Körper im köstlichen Wasser. Es war ein Gefühl heftiger Freude und Freiheit, eine Frische, die ihre Seele durchdrang, als trüge sie das ganze Meer auf der nackten Haut wie ein Kleid. Sie fühlte es hinter sich mit einer endlosen Schleppe, die drüben bis zu fernen Küsten reichte und seinen Saum als Wellen das Land umspülen ließ.

Ihr Leib blitzte im Mond für einen Augenblick auf, wie ein großer Goldfisch, dann verschwand er. An der Stelle, wo sie tauchte, warf der Mond seine Silberstrahlen. Etwa zehn Klafter entfernt kam sie wieder an die Oberfläche. Langsam hob sich ihr Kopf aus den Wellen, dann ihr Hals und ihre schimmernden Schultern. Sie warf ihre schwere Mähne zurück wie ein Füllen, das vor Lebenslust wiehert. Dann mit einem Mal wandte sie sich ins Freie mit weiten Schlägen.

Dort merkte sie plötzlich, daß sie in einer Straße von Mondlicht schwamm. Eine breite, einsame Straße von fließendem Glanz, der sich hier bis an den Himmelsrand hinzog, eine Brücke aus goldenem Stroh, die bebte und blitzte.

Sie bewegte sich weitausgreifend voran und fühlte sich glücklich. Sie schwamm ruhig, mühelos, ohne das Gewicht ihres Körpers zu spüren. Alles war so leicht und frisch, als fliege sie durch die Luft.

Manchmal hielt sie an und legte sich auf den Rücken. Sie ließ sich vom Atem des Meeres tragen und gemächlich wiegen. Sie schwamm mit dem Gesicht nahe am Wasser, und das Meer küßte ihre Wangen, rührte an ihr Ohr.

Es wandelte sie die Lust an, vor Freude so laut zu schreien, daß ihre Stimme bis zum Mond hinauf dränge, und noch weiter bis zu Christus, dorthin, wo der Arme saß und darauf wartete, daß die Fischer des Hafenplatzes wieder gut würden. Dann würde er wieder seine heilige Straße betreten und ins offene Meer zu ihnen hinausgehen, um ihre Netze zu segnen, damit viele Fische gefangen würden. Daß die Armen zu essen hätten, und etwas für den Schnaps übrigbliebe und auch etwas für das Haus. Dann würden die Frauen auch nicht mehr mißlaunig sein, und die Männer würden aufhören, sie zu mißhandeln.

Und als ihr Sinn dies alles noch in heiterer Stimmung verknüpfte und ein Jauchzen ihren ganzen Körper durchdrang, kam das Plötzliche und Unerwartete:

Während sie die Spiele des Lichtes im Wasser beobachtete, glaubte sie, kaum einen Klafter in der Tiefe, unter sich einen großen Schatten zu sehen, der schnell in voller Länge unter ihrem Körper dahinstrich.

Ihr Herz wurde eiskalt. Denn sie entsann sich mit einem Male des Raubfisches, der die Netze von

Lathios zerrissen. Die Angst überfiel sie wie eine kalte Natter. Sie machte ein Wendung nach der Küste zu. Aber ihre Kräfte versagten, ihre Glieder gehorchten nicht mehr. Ihre Bewegungen wurden wirr, wie eine Tolle schlug sie ins Wasser.

Sie mühte sich zu rufen, einen Schrei auszustoßen. Aber ihre Kehle war verkrampft, sie vermochte es nicht. Blind und verzweifelt kämpfte sie mit dem Wasser. Ihre Arme und Beine zuckten, sie war machtlos vor Entsetzen. In diesem Augenblick spürte sie unter sich etwas Hartes und Eisiges ihrer Haut nahe kommen und ihren Leib scharf anrühren.

Da nahm sie all ihre Kraft zusammen und schrie, von rasender Angst geschüttelt: «Hilfe. Rettet mich!»

Es schien ihr, als ob die Sinne sie verließen, als ob ein kleines Licht langsam erlösche und ihr die Welt für immer entschwinde.

Im gleichen Augenblick stürzte ein Mensch von oben aus dem Gebüsch auf dem Felsen herunter und fiel klatschend ins Wasser. Er tauchte tief und schwamm unter der Oberfläche mit mächtigen Stößen auf Smaragdi zu. Er erreichte sie, wie sie wild um sich schlug und fast erstickte. Er packte sie bei den Haaren und zog sie, nur mit einer Hand und mit den Füßen schwimmend, zur seichten Stelle nahe bei der Barke. Dann richtete er sich, vor Anstrengung keuchend, gerade empor. Schließlich beugte er sich nieder und nahm das nackte Mädchen in seine Arme, um sie ins Boot zu legen. Er trug nur eine Hose, die mit einem Riemen festgebunden war.

Diese enge Berührung mit dem fremden Fleisch brachte sie auf die widerwärtigste Art zum Bewußtsein zurück. Es war etwas unsagbar Ekelhaftes, gleich ihrem Erwachen in einer anderen Mondnacht in Varuchos' Umarmung. In einem Nu durchlebte sie wieder die ganze Nacht der Schande.

Ihre Ohnmacht war von ihr abgefallen. Sie beugte sich zurück und gab dem Menschen, der sie gerettet hatte, eine kräftige Ohrfeige. Es geschah plötzlich, aus einem unwiderstehlichen Drang, der sie belebte und ihre Bewegungen lenkte. Sie hielt sich am Tau der Barke, tauchte ins Wasser und versteckte sich hinter dem Steuerruder. Sie packte einen runden Stein als Waffe.

«Geh weg», zischelte sie mit erstickter Stimme den Menschen an, der ratlos dort stand. «Geh weg, oder ich töte dich!»

Der Mond beleuchtete ihn im Rücken, seine Schultern und Arme glänzten. Sie sah, wie seine Brust sich hastig hob und senkte. Als er sich umdrehte, fiel das Licht auf sein Gesicht. Sie erkannte ihn, und ihre Furcht wich. Es war Lambis, Fortis' Sohn.

«Du bist es», sagte sie benommen, mit rauher Stimme.

Er erwiderte «ja» und wußte nicht, ob er vorwärts oder rückwärts gehen solle. Er stand groß und aufrecht da, nackt bis zur Hüfte, die nassen Haare in der Stirn. Er lächelte albern und wartete. Er wagte nicht, den Blick zu wenden.

«Geh in die Barke und gib mir mein Kleid», befahl sie und fühlte ihren Unterkiefer noch vor Erregung zittern.

Der Junge packte die Bordkante an, gab sich einen Ruck und war im Boot. Er nahm Smaragdis Kleid, das weiß am Heck lag. Er reichte es ihr mit abgewandten Augen. Sie ergriff es, zog es schnell über und ging ans Ufer.

Lambis wollte gehen, sein Kopf war noch gesenkt, er schämte sich.

«Soll ich etwas für dich tun?» fragte er, zu Boden starrend. «Den Anker herausziehen?»

Sie hatte sich in den Sand gesetzt. Ihre Zehen waren im Wasser, ihre Hände über den Knien gefaltet. Tränen rannen aus ihren Augen.

«Schämst du dich nicht?» sagte sie. «Was hast du getan, häßlicher Kerl?»

Der Junge versuchte sich zu rechtfertigen: «Du wärst ertrunken, Smaragdi.»

Sie ergriff eine Handvoll Kiesel und warf sie mit wildem Trotz ins Wasser.

«Und wenn ich ertrunken wäre? Liegt etwas daran? Ich bin nicht deine Schwester, ich bin nicht von deiner Familie.»

Sie schwieg. Ein Schluchzen bedrängte sie.

«Ach, wäre ich ertrunken! Wäre ich von eurer Gemeinheit erlöst! Besser das, als was du getan hast. Schämtest du dich denn gar nicht? Was wird mein armer Pate sagen?»

Lambis hob den Kopf mit Entsetzen. Er sagte schnell: «Niemand weiß es. Mein Vater glaubt, ich sei im Bett. Wenn Vater es erfährt –»

«Was tust du dann?» fuhr sie ihn zornig an.

«Dann bringe ich mich um.»

Dies Wort, das er so in die Stille der Nacht hervorsprudelte, erschütterte sie. Dann strich sie ihre Haare glatt und sagte kühl: «Also, viel Glück. Scher dich fort und alle deinesgleichen mit dir! Wie bist du heruntergekommen?»

Der Junge drehte sich zum Fortgehen um.

Sie hörte die Kiesel unter seiner Sohle knirschen und hob die Augen. Da sah sie, wie er gebeugt mit schlenkernden Armen abzog. Sie richtete sich auf. An seinem rechten Arm über dem Ellenbogen bemerkte sie eine dunkle Linie, die sich bis zur Handwurzel herunterzog.

«Was ist das?» fragte sie.

Lambis blieb stehen.

«Was?»

«Da, an deinem Arm. Am rechten Arm oben?»

Er rührte mit dem Finger daran. Es war rinnendes Blut. Es tropfte auf die weißen Kiesel, wo dunkle Spritzer blieben.

«Das ist nichts», sagte er. «Als ich heruntersprang, habe ich mich an der steinigen Kante gerissen.»

Smaragdi trat an ihn heran.

«Warte!» sagte sie. «So darfst du nicht nach Hause gehen ...»

Sie stieg ins Boot, suchte im Verschlag und holte aus einem Schränkchen dort ein passendes Tuch. Es war rot, mit weißen Tupfen. Sie zog ihn ans Meer wie ein kleines Kind, ließ ihn niederknien und wusch ihm das Blut ab. Dann band sie das Tuch straff um die Wunde.

«Los, geh fort!» sagte sie zu ihm. «Wenn ich merke, daß du mir noch einmal auflauerst, schlage ich dir den Kopf mit diesem Stein entzwei. Und ich erzähle es auch meinem Paten, damit er weiß, was für ein Kerl du bist.»

Lambis verschwand schnell in den Schatten der Weiden- und Pistaziensträucher.

Smaragdi kehrte in die Barke zurück und zog den Anker hoch. Dann nahm sie die Ruder und fuhr aufs offene Meer hinaus. Sie ruderte mit Bedacht und hielt von Zeit zu Zeit an. Sie mühte sich, nachzudenken und zu verstehen. Worüber sie nachdenken und was sie verstehen sollte, ahnte sie kaum. Vermochte sie das Geheimnis ihres Innern selbst zu ergründen? Aber aus ihrer Haut herauszufahren und ihr Selbst wie eine Fremde von außen zu prüfen, war ihr ebenso unmöglich.

Sie bewegte die Ruder und fuhr dahin, ein kleines Mädchen ganz allein unter einem so hohen Himmel auf einem so weiten Meer. An der Küste hoben die Hügel mit den Ölbäumen ihren freundlichen Rücken und betrachteten sie schweigend. Auch die Felsen betrachteten sie, die ihre dicken Beine in langer Reihe tief ins Meer eingestemmt hatten. So fühlte sie sich im Herzen friedlich unter Gottes hellem Auge, fern von den unseligen Menschen, die manchmal Gutes wollten und Böses taten oder auch Böses wollten, das einen guten Ausgang nahm.

Sie hielt in ihrer Bewegung inne und sah, daß sie während der ganzen Zeit, da sie gerudert hatte, um ihre Erregung zu besänftigen, aufs neue über die magische Mondstraße fuhr, über die Straße Christi, die von silbernen Schmetterlingen glitzerte. Tiefer Friede waltete ringsum.

Sie zog die Ruder ins Boot, schlug ihr Kreuz nach dem Himmel zu und streckte sich am Heck der Länge nach aus. Ganz allein, ruhevoll, gegen jedes Unheil gesichert. Sie fühlte, sie lag in Gottes Griff wie eine goldene Münze. Wie ein kleiner Gulden, den eine Hand über dem Abgrund festhielt. Aber diese Hand war Gottes.

39

Am Ägäischen Meer hat der Herbst ein starkes Aroma von Früchten und gebrochenen Zweigen.

Über einer Streu grün abgeschnittener Farren häuften sich auf dem Platz die Früchte, die von den Bauern zur Abfahrt herangeschleppt wurden. Ganze Hügel von Granatäpfeln, Spätbirnen, Quitten, trockenen Feigen. Die Leute aus Murja luden ihre Ware ab, prüften das Abwiegen, erhielten ihr Geld und stopften es in schwarze Beutelchen, die sie an die Brust steckten. In den Schiffen dufteten die Lorbeer- und Weidenzweige, die in den Vorratsräumen ausgestreut waren. All diese Gerüche erfüllten die Luft.

Eine Menge Frauen, Mädchen und Kinder, auf dem Boden sitzend oder auf den Fersen hockend, sortierten die Früchte. Ein fröhlicher Lärm ging sowohl von diesem Weibervolk wie von den Kaffeehäusern aus, wo die Bauern ihre Späße machten. Die Viehtreiber hatten ihre Tiere an Bäume und Bronzeringe gebunden.

Die Sonne stand schon im Mittag, als Smaragdi ihre Barke in den Hafen zurücklenkte. Das Meer schaukelte die Schiffe träge, und die Wolken reihten sich nach Süden zu wie Berge heller Wolle. Die Sonne ließ sie, von bläulichen Schatten umsäumt, wie Friedensbanner leuchten. Dennoch war ihre Ansammlung schon ein deutliches Zeichen des nahenden Herbstes.

Smaragdi näherte sich, mit der Stange stoßend, der Mole, als sie von weitem sah, daß Lathios neben dem marmornen Haltepflock auf sie wartete. Sie warf ihm das Seil durch die Luft zu und senkte auf der anderen Seite den Anker ein.

«Hast du etwas gefangen?» fragte er sie.

Er stand, wie immer, mit den Händen auf dem Rücken, aufrecht und wortkarg da.

Sie nickte fröhlich mit dem Kopf, sprang behende aus dem Boot und zeigte ihm den Holzeimer.

«Drei Polypen alles in allem. Und einem sind die Arme abgerissen.»

Lathios sah sie an, dann senkte er den Blick auf die Steine der Mole.

«Hör zu», sagte er zu ihr. «Der Alten geht es nicht gut. Sie spricht verworren, sie hält törichte Reden. Ich glaube, ihr Öl ist aufgebraucht. Sie faselt. Deinen Namen hat sie auf den Lippen. Geh schnell zu ihr!»

Er nahm dem Mädchen den Eimer aus der Hand und sah sie nach der Siedlung laufen. Er setzte sich nieder und begann, die Polypen mit Schlägen zu bearbeiten.

Smaragdi fand die Alte auf einem niederen Lager sitzend. Sie schien ihren Eintritt nicht zu bemerken; ihre Augen blickten über ihre Umgebung hinaus. Smaragdi trat nahe heran und kniete neben ihr. Sie versuchte, ihre wirren Reden zu unterbrechen.

«Großmütterchen», sagte sie mit gebrochener Stimme.

Die Greisin gab keine Antwort, sie wiegte nur das Haupt wie ein Uhrpendel. Diese regelmäßige

Bewegung wirkte ermüdend. Ihr Sprechen war verworren. Die Sätze hatten nicht Anfang und nicht Ende. Mitunter hörte das Mädchen ihren Namen.

«Und auch Smari, auch sie ... Soviel Steinchen, soviel Vögel und ein Korb grüne Mandeln ... Nimm den Flügel, nimm auch das bronzene Rauchfäßchen, räuchere die Ikone ...»

Sie redete und gestikulierte. Sie machte seltsame Bewegungen, als finge sie in der Luft vor ihrem Gesicht Schmetterlinge oder Libellen. Sie hielt sie vorsichtig zwischen zwei Fingern und legte sie neben sich auf das Kissen. Sie war sehr beschäftigt mit dieser Arbeit. Ihre Augen wanderten nach rechts und links, damit ihr keiner dieser phantastischen Falter entginge.

Smaragdi legte die Hand auf ihre Knie.

«Großmütterchen, ich bin bei dir, ich, die Smari.»

Die Alte hörte nicht. Sie schien nichts zu verstehen. Und ihr Mund redete und redete. Ganz allmählich wurde ihr Sprechen leiser. So leise, daß nur noch ihre Lippen sich regten. Es standen nur noch Frau Lathios und ihre Tochter neben ihr. Alle anderen gingen zur Arbeit oder achteten nicht auf sie.

«So redet sie jetzt stundenlang», sagte Marija. «Alles durcheinander!»

«Wir müssen zum Arzt schicken», sagte Smaragdi zu den Frauen.

Frau Lathios, die ihren Strumpf strickte, hob die Augen und sah sie verlegen an, dann sagte sie ruhig: «Was willst du von ihm? Die Stunde ist da, daß die Mutter fortgeht. Niemand kann ihr helfen.»

Smaragdi wandte sich nach Lathios' Tochter um, die sie nahe am Fenster aufrecht stehen sah. Ihre Hände waren über ihrem anschwellenden Unterleib gefaltet. Auch sie nickte bestätigend mit dem Kopf. Smaragdi konnte nicht verstehen, wie es geschehen konnte, daß sie die Alte hilflos ließen. Das Mädchen war unfähig, es einfach hinzunehmen und ihre gute Großmutter, die Muhme Permachula, zu verlieren. Die Muhme sollte also ihre Märchen mit sich nehmen und ihnen die Liebe und die unendliche Fürsorge, die sie allen widmete, entziehen und aus ihrer Nähe für immer verschwinden? Und diese Frauen saßen da, sahen sie zur Flucht bereit und rührten keine Hand, sie festzuhalten.

Sie faßte Frau Lathios am Ärmel und sagte flehend zu ihr: «Ach, Muhme, erlaubt es mir ...»

Die Fischersfrau zuckte gleichgültig die Achseln. Eine Torheit, die sie nicht verstand – das sagte ihr Blick.

Smaragdi lief hinaus und fand einen Viehtreiber, der gerade abgeladen hatte und sich zur Rückkehr nach Murja anschickte. Sie machte den Preis für Hin- und Herweg mit ihm aus, wenn er den Arzt aufsuchen und ihn schnell ins Haus von Lathios zu einer Kranken bringen würde.

Platanas kam in weniger als zwei Stunden herunter. Er trug seine alte Handtasche, die von dem jahrelangen Gebrauch abgenutzt war. Er selbst stand trotz Schnaps und Völlerei noch recht gut auf den Beinen.

Es war schon spät, und die Frauen machten Feierabend mit der Fruchtlese, als der Arzt vom Maultier sprang. Also betrat er die Siedlung, von der lärmenden und schwatzenden Weiberschar begleitet. Sie alle beschäftigten sich mit diesem unerhörten Übermut, den Arzt aus dem Dorfe herzuschleppen, damit die Muhme Permachula, eine hundertjährige Säuferin, mit solchem Luxus sterben sollte. Die Männer in den Kaffeehäusern nahmen die Sache scherzhaft und spotteten.

Lathios selbst stand auf und ging wütend über das Geschwätz nach Haus.

«Wozu war das alles nötig?» fragte er das Mädchen. «Die Leute draußen lachen uns aus.»

Er sah Tränen in ihre Augen steigen. Sie sagte nichts. Da schlug er ihr zärtlich auf den Rücken.

«Komm, ich wollte dich nicht kränken. Mach, was du für richtig hältst.»

Niemand in ihrem Kreise konnte sie begreifen. Nur Vatis verfolgte ihre Bewegungen und beobachtete, ob sie ihn vielleicht für einen Dienst oder eine Sendung nötig haben würde. Denn er war ihrem Schmerz näher als alle anderen. Er lebte als einziger mitten in der Zauberwelt der Greisin. Sie selbst hatte ihn für sich aus der Kinderschar auserlesen und als ihren Liebling behandelt. Jetzt hörte er rings um sich herum von allen, daß die Alte bald sterben würde. Er erfuhr auch, daß sein Vater durch einen Jungen im Dorf einen Sarg und alles sonst noch zum Begräbnis Nötige bestellt hatte.

Vatis blickte auf Smaragdi und ahnte, daß ihre Verzweiflung unheilbar war. Er fühlte, daß auch sie das große Zaubergefolge mit der Großmutter aus dem verödeten Haus entschwinden sah und nichts dagegen tun konnte. Sie war da und wartete auf den Arzt. Manchmal ließ sie, wie geistesabwesend, ihre traurigen Augen lange auf ihm ruhen. Da fühlte Vatis sich in einem bläulich grünen Licht, das ihn zugleich tröstete und verwirrte. Mit einemmal verstand sein Herz, daß von allen Märchen nur sie unter ihnen bleiben würde. Ihre Smaragdi, die schöner war als die Fünfmalschöne, anmutiger als das Aschenbrödel, blonder als die Feen, unergründlicher blickend als die Gorgonen der See. Oh, sie würde unter ihnen bleiben; Vatis wünschte, er hätte die Kraft, ihr zu sagen, wie wichtig und wie tröstlich das war.

Ach, Smaragdi. Sein Kinderherz hatte Mitleid mit ihr, aber sein Knabenherz betete sie an. Er wünschte sich fähig, nie dagewesenes Heldentum zu beweisen, eine nie wiederholbare Palikarentat zu tun. Eine Huldigung für sie sollte es sein. Er wollte die Großmutter den Klauen des Todes entreißen, er wollte die unsichtbaren Schmetterlinge, die sie ärgerten, verjagen. Er wollte sie aus der seltsamen und schrecklichen Welt, die nur von ihr geschaut wurde, herausziehen und sie erlösen von den unbekannten Gestalten, die nur zu ihr redeten und sie in einer so dunklen Sprache antworten ließen.

Dann würde Smaragdi von seiner Würdigkeit überwältigt dastehen, sie würde vor Staunen erröten und ihn nicht mehr als einfältiges Kind betrachten. Sie würde sagen: «Oh, Vatis, wie tüchtig bist du. Und ich hielt dich für einen Säugling.»

Dann würde er verlegen lächeln und zu ihr sprechen: «Du siehst jetzt also, ich bin kein Säugling. Ich bin ein Palikare, der tapferste von allen. Und du bist die Tochter der Gorgone. Jahrelang suchte ich dich mit meinem Schiff auf allen Meeren. Jetzt habe ich dich gefunden und nehme dich als mein Weib.»

«Und was wirst du dann mit mir machen»? würde sie fragen.

Er würde ihr antworten: «Ich will nicht, daß du arbeitest und dich abmühst. Du sollst nur essen, trinken und dich schmücken. Auf einem hohen Balkon zwischen blühenden Nelken sitzen und meine Heimkehr abwarten, mit deinen Augen das weite Meer verschlingen und sagen: ‚Das Schiff ist noch nicht erschienen.' Du sollst zur Klippenbank der Allheiligen hinaufsteigen und mit dem Tuch winken, damit alle flüstern: ‚Das ist Smaragdi, die

Gorgone, und sie grüßt den Kapitän, der in den Hafen einfährt.' Und er würde sie lieben, oh, wie sehr würde er dich lieben, Smaragdi, kleine Smaragdi.

In Wirklichkeit sah er sie auf Kohlen sitzen und ihre Augen auf ihn richten, um ihm zu sagen: «Los, Vatis, lauf hinaus, um zu sehen, ob der Arzt erschienen ist.»

Schon dreimal hatte sie es ihm bisher gesagt, und er war jedesmal hinausgestürzt, ihr mit heroischer Entschlossenheit den Willen zu tun – als vollende er damit die große und staunenswerte Tat, durch die er sie gewinnen würde. Und wie sie es jetzt wieder sagte und er nochmals lief, erblickte er den Arzt und einen Haufen Weiber vor ihren Türen, die ihm respektvoll Platz machten. Er kehrte mit Herzklopfen zurück, ein Bote der Freude.

«Er kommt, Smaragdi.»

Sie fuhr zusammen und band ihre Haare unter das blaue Kopftuch. Auch die Frauen, die umherstanden, kamen in Bewegung. Sie ordneten die Kissen und bliesen Staub ab. Dann setzten sie sich irgendwohin.

Platanas hielt mit starker Stimme, gewichtigen Gebärden und dem Schwenken der Ledertasche seinen Einzug. Schnaufend wünschte er guten Abend, legte die Tasche und seinen breitrandigen Hut auf das Kanapee, nahm sein gelbrotes Halstuch ab und rieb sich vergnügt die Hände.

«Aha. Sehen wir also, was die alte Permachula macht, daß ihr mich am späten Nachmittag aus meinem Garten wegholt.»

«Soll ich euch die Lampe näher bringen, Doktor?» fragte Smaragdi, von Sorge verzehrt.

Er drehte sich um und sah sie scharf an. Er streichelte sie väterlich am Kinn.

«Bravo, mein Kind. Du bist Smaragdi von Varuchos, sagen wir so. Ich hörte von deiner Schönheit reden und glaubte es nicht. Was machst du, mein Kind, unter diesen schwarzen Pfannen? Du bist eine Göttin vom Olymp und keine Fischerin vom Hafenort. Bist du Athene oder Aphrodite oder Artemis? Komm, und heb also die Lampe hoch, damit wir sehen, was Muhme Permachula hat und warum sie uns erschreckt. Komm, reg dich nicht auf, wo nichts ist. Es ist nichts.»

Smaragdi fing die letzten Worte auf und fühlte Jubel und Dankbarkeit im Herzen. Sie nahm die Lampe in die Hand, um dem Arzt zu leuchten, der an die Kranke herantrat. Ihre Augen lächelten Frau Lathios triumphierend an. Nach dem, was der Arzt sagte, hatte sie recht damit getan, ihn holen zu lassen.

Platanas schob den Stuhl ganz nahe an das Lager der Alten und untersuchte sie. Er zog eine dicke Silberuhr hervor, hielt sie in der Hand und zählte den Puls der Kranken. Dann klappte er lächelnd den silbernen Deckel zu. Langsam ließ er die Hand der Greisin los. Er zog ihr Augenlid mit dem Finger hoch, dann winkte er Smaragdi, die Lampe zurückzustellen, und setzte sich auf das Kanapee.

«Es ist nichts», wiederholte er.

Smaragdi fragte voll Freude: «Wird sie sich schnell erholen, Doktor?»

Der Arzt wandte sich zu ihr um, legte seine fetten Hände auf die Knie und lächelte.

«Heute abend wird es zu Ende sein», sagte er. «Vor oder nach Mitternacht. Muhme Permachula hat nichts. Ihr Alter ist es, sonst nichts. Sie ging dahin in der Fülle der Tage, wie die Schrift sagt. Ihr Faseln braucht euch nicht zu erschrecken. Aber der Puls. Das Herz. Da sind wir. Ja, das Herz. Das arme Herz hat ausgedient und will stillstehen. Wieviel Jahre klopfte es, he?»

Frau Lathios nickte mit dem Kopf.

«Über hundertundzehn, Doktor.»

«Siehst du? Frau Methusalem. Wäre das Herz auch aus Eisen, nach so viel Jahren des Klopfens müßten seine Hämmerchen abgebraucht sein.»

Smaragdi ging zu ihm hin. Sie biß sich auf ihre zitternden Lippen. Schließlich fragte sie: «Keine Medizin? Habt ihr keine Medizin für sie?»

Platanas grinste gutmütig.

«Ihr seid arme Leute», sagte er. «Warum soll ich euch überflüssiges Geld abnehmen? Wenn sie Schmerzen hätte, würde ich ihr ein Beruhigungsmittel geben. Aber sie hat nichts. Sie verlischt langsam wie das Lämpchen, das sein Öl aufgebraucht hat.»

Smaragdi brachte ihm ein Gläschen Kognak und Salzmandeln auf einem Tellerchen. Es zitterte in ihrer Hand. Der Arzt wünschte lächelnd «allen Leuten das gute Ende der Alten, und daß uns allen ihre Jahre zuteil werden!» Er trank den Kognak, strich befriedigt über seine wulstigen Lippen und schloß ab, auf das leere Gläschen zeigend.

«Na. Wenn ihr mich ehrlich fragen wollt und ich euch ehrlich antworten soll, würde ich als meine Verordnung für die Alte schreiben: ein volles Glas Kognak. Ich weiß, das liebt sie. Ferner ist es beruhigend. Es ist tröstlich, wie wir sagen. Also? Das täte ich, wenn ich ein richtiger Doktor und nicht ein mit wissenschaftlichen Vorurteilen vollgestopfter Arzt wäre. Das gäbe ihr den vollkommenen, schönen Tod. Ein Kognak. Ihr letztes Glas.»

Er stand auf, nahm Halstuch, Hut und die Tasche.

«Gute Nacht denn! Ich werde nicht verfehlen, zwei Worte in der Kirche zu sagen, wenn ihr sie beisetzt, denkt daran. Macht euch keine Sorge. Ich werde für Muhme Permachula ein paar wohlgedrechselte Worte finden. Sie verdient es, weil sie ein seltenes Phänomen ist, eine Frau Methusalem.»

Stratos begleitete ihn mit einer Laterne bis zu dem Platz, wo der Maultiertreiber wartete. Auch Lathios ging mit zu seinem gewohnten Trunk ins Kaffeehaus.

Das Reden der Alten dauerte an, nur wurden ihre unverständlichen Sätze immer seltener.

Frau Lathios schickte Marija in ihren Haushalt und setzte sich neben die Lampe. Um die Zeit nicht nutzlos zu verlieren, hing sie sich die Wolle wieder über den Hals und strickte an den schwarzen Strümpfen für ihren Mann weiter, die Maschen mit lauter Stimme zählend.

Als Mitternacht nahe kam, begann sie zu gähnen. Lathios kam früher zurück. An diesem Abend war Muhme Permachula nicht aus dem Schatten aufgetaucht, um mit ihrer geduldigen Stimme immer von neuem zu sagen: «Komm doch, Panajis. Die Kleinen wollen schlafen.»

Er blieb an der Tür stehen. Drinnen saßen die zwei Frauen, Smaragdi und Vatis. Stille herrschte, und kaum jemand sagte eine Silbe. Doch da fing die Greisin plötzlich an, deutlich zu sprechen, und alle lauschten gespannt.

«Wie geht es»? fragte Lathios.

Seine Frau zuckte mit den Achseln.

«Wie soll es gehen?»

Sie hob die Fäden von ihrem Nacken, faltete den Strumpf mit den darinsteckenden Nadeln in ein Tuch ein und erhob sich.

«Ich bringe ihnen Essen», sagte sie zu Smaragdi und zu ihrer Tochter. «Dann lege ich die Kleinen schlafen. Wenn es not tut, ruft mich.»

Auch Vatis stand auf, obwohl er keinerlei Appetit zum Essen hatte. Lathios mochte die Nacht draußen zu tun haben. Aber wenn er heimkam, war er gewohnt, ringsum seine ganze Bande zugleich ihre Löffel in die große Tonschüssel tauchen zu sehen.

Ein Bübchen der Tochter von Lathios erschien in der Tür.

«Der Säugling ist aufgewacht und weint», sagte er leise zu seiner Mutter. Und verschwand sogleich wieder.

«Ich komme. Ich gebe ihm die Brust», sagte diese, stand auf und ging mit langsam schleifenden Schritten hinaus.

Smaragdi blieb allein. Aber nach kurzer Zeit öffnete sich die Tür ganz leise. Vatis trat ein, um zusammen mit ihr bei der Sterbenden zu wachen. Lautlos setzte er sich in einen Winkel.

Die Worte der Alten waren ganz verworren gewesen, plötzlich rief sie aber ganz deutlich mit flehender Stimme: «Ach, meine Tochter, hätte ich doch ein Tröpfchen zu trinken, damit mein Mündchen sich erfrischt. Meine Gurgel ist ausgetrocknet vom Reden, vom Würgen ... Nur einen Tropfen, nur ein Tröpfchen!»

Smaragdi erhob sich und versuchte, ihr aus einem bereitstehenden Glas lauen Kamillentee einzuflößen. Die Sterbende wandte das Gesicht mit Ekel ab.

«Sie wendet sich ab, und wenn ich es ihr in den Mund tue, will sie nicht schlucken», sagte das Mädchen betrübt.

Die Alte indessen flehte immer noch: «Ein Tröpfchen, sage ich, damit mein ausgetrocknetes Mündchen sich erfrischt!»

Da stand Vatis auf, schlüpfte hinaus und kam sogleich mit einer großen Tontasse zurück, aus der die Alte ihren Kaffee zu trinken pflegte. Sein Gesicht war fahl wie Schwefel. Seine Mienen zuckten. Er trat nah an die Alte und hielt ihr das Schälchen unter die Nase.

«Hier Großmutter. Ich habe dir zu trinken gebracht. Ich bin Vatis.»

Die Alte griff hastig mit beiden Händen nach der Schale. Sie trank unersättlich. Ihr Schlucken schnitt ihr den Atem ab. Sie trank bis zum letzten Tropfen, das Gesicht zur Höhe gewandt. Dann stieß sie ein lüsternes «Ach» aus und strahlte vor Wonne. Sie sagte: «Meinen Segen. Meinen Segen aus meinen zwanzig Nägeln.»

Vatis starrte angstvoll auf dies selige Antlitz.

Smaragdi taumelte. Plötzlich riß sie die Schale aus der Hand des Jungen und roch daran. Ihre Augen öffneten sich riesengroß. Er sah sie zitternd an. Das Mädchen streichelte seinen Kopf.

«Du hast recht getan», sagte sie zu ihm. «Ich ... meine Hand durfte es nicht tun. Jetzt geh schlafen!»

Vatis eilte, noch immer zitternd, hinaus. Sie folgte ihm mit dem Blick. Sie hörte, wie er auf dem Flur in Schluchzen ausbrach.

Muhme Permachula hauchte ihre Seele aus wie ein Vöglein, das sein Köpfchen unter die Flügel zieht. Der «Andere» holte sie zur vereinbarten Stunde. Sie schied bei Morgengrauen, von der Sonne angespornt. Sie flüsterte ein Wiegenlied: «Schlummere, mein Morgenstern, schlummert Plejaden», und starb mit einem Lächeln. Wie ein Kind, das der Schlaf nach dem Anhören eines sehr langen Märchens ergriff.

Es war so lang, daß dies Kind dabei hundertundzehn Jahre alt wurde. Und doch brach das Märchen in der Mitte ab.

40

In den Dörfern der Insel lief das Leben eintönig dahin. Nur an den Gedenktagen, an den großen Festen, zu Neujahr, bei Hochzeiten, Taufen und Kirchweih versammelten sich alle Bauern in den Häusern, in den Kapellen oder in der Kirche zu gemeinschaftlicher Feier. Außerdem gab es noch einen anderen Anlaß zum Feiern: das Totengeleit. Wenn die Totenglocke läutete, liefen alle zur alten Friedhofskirche.

So versammelten sich auch viele Leute beim Totengeleit von Muhme Permachula. Der Tag war kühl, und die Kleinen quietschten vergnügt wie auf der Kirchweih. Aber auch unter den Erwachsenen war eine freudige Bewegung. Alle scherzten über das Alter der Seligen, über ihre Taten und Eigenarten.

Der Arzt fand Gelegenheit, seine Begräbnisverse zu deklamieren, und als der Pope das Steinchen mit dem Kreuz auf den Mund der Toten gelegt und einen Spaten voll Erde über sie geworfen hatte, gingen alle mit Freuden in der Reihe vorbei und jeder warf eine Handvoll Erde auf die versenkte Kiste mit der Leiche. Danach umlagerten sie die Körbe, die Lathios' Kinder hochhielten, und aßen mit gutem Appetit den Totenkuchen. Auch trank jeder ein Gläschen Wein auf das Seelenheil der Alten.

Schnell wurde der Kirchhof leer. Neben dem Grab blieben nur Frau Lathios und Smaragdi, die ihrem Mütterchen Weihrauch zum Gedächtnis darbringen wollten.

Smaragdi fühlte einen Schmerz, als sei ihre Mutter an diesem Tage aufs neue gestorben, als habe sie sie heute wieder begraben; sie beweinte die Verwaisung, die gerade sie betroffen hatte! Wenn Nerantzi lebte, wäre das Leben für sie ein anderes. Es wäre sanfter und friedlicher. Und sicherer. Je älter Smaragdi wurde, desto tiefer verstand sie, wie sehr die Frau von Varuchos sie geliebt hatte, deren flammende Augen so leidenschaftlich ihren kindlichen Schlaf bewachten. Sie bemühte sich, die Worte wiederzufinden, mit denen sie von ihr in Schlaf gewiegt worden war. Und sie fand nur zwei oder drei Kosenamen. So wenig sprach jene Frau von ihrer Liebe. Sie war von der Art der schlichten Menschen. Der Drang ihres Herzens setzte sich sogleich in lebendiges Handeln um. Zeit für Worte blieb wenig.

Als Smaragdi jünger war, konnte sie die fanatische Anbetung, in deren Glut sie aufwuchs, noch nicht abschätzen. Erst jetzt, da das Leben sie mit dem Ring der Einsamkeit umschloß, vermochte sie zu ermessen, was die Liebe der Mutter und danach die Liebe dieser Greisin für sie bedeutet hatten. So beweinte sie beide zusammen wie eine Person. Die eine Gestalt ging in die andere über, als wäre ihre Mutter hundertundzehn Jahre alt geworden und als hätte sie sie eben begraben.

Von Trauer verzehrt, ließ sie ihren Stolz beiseite und erzählte der Frau Lathios von dem Druck, den andere Menschen auf ihre Seele ausübten, und wie sie litt, wenn sie unter Frauen war, deren Getuschel hinter ihrem Rücken sie plagte. Warum das alles? Sie gab sogar acht, daß ihr eigener Schatten niemandem wehe tat.

Frau Lathios streichelte ihre Hand und ließ sie wie ein Kind auf ihrem Schoß weinen. Dann blickte sie mit den herben Augen der ermatteten Vielgebärerin auf das Mädchen und sagte zu ihm: «Du reizt sie alle, mein gutes Kind, wie könnte es anders sein? Du reizt sie alle und merkst es nicht. Ja. Du reizt sie mit deinen Haaren, mit deinen Brüsten, mit deinen Augen. Mit deinem Mund reizt du sie und mit jeder Bewegung deines Körpers. Und mit deinem Atem, mein Gutes, reizt du sie. So sind alle Mannsleute. Und deshalb wiederum verlästern dich die Weiber. Weil du die Mannsleute aufreizt.»

«Warum sind deine Kinder nicht so zu mir?»

Frau Lathios schüttelte den Kopf.

«Auch sie sind so, nimm es nicht übel. Nur haben sie von ihrem Vater gelernt, sich anständig zu verhalten. Du mußt verstehen, daß wir Frauen keine Macht haben. Die Männer herrschen über uns. Das wissen sie und wachen darüber und betrachten uns als ihr Eigentum. Auch meine Jungen werden von dir gereizt. Ich sehe es und verstehe es als Frau. Achte nicht darauf, daß ich nichts sage ...»

Smaragdi hob den Kopf. Sie fühlte, daß jene aus Scham zurückhaltend war.

«Sage mir, Muhme, was ich tun soll. Ich denke, ich nehme das Boot und fliehe wie mein Vater. Ich werfe einen Stein hinter mich.»

«Nein, nimm dein Boot nicht und wirf keinen Stein hinter dich! Überall, wohin du kommst, wirst du das gleiche finden. Und noch Schlimmeres. Nur eine Sache kann dich retten, mein Gutes.»

«Sag es mir, Muhme.»

Frau Lathios faßte ein goldenes Löckchen, das über die Wange des Mädchens hing, zog ein wenig daran und gab den Rat: «Heirate! Das solltest du tun. Heiraten und einen Mann über dir haben, der dich lenkt und dich beschützt. Das wollen sie. Jetzt bist du allein, bist den ganzen Tag in der Nähe der Männer und – bist schön. Und dabei erträgst du es nicht, daß sie dich eben als Männer ansehen. Was sollen sie denn sonst machen, da sie von Natur so sind?»

Sie schaute das Mädchen aufmerksam an und zögerte eine Weile. Dann fügte sie hinzu: «Und da wir schon davon reden, mein Gutes ... – auch ich kann dich nicht verstehen. Du bist ein Prachtmädchen geworden, alles Weibliche an dir, wie soll ich es sagen, ist völlig in Ordnung, und doch hat nie jemand von dir gehört, daß du dich, wie die anderen Mädchen, um die Palikaren kümmerst.»

Sie betonte bedeutungsvoll: «Und ich kenne Palikaren wie Zypressen, ich weiß, bei meinen Augen, von einem, der Feuer an seines Vaters Haus legen würde, um dich zu gewinnen.»

Jene unterbrach mit trauriger Stimme: «Du willst mir von Manolis sprechen, ich weiß.»

Sie stockte nachdenklich, richtete sich auf und sagte ernst: «Höre, Muhme! Du weißt, ich habe in der Welt niemanden, außer euerm Haus und dem Paten. Ich mache keinen Unterschied zwischen euern Kindern und Geschwistern. Ich bin mit ihnen aufgewachsen, ich liebe sie alle. Ich gäbe mein Herzblut für euch.»

«Und wir für dich das unsere, Smaragdi.»

«Ich weiß es, Muhme. Ich sehe, daß ihr mir alle

zur Seite steht. Und doch. Sprachen wir nicht von Manolis? Dürfte ich mir überhaupt einen Mann aussuchen, ich würde mich geehrt und stolz fühlen, wenn Manolis mich nähme. Ich weiß, ich trage unsern Manolis im Herzen. Trotzdem ... wie soll ich es dir sagen, Muhme.»

«Sag es mir, mein Gutes. Ich betrachte mich heute als deine Mutter.»

«Höre. Meine Natur erträgt es einfach nicht, einem Mann so Haut an Haut nahe zu kommen. Jedesmal, wenn ich mir vorstelle, daß einer, und sei er auch der Beste, die Hand auf mich legt, packt mich eine Übelkeit ... ein Ekel. Ich zittere am ganzen Leib, mein Herz wird eisig und ich möchte mich erbrechen. Das ist es. Jetzt habe ich es dir gesagt. Wie kann es unter diesen Umständen geschehen, daß ich heirate ...»

Frau Lathios sah sie ratlos an. Sie bekreuzigte sich.

«O weh, was sind das für Sachen! Es summt mir in den Ohren, wenn ich so etwas höre. Fast könnte ich die Verleumdungen der Gatzalisweiber glauben ...»

«Ich weiß nicht, warum sie mich verleumden. Die hab ich nie gereizt.»

«Und doch hast du auch sie gereizt, Smaragdi. Weißt du nicht, daß sie für ihre Jana nach Manolis angeln?»

«Jana ist gut.»

«Sie soll sich verkriechen! Böse Hexen sind sie, Mutter und Tochter. Trotzdem würde ich kein Wort fallenlassen, wenn Manolis sie wollte. Er würde sie heiraten, nicht ich. Aber da ist der Haken. Jana will Manolis, Manolis will dich, und du willst niemanden. Ein verworrener Knäuel.»

«Und was sagen die Gatzalisweiber, Muhme?»

«Was sich ein Mensch gar nicht ausdenken kann. Du sollst nicht von einer Frau geboren sein. Darum hast du keine Frauenart. Es sei dir vom Schicksal nicht geschrieben, daß du einen Mann auf deinen Kissen siehst. Sie sagen, du kämpfst von Natur gegen die Männer ...»

Smaragdi hörte mit offenem Munde zu. Zum erstenmal erfuhr sie, wie weit eine Verleumdung gehen konnte, in die sie Tag für Tag, wie in ein Netz, das sie ganz umhüllte, eingefangen wurde. Und plötzlich erinnerte sie sich eines bösen Traumes, der sie eines Nachts gestört hatte. Sie war damals mit einer qualvollen Empfindung aufgewacht, Angst und Herzklopfen dauerten an; an den Traum jedoch konnte sie sich mit aller Mühe nicht erinnern. Jetzt kam er ihr plötzlich wieder in den Sinn. Ein Netz umfing sie von allen Seiten, und sie zappelte nackt darin herum wie ein Fisch. Es wurde immer enger und würgender. Und überall, von allen Seiten kamen Leute, die lachten, kicherten und sich auf die Knie schlugen. Es war ein Alpdruck, und jetzt verfolgte er sie auch im Wachsein.

«Was sagen sie noch?» fragte sie empört. «Du mußt mir alles verraten, Muhme.»

Frau Lathios machte eine unbestimmte Handbewegung.

«Ach, einen Haufen Albernheiten. Daß es für dich geschrieben steht, hinter dir das Böse herzuziehen.»

«Wem habe ich Böses getan?» fragte das Mädchen mit schwacher Stimme.

Sie öffnete ratlos die Arme, als fragte sie sich selbst, als strengte sie sich an, es in die Erinnerung zurückzurufen.

«Verrate mir alles, Muhme!»

Frau Lathios wollte das Gespräch abbrechen. Sie meinte es gut eingeleitet und schlecht weitergeführt zu haben. Aber Smaragdi bestand darauf. Sie beschwor sie bei der Seele der Greisin, beim Leben ihrer Kinder, sie müsse alles erfahren. Da gab Frau Lathios ihr mit halben Worten zu verstehen, daß die Leute auf ihre Abkunft eine Menge des Unglücks schöben, das den Hafenort der Allheiligen heimgesucht habe, seitdem Smaragdi bei ihnen erschienen sei. Von Muhme Nerantzi glaubten sie, daß sie unter dem Fluch, den das Los der Gorgone nach sich ziehe, tot umgefallen sei, und vom alten Varuchos, daß die gleiche Gorgone ihn in Schande und Untergang gelockt habe. Diese und tausend ähnliche kindische Redereien. Smaragdi solle sich das nicht zu Herzen nehmen. Das seien die Erfindungen und Bosheiten der neidischen Leute, die sie verleumdeten. Ein Mensch mit Sinn und Verstand würde nie dergleichen glauben. Für sie selbst, Frau Lathios, würde es eine Krone auf ihren Kopf bedeuten, wenn Smaragdi als Braut von Manolis, des besten ihrer Jungen, ins Haus eintreten wollte.

Smaragdi fühlte ein schwärendes Übel in ihrem Herzen. Wie ein Schwamm saugte sie das Leid mit allen Fasern ihres Wesens in sich ein. Zum erstenmal erlebte sie ihr Selbst in völliger Trennung von der Welt der Siedlung. Ein Schwindel ergriff sie, da ihr die Augen über eine Feindschaft aufgingen, die sie mit tausend schielenden und grinsenden Gesichtern umlauerte. Was sollte sie jetzt tun, um gegenüber solcher Verleumdung aufrechtstehen zu bleiben? War sie vielleicht wirklich ein aus der Welt der Menschen vom Schicksal ausgestrichenes, hassenswürdiges Ding? Ein fremdes Geschöpf anderer Art, das nicht fähig war, die Haut eines Mannes zu berühren?

Sie fühlte heiße Tränen in sich aufsteigen und preßte die Augenlider zusammen, um sie zurückzuhalten. Schließlich gab sie nach. Sie griff sich an die Wange und weinte haltlos.

«Was soll ich tun?» flüsterte sie verzweifelt, «was soll ich tun?»

Frau Lathios sah sie teilnahmsvoll und doch mit einer gewissen Gleichgültigkeit an. Sie zuckte die Achseln. Was sie zu sagen hatte, hatte sie gesagt.

Einen andern Rat wußte sie diesem seltsamen Mädchen nicht zu geben.

«Habe Geduld!» sagte sie. «Das ist unser Teil, das Teil für uns Frauen alle. Habe Geduld!»

Dann erhob sie sich: «Gehen wir ganz langsam hinunter, mein Gutes.»

Sie nahmen den Feldweg und stiegen nach dem Meer hinab. Keine von beiden sprach.

Sie kamen zur Ebene der Äcker, und Smaragdi sah überrascht, daß Frau Lathios nunmehr Gemüsekraut einzusammeln begann. Die unermüdliche Fischersfrau hatte den Schilfkorb, in dem sie die Weinflasche und die Gläser für das Begräbnis trug, mit Absicht bei sich behalten. Die Sachen ließ sie von ihren Kindern in den Körben heimtragen, in denen der Totenkuchen eingepackt war. Also hatte sie schon zur Zeit, da sie die Leichenfeier für die Greisin vorbereitete, das Gemüsesammeln geplant. Wie vorsorglich diese Arbeit bedacht war, zeigte sich auch an dem alten Messer, das sie plötzlich in Händen hielt. Mit ihm schnitt sie die Kräuter ab. Dem Mädchen war es unbegreiflich, wie so entgegengesetzte Sorgen diese Frau zur gleichen Zeit beschäftigen konnten. Sie versuchte auch nicht, es zu begreifen. Für die Madonna mit dem Fischleib pflückte sie einen großen Strauß Zyklamen, die überall im Regen ihre zierlichen Blätter und feinen Kelche frisch entfalteten. Es gab deren so viele, daß sie die kleinen Steinmauern an den Ackergrenzen umsäumten. Ihre feinen Blütensterne waren zur Erde gewandt, über die sie ihren leichten Duft aushauchten.

Als die beiden sich den Häusern der Siedlung näherten, blieb Frau Lathios stehen und nahm den Zweig eines Ölbaumes, der sich schwer von lilaangehauchten Oliven zur Erde senkte, in zwei Finger. Dann ließ sie ihn los und sagte, ohne Smaragdi anzusehen: «Weißt du, Smaragdi, ich meine, du bist innerlich noch ein so unreifes Geschöpf, ein unfertiges Kind, ganz gleich, wie du auch äußerlich als Frau entwickelt sein magst. Anders ist es unmöglich.»

In der klaren Luft verfolgten einander zwei Zitronenfalter.

Das Mädchen blieb, ohne zu sprechen, hinter der Muhme stehen.

Frau Lathios fuhr fort: «Es ist unmöglich. Sobald du auch innerlich reif bist, wirst du eine Frau sein, innen und außen. Und sobald du eine richtige Frau bist, wirst auch du dich, wie wir alle, mit einem Mann vereinen. Und wirst nicht mehr so kindische Worte reden wie heute nachmittag zu mir.»

Da sah Smaragdi, daß die Frau von Lathios während des ganzen Kräutersammelns ihre Worte überdacht hatte, einzig von der Sorge um den verliebten Manolis bewegt.

41

Die Nacht kam schnell mit der Fülle ihrer Sterne. Sie glitzerten über dem Meer, sie funkelten am Himmelsgewölbe. Smaragdi, die zu müde zum Nachdenken war und nicht das kleinste Licht zur Erleuchtung ihres schweren Herzens zu finden vermochte, stand auf und ging in Lathios' Haus. Die Einsamkeit lastete auf ihrer Brust und drohte ihr den Atem abzuschneiden.

Sie fand die Familie, wie sie leise und melancholisch über die Alte schwatzte. In dem Winkel, wo sie auf einem niedrigen Schemel ihre Seele aufgegeben hatte, brannte das Dreitagelämpchen der Toten. Oft verstummten sie, blickten in das Lichtchen und dachten an die Hingegangene. Dann plauderten sie von ihr wie von einer Verwandten, die auf Reisen gegangen war. Weiter nichts.

Lathios war abwesend. In dieser Stunde schlürfte er noch bei Fortis sein gewohntes Quantum. Auch die beiden ältesten Söhne waren im Kaffeehaus. Manolis suchte jetzt seine Gesellschaft immer mehr bei Gatzalis, der die Jugend anzog. Dort ging auch Stratos hin, der in allem den Gewohnheiten seines älteren Bruders folgte.

Vatis jedoch war zusammen mit den Frauen und den Kindern daheim. Er sprach nicht und lachte auch nicht wie die andern, als die kleine Garufallia, das Urenkelkind der Muhme Permachula, plötzlich die Frage stellte: «Großmutter», sagte sie zu Frau Lathios, «jetzt ist meine alte Großmutter gestorben, – merkt sie jetzt nichts mehr?»

«Nein, nichts mehr, mein Kind.»

«Auch wenn du ihr den Finger verrenkst, auch dann nicht?»

«Auch dann nicht.»

«Mir hat unser Diamandis den Finger verrenkt, und ich habe geweint.»

Nach einer Weile: «Großmütterchen.»

«Was ist?»

«Warum haben sie sie in den Boden gelegt?»

«So machen sie es mit Verstorbenen.»

Sie dachte etwas nach, zögerte ein wenig, fragte aber schließlich mit klarer Stimme: «Jetzt ist sie in den Boden gelegt. Ist sie da noch mehr gestorben?»

Alle lachten, und ein etwas älteres Brüderchen von Garufallia wurde von einem solchen Lachkrampf gepackt, daß es gar nicht mehr aufhören konnte und seine Augen überliefen.

Die Kleine hatte jedoch dem Geheimnis des Todes gegenüber noch andere Schwierigkeiten.

«Großmutter, wenn sie jetzt einer von uns unter der Sohle kitzelt, muß sie gar nicht lachen?»

Vatis drehte sich ärgerlich um und schrie sie an: «Halt deinen Mund!»

Sein Ruf war so jäh und wild, daß Smaragdi ihn mit Befremden ansah. Er fühlte ihre Augen wie ein brennendes Licht auf sich ruhen. Seine Trauer um Muhme Permachula strömte in heftiger Zärtlichkeit aus, und er begann zu weinen.

Als Garufallia ihn weinen sah, brach auch sie in Tränen aus. Smaragdi nahm sie auf die Knie, küßte sie auf die nassen Bäckchen und versprach ihr: «Ich nehme dich heute zum Schlafen mit in mein Haus und erzähle dir ein herrliches Märchen.»

«Eins von Großmutters Märchen?» fragte die Kleine.

«Gewiß. Höre bloß mit dem Weinen auf.»

Das Kindchen fragte nur, noch immer schluchzend: «Du erzählst mir doch von den Glatzköpfen, die den Mühlstein gestohlen haben?»

Sie erhielt die Versicherung und beruhigte sich.

Jetzt traten die großen Burschen ein, wünschten guten Abend und setzten sich auf das Kanapee. Manolis sagte mit trübem Lächeln: «So ist es. Wir haben also die Alte verloren ...»

«Gott erbarme sich ihrer!» sprachen alle im Chor.

«Ist Vater noch nicht da?»

«Noch nicht.»

Stratos scherzte bitter: «Er wartet wohl auf sie, bis sie ihn bei Fortis abholt.»

Manolis drehte sich eine Zigarette. Seine Mutter nahm vom Herd eine glühende Kohle und reichte sie ihm zum Anzünden.

«Wo wart ihr?» fragte sie, um etwas zu sagen.

Manolis berichtete, daß auch er angefangen habe,

zu Gatzalis zu gehen. In jenes Schlangennest. Zwar wisse er, was für Schufte der Vater und die Brüder seien. Aber ihre Arbeit verstanden sie, dagegen konnte man nichts sagen. Sie zogen alle Welt an sich und schlugen Geld daraus. Man brauchte nur hinzusehen, allen anderen nahmen sie die Kunden weg. Nur Fortis behielt ein paar Leute unter seinem Maulbeerbaum, aber die waren meistens aus Murja.

«Trotzdem gehen dort alle Hausbesitzer hin», bemerkte Smaragdi.

Manolis lächelte.

«Was nützt das schon? Die Hausbesitzer geben, wenn du unseren Vater ausnimmst, kein Geld für Schnaps aus. An ihrem Kaffee und Kamillentee – was kann man daran verdienen? Und dann diese ewigen Geschichten aus Amerika, die sie alle schon vorwärts und rückwärts auswendig wissen.»

«Der Pate ist ein anständiger Mensch», sagte Smaragdi etwas gereizt.

«Das meine ich auch. Die Gatzalis sind Menschen für den Strick und den Pfahl. Aber sie verstehen es, Stimmung zu machen. Sie haben sich ein großartiges Grammophon und lauter Liebeslieder und Schlager angeschafft. Dann geht der Tanz los. Die Runden werden spendiert, die Flasche läuft wie ein Springbrunnen über. Es ist schon so, die Gatzalis haben Fortis aufgefressen. Und dabei können sie ihn nicht verdauen. Es gab neulich abend schon einen Krach zwischen ihnen. Den Anlaß gab der Junge Lambis.»

Smaragdis spitzte die Ohren. Stratos und Vatis hoben mit Interesse die Nasen.

«Was hat Lambis getan?» fragte Frau Lathios.

Manolis zuckte die Achseln. Er lachte.

«Ha. Es heißt, er ist von Liebe zu ihrer Tochter geschlagen.»

«Zu Jana?»

«Zu der. Es scheint, sie sahen ihn nachts unter ihren Fenstern herumschleichen. Irgend etwas Derartiges. Der ältere Gatzalis drohte Fortis, er solle ihn wegholen, sonst würden sie ihn sich vornehmen.»

«Die Welt geht zugrunde!» Frau Lathios schlug sich auf die Knie. «Wahrhaftig, die Welt geht zu Grunde. Lambis! Ein Hausbesitzerssohn! Dazu noch fast ein Säugling.»

«Ob es wahr ist?» fragte Marija gleichgültig.

«Ich weiß nicht», antwortete Manolis. «Wenn es wahr ist, verdient er eine kräftige Tracht Prügel mit dem amerikanischen Riemen von Fortis.»

Die Zwillinge gaben keinen Laut von sich. Sie hörten mit hängenden Köpfen zu. Es war Klatsch über ihren Freund, da mochten sie nicht mitmachen.

Manolis scherzte mit Smaragdi: «In deiner Nachbarschaft, Smaragdi, spielen die Trommeln, und du merkst nichts.»

Wahrhaftig.

Das Haus der Gatzalis stand an der Hinterseite ihres eigenen Hauses, nach dem Olivenhain zu. Die Fenster der großen Kammer lagen in beiden Häusern einander gegenüber. Glücklicherweise breitete zwischen den Höfen ein großer Feigenbaum mit dichten Zweigen seine Krone aus, so daß niemand ins Fenster des anderen hineinsehen konnte. Sogar nicht einmal im Winter, wenn die Zweige kahl waren.

Jeden Sommer war dieser stattliche Baum mit Früchten beladen, und da er keinem gehörte, stieg jeder, der wollte, hinauf und pflückte. Die Kinder der Siedlung machten viel Lärm in seiner Krone, und wenn sie alle fortgegangen waren, kamen die Vögel, die hungrigen Pirole, und pickten dort mit großem Gezänk in der frühen Dämmerung. Darunter war ein kleiner Hühnerstall, der immer leerstand, weil die Füchse kein Geflügel darin alt werden ließen.

Dort hatten sie Lambis angeblich in der Nacht herumstreichen sehen, und zwar unter dem Fenster der Gatzalis, wenn alle bei ihrer Arbeit waren und nur die Frauen im Hause blieben.

Fortis rief seinen Sohn. Er fragte ihn streng, was er dazu zu sagen habe. Lambis antwortete, daß er auf der Rückkehr von den Olivenwäldern dort wirklich manchmal durchkäme. Denn dort könne er den Weg abkürzen und sich einen großen Umweg ersparen. Er sagte ferner, daß er manchmal auf den Baum steige und sich eine Feige pflücke. Sollte er sich für all dies die Erlaubnis bei den Gatzalis holen?

Alle stimmten zu, daß Lambis völlig im Recht war. Die Gatzalis nahmen sich wirklich zu viel heraus, seitdem ihre Taschen aus dem Verdienst von Schmuggelei und anderen dunklen Geschäften immer mehr anschwollen. Andrerseits hatte niemand etwas Schlechtes gegen Fortis' Sohn zu sagen. Er war ernst wie ein Erwachsener, er half dem Alten überall. Ein anständiger, vernünftiger Junge. Wenn man ihn anredete, wurde er rot wie ein Mädchen.

Vatis hob den Kopf und hörte die guten Worte, mit denen man Lambis bedachte, voll lebhafter Teilnahme. Smaragdi beobachtete ihn neugierig. Dabei bemerkte sie, daß er den Kopf alsbald wieder wie ein Schuldbewußter senkte. Sein Lockenhaar ringelte sich bis auf seine Augenbrauen nieder.

Smaragdi sagte nichts. Sie überlegte, wieviel mehr als die anderen sie von diesem Jungen wußte, dessen Aussehen mit seiner reinen keuschen Schönheit und der verschämten Knabenhaftigkeit so täuschend war. Zweifellos hatten die Gatzalis recht. Lambis war ein verdorbener Bursche, dessen Gewohnheit es zu sein schien, die Mädchen nachts zu belauern, um sie nackt zu sehen.

Als Lathios nach Hause kam und sie gegessen hatten, nahm sie drei Kinder, darunter die kleine Garufallia, mit heim.

Sie legte sie in die Küche auf ein gemeinsames Lager unter der gleichen Decke in einer Reihe zum Schlafen, nachdem sie vorher ihr Kindergebet möglichst schnell heruntergesagt hatten. Sie leierten es kichernd her, da sie ungeduldig waren, das versprochene Märchen zu hören.

Sie schlummerten, noch ehe die Geschichte der Glatzköpfe, die den Mühlstein stahlen, zu Ende war. Smaragdi nahm die Lampe und ging in die andere Kammer, wo sie ihr Lager aufschlug. Auf der einen Seite war das Fenster, das nach dem Berg und dem Olivenwald hinsah. Vor ihm stand der große Feigenbaum und verdeckte das Haus der Gatzalis. Das andere Fenster sah auf das Meer. Dies hatte Muhme Nerantzi das «Sommerfenster» genannt, weil man es im Winter, wenn der Nordwind auf den Wogen ritt, mit seinen Läden verschlossenhielt. Das andere hieß das «Winterfenster». Es war windgeschützt und der Sonne zugewandt.

Sie stand am Sommerfenster und überließ sich der Betrachtung des lauten Betriebes, der dort draußen von den Motorbooten für die nächtliche Fischerei in Szene gesetzt wurde. Das Meer gab unter der Hülle der violetten Nacht seine wogenden Klänge und Widerklänge dazu.

Die Luft war noch frisch von dem ersten Regen. Der Wind trug vom Hafen die Stimmen der Menschen und die Gerüche der Quitten und abgebrochenen Zweige herbei. Die Fischer von den Motorbooten setzten sich mit denen vom Hafen durch Johlen, Schreien und Blasen auf großen Meermuscheln auseinander. Dies Rufen und Lärmen, dazu das plötzliche Aufleuchten der Lampen, die über der bewegten See schaukelten, ergab ein seltsames, phantastisches Bild. Wer diese Orgie von Stimmen zum erstenmal hörte, mußte den Eindruck gewinnen, daß hier, wie seit uralten Zeiten, ein wilder Aufbruch zur Korsarenfahrt stattfand. Für den Hafenplatz der Allheiligen jedoch war es zu einem gewohnten Volksfest geworden, das in allen mondlosen Sommernächten tobte.

Smaragdi ließ diese Lichter und Gerüche in die Kammer dringen und sie überfluten. Sie schraubte sogar den Docht der Lampe niedriger, um ihren vollen Genuß daran zu haben. Manchmal fing die Fensterscheibe das Flimmern vom Hafen wie ein Projektor auf, und dann füllte sich die Kammer mit Schatten von riesigen Masten und übernatürlich großen Menschen, die halbnackt an Tauen und Säcken zerrten und mit Stangen stießen. Dann, in einem Augenblick, verwehten alle diese Gespenster, und, wenn die Welle das Boot mit der Lampe hochhob, huschten die wirren Schatten aufs neue über die Wände und die Decke, und überall sprühte der Widerschein aus den Wassern.

Smaragdi wurde des Schauspiels schnell müde und schloß das Fenster. Sofort erloschen die Lichter und verklangen die Stimmen vom Meer. Sie stellte ihr Lager nahe bei dem anderen Fenster auf, um sich die Nachtkühle zu sichern, und zog sich zum Schlafen aus. Bevor sie sich hinlegte, saß sie ein Weilchen an das Fenstergitter gelehnt. Auf dieser Seite war eine andere Welt. Der grenzenlose Olivenhain, der die Abhänge bis hinauf zum Dorf überdeckte, dazu Gärten und Schluchten, und all dies jetzt von der Nacht in Schweigen gehüllt.

Ganz oben auf dem Berg war das Dorf Murja. Etwas tiefer auf dem Abhang des Gemeindelandes stand die alte Kirche des Heiligen Heilands. Dort war der Friedhof, wo die Toten unter Steineichen schliefen. Die Verstorbenen von Murja kamen hier herunter, die Verstorbenen vom Hafenort kamen hier herauf. Seit Jahrhunderten trafen sich hier die Schiffer und die Pflüger. Hier legten sie sich hin, in neuen Hosen, mit einer Nelke in den gefalteten Händen und einem kleinen Ziegelstein auf den Lippen, der die Inschrift trug: «Jesus Christus siegt.» Sie ruhten von den Stürmen des Landes und des Meeres aus. Ohne Streit, ohne Leidenschaft vereinten sie sich schweigend im Lauschen auf die harten Eichenblätter, die über ihnen die Zeit zählten. Und sie erwarteten die Auferstehung.

Smaragdi verweilte im Geist bei zweien dieser Gräber und umgab sie mit zärtlicher Sorge. Sie sah beide unter dem freundlichen Sturmwind erfrischt. Sie sah sie die Flamme des Blitzes mit goldener Zunge berühren.

Ein Vogel, ein wilder Nachtvogel, rief plötzlich aus dichter Finsternis. Die Nacht war es, die mit seiner Stimme in ihren Schlummer eindrang. Es waren zwei starke Rufe, der erste kurz, der zweite zog sich klagend in die Länge. Die Blätter des großen Feigenbaumes rauschten draußen vor dem Fenster, als glitte zwischen ihnen ein weiches, schmiegsames Tier umher. Vielleicht eine Baumnatter oder eine Katze oder ein gieriger Vogel, der wachblieb, um in der Krone an den letzten vertrockneten Feigen zu picken. Sie fuhr erschrocken empor und bekreuzigte sich. Sie bekreuzigte auch ihr Kissen. Dann fiel sie sogleich in Schlaf, die Hände hoch auf dem Kopfkissen. Sie war noch wie zerschlagen von dem schweren, leidvollen Tag. Ihr junger Körper genoß den Schlaf wie eine süße Frucht, die ihr zur rechten Zeit zufiel, als all ihre Glieder nach ihr verlangten.

Am Morgen erwachte sie vom lauten Gezwitscher der Vögel im Feigenbaum. Ihre Stimmen ertönten, ohne daß sie selbst sichtbar wurden. Und als in der Nähe ein Fensterladen krachend aufging, schwirrten sie alle empor und zerstreuten sich.

Kaum schimmerte die Sonne hinter dem Berge hervor, als die Betriebsamkeit der Motorboote abnahm. Die Benzinschiffe ließen nur den Gestank ihres Öls im Hafen zurück und fuhren, mit Sardellen beladen, zur Hauptstadt der Insel. Die Barken wiegten jetzt, in einer Reihe an die Mole gebunden, all jene Männer ein, die die ganze Nacht gearbeitet hatten. Von Müdigkeit überwältigt, schliefen sie den Tag hindurch, bis der Abend sie wieder auf den Posten rief.

Smaragdi ging in die Küche. Die Kinder waren schon fortgeschlichen, nachdem sie vorher die Schlafmatratze aufgerichtet und umgeklappt und die Decken ordentlich auf die Truhe gelegt hatten. Sie lächelte, als sie diese morgendliche Hausfrauentätigkeit feststellte, und riegelte die Tür zu. Dann warf sie ihren Baumwollrock ab und trat, nackt wie ein Fisch, in die Waschkammer nebenan. Sie goß Mengen kalten Wassers über ihren Körper, die sie mit einer Melonenschale aus dem vollen Fasse schöpfte. Das gab ihr wohlige Schauer, unter denen sie kurze, kleine Schreie ausstieß.

Sie stellte sich in die Mitte des Zimmers auf den kühlen Zement und betrachtete ihren Körper. Sie erinnerte sich an Frau Lathios' Worte auf dem Friedhof. Sie warf das Handtuch fort und drückte kräftig mit der Hand auf ihre Brüste. Sie zitterten elastisch und voll. Sie lächelte wie ein Kind über ihre zwillinghafte Schönheit. Sie lagen kühl und fest in ihrer Hand. Schwer wie zwei harte Granatäpfel. Sie preßte, bis sie den Schmerz nicht mehr ertrug. Auf ihrer rosigen Haut zeichneten sich die Umrisse ihrer Finger scharf ab.

Ihre Augen glitten an ihrem Leib bis zu den Knöcheln hinab, und sie fühlte im Innern wieder die starken Flügel, die gefaltet blieben. Große Flügel, wie jene auf der Ikone der Erzengel, die bis zu ihren Füßen reichten. Könnte sie doch mit ihren Flügeln in der Luft tanzen, so nackt, wie sie im Meere schwamm. Sie reckte sich auf den Zehenspitzen empor und legte die Arme wie Flügel an ihre Seite. Dann machte sie eine Tanzbewegung auf den Spitzen, bog die Knie, und schwang sich im Taumel ihrer Kraft über den Boden hin. Sie fühlte ihre Haare lebhaft flattern und mit weichem Schwung auf ihre Schultern fallen. Sie freute sich an ihrer seidigen Last.

Plötzlich fiel ihr Blick auf das rechteckige Spiegelchen mit dem vergoldeten Rahmen.

Sie errötete vor Scham, bedeckte die Brust mit den Armen und lief schnell, um sich anzuziehen. Sie hatte die Erscheinung, daß sich aus dem Glas, wie aus einem silbernen Himmelsfensterchen, ein strenges, liebes Antlitz zu ihr niederneigte und sie ansah.

Es war bleich und mager, hatte feine Züge und einen bitteren Mund. Unter einem Paar üppiger Brauen leuchteten zwei tiefschwarze, feurige Augen, deren Blick zu töten schien.

War sie nicht verrückt, so kindischen Einbildungen nachzugehen? Sie sah aber, ohne es zu wollen, neben dem mütterlichen Antlitz mit den Zügen der Heiligen noch ein anderes, uraltes, mit schneeweißem Haar unter dem Kopftuch. Es war nicht streng, nur traumbesessen. Zarte Altersrunzeln spielten wie Strahlenbündel rund um die Augen und um den Mund. Auf ihnen schwebten tausend Phantasien. Muhme Permachula hätte ihr all ihre Verrücktheiten erklären können, welcher Art sie waren und woher sie kamen. Sie hätte das große Geheimnis der gefalteten Flügel verstanden, die Spannung in den Zehen, die dem Körper sagte, daß er ohne Schwere und Mühe zu fliegen vermöchte. Vielleicht hätte sie auch diesen Kitzel ihres ruhelosen Körpers verstanden, unter dem ihre Brüste erschauerten.

Sie wurde ernst und nervös. Sie verstand nichts. Vielleicht wäre es möglich ... wenn jetzt plötzlich der Traum in ihren Sinn zurückkehrte, jener wichtige Traum, der sie nachts erschüttert hatte und den sie nicht wieder einfangen konnte, sosehr sie sich auch noch von seinen Schatten umhüllt fühlte. Würde sie dann Richtig und Falsch im Leben unterscheiden? Würde sie verstehen, was mit ihr geschah? Ein Traum ... War vielleicht all dies noch die Fortsetzung eines verrückten Traumes? Sie schloß die Augen, um ihn zu packen. Aber er flatterte immerfort durch ihren Sinn, und stets entwischte er.

Traurig machte sie sich klar, wie viele ihrer Träume so für immer ihrem Gedächtnis entschwunden waren. Freilich verwischte sich ihr Eindruck schnell, und dann verlor sie auch das besondere Gefühl, einen auf dieser Jagd verloren zu haben. Wenn die Sonne aufging, pflegte ihr nichts mehr übrigzubleiben, nicht einmal die Lust, das nächstemal besser zu jagen.

42

Seit vielen Jahren hatte das Land keinen so langen Sommer gesehen. Der Herbst schritt voran, und die Regenzeit blieb aus. Klare Tage folgten einander, der Wind wehte sanft, und das Meer war voll schwimmender Kinder. Schon ging der Oktober zu Ende. Manchmal schien sich das Wetter nach Gottes Ordnung richten zu wollen. Dann sammelte der Himmel am Morgen um die kahle Spitze des Heiligen Elias die Wolken in Knäueln, und man wartete auf den Losbruch. Aber schnell schlug das Wetter um. Der Südwind räumte dem Südwest und dieser dem Westwind seinen Platz ein. Die Wolken wurden zerrissen und hingen nur noch, verwirrte Schafherden, an den Abhängen des Heiligen Elias.

Die Bauern sahen sorgenvoll gen Himmel, sie betrachteten auch die Bäume und flehten um Regen. Die Ernte kündigte sich an, die Oliven begannen auf den Hügeln schwarz zu werden. Wenn der Regenmangel andauerte, würde das Öl an den Zweigen versiegen, die Frucht verholzen. Das Fischervolk indessen arbeitete gut. Es war ein richtiges Fischjahr. Die Einheimischen ärgerten sich, immerfort die Tavernen von Fiedelklang und dem Lärmen Betrunkener erfüllt zu hören.

«Was kümmert euch das?» meinte Fortis. «Das Meer bringt Frucht, ob es regnet oder nicht.»

Smaragdi stürzte sich leidenschaftlich in die Arbeit. Die Ermüdung des Körpers brachte ihr eine Erleichterung, die sie sonst nirgends finden konnte. Es war ein Sturm in ihrer Seele. Manchmal schwoll er an und peitschte die Wogen bis zum Himmel, und manchmal legte er sich. Dann fühlte sie den Frieden ihr Herz mit sanftem Rhythmus lenken, dann sah sie in ihrem ganzen Umkreis, in den Dingen und in den Menschen, die Harmonie des Lebens. Solche Stunden brachten höchstes Glück, ein unerklärliches Glück, ohne Ursache, ohne Namen. Sie lenkte die Barke zu versteckten Schlupfwinkeln zwischen steilen Abhängen, sie schwamm und hörte im Innern die heimlichen Flügel rauschen. Danach sammelte sie einen großen Strauß Zyklamen und brachte ihn der Allheiligen. Und diese betrachtete sie aus schrägen Augen, gerade gewachsen bis an ihren Leib, während die Doppelspitze des geringelten Schwanzes bis an ihre Hüfte reichte.

Manolis machte ihr keine Andeutungen mehr. Sie ging möglichst selten zu Lathios und bemühte sich, die Jungen dort nicht zu treffen. Dennoch erkannte sie klar, Manolis hatte sein Segel fest darauf gerichtet, daß sie früher oder später einwilligen würde, ihm die Hand zur Ehe zu reichen.

Sie erkannte eine geduldige Gutmütigkeit in seinem sanften Betragen. Sein ernster, zärtlicher Blick sprach zu ihr wie zu einem Kinde.

«Nimm es dir nicht zu Herzen!» schien er zu sagen. «Du bist noch zu jung und verstehst die Dinge noch nicht. Wenn die gute Stunde kommt, werde ich immer zur Stelle sein.»

Gegen Lambis bedurfte sie keiner neuen Vorsichtsmaßregeln. Seit der Tat jener Nacht mied Fortis' Sohn ein Zusammentreffen. Wenn sie sich zufällig begegneten und er guten Tag sagte, war er sichtlich beschämt und senkte die Augen mit einem nervösen Zwinkern seiner breiten Lider. Nach der Geschichte, die sie dann von Manolis hörte, hielt sie ihn für einen schmutzigen Burschen, dessen Verderbnis sie betrübte.

Jedoch bei allen Schlichen, die sie ausdachte, um sich der Gesellschaft der Jünglinge, die ebenso listig waren wie die Erwachsenen, zu entziehen, war es ihr vom Schicksal nicht «geschrieben», schnell damit fertig zu werden.

Mittag nahte, sie ankerte in einer Untiefe außerhalb des Hafeneingangs, mit dem Aufräumen der Barke beschäftigt, als sie das Plätschern der Jungen hörte, die zusammen Kopfsprünge von der Klippenbank der Allheiligen aus machten. Die Bande war vollzählig. Es waren Lambis, Stratos, Vatis, der Schafköter Thymios und andere.

Sie entfernten sich vom Ufer und schwammen

ins glitzernde offene Meer hinaus. Sie hatte die Bande schon vergessen, als sie aufs neue ihre lärmende Rückkehr hörte. Als erster kam Lambis. Sein schöner Kopf hob sich auf seiner kraftvollen Brust jedesmal, wenn er sich über die Wellen legte. Als er dem Hafenausgang nahekam, hatte er die anderen schon weit hinter sich gelassen.

Er drehte sich einen Augenblick um, sah jene mit Befriedigung und hörte mit dem schnellen Schwimmen auf. Er begann, in anmutigen Schlägen langsam und rhythmisch auf dem Wasser hinzugleiten. Jedesmal, wenn er sich nach der Seite bog, hob sich sein Körper über der Meeresfläche, stolz und fest wie ein Bronzebild. Aus seinen Kunststückchen ging deutlich hervor, daß er sich von dem Mädchen beobachtet wußte, auch wenn er kein einziges Mal die Augen zu ihrem Boot hinwandte. Er warf den Kopf mit der jähen Gebärde eines edlen Raubtiers zurück, die feuchten Haare fielen nach hinten, und sein dunkles Antlitz lächelte glücklich.

Weit hinterher kamen die beiden anderen, als allerletzter Vatis. Dieser irrte von seiner Bahn ab und kam als einziger der Barke von Smaragdi nahe. Während er tief atmend an ihr vorbeischwamm, rief er ihr trotzig zu: «Jetzt sollst du sehen, was beim Tauchen geschieht.»

Sie antwortete nicht und lächelte dem Jungen nur freundlich zu. Dann widmete sie sich wieder ihrer Arbeit.

Die Burschen streckten sich auf den großen Platten der Mole aus und sonnten sich. Dann standen sie auf, um einen neuen Wettkampf anzutreten. Sie spielten Schwammtaucher, und zwar in folgender Weise: jeder nahm einen großen Stein von der Mole, den er fest an der Brust hielt, wie ihn die Schwammtaucher als Ballast in die Tiefe nehmen. Dann begann er auf dem Grund vorwärts zu schreiten, bis die See ihn ganz bedeckte. So schienen die aufrechten Körper durch das Wasser, wie sie auf dem blaugrauen Sandboden mit schnellen Schritten vorangingen. Jeder bemühte sich, seinen Stein möglichst weit zu tragen. Ihre Glieder leuchteten im Wasser, ihr Fleisch flimmerte grünlich. Auf der anderen Seite der Mole sammelten sich einige faulenzende Fischhändler und ein paar andere Tagediebe und beobachteten den Wettkampf der Jungen mit Spannung von ferne.

Als Sieger ging Thymios hervor.

Der häßliche Bursche trug seinen Stein bis zu Smaragdis Barke zum Hafen hinaus. Plötzlich sah sie seinen dicken Kopf mit den schwarzen Bürstenhaaren vor ihrem Bug auftauchen. Dort stand also Thymios, schüttelte sich, schöpfte tief Atem und spuckte ins Wasser. Er war von der großen Anstrengung gelbgrün und häßlicher denn je. Er hob seine winzigen Äuglein, die vom Salz gerötet waren, und warf einen befriedigten, schnellen Blick auf Smaragdi, breit grinsend. Die weiße Linie seiner großen Zähne schnitt ihm das Gesicht von einem Ende bis zum anderen entzwei.

Er zog befriedigt zur Mole, um sich auszuruhen.

«Bravo, Schafköter», schrien jene Zuschauer, die draußen standen.

Auch die andern Jungen schrien Bravo, nur Vatis schwieg.

Thymios drehte den Kopf noch einmal zur Barke, um zu sehen, ob Smaragdi dies «Bravo, Schafköter» gehört hatte.

Voller Eigensinn beobachtete ihn Vatis. Er stand bleich neben seinem Bruder, bis zur Hüfte im Wasser und sah gespannt auf Thymios. Sein Körper war der schmächtigste und am wenigsten gebräunte von allen.

«Ich tauche noch einmal allein», rief er und preßte den Stein aufs neue an seine Brust.

Die anderen lachten. Sie glaubten, er mache Spaß. Er jedoch ging langsam und entschlossen vorwärts und tauchte schließlich auf dem tiefen Grund völlig ins Wasser. Als das Meer ihn zudeckte, begann er hartnäckig und vorsichtig immer tiefer nach dem Ausgang des Hafens voranzuschreiten.

Alle verfolgten seinen Gang, erst mit Interesse, dann mit Staunen. Niemand hatte sich vorgestellt, daß ein so schwächlicher Körper so lange durchhalten könne. Thymios stand von seinem Posten, wo er auf den Siegeslorbeeren ruhte, unruhig auf und sah den unerwarteten Konkurrenten stetig zu seinem Ziel vorschreiten. Plötzlich wurde Stratos von Schrecken gepackt und schrie: «Er ertrinkt!»

Gleichzeitig schwamm er mit schnellen Stößen zu seinem Bruder hin. Lambis holte ihn ein, und Thymios sprang vom Felsen, wo er sich sonnte, gleichfalls wieder ins Meer.

Sie hatten gesehen, daß Vatis den Stein losließ und auf dem Grund zappelte. Luftblasen perlten über ihm hoch, er verlor das Gleichgewicht, und sein Körper, grünlich bleich, zuckte über dem sandigen Boden.

Bei dem Geschrei der Jungen bekam Smaragdi Herzklopfen. Sie ließ ihre Arbeit fallen, zog schnell den Anker hoch und stieß sich mit der Stange zur Mole, wohin Vatis getragen wurde. Ihr Herz hämmerte wild.

Sie legten den Körper des Knaben flach auf den Felsen. Dann zogen sie die Beine hoch und hielten den Kopf nach unten, so daß das verschluckte Wasser herausfloß. Er war leichenblaß, sein Körper schlotterte erbarmungswürdig, doch dauerte die Ohnmacht nicht lange. Lambis gab ihm zwei kräftige Backenstreiche, und seine Augenlider regten sich. Lambis gab ihm noch einen, und er kam seufzend zur Besinnung.

Er hob die Hand und rieb sich die Stirn mit dem Handrücken. Dann spuckte er mehrmals aus, öffnete die Augen und sah matt nach rechts und links.

Er sah die Gesichter seiner Gefährten angstvoll über sich gebeugt. Neugierige Leute sammelten sich um ihn.

Smaragdi schob sie alle beiseite und schrie sie an, daß sie dem Jungen nicht die Luft und die Sonne wegnehmen sollten.

Durch seine Benommenheit hörte er ihre Stimme. Er hob den Kopf und begegnete ihrem Blick. Ihr großer Strohhut hing ihr auf dem Rücken, ihre Haare wogten in der Sonne wie eine lichte Wolke um ihr Gesicht. Mit einer verschämten Bewegung zog er die herabhängende Hose um seine Hüfte zurecht, dann legte er seine Hände auf den Stein und setzte sich nieder.

«Geht es dir jetzt besser?» fragte das Mädchen, und in ihren grünen Augen, die ihn weit geöffnet anstarrten, zitterte noch die Erregung des Schreckens nach.

Vatis sah es. Ein glückseliges Lächeln huschte über das schmale Gesicht, das sofort seine Farben wiederfand. Er warf den Kopf herausfordernd zurück: «Trotzdem», sagte er, «wenn mir nicht schwindelig geworden wäre, hättest du sehen sollen.»

Smaragdi kehrte erschüttert heim.

Was bedeutete das nun mit Vatis? Ihr Sinn verfiel wieder dem giftigen Wort, das sie so hart verfolgte. War hier in Wahrheit ein neues Zeichen für die Verhexung, die sie um sich verbreitete? Sank ihr Schatten mit tödlichem Gewicht auf alle, die sich ihr liebevoll näherten? Wenn nun Vatis die Augen nicht mehr geöffnet hätte? Wenn er für immer ohne Atem geblieben wäre?

Die Allheilige erbarmte sich ihrer und griff rettend ein. Es war deutlich, daß Vatis nur ihr zuliebe so kopflos gehandelt hatte. Sie las es in den blinzelnden Augen des Knaben, als sie sich aus dem Abgrund der Ohnmacht öffneten und ihre Gegenwart einsaugten.

Sie müßte in Zukunft noch vorsichtiger sein. Niemand konnte voraussehen, wann in diesen Brauseköpfen ein Sturm losbrach. Sie müßte sich also vom Hause Lathios' fernhalten und auch von dem ihres Paten.

Übrigens gab es noch einen besonderen Grund, dem «Maulbeerbaum» nicht zu nahe zu kommen, und dieser wurde von ihrem Paten durchaus gebilligt.

43

Herr Apostolidis vertrat am Hafenort die Gesellschaft, die vom Staat die Fischereiabgaben gepachtet hatte. Er war ein ältlicher Mann mit grauem Haar und gefärbtem Schnurrbart. Sie nannten ihn «Herr» Apostolidis, weil er auch an Werktagen einen Kragen anhatte, sich jeden Morgen rasierte und immer einen schwarzen Stock mit Elfenbeingriff trug.

Herr Apostolidis war in allem ein ordentlicher und friedlicher Mensch, so ehrlich wie ein besessener Tricktrackspieler nur sein konnte. Dennoch beging er eine Kopflosigkeit, die in so vorgerücktem Alter unverzeihlich war. Er verliebte sich in ein Flüchtlingsmädchen aus der Umgebung von Smyrna, ein sehr armes und sehr junges. Schnell erfuhr er, daß im Herzen des Weibes Dankbarkeit nicht stark genug ist, das Feuer der Jugend zu löschen, und so verbrachte er sein Leben mit der Bewachung seiner Frau. Nachts zog er sich zu frühester Stunde in sein Haus zurück, in zwei Zimmer, die er gegenüber von Fortis' Kaffeehaus gemietet hatte. Den Tag über – den ganzen Tag – saß er und spielte Tricktrack, die beiden Fenster bespähend, daß seine Frau ja nicht ihre Nase herausstrecke. Anderthalb Jahre waren vergangen seit dem Tag, da ihn die Gesellschaft an den Hafenplatz der Allheiligen schickte, und niemand hatte diese Frau außer bei ihrer Landung gesehen. Vor den beiden Fenstern, die auf die Straße gingen, hingen vom ersten Tag an himmelblaue Gardinen mit weißen Blümchen, die dauernd heruntergelassen waren, mochten auch die Zikaden vor Hitze platzen. Nur bei Nacht wurde der Vorhang gelüftet, und dann zeichnete sich im dunklen Fensterrahmen eine Gestalt ab, die schweigsam den Hafen und das Meer betrachtete. Sowie Licht im Zimmer gemacht wurde, fiel der Vorhang. Dann erschien hinter ihm der schlanke Schatten einer jungen Frau. Wer bei ihrer Landung anwesend war, nannte sie sehr schön. Die andern kannten ihre Züge nur vom Hörensagen. In der Tat war sie durchaus nicht häßlich, jedoch ihr verborgenes Leben, zu dem die Bosheit des Herrn Apostolidis sie verurteilte, hüllte sie in den Ruhm fünffacher Schönheit.

Die Steuerpachtgesellschaft bekam die Rückwirkung der mißlungenen Verbindung zu fühlen. Die Fischer deklarierten nur einen Teil ihres Arbeitsertrages an der Waage. Ganze Schiffslasten schlüpften unversteuert durch, weil Herr Apostolidis seinen Wachtposten nicht verlassen wollte. Sein Dienst erforderte einen tätigen und erfahrenen Mann. Er mußte alle Schliche der Fischer und Händler vereiteln und alle nahen Küsten sowie die Barken überblicken: wer zum Netzfang hinausgefahren war, wo sie die Netze, wo den Angelapparat ausgeworfen hatten. Und wenn eine Barke zurückkam, mußte er zur Stelle sein, um sie zu durchsuchen und zu prüfen, was sie brachte.

So kam eines Morgens ein Motorboot aus der Hauptstadt und brachte den neuen Steuereinnehmer. Und der neue Steuereinnehmer hatte für Herrn Apostolidis ein Papier in der Tasche, das ihn anwies, Dienst und Dokumente abzugeben und sich im gleichen Motorboot nach der Hauptstadt einzuschiffen. Er schiffte sich also ein. Die Hafenbewohner liefen zur Mole, um sich von ihm zu verabschieden und am Schluß doch noch die Fünfmalschöne zu sehen, die der Drache mit dem gefärbten Schnurrbart anderthalb Jahre so gut bewacht hatte.

Enttäuschung breitete sich über alle Gesichter. «Das war sie?» Ein Weibchen, freilich jung, aber ohne irgend etwas Außergewöhnliches. Höchstens ihre langen schwarzen Haare. Zwei dicke Prachtzöpfe, die ihr hinten an die Hüften stießen.

Kaum hatte der neue Steuereinnehmer die Kaimauer betreten, als er mit einem Schlag die interessanteste Figur des Hafenortes und der Siedlung wurde. Alle redeten sogleich über ihn. Die Fischer in den Kaffeehäusern, die Frauen am Brunnen, die Jungen beim Schwimmen. Sofort begriffen alle, daß sie es mit einem Menschen zu tun hatten, der seine Arbeit verstand und nicht müßig schmarotzte. Das ging schon aus den ersten Fragen hervor, die er den Fischern über dies und jenes stellte. Dann suchte er ein Zimmer, von dem aus er den Hafen zu jeder Stunde überwachen konnte. Er fand, was er brauchte, im Oberstock bei Fortis. Er zahlte eine Monatsmiete voraus und ließ einige Zweige des Maulbeerbaumes absägen, weil sie die Aussicht versperrten. So hatte er den Hafenverkehr auf dem Präsentierteller.

Dennoch hatte der Eindruck, den er machte, einen anderen Grund: Er war ein Jüngling, der im Ernst glaubte, daß alle Mädchen unter Seufzern von ihm träumten. Er war klein und trug sein spärliches Haar mit der Bürste sorgfältig gelegt und mit Brillantine befestigt. Er hatte ein sehr drolliges Schnurrbärtchen, das unter den geblähten Nüstern wie zwei winzige Tintenkleckse mit der Pinselspitze hingesetzt war.

Die Fischerwelt des Hafenplatzes sah zum erstenmal einen so bemerkenswerten Schnurrbart. Ihr wurde schwindlig bei seinem Anblick. Der neuerschienene Palikare war sehr stolz auf ihn. Als er die Mole betrat, streckten die kleinen Kinder fassungslos die Händchen nach dem Bürstchen aus. So etwas hatte man im Hafen noch nie gesehen. Jeder bemühte sich, eine Erklärung zu geben.

In der Bande von Lambis bildete sich die Meinung, der junge Mann habe Räude. Fortis bemerkte, daß sich in Amerika nur Charlie Chaplin ein solches Bärtchen anklebte, um die Leute zum Lachen zu bringen.

Alle jedoch, Kinder wie Erwachsene, beäugten ihn mit großer Neugierde, die Lambisbande sogar mit einer gewissen Bewunderung, weil er so elegant gekleidet war. Was für Krawatten mit roten Streifen, was für Strohhüte, was für heraushängende und wehende seidene Taschentücher, was für Bügelfalten und was für zweifarbige, halb weiße, halb schwarze Schuhe! Man konnte den Verstand verlieren, wenn man so etwas zwischen den barfüßigen Fischern umherwandeln sah.

Als man gar seinen Namen erfuhr, blieb allen der Mund offen.

«Gönne mir deinen Namen, mein Sohn», fragte ihn Fortis mit gewohnter Höflichkeit, als er ihm den Willkommenskaffee spendierte. «Wie nennt man dich?»

Der junge Mann lächelte, hob das Kinn und erwiderte: «Kokos.»

«Was für ein Koko (Körnchen)?» Der Kaffeewirt verstand ihn zuerst nicht. Der Steuereinnehmer zuckte nachsichtig mit den Achseln.

«Man nennt mich Kokos. Das ist mein Name: Kokos Achtaridis.»

Fortis zog den Kopf zurück, um ihn besser durch seine Brille prüfen zu können.

So können sie ihn nicht getauft haben, dachte er.

Lambis, der den Kaffee servierte, beobachtete, wie der Mieter ein rundes Spiegelchen aus der Tasche zog und mit Unruhe prüfte, ob der Knoten der Krawatte an der richtigen Stelle war. Später fragte er zögernd: «Sollen wir den großen Herrn so nennen, Vater?»

Jener antwortete hilflos: «Da er es selbst will ... Was geht es dich an?»

Kokos schwitzte dauernd im Gesicht. Obwohl er nur spärliche Haare an der Backe hatte, war er immer gut rasiert. Kaum war er eingezogen, als er sein Köfferchen öffnete und die hellblauen Formulare entrollte, um seine Arbeit zu beginnen.

Eines Abends, als das Kaffeehaus leer war und Fortis die Stühle zusammenholte, rief Kokos ihn auf die Seite, klopfte ihm freundschaftlich auf die Knie und fragte, die Augen zusammenkneifend: «Kannst du mir sagen, Oheim, wie ihr es hier mit dem andern treibt?»

Der Mann verstand ihn nicht.

«Was ist das andere?» fragte er schlicht.

Der Steuereinnehmer stieß ihn listig mit den Ellenbogen.

«Na, das andere, das Heimliche meine ich.»

Die Augen des anderen erhellten sich. Er glaubte, endlich den Sinn des anderen zu fassen.

«Kümmere dich darum nicht!» wollte er ihn beruhigen. «Alle betreiben wir es heimlich hier. Keine Sorge. Sonst würden die armen Leute hier mit einem Zigarettenstummel verschmachten. Ein Taglohn hier reicht kaum, eine verzollte Zigarette pro Tag zu kaufen. Und diese Schachteln, die du hier im Fach gereiht siehst, haben wir für die Augen. Für die Augen der Landgendarmen. Manchmal ziehen sie uns an den Ohren, wenn sie keiner erwartet, und gerben die Haut des armen Mannes. Sie bekommen ja ihre Prozente ...»

Kokos hörte dem Geschwätz des Alten ungeduldig zu. Er hüstelte, stieß ein trocknes Lachen hervor und schlug Fortis nochmals mit einer gezierten Bewegung aufs Knie.

«Davon rede ich nicht, Ohm Komninos», erklärte

er. «Von Weibern rede ich. Wie treibt ihr es hier mit denen?»

Der Kaffeewirt fuhr zurück. Das Lächeln erstarrte auf seinem Gesicht. Mit dem Lippenrand faßte er die weißen Haare seines Schnurrbarts.

«Ach so, davon redest du.»

«Natürlich. Was macht hier ein Mann, der jung und unverheiratet ist?»

Fortis hob die Hand. Vielleicht aus Verlegenheit. Aber er antwortete lebhaft: «Er heiratet, mein Sohn, das macht er.»

Er stellte sich nahe neben den Steuereinnehmer und fuhr fort: «Was das andere angeht, wovon du redest, ja, das bleibt heimlich, und Gott ist heilig. Jeder dreht sich seine Zigarette so dick, wie sein Herz begehrt.»

Von jenem Tag an kehrte Kokos immer in der Taverne von Gatzalis ein. Bei Fortis nahm er nur am frühen Morgen Kaffee mit Ziegenmilch und eine scharf gebackene Kante Brot. In Ammudeli fand er die Gesellschaft, in der er, soviel er wollte, über Weiber schwatzen konnte. Die jungen Fischer brachten sich um, um seine Histörchen von der Frauenwelt in der Hauptstadt der Insel zu hören. Und wenn er gar über die Geheimnisse Athens sprach, ja, ja, ja, –

Er bog den Kopf vor, senkte die Stimme, und um ihn drängten sich mit enganeinander geschobenen Stühlen die jungen Menschen, die in der

Hölle ihrer unbefriedigten Sehnsüchte gequält wurden und sich in ungeheuerlichen Träumen erschöpften. Sie bildeten die Kokosbande, die sich immer an derselben Stelle an einem Tisch in der Ecke traf. Sie sprachen leise und tranken. Zuweilen wurden sie laut. Dann lachten sie und schlugen sich aufgeregt auf die Schenkel.

Kokos erzählte ihnen unglaubliche Dinge, die sich ihr einfältiger Sinn gar nicht vorzustellen vermochte. Er kannte auch gewisse Methoden, gewisse überwältigende Einzelheiten. Er erklärte geheime Künste, die den Schweiß von der Stirn tropfen, die Zähne klappern und die Knie sich zusammenkrampfen ließen. Ach, all diese jungen Bengel hier, wie konnten sie nur so fern von der Welt leben und ihre Jugend zwischen Klippen und auf Barken vergeuden.

Zum Schluß brachte er das Gespräch auf Smaragdi.

Was denn? Sie hatten in ihrer Faust eine solche Pistazie und wagten sich nicht voran! Ihnen lief das Wasser im Munde zusammen hinter ihrem Rock ... Und ein solches Weib –?

Und er beschrieb ihnen alle verborgenen Schönheiten des Mädchens, als könnte er auf seiner Handfläche mit ihnen spielen. Und es fand sich kein alter Kerl, sie unter Wasser zu kriegen. Kein einziger. Na, wie jener lachhafte Trottel Varuchos. Nur, diesmal dürfte es kein unrasierter Greis sein, und er dürfte es nicht so plump anstellen ... Ein Weib will etwas Bestrickendes sehen, um ihr Ja zu sagen. Sie ist kein Vieh, das man unterm Joch hinter sich herziehen kann.

Die andern träumten einer solchen Möglichkeit nach, schüttelten aber zweifelnd den Kopf.

«Du weißt nicht, was für eine Sache Smaragdi ist, darum ...»

«Was ist sie? Ein Bastardmädchen und nichts anderes. Einen Vater hat sie nicht, vor dem man Angst haben müßte, einen Bruder hat sie nicht, einen Verwandten hat sie nicht. Was hat sie?»

«Sie hat etwas, das dich auf deinen Platz festnagelt. Das hat sie.»

Die anderen nickten: «Ja.»

Kokos blinzelte, schob die Finger in die Hosenträger und neigte sich zurück.

«Sieh nur einer an. Das wäre gerade das Richtige für mich.»

Er pfiff. Solche Schwierigkeiten waren ihm auch sonst schon untergelaufen.

«Überlaßt mir die Gorgone des Hafenplatzes. Eines Tages werde ich euch Neuigkeiten von ihr berichten.»

*

Dieser Tag blieb in der Tat nicht lange aus.

Dort auf dem Plätzchen bei Fortis unter dem großen Maulbeerbaum versammelten sich stets die

Fischhändler und versteigerten die von den Booten und den Anglern gelieferten Fische. Dorthin ging auch der Steuereinnehmer und stellte dem letzten Bieter, der die Ware übernahm, sein Formular aus. Einen solchen Arbeitstag wählte Kokos für die große Unternehmung. Smaragdi stand da, neben sich auf dem Boden einen Fischkorb. Es waren einige auserlesene Angelfische darin sowie zwei oder drei breite Flundern, grau auf dem Rücken, weiß auf dem Bauch.

Er pflanzte sich mit den Händen in den Hosentaschen davor und hüstelte gezwungen. Dann sagte er mit süßer Stimme: «Tu mir den Gefallen, Mädchen, und suche mir ein gutes Kilo Fische zum Rösten aus. Ich schicke jemanden, sie von deiner Barke abzuholen.»

«Mit Vergnügen», antwortete Smaragdi voll Geschäftseifer.

Wenn sie auf Kokos achtgegeben hätte, so würde sie bemerkt haben, daß er an jenem Tag mit ausnehmender Sorgfalt herausgeputzt war. Pomadenglanz und -duft umgab ihn vom Scheitel bis zu den Zehen, und seine Bügelfalte war scharf wie ein Rasiermesser.

Ihr Sinn war darauf gerichtet, möglichst schnell abzuschließen, dann die Barke und die Körbe zu säubern und nach Hause zu laufen. Dort wollte sie sich waschen und umziehen, dann kochen und hier und da etwas in ihrer Wirtschaft besorgen. Vergeb-

lich posierte Kokos bald auf dem einen, bald auf
dem anderen Bein, vergeblich deutete er mit den
Fragmenten seines Schnurrbarts ein Lächeln an, das
er für unwiderstehlich hielt. Ohne Eindruck zu
machen, räusperte er sich, unterstrich er die Schleife
seiner neuen Krawatte mit einer durch und durch
aristokratischen Handbewegung. Auch der grüne
Stift neben dem Tüchlein in der Obertasche hatte
keinen größeren Erfolg.

Smaragdi beglich ihre Rechnung mit dem Fischhändler, der ihre Ware kaufte, nahm das Geld und
lief zur Barke. Ihr folgten drei Knirpse von Lathios,
zwei mit dem leeren Korb, der dritte mit einigen
ausgesuchten Fischen in einem Holzeimer.
Smaragdi schickte die Kinder heim, um Feuer anzuzünden, bis sie selbst zum Kochen käme. Mittag
nahte. Der sommerliche Oktobertag bewahrte seine Hitze noch in diesen Stunden. Sie ließ das Segel
als Zeltdach herunter und setzte sich in den Schatten, um einige Barben für den Steuereinnehmer und
eine große Seezunge für Fortis zu reinigen.

Während dieser Arbeit erschien Kokos. Er tat,
als promeniere er ganz zufällig am Kai und kam mit
den Händen in den Hosentaschen daher. Er schritt
bedachtsam voran, von Stein zu Stein, und pfiff
leise ein Athener Liedchen.

Als er an Smaragdis Landungspfahl kam, bückte
er sich, zog die Barke am Tau näher und hüpfte
hinein.

Das Mädchen unter dem Zelt glaubte, es seien die Kinder.

«Warum seid ihr zurückgekommen?» fragte sie.

Kokos guckte unter dem Segel hervor und präsentierte sich wie eine Trumpfkarte.

«He, he, he», sagte er. «Ich bin es. Ich komme wegen der Fische.»

Sie machte «ah» und zeigte ihm das Bündel. Sie reibe noch daran, er müsse ein wenig warten. Ein wenig? Ach bitte, das eile gar nicht. Er würde warten. Eine Freude für ihn zu warten. Es sei kein Grund zur Eile. Sie hätten vollauf Zeit, hi, hi.

«Wieso denn?» fragte das Mädchen. «Es ist Mittag, und Ihr müßt sie noch braten, nicht wahr?»

Und sie beeilte sich, um ihm die saubern Fische zu geben.

Er jedoch setzte sich auf das Bord, ein wenig gebückt, um die Frisur an dem niedrigen Zelt nicht zu gefährden. Er wiegte sich lächelnd hin und her und begann zu schwätzen. Sein Geist könne es nicht fassen – sie müsse ihm schon verzeihen –, daß ein Geschöpf wie sie, das Bild von einem Engel, unter solchen Wilden leben wollte. Was verstanden diese Schäferhunde von solcher Figur? Sie müsse nochmals verzeihen, aber hier gelte das Sprichwort: «Was schmeckt der Ziegenhirt an einer Omelette?» Hi, hi, hi, war es nicht so, bitte?

Das Mädchen sagte nichts, und er faßte Mut.

«Sagt mir doch, seid ihr jemals in Athen gewesen?

Ah? Nein? Schade. Ich habe die Gelegenheit, jedesmal, wenn ich Ware zum Fischmarkt der Hauptstadt begleite, dorthin in der ersten Klasse zu reisen. Da kann man städtisches Leben sehen. Die Straßen sind so blankgescheuert, daß man sein Gesicht darin spiegeln kann. Und an den Ecken elegante Lokale mit hohen Schaufenstern, und alle Welt, Männer und Frauen sind wie aus dem Ei gepellt, die Mädchen wahre Puppen.»

«Also gibt es dort keine Armen?» fragte Smaragdi.

«Es mag auch Arme geben, unvermeidlicherweise. Aber auch sie sind gut angezogen. Außerdem ist die Polizei da. Die erlaubt dem Lumpengesindel nicht, seinen Schmutz auf den großen Straßen und marmornen Fußsteigen abzuladen. Und Blumen! Ach, Blumen! Sie grüßen überall her! Von den Balkonen und den Fenstern, von den eisernen Laternenpfählen an der Straße und von den Terrassen der Paläste. Und gar die Mädchen! He, was für Mädchen! Engel wie kühles Wasser, das man aus dem Glas trinken möchte. Sie gehen auf und ab, halten weiße Hündchen mit seidigem Fell an silbernen Ketten und marschieren im Kreis umher.»

«Wird es ihnen nicht langweilig, immer so im Kreis zu gehen?» fragte Smaragdi. «Sie müssen sich doch auch manchmal hinsetzen und ausruhen.»

«Hi, hi, hi, das ist köstlich. Freilich setzen sie sich in die Gärten, die mitten in der Stadt sind. Nahe bei ihnen sind Springbrunnen, und es spielt Musik. Sie sitzen auf Strohsesseln und schlürfen gefärbtes Eis aus dünnen, langen Strohröhrchen. Ein ganz köstlicher Anblick.»

«Ja, ja, das sind Städte, die ihre eigenen Sitten haben», meinte Smaragdi. «Ihnen geht es gut – dort, wo sie sind. Gut geht es auch uns hier, wo wir sind. Jetzt nimm die Fische. Wenn es gefällig ist, hier sind sie.» Sie legte das Fischbündel neben Kokos.

Der Steuereinnehmer jedoch war von seinem eigenen Schwatzen entflammt, sein Gesicht war gerötet, seine Nase schimmerte, seine kleinen Augen blitzten.

«Nein», sagte er aufgeregt und wühlte in seiner Rocktasche nach einem ledernen Portefeuille, aus dem er mit zitternden Händen einen Fünfzigdrachmenschein hervorzog. «Wenn du dort wärst, Smaragdi, dann würden alle Leute mitten auf dem Platz stehenbleiben, um dich anzuschauen.»

«Natürlich würden sie stehenbleiben», sagte Smaragdi lachend. «So eine Figur mitten auf dem Platz von Athen. Aber warte noch, ich muß dir deinen Rest herausgeben.»

Sie nahm den Fünfzigerschein und beugte sich über die Kabine am Heck. Dort schloß sie ein grünes Schränkchen auf und suchte nach Kleingeld.

«Bitte, bitte», sagte Kokos mit zitternder Stimme. «Keinen Rest. Nein. Jetzt handelt es sich nicht um den Rest. Ich will keinen Rest, ich ... ich ... ich will nur dich ...»

Seine Knie zitterten, seine Hände zitterten, und er fiel über sie her und umklammerte sie im Rücken, so wie er sie vor sich niedergebeugt sah. Seine Hände tasteten nach ihrer Brust.

Da wurde Smaragdi wieder von dem Übel ergriffen, das sie seit Jahren nicht so stark gefühlt hatte. In einem Augenblick durchlebte sie die Nacht der Schande aufs neue. Als hätte so lange in ihr die gekränkte Schlange eingeringelt gelegen, stürzte sie jetzt, von jenem Gecken aufgestachelt, mit grimmiger Wut hervor.

Mit ihrem ganzen Körper, mit all ihren Gliedern schüttelte sie ihn von ihrem Rücken ab wie ein ekelhaftes Schmarotzerwesen. Ihr Stolz befahl ihr, jeden Laut, der in ihr aufstieg, zu unterdrücken, und nicht die herbeilaufenden Leute zu Zeugen ihres Erlebnisses zu machen. Der Steuerbeamte rutschte von ihr ab, stieß an die Segelstange, aber ließ sie nicht los. Er klammerte sich an ihren Beinen fest. Nun fiel das Zelt über ihnen zusammen, und sie wälzten sich miteinander ringend unter dem Tuch. Plötzlich erblickte sie ein altes Kleid, das sie ausbessern wollte. In ihm steckte eine dicke Nadel mit dem Faden. Sie zog die Nadel heraus und stach auf ihn ein, wo immer ihre Hand hintraf.

Der Steuerbeamte schrie auf. Dann entschloß er sich zur Flucht. Nur war er von seinem Schmerz so benebelt, daß er beim Absprung vom Bord fehl trat und ins Wasser stürzte.

Inzwischen war den Fischern der Lärm aufgefallen. Sie kamen aus den Barken und den Kaffeehäusern hervor und gafften. Königlich amüsierte es sie, Kokos in seinem Jammer zu sehen; zu sehen, wie er sich abmühte, auf die Mole zurückzuklettern. Einige griffen nach Schiffstrompeten, und die Gegend erschallte laut von ihrem Blasen und ihrem Gelächter.

Kokos humpelte mühevoll an Land. Dann rannte er hinkend und stöhnend zu seinem Haus, um die Kleider zu wechseln. Gepeinigt griff er sich mit einer Hand an die Hüftgegend. Hinter ihm bildete das Wasser, aus seinen Hosen rinnend, ein Bächlein. Die Fischerkinder rannten neben ihm her und schrien: «Juchhe.»

Fortis hörte den Lärm. Er kam aus seinem Geschäft und sah seinen Mieter triefend rennen und die Leute hinter ihm her johlen. Er stellte sich unter den Maulbeerbaum, die Arme in die Seiten gestemmt und den Kopf wiegend. Als Kokos nahekam, setzte er die Brille zurecht und betrachtete ihn von oben bis unten. Er fragte höflich: «Ihr seid ein wenig naß geworden, scheint mir, Herr Achtaridis?»

Kurze Zeit nachher kam eines der Töchterchen von Marija zur Barke gesprungen und sagte zu Smaragdi: «Die Mutter sagt, du habest eine dicke Nadel zum Nähen und möchtest sie ihr schicken. Sie will Säcke nähen und hat keine Nadel zur Hand.»

Diesen Satz tischte sie, dem mütterlichen Auftrag entsprechend, pausenlos auf. Sie hatte ihn sich auf dem Wege immer wieder vorgesagt, um kein Wort zu vergessen.

Smaragdi war noch von dem Vorfall mitgenommen. Sie brachte sich, von dem Ringen erhitzt, wieder in Ordnung und stellte auch das hingefallene Zelt auf. Als sie das Kind sah, nahm sie aus einer Ecke den Fünfzigdrachmenschein und sagte: «Nimm das Geld und bringe es Ohm Komninos. Er möchte es Herrn Kokos zurückgeben, dem es in die Barke gefallen ist.»

Die Kleine nahm das Papiergeld; ehe sie jedoch abzog, rasselte sie ihren Auftrag noch einmal wie eine Grammophonplatte herunter.

«Die Mutter sagt, du habest eine dicke Nadel zum Nähen und möchtest sie schicken. Sie will Säcke nähen und hat keine Nadel zur Hand.»

Sie wartete auf Antwort, den Schein in den Fingerchen auf- und zufaltend.

Smaragdi sah das Kind zerstreut an. Schließlich zuckte sie mit den Achseln.

«Die Nadel?» sagte sie. «Die hat dieser Kokos mitgenommen. Suche sie!»

Das Kind machte sich auf, brachte das Geld ins Kaffeehaus, gab es Fortis und rezitierte wieder in einem Zug den neuen Auftrag: «Smaragdi sagt, da sei das Geld, und du möchtest es Herrn Kokos geben, dem es in die Barke gefallen ist. Du möchtest mir auch die dicke Nadel zum Nähen geben, die er mit sich genommen hat. Und die Mutter braucht sie zum Nähen und hat keine Nadel zur Hand.»

Einige Gäste unter dem Maulbeerbaum hörten diese Rede mit schallendem Gelächter. Sie warteten, daß der Steuereinnehmer aus seinem Zimmer käme. Aus der Rede des Kindes hatten sie erraten, warum der rennende Kokos so stöhnte, während er die Hand hinten auf die Hüftgegend preßte. Sie stimmten also selbst den Ruf unter seinem Fenster an: «Kokos, die Nadel. Die Nadel, Kokos!»

Die Bande der Jüngeren gab die Parole an, aber auch die Älteren nahmen sie auf. Von Stund an war sie eine allgemeine Losung. Ein Massenschrei, der hinter dem Steuereinnehmer ausbrach, wo immer er sich zeigte. Er verfolgte ihn auf dem Spaziergang und bei seiner Arbeit, er erklang hinter der Klippenbank und in den Barken, er stieg aus dem Weidengebüsch, er kam aus den Feigenbäumen und hinter den Zäunen hervor. Er traf ihn auch direkt gegen Stirn und Brust wie ein von unsichtbarer Hand geworfener Stein. Selbst wenn er sich ganz allein glaubte, erklang der Ruf. Auch die durchfahrenden Schiffsleute und die Fischer von den Motorbooten tauschten den Satz aus. Die Bauern, die für ihre Geschäfte in den Hafen kamen, lernten ihn. Sogar die Frauen der Siedlung nahmen ihn auf. Er klebte als Kainszeichen an dem Menschen fest und wurde ihm zu unerträglicher Qual. Schließlich verzweifelte er, packte seine Sachen zusammen und floh eines frühen Morgens.

Und als er im Benzinboot das Rabenkap umschiffte, dort wo er sich dem verfluchten Platz entrückt glaubte, vernahm er plötzlich von der minarettartigen spitzen Höhe eines mächtigen Felsens am einsamen Strand den unbarmherzigen Abschiedsruf: «Kokos, die Nadel.»

Es waren die vier Burschen, die ihm einstimmig den letzten Geleitgruß des Hafenortes nachschickten.

Smaragdis Betragen begeisterte die Fischer. Das Mädchen der Siedlung hatte dem fremden Gecken zu verstehen gegeben, was für Birnen der Sack enthielt. Alle betrachteten es mit immer größerem Respekt. Smaragdi hatte ein Palikarenherz, mein Sohn, die war kein leichtes Ding!

44

Im Spätherbst änderte der Hafenort sein Aussehen. Die Zeit der Olivenernte begann. «Das Kernchen» nannten die Bauern ihre Frucht mit rührender Zärtlichkeit. Aus allen Ecken rollten die Ölfässer herbei und reihten sich auf den Brettern. Hämmer schlugen auf Bleche und Kessel. Die Fabrik bereitete ihre

Eröffnung vor. Die Mechaniker und die Schmiede feilten, reparierten und ölten.

In den folgenden Wochen trat der Fischerhafen zurück; der Olivenhain übernahm die Herrschaft. Die Bauern strömten herbei, den Platz und die Kaffeehäuser füllend. Der feste Boden regelte nun das Leben der Menschen. Freilich, auch ihn beschützte die Heilige Gorgone, jedoch diesmal mit ihrem irdischen Oberkörper.

Gut war das Wachstum, reichlich die Blüte. Die Früchte reiften schon an den Bäumen. Aber dann kam der Winter heran, und der Himmel entschloß sich nicht, Regen zu spenden. Der ganze Herbst verlief in Trockenheit, die Erde öffnete ihre durstigen Münder in Spalten. Und die Bäume, mit Früchten beladen, von Durst gepeinigt, setzten brandige Stellen an.

Die Olivenblätter krümmten sich und schrumpften, sie wurden aschenfarbig, als wäre eine Flamme über sie hinweggezüngelt. Das Oktoberfest des Heiligen Dimitrios mit dem täuschenden Spätsommer ging vorbei, jetzt war der November gekommen, und am Himmel zeigte sich keine Wolke.

In früheren Zeiten, als Anatolien noch nahe war, kannte das menschliche Herz diese Angst nicht. Wenn es hier keine Frucht gab, würden die Landgüter drüben fruchtbar sein. Dort waren die mächtigen Berge mit den dichten Wäldern. Die speicherten Feuchtigkeit auf, und die Ebenen wurden bewässert. Von den Ernten der Großgrundbesitzer aßen auch die Armen mit. Zur Not brachten sie die Abfälle aus Anatolien her. Doch seitdem die Kriege blutgefüllte Gräber als Grenzen gezogen hatten, blieb keine andere Hoffnung außer der auf Gott.

So beschlossen die Menschen der Ölpflanzungen, vor Gott niederzufallen. Die Bischöfe der Insel schickten Formulare in alle Bezirke, so daß in allen Dörfern Litaneien gesungen werden konnten, um den Regen flehend, den Gott vom Boden der Sünder fernhielt.

Ein Ausrufer kam ins Dorf und auch zum Hafenort und verkündete, daß sich am Sonntag alle in Murja zu einer Bittprozession auf die Felder einfinden sollten.

Der Sonntag brach an, und die beiden Glocken der Heiligen Fotini auf dem Berge klangen, dazu schlug die Rassel des Heiligen Heilands am Friedhof, als flehten zusammen mit den Lebendigen auch all die Tausende alter Pflüger und Schnitter, die dort im Olivenhain ausruhten. Später läutete noch das Glöcklein von der Klippenbank der Madonna mit dem Fischleib, um auch die unfrommen Fischer zur Bittprozession einzuladen.

Auch diese erhoben sich also, zogen ihre guten Hosen, schwarzen Wollstrümpfe und Sonntagsschuhe an und stiegen hinauf.

Nach der Messe brach von der Kirche der Heiligen Fotini die Prozession auf. Voran die Popen, der eine mit dem goldenen Evangelienbuch, der andere mit dem silbernen, an deren vier Seiten die vier Evangelisten in rubingeschmücktem Email dargestellt waren. Die Palikaren trugen heilige Bilder: die große Ikone der Samariterin mit dem Wasser in ihrem Krug, und die andere mit dem siebenmündigen Brunnen, worin die Wasser aus einem marmorgehauenen Becken in das andere sprudelten. Auf dem obersten Becken stand die Allheilige mit flehend erhobenen Händen.

Heraus kamen auch die Banner mit schwarzem Krepp auf dem Silberkreuz, damit Gott die Betrübnis der Welt sehe. Die goldenen Troddeln glänzten in der Sonne. Ihnen folgten die Knaben in weißen Röcken und kreuzweis gebundenen roten Schultertüchern, die Lampen und sechsflügelige Engelbilder trugen.

Der Zug brach nach den Feldern auf. Eine endlose Menge schloß sich ihm an. Männer und Frauen, Kinder und Greise, alle zogen mit, um den Herrn, der einst die Erde aus dem Wasser gehoben hatte, anzuflehen, daß er den Bäumen den Regen schicke.

Während sie durch das Dorf zogen, klapperten die Tausende von Schuhen auf dem Pflaster. Dann begann der Feldweg, ein Pfad, wo einer hinter dem andern Platz suchen mußte. Die Prozession wurde lang wie eine endlose Schlange, die ihre Windungen zwischen den Bäumen vollführte. Erst verlor sie sich langsam in einem Nußbaumwäldchen, dann versank sie in der Schlucht des Oryakas, und plötzlich kam sie in der Ferne mit ihrem Kopf wieder hervor. Dieser Kopf blitzte von goldenen und silbernen Schuppen, da die geflügelten Engel und die kristallenen Lampen in der Sonne glänzten. Dann allmählich wickelte sich der schwarze Schweif hervor, und auf dem ganzen Weg erhob sich eine dicke gelbe Staubwolke über der Menschenmenge.

Sie blieben auf der einzigen ebenen Fläche innerhalb des ansteigenden Olivenhaines stehen. Dort machte der Kopf der Prozession halt, und die Schlange ringelte sich auf, zog ihren schwarzen Körper zusammen, bis auch ihre Schwanzspitze in der Runde eingegangen war. Dann vollzog der Pope die Weihe und besprengte den Olivenwald mit nassem Basilienkraut übers Kreuz in den vier Himmelsrichtungen. Aus kleinen Schalen besprengten auch die Bauern und ihre Frauen jeder das eigene Stück Land. Dann sprachen die Popen das Regengebet, und nach jedem Satz wiederholten tausend Stimmen das Amen.

Der Weihrauch stieg, zusammen mit dem Flehen, in dichten Wolken empor, und die Silberglöckchen an den Räucherfässern des Popen gaben zwischen den Bäumen einen seltsamen Klang mit den Kupferglocken der Tiere, die vergeblich nach einem grünen Blatt suchten.

«Laßt uns beten zum Herrn.»

Die Litanei stieg zugleich mit dem Staub und

dem Rauch, in eintönigem, weinerlichem Singsang zum Himmel.

«Und erbarme dich unser, o Herr, die wir vom wilden Sturm und bedroht vom Mangel des Notwendigen geplagt werden.»

«Kyrie eleison», riefen die Christen schmerzlich.

Und der Pope zog wieder die Töne psalmodierend lang: «Friedlichen Regen sende der Erde, daß sie Frucht bringe.»

«Kyrie eleison.»

«Mache trunken, Herr, die Furchen dieser Erde mit lauterem Wasser, daß wir und die unvernünftigen Tiere Nahrung finden.»

Alle Menschen knieten am Boden, bekreuzigten sich, blickten flehend zu Gott in den blauen Himmel. Männer, Frauen und Kinder sagten mit Macht «Amen», so daß die trockenen Schluchten brausten und ihre Stimme bis zu den Füßen des Herrn emporsandten, damit er sie höre.

Die Frauen, deren Gesichter vom Gehen und vom heißen Staub gerötet waren, schluchzten in religiöser Verzückung. Die Greisinnen schlugen sich an die Brust und verbrannten auf kleinen Ziegeln feste «Öltränen» von süßriechendem Harz.

«Herr, erbarme dich unser.»

So ging die Litanei unter einem flammend hellen Himmel zu Ende. Der Zug löste sich auf, und die Bauern gingen ins Dorf zurück, die Hafenbewohner hinunter ans Meer.

Das war der Sonntag. Noch zwei weitere Tage kamen, und die Hitze dauerte hoffnungslos an. Die Menschen im Olivenhain strichen mit ihrer schwieligen Handfläche über die Rinde der Bäume, so wie man mit zärtlich hilfloser Tröstung die Hand auf die Stirn eines fiebernden Kindes legt. Ihre Augen wurden feucht.

«Verloren ... um unserer Bosheit willen wird uns Gott zugrunde richten.»

Und dann am Mittwoch, um die zwölfte Stunde, geschah das Wunder.

Schon am Morgen zeigten sich Wolken, und ein starker Westwind wehte. Die Leute gingen auf die Straßen und Felder, die Frauen bekreuzigten sich an den Fenstern. Sie sahen zum Himmel und lächelten einander bedeutungsvoll zu. Mit Herzklopfen warteten sie. Die Schiffer traten aus den Kaffeehäusern und beobachteten Anatolien, von dessen hohen Bergen her sie den Segen erwarteten. Die Wolken verloren ihre Umrisse, sie mengten sich zu formlosen bleigrauen Massen und sanken allmählich in dunkelvioletter, sich verdichtender Trübung nieder.

Es war deutlich, daß es dort drüben regnete. Die Wolkenschicht löste sich, graue senkrechte Streifen hingen über dem Kap Baba herunter. Gesegnetes Anatolien. Nach der Seite der Insel zu war es noch trocken, obwohl ein feuchter Wind in kurzen Stößen herankam und die Oberfläche der See aufkräuselte. Jähe, unregelmäßige Windstöße liefen über den Wogen dahin wie tolle Dämonen. Über einem immer schwärzeren Meer schob sich der Regenvorhang vorwärts. Grünlich leuchtete es unter den Hieben des Wolkenbruches auf. Und dieser Vorhang kam näher und näher. Es bestand nur die Gefahr, daß seine finstere Masse mitten auf dem Meer halt machte und sich außerhalb des Inselgebietes erschöpfte. Es wäre nicht das erstemal gewesen, daß die Menschen ein Unglück solcher Art zu erleiden hatten.

An diesem Tag geschah das nicht.

Der Himmel verfinsterte sich schnell über der Insel. Die düstere Hand schob sich auf einem kochenden Meer voran. Und als die ersten Güsse niederprasselten, fanden sie in den Herzen ebenso freudigen Widerhall wie siegverkündende Böllerschüsse. Triumphrufe dröhnten über der Insel, von einem Ende zum anderen. Sie polterten gleich wilden Pferden, die sich in toller Aufregung auf einer gesteinten Tenne den Zügeln entrissen.

«Ah», schrien alle, als frohe Antwort auf die himmlische Botschaft.

Schwarzer Aufruhr tobte nun überall. Heftig zog der nasse Vorhang über dem Meere heran, erreichte den Hafen und riß die Boote in seine Wirbel. Dann ergoß sich der Regen über die Bäume und über die Berge; er umfing den Olivenwald und die weißen Dörfer.

Das war wirklich der Regen, der große, der durstüberwindende Regen. Sein fallender Strom verschlang alles, Farben und Umrisse. Er fraß sie und wälzte seine mächtigen Strudel wütenden Wassers darüber. Er wogte vom Himmel bis zur Erde herab und stäubte von unten in schweren Wirbeln zur Höhe zurück.

Die Erde saugte in tausend Münder und tausend Schöße unersättlich das rettende Wasser ein, das von verschlammendem Staub und welken Blättern überquoll. Die Bäume bogen sich glückselig unter der göttlichen Heimsuchung.

Plötzlich gesellte sich noch zu dem brausenden Lärm eine rührende Stimme von der Höhe. Es war die große Glocke der Heiligen Fotini oben in Murja, die die Auferstehung verkündete. Sie war die Stimme des ganzen Bauerndorfes, aller Menschen des Ölwaldes, der Armen, der Taglöhner, die den Herrn lobpries. Die ehernen Töne dämpften sich manchmal und verklangen in den nassen Baumkronen, bald hoben sie sich rein und weltenfern aus dem Rauschen des Wassers in so seltsamen und entrückten Schwingungen, als läuteten die Glocken vom Meeresgrund. Auch die kleine Totenglocke gesellte sich ihnen zu.

Auch Thymios, Schafköter genannt, hörte diese Stimme. Er warf sich seines Vaters Wachstuchmantel mit der Kapuze über und stapfte durch den Wolkenbruch zur Klippenbank der Allheiligen hinauf. Dort ergriff er das Seil des Glöckchens an der Kapelle und begann in einem tollen Rhythmus hastig und regellos zu läuten.

Der gelbe Mantel wurde vom Winde weit aufgebläht, so daß er einer riesigen, fahlen Fledermaus glich, die an der Glockenzunge hing. Der Schafköter heulte und schlug, sprang und stampfte mit den nackten Sohlen auf dem Felsen. Er war vom Brausen und Duften des Regens betrunken.

So antwortete der Samariterin im Dorf vom Hafenort her die Madonna mit dem Fischleib.

45

Die Nacht war still; die Hitze lastete. Viele schliefen halbnackt in den Barken und auf den Terrassen, und nur der Mond stand über den unbeweglichen Wassern und spielte mit den Schatten der Vorgebirge. Die Grillen, in Ritzen versteckt, sägten die Stille entzwei, und die blühenden Brustbeerbäume füllten die Luft mit ihrem schweren Aroma, das süß und klebrig auf der Zunge haften blieb.

Stratos kam behutsam aus dem Schatten der Mole heraus. Er achtete darauf, daß niemand ihn sehe, zog vorsichtig am Seil und sprang in Smaragdis Barke hinein. Seine nackten Füße glitten ohne Geräusch über die Planken. Mit gleicher Behutsamkeit löste er das Tau, hob den Anker und

Gabeln. Dann fuhr er still ... haus in der Richtung auf ... nur eine Hose und ruderte ... schimmerte im Mondlicht. ... und sah, daß er weit genug vom ... war. Da hielt er an und zog die ... er legte sie auf das Bord und verweilte regungslos. Schließlich kniete er ... eine Axt hervor, die er hinten durch ... edergurt gezogen hatte, und hob sie, um ... ebälk des Bootes entzweizuschlagen.

Da sprang plötzlich ein Mensch aus der Kabine hervor und fiel ihm in den Arm.

«Nicht doch», rief zugleich eine flehende Stimme.

Der Bursche warf erschrocken die Axt hin. Als er sich umsah, erblickte er Vatis.

«Du bist es», sagte er mit einer von Wut und Enttäuschung erstickten Stimme.

«Tu das nicht, mein Bruder!» bat der andere. «Was du dir ausgedacht hast, ist böse. Böse und ungerecht.»

Sogleich verflog Stratos' Zorn. Er brach zusammen und verfiel in Trauer. Seine Augen füllten sich mit Tränen.

«Du», sagte er, «hast kein Mitleid mit unserem Manolis. Du weißt nichts von dem Kummer, der ihn zerfrißt. Heut abend trinkt er wieder bei Gatzalis, und wohin ihn dies bringen wird ...»

«Ich weiß», erwiderte Vatis leise. «Ich weiß.

Aber was kann die Barke dafür, und
unsere Smaragdi dafür? Du denkst, sie
ihn aus Hochmut, weil sie die Barke hat.
Zeug! Sie will niemanden. Sie wird überhau,
nen Mann nehmen. Niemals.»

«Wer hat dir das gesagt?»

«Sie selbst, mein Bruder.»

«Sie hat mit dir über Manolis gesprochen
fragte Stratos erschüttert.

«Wir haben zusammen über ihn gesprochen. Und
sie schwor und küßte das Kreuz. Niemanden wird
sie nehmen. Weder unsern Manolis noch sonst
einen.»

«Wie ist das möglich?» rief Stratos.

Der andere zuckte die Achseln.

«Es ist eben so. Es kommt von ihrer – Eigenart...»

Stratos starrte ihn an und bemühte sich zu verstehen ... «Ihrer Eigenart?» sagte er dann, als würde er von dieser törichten Erklärung erleuchtet.

Er seufzte tief.

«Unser Manolis wird sterben», sagte er und biß sich auf die Lippen, um nicht vor Erregung in Weinen auszubrechen.

«Er wird nicht sterben. Unser Manolis ist ein Palikare und wird seinen Schmerz mit der Zeit überwinden. Habe keine Furcht wegen unseres Manolis. Er ist ein Mann, kein leichtsinniger Kerl.»

Bei diesen Worten griff er wieder nach dem Ruder, und sie fuhren zum Hafen zurück. Da erst fiel es Stratos ein, seinen Bruder zu fragen, wieso er sich zu einer solchen Stunde in dem Boot befunden habe.

Vatis erklärte ihm, er habe ihn seit dem Tage beobachtet, an dem er ihn zu seiner Mutter sagen hörte, es sei Smaragdis Boot, das sie hindere, den großen Bruder zum Manne zu nehmen. Es sei nicht das erstemal, daß er sich in der Kabine versteckt habe, weil er Unheil erwartete ... und heute früh habe er ihn im Keller nach der Axt suchen sehen. Dann habe er gesehen, wie er sie zur Seite legte und in der schmutzigen Wäsche versteckte.

Sie kehrten zusammen heim. Sie gingen langsam, und Vatis bemühte sich, dem Bruder seine Ansichten über das fremdartige Schicksal dieser Mädchen zu erklären, die Nixenfindlinge waren und sich mit keinem Manne paaren könnten. Er berichtete von all den dazugehörigen Lehren der Großmutter.

Stratos gehörte nicht zu denen, die auf derartige Märchen achten. Aber das All ringsum war von einem riesigen Mond überglüht, der alle stofflichen Gesichter und Dinge in einen Dunst hüllte und die verrücktesten Träume, die unvernünftigsten Einbildungen der Menschen als wahr erscheinen ließ.

Vor der Haustür fanden sie Manolis sitzen. Er hockte auf dem Boden und summte ein Lied. Unter schweren Augenlidern sah er zu den Zwillingen hinauf. Seine Augen waren vom Trinken getrübt. Sein Gesicht zog eine häßliche Grimasse im Mondlicht.

Stratos preßte krampfhaft Vatis' Arm.

46

Die Streitigkeiten zwischen den beiden großen Kaffeehäusern hörten nicht auf. Jetzt, nach der Eröffnung der Ölpresse, sprachen alle Bauern bei Fortis vor. Seit Jahren hatte sein Geschäft keinen solchen Verkehr gesehen. Die Ernte brachte Ströme von Öl; die Leute waren glücklich, daß die Jahreseinnahme gesichert war und die alten Bankschulden abgetragen wurden. Auch die Arbeiterschaft der Fabrik kam her, um sich auszuruhen und einen Bissen zu verzehren.

Der große Ofen heizte gut; alles in dem Raum war gemütlich. Es roch nach Kamillentee und Kaffee; es duftete nach dem erlesenen Wasserpfeifentabak aus Persien. Lambis mußte an tausend Orten zugleich sein, um die Wünsche zu befriedigen. Alle beglückwünschten Fortis, daß ihm Gott einen so tüchtigen Beistand für seine alten Jahre gegönnt habe. Der Kaffeewirt sagte: «Bah, der Schlingel», lächelte in seinen weißen Schnurrbart und warf Blicke heimlichen Stolzes auf den Jüngling, der wie ein kräftiger Mann zwischen den Tischen umhereilte.

Nur die Gatzalisfamilie ließ ihn nicht in Ruhe. Eines Tages ließen sie Fortis wieder ausrichten, er möge seinen Sohn von den Höfen der Siedlung fortholen, sonst würden sie ihn selbst vertreiben – in der Weise, die sie verstünden.

Sie schickten ihm die Botschaft durch einen betrunkenen Eseltreiber. Dieser Säufer trat ins Kaffeehaus, als es voll von Menschen war, und seine Rede wurde von allen gehört. Die Gruppen hielten in ihrem Gespräch inne; die Kunden drehten sich um und sahen nach dem Jungen, dann steckten sie die Köpfe zusammen und tuschelten untereinander.

Fortis, wütend über die Beschämung, gab eine ungebührlich grobe Antwort zurück.

«Bestelle diesem Gesindel», sagte er zu dem Betrunkenen, «wer einen Garten hat, soll einen Wächter anstellen.»

Kaum hatte er dies gesagt, als er es bereute. Es war nicht seine Natur, unbedacht zu reden. Er machte sich selbst Vorwürfe, daß er sich vom Zorn hatte hinreißen lassen.

Er blieb den ganzen Abend mürrisch. Er kochte beim Gedanken an diese Szene, und als er nachts allein mit seinem Sohn blieb, sagte er gereizt zu ihm: «Höre, was ich dir sage. Es paßt mir nicht, daß du an ihrem Haus vorbeigehst und hineinguckst. Wer bist du, he? Ein Luder von ihrer Sorte?»

Lambis antwortete: «Das ist eine Lüge. Niemals habe ich in ihr Haus hineingesehen.»

Fortis wurde noch wütender und schrie: «Ob Lüge oder Wahrheit – ich sag dir's. Schreib es dir gut ins Gehirn! Ich habe mir keinen Sohn angeschafft, damit er mich vor den Bauern zum Gespött macht.»

Lambis sah ihn mit flammenden Augen an. Seine Lippen zitterten; doch er sprach nicht. Er schüttelte nur den Kopf. Das reizte Fortis aufs äußerste. Er stellte sich nah vor seinen Sohn und fauchte ihn an: «Von heut an gehst du nicht mehr durch die Siedlung. Hörst du. Und schüttle nicht den Kopf, wenn ich rede.»

Lambis' Angesicht zuckte.

«Ich muß durch die Siedlung gehen», sagte er, «und ich werde hindurchgehen.»

Der Kaffeewirt konnte sich nicht beherrschen. Er hob die Hand und schlug seinem Sohn ins Gesicht.

Das runde Tablett fiel auf den Boden; die Zähne des Jungen wurden von dem Ring, der seine Lippe aufgerissen hatte, blutig. Er blieb einen Augenblick wie im Taumel stehen. Keine Träne, kein Wort. Er spuckte nur das Blut auf den Boden aus. Dann legte er sein Serviertuch auf den Marmortisch, öffnete die Tür und verlor sich in die Nacht.

Er lief fort und kam nicht wieder heim. Es verging eine Nacht; es vergingen zwei und drei Nächte, und er kehrte nicht zurück. Er trieb sich im Ölwald umher; er übernachtete in den Hütten und stieg nicht zum Dorf hinauf, noch erschien er am Hafenplatz. Plötzlich eines Tages stellte er sich in der Fabrik ein, trat in die Werkstatt von Ohm Jorjis und suchte Arbeit bei ihm.

Der Monteur erkannte, daß er nicht umzustimmen war und nahm ihn an. Er war ein gutmütiger, arbeitsamer Mensch, an dieser Maschine alt geworden. Er war die Seele und der Dämon, der ihre Riemen und Räder bewegte. Tagsüber machte er zusammen mit einem Gehilfen die Reparaturen an der Drehbank und auf dem Amboß. Nachts ließ er Zange und Hammer und widmete sich dem Schnapsglas. Ohm Jorjis hatte keine Kinder; aber er verstand sich auf die Jugend.

«Da er es sich in den Kopf gesetzt hat, laß den Jungen bei mir. So steht es nun einmal», sagte er zu Fortis. «Er ist ein starker und ehrliebender Palikarc. Sein Gehirn erfaßt scharf, seine Hand packt zu. Mag er die Technik bei mir lernen und mich morgen ersetzen. Jedes Übel, das uns befällt, hat auch sein Gutes.»

«Gut», sagte Fortis, der im Reuezustand lebte und zu jedem Nachgeben bereit war. «Nur soll er zu Hause in seinem Bett schlafen. Ist es nicht eine Schande, daß ich nur einen Sohn habe und er außerhalb meiner Tür lebt? Damit die Welt etwas zu reden und im Munde zu verdrehen hat, damit die Gatzalisbande sich freut ...»

Lambis nahm es an, daheim zu schlafen; aber er

brachte es noch nicht über sich, seinem Vater von Angesicht zu Angesicht zu begegnen. Der Kaffeewirt hörte ihn mit traurigem Herzen spät abends nach Hause kommen, und bei Sonnenaufgang, wenn der erste Pfiff der Sirene ertönte, fortgehen. Jeden Abend lauschte er im Bett auf das Knirschen der Tür, auf die vorsichtig die knarrende Treppe hinaufsteigenden Schritte, auf das Rascheln des Bettes beim Niedersitzen. Er hörte das Ausziehen des einen Schuhes, dann des anderen. Zuletzt erkannte er das Auslöschen der Lampe am Verschwinden des Lichtstreifens unter der Tür. Dann seufzte er und gab sich dem Schlummer hin.

«Einen Sohn ohne Ehrgefühl habe ich hervorgebracht», klagte er sich selber an.

Ohm Jorjis, der hiervon mehr verstand, sagte zu ihm eines Nachts, sein Glas ausschlürfend: «Es ist nicht so, wie du glaubst. Es kommt gerade aus stärkstem Ehrgefühl, daß er dir noch nicht in die Augen sehen kann. Ein Ehrloser benimmt sich nicht so. Laß die Dinge reifen. Mit der Zeit wird sich alles ausgleichen. Dieser Junge ist krank von zu viel Stolz. Ich beobachte ihn bei der Arbeit und erforsche sein Inneres.»

«Also habe ich die Schuld?» fragte Fortis, der sich wirklich in der Tiefe seines Herzens sehr schuldig fühlte.

Und Ohm Jorjis, vielleicht weil er schwerhörig war, vielleicht weil er hierauf nicht antworten wollte, sagte mit einer versöhnlichen Handbewegung: «Er ist jung und heißblütig. Das ist seine ganze Schuld.»

So verhielt es sich in der Tat.

Lambis schwieg mit mürrischem Gesicht, sowie jemand ihm gegenüber von dieser Geschichte zu reden anfing. Er trennte sich auch von seiner Bande und verschloß sich trotzig in die Melancholie der Einsamkeit. Ein Knäuel von Eigensinn, Groll und Scham kämpfte unentwirrbar in seinem Innern, und niemand erbot sich, ihm zu helfen. Er stürzte sich leidenschaftlich in die Arbeit, um den Aufruhr in der Seele mit Übermüdung des Körpers zu betäuben.

Der Monteur beobachtete ihn mit Unruhe, wie er sich über die Kräfte seines Alters hinaus plagte.

«Genug jetzt», sagte er. «Morgen ist auch ein Tag.»

Lambis grinste mit seinem verschmierten Gesicht und wischte sich den Schweiß mit dem Arbeitsschurz ab.

«Machen wir noch dieses Stück fertig, Meister», sagte er. «Morgen gibt es anderes zu tun.»

Fortis konnte sich stundenlang einer seltsamen Zärtlichkeit für diesen Wildling hingeben. Mehrmals überkam ihn nachts das Verlangen, aufzustehen, in die Kammer seines Sohnes hineinzugehen, ihn zu umarmen und zu küssen und zu küssen

– wozu es ihn niemals gedrängt hatte, auch als jener noch ein mutterloses Bübchen war.

Aber er überlegte sich, wie er auf andere Weise seine Liebe ausdrücken könnte. Eines Abends ließ er eine Glaskanne voll warmer Milch, mit einer reinen Serviette zugedeckt, und ein Glas neben dem Lager von Lambis stehen.

An den ersten Abenden rührte es der Junge nicht an. Fortis sah in sein Zimmer, kaum, daß er fortgegangen war, und als er die volle Kanne erblickte, krampfte sich sein Herz zusammen. Dennoch war sie am Abend wieder voll frischer Milch an ihrer Stelle. An einem Morgen fand er sie leer. Und am nächsten Tag wieder. Und dann jeden Tag. Seine Lippe zitterte, seine alten Augen wurden feucht.

«Du Spitzbub», sagte er. «Du Frechdachs! Du Schurke!»

Und er legte ein Stück parfümierter Seife neben das reine Handtuch.

Er fand eine neue Art kleinen, seltsamen Glücks in seiner Betrübnis. Er wachte des Morgens, um den Jungen zu sehen, wie er zu seiner Arbeit ging. Er richtete es so ein, daß Lambis nichts merkte, und versteckte sich hinter dem angelehnten Fensterflügel wie ein Liebhaber.

Eines Tages sah er den Jungen kurz neben der Haustür stehenbleiben. Dort stand ein großer, weißgekalkter Blumentopf mit Basilienkraut auf einer hohen Konsole. Lambis steckte den Kopf in seine duftigen Büschel und atmete ihren Wohlgeruch ein. Ehe er fortging, pflückte er ein Zweiglein davon ab und nahm es mit sich.

Am gleichen Tag nahm Fortis den Blumentopf dort weg und stellte ihn neben das Fenster im Zimmer des Jungen.

So mühte er sich ständig, neue, zarte Huldigungen auszudenken, um seine unsichtbare Gegenwart dem verwundeten Herzen des Knaben näherzubringen.

47

Es war eine rauhe Winternacht, aufgerührt von wilden Südweststürmen, die die Scheiben klirren und die Schiffstaue ruhelos knirschen ließen. Mitten in der Kälte ertönte ein Lärm von Grölen und Fluchen. Die Siedlung geriet durch ein Getümmel, das außerhalb des Gatzalisschen Hauses ausbrach, in Aufruhr.

Die Stunde war vorgerückt, die Kaffeehäuser schon geschlossen. Das Kreischen der Weiber drang durch dichte Finsternis. Die heftigste Aufregung herrschte nahe bei dem großen Feigenbaum. Dort wurden Fackeln angezündet, die wilde Fratzen erhellten. Die Gatzalis, Männer und Frauen gemeinsam, warfen Steine und fluchten.

Eine schrille Weiberstimme schrie: «Hier ist der

Schuft heruntergesprungen. Schneidet ihm den Weg ab!»

In den Nachbarhäusern bewegten sich angezündete Lampen hinter den Scheiben, und erschrockene Gesichter lugten hervor. Mit geblendeten Augen versuchten sie zu erspähen, was draußen geschah, und sahen nichts.

Smaragdi zog sich zum Schlafen aus, als sie den Lärm unter ihrem Fenster hörte. Sie warf sich einen Rock über und öffnete die Scheibe. Wind blies herein und löschte ihr die Lampe aus. Das Getümmel war auf der anderen Seite des Feigenbaumes, der ihren Hof von dem der Gatzalis trennte. Sie erkannte die Stimme des ältesten Sohnes, die ununterbrochen Zoten ausstieß. Sie sah im Fackelschimmer auch den Alten und die zwei Frauen, Mutter und Tochter. Der Alte hielt die Fackel hoch; die Alte schwenkte eine Schiffslampe und kreischte: «Hier hat sich der Verfluchte eingeschlichen. In den Hühnerstall. Haut ihn.»

Da drängten sich alle Gatzalis um den leeren Hühnerstall und begannen, blind in ihn mit Stangen und zerbrochenen Rudern hineinzuschlagen.

«Hier ist er», schrie der Alte.

Sein Holz war auf etwas Weiches gestoßen.

«Oh», hörte man einen erstickten Laut von drinnen. «Oh», jedoch kein Wort.

Die Männer bückten sich und zogen den, der dort drinnen versteckt war, hervor. Sie senkten die

Fackeln, in deren züngelnden Flammen sie Lambis erkannten. Sie zerrten ihn, abgerissen, beschmutzt und blutig im Gesicht, mit ihren Händen hin und her. Sie stießen ihn unter das Licht, spuckten ihm ins Gesicht und gaben ihm Ohrfeigen. Jana stürzte sich auf ihn wie eine Wildkatze und kratzte ihn mit den Nägeln im Gesicht. Mutter und Tochter rissen ihm Haarbüschel aus und heulten dabei wie Irrsinnige.

Nach dem ersten Schrecken sahen die Nachbarn, daß es sich um einen Streit handle. Sie kannten den Charakter der Gatzalis. Darum löschten sie die Lampen aus und verfolgten die aufregenden Geschehnisse ungesehen, um nicht vor Gericht in Zeugenaussagen verwickelt zu werden.

Nur aus dem Hause von Lathios kamen der Alte, Manolis und Vatis mit angezündeten Fackeln. Bei ihrem Anblick faßte Smaragdi Mut und gesellte sich zu ihnen.

Sie sah Lambis im Schmutz knien, während sie ihn traten und zerrten und ihm mit dem Ruder in den Rücken schlugen, so daß sein Körper hohl davon widerklang. Sie sah, wie er sich als Einzelner gegen so viele wehrte, wie er mit Zähnen und Nägeln kämpfte. Sie hörte das erstickte Stöhnen, mit dem er sein Weinen unterdrückte, und ihr Herz krampfte sich zusammen.

«Ihr bringt ihn ja um», schrie sie verzweifelt und trat zwischen die Männer.

Lambis hörte ihre Stimme über sich und hob die Augen zu ihrem Gesicht, das von den Fackeln erleuchtet war. Da stieß er einen düsteren Klageruf aus, wie ein winselndes Tier. Er raffte sich taumelnd, gleich einem Betrunkenen, empor, tat mit gesenkter Stirn einen Sprung nach vorwärts und verschwand im Dunkel.

«Wir haben ihn gefaßt, wie er auf den Baum geklettert war, und unsere Tochter beim Ausziehen beobachtete», erklärten die Gatzalis keuchend und schäumend. «Nicht ein-, nicht zweimal hat er das getan. Jede Nacht kam der Kerl und hockte hier.»

In der gleichen Nacht wartete Fortis im Bett darauf, die Schritte seines Jungen zu hören. Er wartete und hörte nichts. Nur der Wind tobte draußen, und die Zweige des Maulbeerbaumes knirschten. Ein Ast, den er kurzgesägt hatte, weil er auf den Ziegeln lastete, reichte jetzt bis an die Mauer, und jedesmal, wenn der Wind ihn stieß, rüttelte er am kreischenden Zink der Wasserrinne. Schließlich fiel Fortis wie ein Hase in Halbschlummer. Da vernahm er plötzlich unten von der Straße eine Stimme, eine rohe und höhnische: «He, Oheim, wir haben nach deinem Rat die Wächter im Garten aufgestellt.»

Erschrocken öffnete er die Augen. Mir scheint, ich bin eingeschlafen, dachte er. Er lauschte. Er hörte nichts. Auch der Sturm hatte sich ein wenig gelegt. Jemand schrie unter dem Fenster, oder habe ich es im Schlafe gehört? redete er mit sich selbst.

Er versuchte, seine Sorgen zu vertreiben. Siehst du, ich bin eingeschlafen und habe den Jungen nicht vorbeikommen hören.

Er schloß die Augen, um sich selbst zu beweisen, daß es so war und daß nichts Außergewöhnliches vor sich ging. Dennoch fand er keine Ruhe. Ist der Junge jetzt in seinem Bett? fragte er beharrlich. Schließlich stand Fortis auf, zündete seine Traglampe am Licht des Heiligenbildes an und schlich bis zur Kammer von Lambis.

Dort war es still. Es herrschte eine Stille, die nur bei vollständiger Abwesenheit gegeben ist. Dennoch sprach er weiter mit sich selbst: Jetzt stoße ich die Türe auf und finde ihn schlafend im Bett. Vielleicht wird er überrascht und macht die Augen auf. Und dann hat mich der Schelm ertappt. Mag er mich ertappen! anwortete er sich wieder selbst. Er stieß die Türe auf und trat ein.

Die Kammer war leer, die Milchkanne voll, das Bett unberührt.

Die Morgenröte schimmerte durch die Fensterritzen. Auf der Straße klangen Schritte von Menschen und Tieren. Auch in der Ferne. Irgendwo.

«Es wird Tag. Schluß», sagte er wie betäubt.

Er ging in den Laden hinunter und machte Feuer unter dem Wasserkessel. Bald darauf ertönte die Stimme der Fabriksirene. Ihr starker Klang stieg aus dem Dunkel, das noch mit dem zarten Morgenlicht rang. Er hallte an der Klippenbank wider und drang durch die Schluchten bis zum Dorf hinauf, um die Bauern, die Viehtreiber, die Olivenarbeiter zu wecken. Dann pfiff die Sirene noch einmal. Und schließlich ein dritter, längster und letzter Ruf. Er schwoll allmählich ab. Er klang wie von einem Vogel, der seine Schwingen weit ausbreitet und dann müde auf sein Lager niedersinkt.

Diese Stimme der Fabrik schien Fortis immer eine unbestimmte Klage auszudrücken. Aber heute gab sie einen ganz besonderen Ton, er meinte, einen herzzerreißenden, verzweifelten Klang zu vernehmen.

Seitdem er aufgewacht war, kehrte unaufhörlich in seinen Sinn jener höhnische Satz zurück, den er wie im Schlaf vernommen hatte: «Oheim, wir haben nach deinem Rat die Wächter im Garten aufgestellt.»

Er wird in der Werkstatt bei Meister Jorjis geschlafen haben, fiel ihm da ein. Der Faulpelz.

Er stand auf und ging zur Fabrik. Der Monteur war gerade auf den Beinen.

«Mein Sohn?» fragte . er.

Meister Jorjis hatte wegen seiner Ohren nichts von dem nächtlichen Krach gehört.

«Es ist doch noch recht früh», sagte er. «Sieh nicht auf uns Alte, wir schlafen wenig.»

Fortis teilte ihm seine Unruhe mit: Lambis hatte wieder die Nacht draußen zugebracht.

Der Monteur riet ihm wie immer, darüber hinwegzusehen. Er solle es nicht so schwernehmen. «Wir werden alt und vergessen, daß wir auch Kinder mit Hühnergehirn waren. So ist dein Sohn. Ein schäumender Most. Wenn du ihm nicht erlaubst, sich auszugären, wird er nicht trinkbar werden.»

Aus der Fabrik heraustretend, stieß Fortis auf Lathios. Er nahm ihn mit sich ins Kaffeehaus. Dort erzählte ihm der Fischer die Ereignisse der Nacht. Fortis sprach ihm von der nächtlichen Ankündigung der Wächter. Das mochte ein Gatzalis gewesen sein. Er war ja auf dem Wege nach Ammudeli, als er es ihm zurief.

Wie Schlamm fühlte er die Schande rings um sich aufsteigen. Das war nicht mehr zu ertragen. Er wurde von Mitleid mit sich selbst überwältigt, weil er im Greisenalter zum Gespött der Leute und zum Gelächter einer Schurkenbande herabsank. Er, der da draußen in der Welt gelebt und so viele Jahre alle Nationen der Erde gesehen hatte. Und noch niemals war ihm jemand in den Weg getreten und hatte ihn angeschrien: «Laß mich vorbei!» Er würde also warten, bis sein Sohn zurückkäme. Und dann würde er ihm den Kopf waschen, daß er es nie vergäße.

So gingen drei Tage vorbei, und Lambis erschien nicht in der Werkstatt des Monteurs. Drei Nächte, und er kam nicht ins Haus seines Vaters. Und niemand meldete sich, der zu Fortis sagte: «Wir haben ihn hier gesehen, wir haben ihn dort gehört.» Überall fragte jener. In den Hütten, unter den Gruppen, die mit fröhlichem Arbeitslärm die Felder bedeckten. Er schickte nach den Nachbardörfern und in die Häfen. Niemand konnte ihm irgend etwas berichten.

«Er schämt sich wegen der Mißhandlungen, die er erlitt», tröstete ihn Meister Jorjis. «Irgendwo ist er versteckt und wagt nicht hervorzukommen. Vielleicht ist er auch nach der Hauptstadt gelaufen. Laß uns sehen. Warten wir!»

Sie warteten. Tage und Nächte vergingen.

Eines frühen Morgens stand Fortis auf und ging zu Lathios. Es war ein häßlicher, unfreundlicher Tag mit scharfem Nordwind, der die Bäume ausraufte und die Wellen bis zur Klippenbank hinaufpeitschte. Die Straßen waren bis zu den ersten Häusern der Siedlung überschwemmt. Das Wasser drohte schon in die Tore einzudringen.

Fortis fand den Fischer gebeugt auf dem Kanapee sitzend, während neben ihm der Herd brannte. Der Wind heulte im Kamin. Die Stimme des Meeres drang zornig bis hier herein und füllte die Seelen mit ihrem beharrlichen rhythmischen Brausen. Die Frauen und Knaben waren zur Arbeit, teils bei der Olivenernte, teils in der Ölpresse, fortgegangen. Lathios winkte einem Enkelkind, Kaffee für Fortis aufs Feuer zu stellen. Er zeigte ihm ein Kissen zum Sichhinsetzen. Der Kaffeewirt setzte sich, umfaßte die Knie mit den Händen und starrte in die Flamme.

«He?» fragte der Fischer einsilbig, als er sah, daß der andere den Mund nicht auftun wollte. «Nichts vom Jungen?»

Fortis schüttelte gramvoll den Kopf.

«Ich habe große Sehnsucht», sagte er. «Ein heimliches Leid nagt mir an der Leber. Ich weiß nicht, wem ich es sagen soll, damit mein Sinn davon loskommt. Ich fühle eine Müdigkeit hier innen, ich gehe umher und bin wie ein Fremder ...»

«Hast du etwas erfahren?»

Der Kaffeewirt zögerte.

«Nichts», sagte er. «Von keiner Seite. Nur daß ... Ich hatte einen Traum, und der sitzt mir auf der Seele wie ein Alpdruck.»

Lathios scherzte: «Schade, daß meine Schwiegermutter nicht mehr lebt. Die würde ihn dir haarklein deuten.»

Als hätte er nicht zugehört, sprach Fortis mit der gleichen schwachen und ängstlichen Stimme weiter. Dabei starrte er unter seiner Brille auf das Feuer:

«Wie jede Nacht, lag ich gestern abend lange wach im Bett. Ich wartete darauf, seine Schritte zu hören. So hatte ich schon gewartet, bis die Hähne krähten. Schließlich packte mich der Schlaf. Er überlistete mich einen Augenblick, und da hatte ich diesen Traum. Der Junge kam herein, seine Zähne waren blutig wie in jener Nacht, als ich ihn schlug. Er stand aufrecht vor mir, die Hände auf dem Rücken, wie er es gewohnt war. Er ließ den Kopf hängen; es schien mir, er schämte sich. Seine Lider waren gesenkt; sein Blick hing am Boden. Mit dem blutigen Mund lächelte er, wie er es zu tun pflegte, wenn er betrübt war. ‚He‘, sagte ich zu ihm, ‚was willst du? Was stehst du da wie ein Kirchenleuchter vor mir herum? Soll ich etwa stolz auf deine schöne Figur sein?‘ Er hörte es und hob die Augen nicht vom Boden. Er lächelte weiter, und ich sah immerfort seine Oberlippe, die mein Ring verletzt hatte. Ich sah die gesenkten Augenlider und sah auch seine Wimpern zucken. Schließlich fing er zu reden an: ‚Vater, weißt du nicht, was ich will und warum ich gekommen bin?‘ – ‚Was willst du?‘ fragte ich ihn. ‚Meine Augen‘, antwortete er. ‚Ich bin gekommen, damit du mir meine Augen gibst.‘ – ‚Deine Augen?‘ sage ich. Und schon wollte ich sagen: ‚Mein Sohn, bist du ganz verrückt?‘ Doch ehe ich sprach, machte er so und hob seine Augenlider. Und seine Augenhöhlen waren leer. Ohne Augäpfel. Zwei hohle Löcher.

Dennoch fühlte ich, daß er mich anblickte, ohne Augen. Er blickte mich an, als machte ihm mein Entsetzen Spaß, und er lächelte immer weiter mit seinem blutigen Mund. Die Haare sträubten sich auf meiner Haut; ich schrie im Schlaf und erwachte in eisiger Kälte ... Ja, das ist es ...»

Er hielt an, biß auf seinen Schnurrbart und erstickte in einem Hüsteln das Schluchzen, das ihm die Kehle heraufstieg. Unter seiner Brille liefen still zwei dicke Tränen hervor. Sie kamen über seinen Schnurrbart und tropften auf den Rock, ohne daß er sie abwischte.

Das kleine Mädchen, das, neben dem Herd kniend, den Kaffee anblies, schaute ihn nachdenklich mit seinen Kinderaugen an. Es stellte das Tontäßchen auf einer kleinen Scheibe vor ihn und zog sich mit lautlosen Schritten zurück. Nichts war rings zu hören, nur das Brausen des Meeres.

«Äh, denke nicht mehr daran!» sagte Lathios ruhig.

Er stützte sich auf seinen Ellenbogen und stieß mit der Feuerzange in die Klötze, um sie aufzuschichten.

«Träume sind Schäume, wie das Sprichwort sagt. Nimm jetzt deinen Kaffee.»

Der Kaffeewirt beugte sich vor und rührte mit der Hand an Lathios' Knie.

«Freund», sagte er zu ihm. «Ein großes Feuer brennt in mir. Mein Geist sieht große Dinge. Häßliche Dinge ... Ich komme, damit du mir hilfst ... Damit du deine Barke nimmst, sage ich, und wir hinausfahren ... Damit wir suchen ...»

Der Fischer sah ihn überrascht an.

«He», sagte er. «Was holt dein Geist da hervor?»

Fortis nickte mehrmals «ja, ja, ja» mit dem Kopf und redete weiter: «Auch voriges Mal war er Tag und Nacht von zu Hause abwesend. Aber diesmal ist es etwas anderes. Ein Ding sitzt hier in meinem Innern und sagt mir immerfort, daß mir die Mörder das Kind ertränkt haben. Die ganze Nacht redet es, und ich tue alles, um es nicht zu hören. Wie sollte ein so großes Übel in meinem Geist Platz finden? Trotzdem, der Jammer bringt mich um. Wir müssen gehn und suchen!»

Noch am gleichen Tag machten sie einen Versuch, der völlig mißlang. Das Meer war schwarzrot wie Weinhefe. Es wütete in hoher Brandung, die keiner Barke die Ausfahrt erlaubte. Trotzdem ruderten sie an die Grenze des Hafens, wurden durchnäßt und kämpften gegen die Wogen. Doch die Trübung des Wassers war zu dicht. Sie konnten kein Glas hineinsenken.

Am nächsten Tag beruhigte sich das Unwetter ein wenig, aber der Himmel war so sehr durch die Wolken verdüstert, daß man auf dem Meeresgrund nichts erkennen konnte. Vergeblich fuhren sie stundenlang umher.

Alle Welt sah, wie die beiden Greise die sturmaufgewühlten Gewässer durchforschten. Keiner von beiden hatte den Mund aufgetan, dennoch argwöhnte jedermann die Wahrheit. «Mit Verstand haben sie Gott gefunden», sagt das Sprichwort. Alle waren in Aufregung. Da sich der Sturm am dritten Tag völlig legte, kamen auch andere Fischer als freiwillige Helfer. Unter ihnen war Smaragdi. Sie spritzten an verschiedenen Stellen Öl, um die trüben Wasser zu erhellen.

Es tröpfelte in dünnen, kühlen Güssen immer weiter. Eine Atmosphäre der Betrübnis bedrückte die Seelen im Hafenort. Die Belastung dehnte sich bis ins Dorf aus, wo die Olivenpflückerinnen, die Eseltreiber und die Arbeiter der Ölpresse ihre Gespräche danach stimmten. Überall flüsterte man von der Geschichte. In den Kaffeehäusern, in den Arbeitsgruppen, auf den Feldern und in den Läden. Was hatte man heute von Lambis, Fortis' Sohn, gehört? Was sagte man am Hafenort?

Aus dem Dorf beobachtete man, wie die Barken im Schwarm an der Küste hin- und herfuhren, wie sie sich mit Rudern und Stangen langsam vorwärtsbewegten. Man sagte: «Sie suchen den Jungen; die Gatzalis haben ihn umgebracht.»

Und eines Tages sandte Gott gutes Wetter. Der Himmel wurde klar, der Wind wurde sanft, das Wasser wurde durchsichtig. Die Tiefe leuchtete wie zur Sommerszeit. In Lathios' Barke saß er selber am Ruder. Manolis, über Bord gebeugt, war am Glas. In Smaragdis Barke waren die Zwillinge am Ruder; sie selbst durchforschte die Tiefe. Dort hinter der Klippenbank der Allheiligen, wo die Wasser mehrere Klafter tief waren und der Boden durch schwarzbraunen Tang dunkel, hob Manolis plötzlich die Hand: «Halt!»

Seine Stimme kam aus dem Blechkasten des Glases, ohne daß er seinen Kopf herausnahm. Der Alte stemmte die Ruder; das Boot blieb auf der Stelle.

Das gleiche war schon manchmal geschehen, sooft Manolis einen Schatten sich hatte auf dem Grunde bewegen sehen. Daher hielt Lathios die Barke an, ohne der Sache Bedeutung beizumessen. Der Jüngling beobachtete noch einmal aufmerksam, dann hob er das Glas in das Boot und zog den Kopf heraus. Sein Gesicht war bleich, seine Augen stierten. Er sagte: «Hier ist er, Vater. Am Boden festgeklemmt.»

«Was heißt das, Junge?»

Der Alte nahm selbst das Glas und beugte sich vor, um zu sehen. Als er sich wieder aufrichtete, flackerten seine Augen. Er bekreuzigte sich.

«Ja, bei Gott.»

Er nahm die Muschel und blies das Signal für Smaragdis Boot. Das Mädchen kam schnell herangefahren.

Auch die anderen Boote hörten es und sammelten sich jetzt alle hintereinander unter der Klippenbank. Alle beugten sich über ihre Gläser und erkannten den Leichnam, der drei bis vier Klafter unter dem Wasser im Schatten des Felsens der Allheiligen in seiner weißlichen Färbung zu unterscheiden war.

Er lag mit dem Kopf nach unten, den Füßen nach oben, schräg zur Tiefe geneigt, als habe er einen Kopfsprung gemacht und sich in den Felsen festgeklammert.

Sie warfen Taue mit Haken aus, vermochten aber nicht, ihn herauszuziehen.

Der Leichnam schimmerte in dem grünlichdunklen Wasser und bewegte seine Hände nach rechts und links, als wolle er sich mit schwerer Mühe herausreißen. Aber kaum rückte er etwas voran, glitt er wieder zurück, schaukelte hin und her und blieb schließlich in einer schrägen Stellung.

«Irgend etwas hält ihn am Grunde fest», sagte Lathios. «Ein Gewicht ist ihm angebunden. Der Felsen kann das nicht sein.»

Da sprang Thymios in einer Barke auf. Er zog sich bis auf ein Unterhemd aus. Er sagte, sie sollten ein Tau mit einer Schlinge auf den Leichnam herunterlassen. Als dies geschehen war, bekreuzigte er sich und machte einen Kopfsprung. Alle hielten den Atem an und warteten mit Herzklopfen. Alle beugten sich vor und verfolgten den Kampf des Jungen unter Wasser durch das Glas. In aller

Augen war gierige Erwartung des Grauenvollen. Sie sahen, wie das verschlungene Seil sich straffte.

Thymios tauchte mit gelbgrünem Gesicht empor. Er klammerte sich an eine Barke und sprach verworren, indes seine großen Zähne klapperten.

«Ein Eisen ist an seinen Hals gebunden», sagte er. «Ein kleiner Anker ... Seine Zacke habe ich in der Schlinge festgehakt. Zieht, und ... er wird heraufkommen.»

«Los!» befahl Lathios.

Im Hafen verfaulte langsam ein Floß aus sechs dicken Pappelholzklötzen, die wie Bretter zusammengenagelt waren. Man gebrauchte es, um Steine und Zweige zu schleppen. Im Sommer war es das größte Vergnügen für die Kinder, wenn sie schwimmend darauf ritten. Der Zollinspektor, als einzige Behörde des Ortes, befahl, das Floß dorthin zu bringen und den Leichnam, genau wie sie ihn herausgezogen hätten, daraufzulegen. Niemand dürfe ihn anrühren, ehe er die Staatsgewalt zur Untersuchung herbeitelephoniert habe.

Sie zogen den Leichnam wie ein totes Stück Vieh heraus.

Lambis trug all seine Kleider und um den Hals ein rotes Tuch. Als Smaragdi es sah, wankten ihre Knie. Es war dasselbe, das sie ihm in jener Mondscheinnacht um den verletzten Arm gewunden hatte. Man breitete den Körper auf das Floß und beschwerte dieses mit zwei Ankern, damit keine

Welle es fortrisse. Am Hals des Ertrunkenen beließen sie den Strick mit dem kleinen Anker, der neben dem Kopf lag.

Der Körper hatte nicht viel gelitten. Nur an der rechten Backe war ein schwarzes Mal. Es setzte an der Augenbraue an und zog sich, das Gesicht durchfurchend, bis zum Kinn hinunter. An den Füßen fehlte ein Schuh. Als man ihn ausstreckte und Lathios half, seine Arme und Beine auf dem Floß zurechtzulegen, sah dieser, daß die Augenlider des Jünglings eine leere Höhlung zudeckten. Die Fische hatten seine Augäpfel gefressen. Der Fischer erinnerte sich an Fortis' Traum, und ihn schauderte.

Das Meer wogte niedrig und schwer. Das Floß schaukelte wie eine große Wiege über dem Wasser. Die Leute kamen aus der Siedlung und aus dem Dorf, und von der Klippenbank betrachtete die Menge den toten Lambis mit unersättlichen Blicken. Er lag auf dem Rücken ausgestreckt, die vom Meer durchnäßten Haare nach beiden Seiten gekämmt, die leeren Augen zum wolkigen Himmel gerichtet.

Fortis befand sich im Kaffeehaus, von seiner Arbeit ermattet. Er wischte die Scheiben sauber und erblickte die Boote, die über das Meer zurückkehrten. Da brachte man ihm die Nachricht, wie der Junge gefunden wurde. Er sagte: «Äh, wie denn?», als könne er nicht verstehen, was er so lange erwartete. Er wollte sich aufrichten, war aber zu schwach auf den Beinen, um zu stehen, und fiel auf das Kanapee zurück. Es war, als hätte er den Verstand verloren. Er konnte nicht weinen, während sie auf ihn einredeten. Er nahm nur die Brille ab und wischte immerfort an ihr mit dem Taschentuch herum, um klarer zu sehen, und sah immer wieder trübe. Am Ende sah er Lathios herankommen.

«Siehst du», sagte er zu ihm. «Ich wußte es. Sie haben ihn mir getötet.»

Er rieb seine Handflächen, als wären sie voll Staub. Er sprach weiter: «Jetzt also ist Schluß. Äh?»

Und er starrte ihn an, auf Antwort wartend.

Leute sammelten sich und drängten an der Tür.

Er drehte sich um und betrachtete sie alle im Kreise. Sie standen, er saß. Er hustete und sagte zu Lathios aufs neue mit tonloser Stimme: «Er kam in der Nacht und verlangte seine Augen von mir.»

Bei diesem Wort brach das Weinen durch, und seine Tränen liefen in Strömen. Er warf das greise Haupt auf den Tisch und schluchzte stundenlang.

49

Als die Dämmerung anbrach, fuhr Lathios mit seiner Frau und Smaragdi in ihrem Boot zu dem Floß, um dem Leichnam Licht zu bringen. Der Zollinspektor begleitete sie, damit nicht etwa jemand eine Veränderung an ihm vornehme. Im letzten Augenblick sprang auch Vatis ins Boot. Sie kamen an und stellten neben das Haupt des Toten eine Schiffslaterne, die sie mit Draht befestigten. Die Frauen umwickelten die Hände des Knaben mit einem Stück weißen Nesseltuches und legten darauf eine kleine Ikone der Allheiligen. Als sie heimkehrten, stimmte die Frau von Lathios in der Barke, die der Abend schnell einhüllte, die Totenklage an. Sie sang in langgedehnten Tönen. Vatis weinte und neigte den Kopf über Bord, so daß seine Tränen ins Meer rannen. Es war ein Gefühl tiefen Schmerzes wegen der Einsamkeit, von der er seinen Freund umkreist fühlte, sobald die Barke sich von ihm entfernte. Er wandte den Kopf um und sah den Schein der Totenlampe auf die Fülle seiner noch immer feuchten Haare fallen. Jetzt war Lambis dort mit einem kleinen Lichte ganz allein, und niemand half ihm.

Smaragdi vermochte nicht zu weinen. Sie fühlte eine innere Erschütterung, der gegenüber die lange Totenklage von Frau Lathios sie zur Ungeduld reizte. Sie wollte schnell aus dem Boot fort, um die Klage nicht mehr zu hören. Vor ihren Augen schwebte unaufhörlich das rote Tuch mit den weißen Tupfen, das um den Hals von Lambis geknotet war. Sie sah ihn im Mondlicht vor sich, wie er mit nacktem Oberkörper davonlief, seine Hände, die vor Scham herabhingen, unbeholfen schwenkend. An seinem schimmernden Arm tropfte unter dem Tuch das dunkle Blut hervor. Sein Fleisch war frisch und geschmeidig, als sie ihn mit dem Meerwasser wusch. Und wie sie ihm die Wunde mit dem Tuch verband, fühlte sie die Hand des Knaben zittern und zurückzucken.

Jetzt war Lambis wie eine Sache, wie ein Sack ausgepreßter Olivenschalen, verlassen dort auf dem Floß. Er war ertrunken oder ermordet worden; die kleine Flamme in der Lampe, die seine Nachtwache war, hatte mehr Leben in sich als sein ganzer Körper. Und um seinen Hals war ihr Tuch.

Lange Stunden blieb sie am Fenster, nach dem Totenlicht hinausblickend. Sie hüllte sich in einen dicken Wollschal und verharrte dort bis zum Morgengrauen hinter der geschlossenen Scheibe, um die kleine Flamme zu sehen, die sanft über dem Meer flimmerte. Sie fühlte, daß es so sein müsse: der Tote durfte nicht so ganz einsam bleiben, ohne daß eine lebendige Seele für ihn die Nachtwache hielt.

Tausend Dinge gingen in dieser Zeit an ihrem Geist vorüber. Es waren die Gespräche und die Handlungen von Lambis. Und daran reihten oder darin vermengten sich andere Personen, andere Reden, verbunden oder auch nicht verbunden mit diesem Knaben. Am allertiefsten war sie von wahrem Mitleid mit Fortis bewegt, so, als wäre sie in

derin!», steckten ihre Köpfe in die Körbe und pflückten, ihr den Rücken zuwendend. Sie brach in lautes Geheul aus und floh vor dem Feld, um nie mehr zum Olivenpflücken zurückzukehren.

Aus der Taverne der Gatzalis zogen sich alle zurück, die an einen Mord glaubten oder mit dem alten Fortis in seinem Unglück Mitleid hatten.

In seinem Kaffeehaus versammelten sie sich, und mit ihnen alle Einheimischen. Dort sagte jeder seine Meinung.

Die Hitzigsten schlugen vor, die Gemeinde solle eine Anzeige an die Regierung machen. Diese würde alle Elemente aus ihrer Mitte entfernen, die die friedliche Gegend mit ihren Diebstählen, Ausschweifungen und Gewalttaten befleckten.

Auf der anderen Seite versammelten sich die Gatzalis mit ihrer Bande in der Taverne. Sie tobten vor Wut über den Schaden, der ihrem Geschäft aus den Reden der Leute erwuchs. Dazu kamen die Ausgaben, zu denen Fortis sie mit den Prozessen zwang, die er, einen nach dem anderen, gegen sie anstrengte.

«Ich verkaufe meine Felder», kündigte er ihnen an. «Ja, ich gebe den Kaffeehausbetrieb auf und verbrauche den Ertrag vor den Gerichten. Bis ich euch das Lebenslicht ausgeblasen habe, wie ihr es mir ausgeblasen habt.»

Die Gatzalis schickten ihm die Antwort, er solle den eisernen Stößer des Kaffeemörsers an seinen

Hals binden und sich gleichfalls hinter der Klippenbank der Allheiligen ins Meer stürzen, damit die Welt Ruhe habe.

So ging der ganze Winter mit Prozeßvorbereitungen, Aufregungen und Streitigkeiten dahin.

Der Prozeß fand statt. Die Gatzalis wurden vom Mord freigesprochen und nur für die Mißhandlung des Knaben verurteilt. Einige Tage Gefängnis war ihre ganze Strafe. Sie kehrten nur noch frecher und tückischer in den Hafenort zurück. Da legte Fortis Berufung ein, und der Handel kam vor die Gerichte von Syra. Lange, ermüdende Reisen mit Strapazen und Zeitvergeudung. Vom Hafenort zur Hauptstadt, von der Hauptstadt mit dem Dampfer zum Piräus, von dort mit einem anderen nach Syra und das Ganze wieder zurück. All das schuf eine dauernd aufgeregte, erbitterte Stimmung, obwohl die Zeugengelder erhöht wurden.

Eines Morgens kam Jana selbst an Fortis' Haus vorbei und sang ein Spottlied. Sie trug eine rote Geranienblüte im Haar, um ihm das Herz zu verbrennen. Der Kaffeewirt schäumte vor Wut, als er sie sah. Er ging zur Tür und schmähte sie als eine Hure. Die Leute hörten die Stimmen, kamen hinzu und erbauten sich. Grün vor Empörung, schrie Fortis, er würde ihr jedes Haar einzeln ausreißen, wenn sie sich noch einmal unterstände, durch seine Gasse zu kommen.

Die Gatzalis erhoben nun ihrerseits Klage und

brachten ihn vor das Gericht der Hauptstadt. Er wurde zu zehn Tagen verurteilt. Als er den Spruch vernahm, traf ihn beinahe der Schlag. Es sei nichts, versicherte ihm der Rechtsanwalt. «Wir werden eine Kaution und die Gebühren bezahlen und du fährst nach Hause.»

Unglücklicherweise hatte er kein Geld bei sich. Er gab dem Rechtsanwalt einen Brief für einen ihm befreundeten Händler. Inzwischen führten ihn die Polizisten ins Kastell, bis die Formalitäten der Freilassung erledigt waren.

50

An den Küsten des Ägäischen Meeres kommt der Frühling aus den Wogen in die Welt.

Eines Morgens schimmert die Luft blauer, die Wellen strömen in einem neuen Rhythmus kurze Schläge über den Sand. Die See duftet frisch, von unendlichem Glitzern umspielt. Dann weiten sich auf dem gekräuselten Wasser silberne Kreise, wie Pfauenbrüste schillernd. Einer ist dem anderen eingeschrieben, einer strebt zum anderen hin. So geht es bis zum Horizont. Aus dem Zentrum, aus dem Herzen dieses Blütenkelches der See, kommt die ägäische Frühlingsgöttin in die Welt. Anadyomene! Überall flattern weiße, hellblaue Flügel. Es feiern die Luft, das feste Land, die leichte Wolke und der seidige Himmel. Die Schiffe im Hafen legen, ein freundlicher Anblick, alle Segel breit zum Trocknen aus. In den Untiefen wiegen sich, die behaarten Felsen des Grundes umklammernd, dünne, lange Stiele von Wasserblumen. Ihre Blätter tragen frisches, helles Gelb. Müßig breiten sich weiche, perlmutterfarbene Gespinste aus und tragen Büschel von kleinen Früchten, die unreifen Kirschen gleichen. Überall tummelt sich die festliche Menge der neuen Jugend, die in der ewigen Freude Gottes wiedergetauft wurde. Tausende von bunten Fischen setzen ein Mosaik des Bodens zusammen und lösen es im gleichen Augenblick wieder auf. Unzählbare Schnecken, winzig wie Granatapfelkerne, heben ihre spitzigen Häuschen von orangefarbener Feinarbeit zur Sonne empor. Sie haben rosige Fühler, kommen aus dem Gehäuse hervor und weiden gierig den Gräserflaum auf den Strandfelsen ab. Wenn einer sie fassen will, spüren sie den Schatten der Hand über sich, lösen ihren Körper ab und stürzen in das Kieselgemenge der Tiefe zu den Ihrigen hinab.

Wenn die Frühlingsgöttin aus dem Ägäischen Meer aufgestiegen ist, schreitet sie voran. Sie schlendert zu den Hügeln, den Dörfern, den Gärten. In ihren Ohren stecken Korallenringe. Hinter ihren feuchten Schritten drängen sich die jungen Lämmer mit ihren neuen roten Glocken, während um die blonde Wolke ihrer Haare zahllose kleine

Schmetterlinge flattern. Sie hält ein volles Schwalbennest behutsam in ihrer Hand. Sie geht durch den Olivenhain und über die Rebenhügel und in die Obstgärten. Sie verweilt auch beim Heiligen Heiland, wo die Mohnblüten sogleich an den traurigen Gräbern aufschießen. Aus den Brüsten der Verstorbenen sproßt üppiges Schöllkraut und umrankt mit blauen Trichtern die vermodernden Kreuze.

Wer am Morgen zum Dünenstrand von Kaja hinausgeht, bemerkt auf dem Boden ganz nahe der Brandung die Eindrücke des nackten Fußes der Frühlingsgöttin. Sie sind zart und länglich wie Sepiaschalen. Das Meer füllt diese winzigen Mulden mit Wasser. Man beugt sich darüber und blickt in die blauen Augen des Himmels.

Die Menschen und die Tiere sangen Schluck für Schluck die berauschend würzige Luft ein. Ihre Eingeweide füllen sich mit süßer Unruhe. Die Frauen seufzen, sehen weit über das Meer. Die eine Hälfte seufzt, weil sie nicht mehr jung ist, die andere gerade, weil sie jung ist.

Der Hafen der Allheiligen lärmt in froher Aufregung. Alle Mannschaften, an den zwei Tauen aufgereiht, ziehen ihre Schiffe ins Meer. Ringsum verpechen und überholen sie die Barken. Es riecht nach frischer Ölfarbe; das kochende Pech verbreitet einen heftigen Gestank, und das Meer atmet seine salzigen Düfte vom blühenden Grunde aus.

Die Fischerfrauen bringen Zweige aller Art mit den Booten ein. Das Deck ist mit wilder Steineiche und Rosengesträuch für den Backofen, zarten Weiden für die Ziegen beladen. In den Segelringen hängen dicke Ginstersträuße mit goldigen Blüten. Das Meer ist voll von zerbrochenen Zweigen und Blätterbüscheln wie eine Blumenvase.

Mit den ersten günstigen Winden kommen auch die fremden Fahrzeuge.

Eines Morgens fanden sich zwei Schwammfischerboote an Smaragdis Haltepflock gebunden. In ihrer groben Bauart erschienen sie doppelt unfreundlich neben den anmutigen Linien und den hellen Farben der «Nerantzi». Ihre graue Farbe verdunkelte sich in ihren schmutzigen Tönen fast zu einem Traueranstrich.

Als Smaragdi herbeikam, fand sie die Schiffsbesatzung beim Schmieren der Maschinen. Einige preßten Schwämme auf dem breiten Heck. Die Säfte flossen aus den Bordlöchern ab und verunreinigten die Gewässer des Hafens.

Das Mädchen sprang in seine Barke, gefolgt von zwei der Bälge Marijas. Es rümpfte die Nase. Die Schwammfischer unterbrachen die Arbeit und schauten es regungslos an. Sogleich wurde die Abwehr in ihm geweckt.

Unter den Arbeitern fiel ein untersetzter, stämmiger Mann mit starken Muskeln auf. Sein Bart war weiß, sein graues Haar rings um den runden

Schädel abrasiert. Seine schwarzen Augen jedoch, leuchteten sanft. In voller Ruhe maß er das Mädchen vom Scheitel bis zur Sohle. Smaragdi hielt diesem Blick furchtlos stand. Der Mann grinste und zeigte zwei Reihen weißer Zähne.

«Bist du nicht die Fischerin Smaragdi?» fragte er mit der Hand am Gürtel.

«Gewiß», antwortete das Mädchen. «Und wer bist du?»

«Ich und meine Jungen, wir sind von der Insel Kalymnos. Sie rufen mich Trambados, Ohm Trambados. So nenne du mich auch, da wir Nachbarn sein werden. Mir gehören die Maschinen, und wir fischen zum erstenmal in euern Gewässern.»

Es war etwas so Mildes und Stetiges in seiner Stimme und Erscheinung, daß Smaragdi sofort ein Gefühl des Vertrauens überkam. Sie lächelte.

«Willkommen», sagte sie, «und gute Arbeit! Nur weiß ich nicht, ob ihr in dieser Gegend eure Arbeit finden werdet.»

«Wir finden sie schon!» versicherte der Kapitän. «Ja, wir haben schon etwas gefunden. Ich habe schon zwei Bänke bezeichnet, die nicht zu verachten sind. Heute werden wir sehen ...»

Ihr gefiel dieser kraftvolle Greis mit den festen Kiefern und der kupfernen Haut. Seine melodische Stimme war tief und gütig.

«Ich habe eine Tochter, so wie du bist», sagte er zu ihr. «Auch sie ist schön, aber dunkel. Sie heißt

Angela; möge es ihr gut gehen. Ich habe auch einen Sohn. Die beiden ähneln sich wie Zwillinge.»

Smaragdi wandte sich um und suchte unter den Männern der Besatzung. Auf ihren Blick antwortete der Kapitän: «Achilles ist nicht hier. Er ging ins Dorf hinauf, um etwas zu besorgen. Er ist ein städtischer Schwammfischer.»

Das Mädchen stimmte in sein Lachen ein.

«Ein städtischer Schwammfischer?»

«Und was für einer! Studiert wie ein Schulmeister. Und denke nicht, daß die Wissenschaften sein Gehirn verstopfen. Bei der Arbeit ist er so wie wir anderen, und noch besser. Du wirst ihn kennenlernen und es sehen.»

Smaragdi lernte ihn auf unerwartete Weise kennen.

Sie fuhr allein aus, um unter den Felsen des Wachtturmes Polypen zu fangen. Diese schwammen dort zu den seichten Stellen, angelockt von dem Öl, das der Wind hinwehte. Gegenüber lag die Fabrik, wo das Öl ausgepreßt wurde. Die großen Felsen sprangen hier ins Meer vor und schufen Kanäle und Schlupfwinkel. Dort fuhr sie geruhsam mit der Barke umher. Sie beugte sich über ihr Glas und prüfte den Grund, der von farbigen Steinfischchen wimmelte. Sie erhob sich, tat zwei Ruderschläge und sah wieder durchs Glas. Dort ruhte der Boden wie ein grüner Teppich mit schattigem Algengeschlinge.

Überall hingen Blumen und Muscheln. In den Ritzen der Felsen klebten ganze Schwärme von Seeigeln. Und als sie schon hoffte, dort zitternde Polypenhaare zu erspähen, sah sie einen großen Schatten auftauchen. Überrascht fuhr sie zurück. Der Schatten kam schnell näher und hielt etwa fünf Klafter unter ihrem Kiel an. Als er so nahe kam, wandelte er sich in einen Menschen in Schwammfischertracht. Sachte und sanft bewegte er Hände und Beine. Wie er von Stein zu Stein voranschwebte, glich er einem seltsamen Tänzer, der schwerelos übernatürlich leichte Sprünge machte. Sein bläulicher Schatten folgte ihm und krümmte sich auf den hellen Felsen unter Wasser, dehnte sich auf den breiten Platten aus.

Als er unter der Barke stehenblieb, hob er den Kopf und betrachtete sie durch das Glas seines Eisenhelmes. Er sah das Mädchenantlitz in ihrem runden Glas mit weiten grünen Augen auf ihn gerichtet. Diese Augen waren voll Staunen und Bangen. Dann merkte Smaragdi, daß seine Augen lachten. Sie waren schwarz wie die seines Vaters; sie sah auch, wie seine dunklen Mienen hinter dem Glasfensterchen ihr freundlich drollige Grimassen schnitten. Dann lehnte er den Rücken an einen Felsen, schob den Luftschlauch zur Seite, schlug ein Bein über das andere und grinste sie an. Seine Zähne blitzten so hell und dicht wie die seines Vaters. Sie konnte den Blick nicht von ihm abwenden, wie er dort so sonderbar auf dem Meeresboden saß, und starrte weiter durch ihre Scheibe. Da grüßte er sie mit einer langsamen Armbewegung, als wolle er seinen Helm wie einen Hut vor ihr lüften, und legte darin die Hand mit einer Verbeugung auf seine Brust. Er lachte unter seinem Glase wie ein Kind, und dies Lachen stieg sanft in die Höhe und platzte unter ihrem Glase wie eine Wasserblase. Das Wasser trübte sich im Schlamm, und sie sah seine Gestalt schwanken und sich in tausend gelbgrünen Bläschen zersplittern. Da richtete sie sich auf, legte das Glas in die Barke, ergriff die Ruder und wandte sich zur Rückfahrt in den Hafen. Als sie aus dem Labyrinth der Klippen herauskam, sah sie plötzlich das Schwammfischerboot in nächster Nähe unbeweglich im Gewässer.

Ein Mann stand auf Posten bei dem Schlauch und drehte das Rad unaufhörlich, während ein Palikare auf den Apparat aufpaßte und ein oder zwei andere Jungen einige schwärzliche Schwämme sortierten und beklopften. Die Sonne stand nahe unter der Mittagshöhe, keiner redete. Der Mann am Rad kaute an einem Stück trockenen Brotes.

Das Mädchen fuhr an diesem Boot nahe vorbei und grüßte lebhaft.

«Gute Arbeit!»

«Viel Glück», antworteten sie alle einstimmig, ohne daß einer seine Arbeit unterbrach.

Nur ein kleiner Junge, der tatenlos auf dem

Heck saß, antwortete auf ihren Gruß nicht. Er glaubte offenbar, daß es ihm noch nicht anstand, sich als eine volle Portion Mensch zu rechnen. Er trug einen löcherigen Strohhut ohne Band auf dem Kopf. Ein schmächtiger Junge mit einer vom Sonnenbrand abgeschälten Haut. Unersättlich betrachtete er das Mädchen, solange die Barke vorbeifuhr. Seine Augen waren blau wie Hyazinthen, seine blonden Haare wie Werg gebleicht. Seine Nase und seine Ohren waren von der Salzluft gegerbt.

Smaragdi fühlte einen Blick auf sich ruhen. Sie hob den Kopf und sah Stratos, der sie von der Spitze eines hohen Felsens aus beobachtete.

«Guten Tag!» rief sie ihm von weitem laut und fröhlich zu.

Er antwortete nicht. Er nickte nur mürrisch mit dem Kopf zum Gruß.

Der Tag war wunderschön. Die kleinen Felsvorsprünge umkränzten den Strand mit gelbem Blumenschmuck; die Felsen schimmerten rötlich, golden und grün, als ob bunte Lampions in ihnen brannten. Als sie um den Wachtturm bog, erschien die Klippenbank der Allheiligen gleich einem Rosenstrauch auf hellblauem Grunde.

Smaragdi hörte die Jugend wie einen munteren Quell, der über blanke Kiesel rinnt, in ihrem Inneren singen. Eine silberne Stimme sprudelte in ihr auf. Sie fuhr nahe am Strand entlang, der sie mit seinen Pfirsichgärten grüßte.

Als sie der Hafenmündung nahe kam, streiften drei Wasserhühner ihre Barke, ohne Unruhe oder Teilnahme. Müßig und glücklich schwammen sie mit ausgebreiteten Flügeln eines hinter dem anderen her. Manchmal tauchten sie ihre Köpfe ein und spähten nach der Tiefe. Sie rief ihnen «Xu-xu!» zu; aber sie kümmerten sich nicht darum.

Ein Liedchen trat auf ihre Lippen. Sie sang es leise zum ruhigen Schlag des Ruders. Lang hatte sie nicht so gesungen. Es war das silberne Liedchen der Jugend, das sie in ihrem Innern hörte.

51

Am Abend besuchte sie Fortis unter dem Maulbeerbaum.

Seit seinem Unglück ging Smaragdi oft, ihm Gesellschaft zu leisten. Sie bemühte sich auf tausend Arten, seinen zusammengebrochenen Lebensmut neu zu stärken. Sie bekämpfte seine Prozeßwut, die ihm das einzige Lebensziel gab und allmählich sein Vermögen aufzehrte. Er hatte schon ein Feld mit Ölbäumen, das Beste seines Besitzes, verkauft und den Gewinn in wenigen Monaten für Rechtsanwälte und Reisekosten verpulvert. Die Prozesse mit den Gatzalis zogen sich hin; seine Schubladen füllten sich mit Gerichtsakten, Abschriften und Quittungen auf buntem Papier, mit

Stempelmarken beklebt. Er lernte eine Menge juristischer Begriffe und wiederholte Phrasen aus den Briefen seiner Rechtsanwälte. Er ordnete alles in grünen Umschlägen und studierte nachts bei der Lampe seine Korrespondenz, die er endlos durchwühlte und verlängerte.

Einmal gelang es Smaragdi, ihn mit sich hinaus auf ihr Boot zu nehmen und ihn abzulenken. Sie suchte ihn zu unterhalten wie ein krankes Kind.

«Sieh durch das Glas, Pate. Was für ein Panorama!»

Sie setzte ihm das Blech auf, und Fortis beugte sich über Bord, um in die Tiefe zu blicken. Sie glaubte, er verfolge ihr Spiel mit einem Polypen, den sie zu überlisten und mit einem weißen Fetzen auf der Spitze des Speeres aus seinem Gemach zu locken suchte. Dann sah sie seine Schultern zukken.

Sie beugte sich über ihn und bemerkte, daß er still ins Meer hinaus weinte. Seine Tränen tropften auf die glatte Fläche. Da wurde sie sich ihrer eigenen großen Gedankenlosigkeit bewußt: sie hatte ihn veranlaßt, auf den Meeresgrund hinabzublicken. Sie gelobte sich, ihn nie wieder mitzunehmen.

Als sie am Abend ins Kaffeehaus kam, war die große Deckenlampe angezündet. Die ganze eine Seite nahm rings um drei zusammengerückte Tische die Mannschaft der Schwammfischer ein. Sie tranken und aßen dazu gebratene Fischchen.

Der Gehilfe, den Fortis nach dem Unglück angenommen hatte, ein großer, dünner Bauernjunge, bereitete am Feuer die zweite Pfanne voll; das Brutzeln war durch den Lärm vernehmlich.

Smaragdi wünschte einen guten Abend. Ihr Gruß wurde sogleich einstimmig erwidert. Auch hier war der tiefe Eindruck deutlich, den sie überall machte, wo sie erschien. Dann nahm ihr Körper, ohne daß sie es wollte, eine stolze Haltung ein, als klänge die Luft um sie herum von Triumphglocken.

Sie richtete einen lächelnden Blick auf die Schwammfischer. Ohm Trambados sah sie nicht unter ihnen, wohl aber im Zentrum der Bande seinen Sohn Achilles. Sofort erkannte sie das längliche, braungebrannte Gesicht mit den großen, dunklen Augen. Sie schielten ein wenig nach den Ohren zu, was ihnen einen spöttischen Ausdruck gab. Sein Mund war kirschrot; seine Zähne blitzten hier ebenso fröhlich wie im Glashelm. In einem abgelegenen Winkel sah sie Stratos, der sie beobachtete. Sein Gesicht war ernst, beinahe feindlich.

Sie ging geradeswegs zu dem hohen Anrichtetisch. Dahinter saß Fortis, von seinen Kunden zurückgezogen, um nicht zur Unterhaltung mit ihnen gezwungen zu sein. Er kauerte auf seinem Sessel, mit dem Schlauch der Wasserpfeife im Mund. Sie zog einen Schemel nahe an ihn heran, und sie sprachen miteinander, von der Menge ungestört.

«Erwarte mich heut abend zu Hause», sagte er zu ihr, als sie aufstand und ihm gute Nacht wünschte. «Ich habe mit dir zu reden.»

Er brachte sie bis zur Tür und begleitete mit dem Blick ihre schlanke Gestalt, bis sie im Dunkel verschwand.

Er merkte, daß alle Augen ihr folgten. Besonders die von Achilles, doch nicht weniger die von Stratos.

Als das Mädchen fortgegangen war, rief der Sohn von Trambados dem Kaffeewirt zu: «Viel Glück zu deinem Patenkind, Ohm Komninos. Sie ist eine strahlende Sonne.»

Wäre sein Vater hier gewesen, hätte er sich beherrscht und nicht gesprochen. Aber jetzt strömte seine Begeisterung über.

Fortis blieb stehen, sah ihn freundlich an und sagte: «Sie ist eine ganz lautere Sonne.»

Stratos stand auf und ging wortlos hinaus.

Sehr spät, als die Arbeit in seinem Geschäft beendet war, schloß Fortis zu und begab sich zur Siedlung. Smaragdi erwartete ihn. Zwei oder drei von Marijas Kindern lagerten auf dem Flur unter einer gemeinsamen Decke. Um sie nicht zu wecken, leitete sie ihn mit der Lampe, und er machte einen großen Schritt über sie hinweg.

Sie setzten sich an das Sommerfenster. Der Atem

des nächtlichen Meeres kam frisch herein. Der Himmel führte über der weiten Fläche gemächlich die Herden seiner Sterne spazieren. Es war still. Nur leise Mandolinenklänge kamen aus einigen Gärten.

Sie setzten sich Knie an Knie einander gegenüber.

«Siehst du», sagte Fortis, «einmal war auch ich ein Vater. Das ist vorbei; ich bin kinderlos. Im Dorf sind noch ein paar Basen, sonst habe ich niemanden mehr auf der Welt. Und die sind intrigante Weiber mit bösen, neidischen Herzen. Fast alle Leute im Dorf sind von dieser Art. ‚Wenige Häuser machen ein Dorf böse‘, sagt das Sprichwort. In den Städten ist es anders. Dort beschäftigen große, mannigfaltige Fragen das Herz des Menschen. Ihm bleibt keine Zeit, sich ins Wohl und Wehe des Nachbarn einzufressen. Übrigens mache ich mir nichts aus den Basen. Jetzt, in der Einsamkeit meines Alters, rühme ich Gott, daß er dich zu mir geschickt hat, Smaragdi. Ich senke den Kopf, denke nach und frage mich: Was trödelst du abgebrannter Kerl noch in der Welt umher? Da finde ich, daß es zwei Dinge sind, die mich halten, so daß ich nicht auch hinter der Klippenbank abstürze. Das eine ist Gott, an den ich glaube, und den ich ehre wie ein rechtgläubiger Christ. Als wir jung waren, sagte Ohm Lias zu uns: ‚Entfernt euch nicht von Gott. Eines Tages werdet ihr bemüht sein, euch auf seinen Stab zu stützen.‘ Das andere bist du, Smaragdi. Ich tröste mich und sage: Du bist nicht ganz kinderlos, du Narr. Dieses kleine Mädchen hat dich heute zum Vater und Beschützer. Darum hat Gott sie auf deinen Weg geführt.»

Das Mädchen legte gerührt ihre Handfläche auf die knochigen Finger des Alten.

«Mögest du glücklich sein, Pate», sagte sie.

Fortis schwieg eine Weile, dann fuhr er fort: «Manchmal sagte ich mir, daß Gott mich zu deinem Wohl als deinen geistlichen Vater bestellt hat. Jetzt weiß ich genau, daß du meine Stütze bist, die Stütze meiner niedergebeugten Seele. Ich bin nicht deine Stütze. Du hast keine nötig. Gott hat dir Verstand und ein lauteres Herz geschenkt. Gott hat dir auch Palikarenmut geschenkt, daß du in den Stürmen des Lebens voranfährst und ihnen die Stirn bietest. Das ist ein großes Ding, meine Tochter.»

«Unser Los bringt es so mit sich, Pate. Kann denn jemand im voraus bedenken, wie sich die Dinge für ihn gestalten werden? Sie kommen von selbst, und wir mühen uns, wie wir können. Wir segeln nach dem Wind, so wie er weht, Pate.»

«Nein», antwortete Fortis ruhig. «Du hast mehrmals den Kopf gegen die Zeit erhoben; du bist gegen den Wind gefahren und durchgekommen, ohne deine Bahn zu verlieren. Das kann nur ein richtiger Mann mit so großer Tapferkeit machen.»

«Oh.»

«Ja, ich weiß, was ich sage. Aber davon wollte ich gar nicht mit dir sprechen. Es ist etwas anderes, woran ich jetzt seit Tagen denke.»

Er seufzte, rieb mit dem Taschentuch an seiner Brille und schob sie wieder behutsam über die Ohren.

«Smaragdi», sagte er, «ich bin sehr heruntergekommen, du weißt, seit wann. Tag für Tag nehmen meine Kräfte ab. Ich ahne, daß ich nicht mehr lange zögern werde, den Abhang zum Heiligen Heiland mit den Füßen voran zu erklimmen.»

«Pate!»

«Es ist, wie ich dir sage. Also überlege ich, wie ich für dich zu sorgen habe. Ich will nicht von dir gehen, ehe ich dich sichergestellt habe. Ich muß vor Gott Rechenschaft ablegen, da ich dich in Seinem großen Namen aus dem Taufbecken gehoben habe.»

Smaragdi wollte ihm antworten.

«Laß mich zu Ende kommen! Ich weiß, daß Manolis dich will. Er ist der würdigste, der verständigste Palikare in unserem Hafenort. Nimm ihn, Smaragdi! Du wirst gut mit ihm leben. Auch bringst du eine reichliche Mitgift. Du hast die ‚Nerantzi‘, die du ihm geben kannst. Du hast dein Haus. Auch ich habe mancherlei. Das Kaffeehaus, einige übriggebliebene Felder. Als ich kürzlich in der Hauptstadt war, ging ich zum Notar und habe alles auf dich überschrieben. Was nach meinem

Tod gefunden wird, gehört dir. Na, das wollte ich dir sagen.»

Smaragdi nahm seine zitternde Hand, hob sie und küßte sie. Ihre Tränen rannen heiß über seine welken Finger. Er hob die andere Hand und streichelte ihr jugendlich frisches Haar wie zum Segen.

«Recht so ...» sagte er. «Also wir sind einverstanden. Du hast meine besten Wünsche.»

Smaragdi warf den Kopf zurück und wischte sich hastig die Augen: «Nein, Pate.»

Er sah sie entgeistert an.

«Was heißt nein?»

Sie versuchte es ihm zu erklären und fühlte zugleich, daß sie verworren redete, weil sie selbst nicht genug wußte. Und was sie wußte, war schwer vor einem Manne auszudrücken. So bemühte sie sich nur, ihm verständlich zu machen, daß sie entschlossen war, niemals zu heiraten. Der Pate solle das nicht für leeres Mädchengeschwätz halten. Er solle nur wissen, das Teuerste sei ihr diese Freiheit, die alle angriffen.

Im tiefsten Sinn war das die Wahrheit. Sie bewahrte in sich eine wilde Freude an diesem kostbaren Gut. Keinen Herrn über sich zu fühlen, eigenmächtig ihr Leben wie ihr Boot zu lenken: jedesmal, wenn es ihr Sinn begehrte, das rote Segel zu hissen, aufs offene Meer zu fahren, über die fröhlichen Wellen, die ihr die frischen Spritzer ins Gesicht und in die Augen warfen. Nichts um sich zu haben als die Möwen und die Bläue oben und unten. Und dann regierte sie mit dem Steuer und dem Reef, und ihre Barke glitt über die Wogen und schmiegte sich wie eine Maske über die Wange der See.

In solchen Stunden, mit dem Steuergriff unter der Achsel, fühlte sie, daß sie von Glück voll war wie der Krug von Brunnenwasser. Tausend unfaßbare Dinge durchfuhren ihren Sinn. Dann weitete sich ihre Brust in unruhigem Beben. Warum? Vielleicht war es die im Herzen verborgene Furcht, all diese Güter könnten von einer Stunde zur anderen verlorengehen wie die Netze, die die Sonne auf reinem Sand unaufhörlich webt und löst. Noch ein anderes Gesicht zog an ihr vorüber: jenes Perlmutterschiffchen, das am Horizont entlang über die Bergspitzen Anatoliens in himmelhellem Dunst dahinsegelte. Das war ein jugendlicher Traum, der ihr deutlich geblieben und immer höchst willkommen war, wenn er wieder auftauchte.

Wie sollte sie alle diese Dinge erklären, deren Sprache kein anderer kannte? Und würde nicht jeder ihre Worte für törichtes Gerede halten und über jene gefalteten Flügel in ihrer Seele spotten, die so stark und so unlenkbar waren? Ach, daß die Großmutter lebte! Sie würde ihr alles erklären: Wo wehte der mystische Wind, von dem ihre Flügel träumten? Wo war die Hand, die jenes Perlmutterschiff zum Segen für sie am Horizont hinlenkte?

Fortis ging betrübt, mit hängendem Kopf nach Hause. Sie fand kein Maß und Ziel. Bei all ihrer Verständigkeit war ihr Gehirn noch ungefestigt, so schloß er. Ein Weibergehirn – was konnte er da machen? Außerdem schien es ihm heutzutage schwer, sich mit der Jugend zu verständigen. In seiner Zeit war das nicht so gewesen. Damals ehrte man das Wort des Vaters.

Lambis erfüllte sein ganzes Denken.

«Daß du die Kinder liebst, sie anbetest und ihre Sprache nicht kennst, und daß sie die deine nicht verstehen – das ist das bitterste Leid. Das und nichts anderes.»

Smaragdi blieb noch lange Zeit am Fenster. Sie löschte die Lampe und setzte sich und blickte in die funkensprühende Frühlingsnacht. Das Firmament entfaltete seine Glorie so prunkhaft wie ein Pfauenrad. Die Bäume des Wachtturms zeichneten ihre schlanken Silhouetten mit allen Zweigen gegen den veilchenfarbenen Himmel ab. Eine Fülle lebendiger Sternchen nistete auf den Spitzen der Zweige, als sei aus den Laubkronen eine geheimnisvolle Jasminblüte ausgebrochen. Überall flimmerten winzige Blumen aus Licht.

Ein Dampfer, der auf offener See vorbeifuhr, ließ sich hören. Er war groß und erleuchtet, als reiste mit ihm alle Freude des Menschen. Die Maschine stampfte in ernstem Rhythmus durch die Stille. Eiserne Riesenschritte dröhnten auf den Wellen. Dieser Ton, der den festlichen elektrischen Lichtern folgte und stark und klar bis zu ihr drang, brachte ihrem Herzen eine süße Erregung, als erzählte er eine Feengeschichte, wie sie Muhme Permachula zu erzählen wußte.

Der Dampfer verlor sich hinter der Felsenmasse, die als Klippenbank der Allheiligen aus dem Meer ragte. Im Geist sah sie die Madonna mit dem Fischleib, die dort gemalt war. Jetzt hielt sie in der einen Hand den großen, dröhnenden und erleuchteten Dampfer, in der anderen den Dreizack. Sie sah mit ihren schrägen Augen vor sich hin; der starke Schwanz mit den hellblauen Schuppen ruhte in der Tiefe des Meeres. Wenn sie ihn herauszöge, würde das Meer von Grund auf überwallen. Ebenso, wenn sie nur einen Finger lockerließe, würde das Schiff, das jetzt festlich zwischen den Sternen segelte, in die Tiefe stürzen. Jedoch die Madonna mit dem Fischleib hielt es fest, weil es schwache Seelen in seinem Innern trug. Eine Menge von Seelen.

Sie bekreuzigte sich, auf die Kapelle schauend.

Auf der Klippenbank sprühte ein kleines Licht. Dort stand jemand aufrecht am Rande auf dem «Balkon» und zündete eine Zigarette mit einem Streichholz an. Für wenige Augenblicke erhellte das Flämmchen von unten nach oben ein halbes Gesicht und eine Faust. Sofort kam ihr die Gewißheit, daß es der Kalymenier war. Es war nur ein kurzer, schwacher Widerschein, der jäh in der Nacht erlosch, gleichsam im düsteren Wasser versinkend. Sie konnte keinen einzelnen Zug erkennen. Dennoch kam ihr jäh das längliche Gesicht mit den spöttischen Augen, die ihr im Kaffeehaus begegneten, in den Sinn. Es waren die gleichen Augen, die aus der Tiefe gelächelt hatten. In seiner Gruppe zeichnete er sich durch seine breiten Schultern und weißen Zähne aus. Er trug ein frischgebügeltes Hemd, hellblau und am Hals offen. Dort hatten ihre Augen ein goldenes Kettchen erspäht, das unter dem Hemd verschwand. Sicher hing ein Talisman von seiner Mutter oder Schwester daran, von der dunklen Schwester, der er wie ein Zwilling glich. Smaragdi malte sich ihr süßes, von schwarzglänzendem Haar umgebenes Gesicht aus. Ihre Augen leuchteten schwarz, auch sie hatte volle, kirschrote Lippen. Man nannte sie Angela. Alle Zärtlichkeit, die aus Ohm Trambalos' Stimme klang, als er von seiner Tochter sprach, strömte in dieser Minute in Smaragdi über und rührte sie tief. Ach, hätte sie doch auch einen Vater, einen Bruder, eine Schwester!

Sie sah noch immer nach der Klippenbank. Kein Schatten war mehr auf dem Balkon zu unterscheiden. Überall waren Sterne, die blinzelten, und Frühlingswogen, die flüsterten und sich in Schluchten und auf Dünen küßten.

Sie zog sich das Netz, worin sie ihre Haare sammelte, vom Kopf, so daß sie ihr wie taufrische Pflanzen über den Nacken wogten. Sie barg ihr Gesicht am Fenstergitter in ihren Armen und fühlte, wie die seidenen Strähnen freundlich ihre Wangen und Hände streiften. Sie überlegte: Wieviel Schmerz habe ich heute dem Paten zugefügt.

So sprach sie zu sich selbst und fühlte keinerlei Betrübnis dabei.

Dann erinnerte sie sich an Stratos' strenges Gesicht und bemühte sich herauszufinden, was sie ihm angetan hatte. Sie strengte sich vergeblich an.

Von den Feldern her klang durch die Ruhe der Nacht das Gurren einer ägyptischen Taube, die ihre vier Töne beharrlich, wie eine Losung, wiederholte. Das Mädchen hörte sie mit geschlossenen Augen. Dieser Ruf war nicht melancholisch wie sonst, sondern drang in den Frieden des Frühlings wie eine Stimme der Sehnsucht aus dem Herzen der Nacht selbst.

In ihren geschlossenen Augen, die sie auf den Arm preßte, flimmerten tausend bunte Sternchen. Ihre andere Hand, dem Zufall überlassen, rührte an die harten Blätter des Sellerie in dem Blumentopf. Unwillkürlich zerrieb sie ein Blatt zwischen den Fingern. Da duftete sogleich die ganze Nacht samt Himmel und Meer und Sternen und ihren Gedanken in dem warmen Aroma. Sie seufzte tief und richtete sich auf.

«Oh, meine Allheilige Gorgone», flüsterte sie, «mach, daß alle mich in Ruhe und in Armut lassen! Ich verlange nichts.»

Aus dem Hausflur kam ein leises, weinerliches Stimmchen: «Mühmchen Smaragdi, ich habe Angst.»

Das war gewiß die phantasiereiche Fanula, die vor Schatten und nächtlichen Stimmen zitterte.

«Wovor hast du Angst?»

«Das Lämpchen ist ausgegangen. Und ich fürchte mich, allein die Taube zu hören.»

Sie schwieg ein Weilchen, dann sprach sie wieder mit flehendem Ton: «Sprich mit mir, Mühmchen, sonst fürchte ich mich.»

Smaragdi mußte lachen, als diese Kinderstimme einschmeichelnd unter der dünnen Decke hervorkam. Sie zündete die Lampe an und lehnte sich über das Bettchen. Fanula zog ihr Händchen hervor und preßte es um zwei Finger ihres «Mühmchens». Dieses erzählte ihr nun das Märchen von der ägyptischen Taube, die ein Mädchen war, bevor sie ein Vogel wurde. Sie war die Pflegetochter einer bösen Herrin. Die beschuldigte sie eines Tages, daß sie ihr zwanzig Brote für den Backofen mitgegeben habe.

«Nein, es waren achtzehn», weinte jene, «es waren achtzehn, Herrin. Möge mich sonst die Allheilige blenden.»

Sie war tiefbetrübt, weil sie Diebin gescholten

wurde, und weinte Tag und Nacht, bis die Allheilige sich ihrer erbarmte und sie in einen Vogel verwandelte. Und nun erinnerte sie sich immer noch an ihren Kummer und rief die ganze Nacht, damit alle hören sollten, daß sie keine Diebin war: «Es waren achtzehn, achtzehn, achtzehn.»

Doch ehe das Märchen zu Ende war, kam der Schlaf und löste das furchtsame Händchen von Smaragdis Fingern, die es eng umschlossen hatte, um sie ja nicht von Fanulas Seite fortgehen zu lassen.

52

Die Schwammfischer von Kalymnos richteten sich mit ihrer Arbeit in den Gewässern der Insel auf die Dauer ein. Die Gegend war noch ganz unabgeweidet, ein jungfräuliches Gebiet, wie die Fischer es nannten. Die Ware, die sie herausholten, war nicht außerordentlich, aber sehr reichlich und nicht in den tiefsten Tiefen.

Smaragdi gewöhnte sich daran, daß die beiden Taucherboote nahe bei ihrer Barke ankerten, daß sie wieder hinausfuhren und manchmal vierundzwanzig Stunden abwesend waren. Dann erschienen sie aufs neue am Hafeneingang, langsam, schwerbeladen. Gern hörte sie die singende Sprechweise der Männer und die Geschichten ihres seltsamen Lebens, das einem Märchen glich.

Alle waren sie besonnene und friedliche Menschen. Die Besatzungen beider Boote waren unter sich verwandtschaftlich verbunden. Sie lebten und arbeiteten kameradschaftlich wie eine große Familie; sie schimpften und fluchten nicht wie die Fischer. Trambados war zudem fromm; sonntags arbeiteten sie auch bei günstigstem Wetter nicht. Sie machten sich zurecht und gingen als große Gesellschaft nach Murja hinauf, um der Messe beizuwohnen und zu kommunizieren.

Ohm Trambados verbrachte Stunden im Gespräch mit Smaragdi. Er konnte mit Späßen vermischt die traurigsten Dinge erzählen. Von dem Leben der Schwammfischer in den Gewässern Afrikas, bei Bengasi und in der Berberei, unter harten Kapitänen, die die Arbeit ihrer Leute kauften und sie wie Sklaven behandelten. Hungrig und abgezehrt, aus Gier oder wegen des geringen Ertrages ihrer Arbeit, irrten sie als Vagabunden der Tiefe tagelang dort unten umher und endeten meist von Lähmungen oder vom Biß des Haifisches getroffen. Was tat der Mensch nicht, um sein Leben zu fristen...

Jedesmal, wenn sie vom Fischen zurückkamen, brachten die Taucher für Smaragdi ein kleines Andenken mit, irgendeine seltene Muschel, einen Korallenzweig oder ein versteinertes Bäumchen. Alles wurde ihr zuliebe in der Tiefe eingesammelt.

Smaragdi empfand eine seltsame Freude, wenn sie sah, wie all diese arbeitsamen Männer dort un-

ter den Wogen ihrer gedachten. Und zwischen ihnen war Achilles.

Er benahm sich ihr gegenüber oft, als hätte er es mit einem kleinen Mädchen zu tun. Ein anderes Mal wiederum war er in ihrer Nähe wie im Taumel und brach jäh seine Worte ab – gelegentlich wurde er vom Lachen gepackt und versuchte gar nicht zu Ende zu sprechen. Aus vollem Herzen freute sie sich an seinem Gelächter, das so frisch und herzhaft hervorsprudelte und seine Zähne wie Mandelkerne schimmern ließ.

So etwas geschah, wenn er versuchte, von sich selbst zu sprechen. Dann sprang er in das Boot und brachte ihr irgendein Buch. Er las ihr Seegeschichten vor, und Smaragdi lauschte ihm wie verzaubert. Sie erzählte ihm von Muhme Permachula: «Nur sie hätte solche Dinge so schön erzählen können.»

Sie wollte wissen, ob all das Wahrheit sei. Achilles lachte.

«Wer weiß», sagte er. «Es gibt Wahrheiten, die wie Lügen, und Lügen, die wie Wahrheiten sind. Und die ganze Welt, was ist sie wohl? Lüge oder Wahrheit?»

Smaragdi dachte an tausend Erlebnisse und Märchen. Sie antwortete versonnen: «So ist es. Niemand kann davon etwas wissen.»

«Höre mich», sagte sie eines Tages nach einem solchen Gespräch zu ihm. «Du bist belesen wie

Ohm Avgustis. Sage mir doch, was für einen Sinn hat diese Geschichte? Es war einmal ein kleines Mädchen, niemand kannte seine Mutter noch seinen Vater. Aus Barmherzigkeit nahmen Fischer es auf und zogen es groß. Es war auch ein Hund, Zimmt mit Namen. Dieser Hund war zahm und kräftig, dabei großgewachsen wie ein Eselchen. Niemals tat er jemandem etwas zuleide. Er gehörte einem Gärtner, dessen Kinder ihn vor eine Kiste mit Rollen banden und sich dann hineinsetzten. Er zog sie und ließ sich ihre Quälerei ruhig gefallen. Er wedelte mit dem Schwanz, und wenn sie ihm sehr wehe taten, winselte er und leckte die Hände, die ihn schlugen. Als dieser Zimmt zum erstenmal das Mädchen sah, wurde er zu einer wilden Bestie. Seine Lefzen bebten, er fletschte die Zähne, seine Augen liefen vor Bosheit rot an. Er tobte hinter ihrem Zaun und hätte sie am liebsten zerrissen. Die Kleine mühte sich ab, ihn zu besänftigen. Was für Fleischstücke warf sie ihm nicht zu, was für Knochen! Er änderte sich nicht. Jedesmal tobte er wilder gegen das Mädchen. Als er sie eines Tages allein fand, warf er sich auf sie und biß sie blutig. Er hätte sie zerfleischt, wenn nicht Hilfe gekommen wäre. So blieb es bis zum Ende. Da vergiftete ihn jemand, und er verreckte. Nichts konnte ihn versöhnen. Der Schatten des Mädchens, sein Atem, den er witterte, brachten seine Haare zum Sträuben, und er heulte wie rasend.»

«Hat schließlich jemand die Ursache seines Hasses herausgefunden?» fragte Achilles voll Teilnahme.

«Nein. Nur eine alte Frau von mehr als hundert Jahren, die vieles wußte und vieles in ihrem Leben gesehen hatte, war der Meinung, dies Mädchen sei ein Nixenfindling, nicht von einer Menschenfrau geboren. Und dies hätte nur der Hund gewittert. Er ertrug es nicht, es vor sich zu sehen, und heulte und schäumte vor Wut, um es zu zerreißen.»

Nach einem kurzen Schweigen fragte sie: «Du hast so viele Bücher gelesen – glaubst du an Seenixen?»

Achilles sah lächelnd zum Meer hin. Dann drehte er sich um und sagte zärtlich: «Seit drei Wochen glaube ich daran.»

Eines Tages sah Ohm Trambados seinen Sohn mit leeren Händen vom Tauchen emporkommen. Achilles trug nur eine rosenfarbene, silbrig schimmernde Muschel.

«Ich verstehe», sagte er. «Du, mein Palikare, wirst lauter solche Kleinodien nacheinander heraufbringen, bis du einen ganzen Brautkranz von dort unten zusammengeholt hast.»

Auch Stratos war zugegen und hörte dies Wort.

Achilles errötete, da ringsum die ganze Bande aufhorchte. Er sah seinen Vater überrascht an und bemerkte ein gutmütig spöttisches Lächeln um seinen Schnurrbart. Da brach er in kindliches Lachen

aus, wie es ihm immer in schwierigen Augenblikken half.

*

Wenn die Schwammfischer in seichtem Gewässer tauchten und Smaragdi keine eigene Arbeit hatte, nahm sie einen oder den anderen von Lathios' Söhnen in ihrer Barke mit und fuhr zum Vergnügen dorthin. Jedesmal drängten sich die Jungen heftig um den Vorzug. Stratos freilich zeigte tiefe Verachtung für die Arbeit der Taucher. In seinen Worten brannte ein deutlicher Haß gegen die Kalymnier. Vatis jedoch verfolgte das Schauspiel leidenschaftlich, über die Glasbüchse des Bootes gebeugt.

Er war gewachsen, sein Gesicht war zugleich länger und bleicher geworden. Seine träumerischen Augen leuchteten noch größer unter dem dunklen Haarkranz, der sie beschattete.

«Wenn ich Kapitän werde», sagte er eines Tages zu Smaragdi, «nehme ich auf mein Schiff auch eine Schwammfischerausrüstung. Ich werde auch einen Luftpumpapparat haben und in die Tiefe gehen, nicht wie die hier, die sich auf den Kieseln von Kaja herumtreiben. Ich gehe tausend Klafter tief. Zweitausend Klafter. Wo noch nie ein Menschenfuß hingekommen ist. Du wirst sehen.»

«Und was machst du, wenn du so tief hinuntergetaucht bist?» fragte das Mädchen.

«Nichts», erwiderte er trotzig. «Ich tauche eben. Ich gehe dort spazieren und sehe mich auf gut Glück um. Ich setze mich unter die Bäume der See und denke nach. Und wenn ich etwas von dort unten heraufbringe, werden es keine Müschelchen und Schmetterlinge sein.»

Sie wollte es ins Scherzhafte wenden.

«Ich weiß», sagte sie, «du bringst uns deine berühmte Gorgone herauf, damit wir sie an der Sonne trocknen.»

Sie bereute dies Wort, als sie die schwärmerischen Augen des Jungen mit der Flamme des gekränkten Ehrgefühls auf sich gerichtet sah. Auf seinen Backen brannte eine Röte, als wäre sie die Spur eines Schlages in sein Gesicht.

«Laß doch», lächelte sie ihn an. «Ich wollte dich nur necken. Ich glaube wirklich, daß du ein tüchtiger Kapitän wirst, tüchtiger als Odysseus.»

Vatis sagte mit gespanntem Ausdruck: «Wenn du es wissen willst, ich werde auf dem Meeresgrund umhergehen wie Achilles. Aber viel besser.»

Sie sah ihm scharf ins Gesicht und sagte ohne Hintergedanken: «Wachse nur erst heran – dann wirst du ein Palikare, hoffentlich noch ein berühmterer als Achilles, Trambados' Sohn.»

Vatis sprach gereizt weiter: «Bestimmt werde ich das. Was ist er denn schon? Er taucht an flachen Stellen und sammelt Schwämme. Bah! Thymios würde ohne Helm und Schlauch, nur mit einer

Steinplatte, viel tiefer tauchen. Aber ich werde all das lumpige Zeug nicht heraufbringen. Ich –»

«Nun, du?»

«Ich, weil du es wissen willst, werde nur nach Perlen tauchen. Jetzt hab' ich dir's gesagt. Perlen!»

Sie nickte fröhlich mit dem Kopf.

«Das ist kein schlechter Gedanke», sagte sie.

Sie setzten sich auf die Steine der Mole und plauderten weiter.

«Erinnerst du dich manchmal an die Großmutter?» fragte Vatis. «Ich denke immerfort an sie.»

Seine Stimme war jetzt ruhiger. Ihr herzlicher Ton rührte sie.

«Auch ich denke immerfort an sie», sagte Smaragdi leise.

Sie blickte in die Ferne und fühlte plötzlich, daß ihrer beider Erinnerung an die Greisin durch die Perlengeschichte von Vatis hervorgerufen war. Muhme Permachula pflegte von den ertrunkenen Palikaren zu reden, deren Augen die Meernixen für ihr Halsband herausnehmen. Ihre Gedanken gingen zu den Augen von Lambis, und Betrübnis stieg in ihrer Seele auf.

«Warum fragtest du mich, ob ich mich an sie erinnere?»

Der Junge zuckte mit den Achseln.

«Die Frage kam mir so.»

Sie fühlte, wie sein Blick an ihre nackten Beine

rührte. Sie zog die Füße unter ihren Rock zurück.

«Großmutter liebte dich», fuhr Vatis fort.

Er schwieg kurz und fügte hinzu: «Auch mich liebte sie.»

«So ist es», rief Smaragdi. «Unter ihr sind wir aufgewachsen. Wir sind wie Geschwister, Vatis.»

Vatis nahm ein Stück Ziegel in seine Hand und klopfte damit im Takt auf die Steinplatte.

«Stratos», sagte er, «liebt dich nicht mehr.»

«Das merke ich», erwiderte sie lebhaft. «Jedoch aus welchem Grunde weiß ich nicht.»

«Weil er sieht, wie unser Manolis sich ganz und gar verzehrt. Er seufzt und sagt nicht, was ihm fehlt. Ich weiß, was ihm fehlt. Und Stratos weiß es. Und er opfert sich für unsern Manolis auf. Darum liebt Stratos dich nicht mehr. Früher sagte er, du wärest so stolz auf dein Boot, daß du nicht heiraten wolltest. Jetzt redet Stratos auch von diesem Schwammfischer ...»

Sie unterbrach ihn heftig: «Schon wieder? Wir sagten, daß du mir niemals wieder mit solchen Redereien kommen würdest. Alles ‚verstehst‘ du und ‚weißt‘ du und weißt doch nichts. Du bist ein Kind und bist vollgepfropft mit Einbildungen und siehst Dinge, die gar nicht vorhanden sind.»

Ihre Stimme bebte im Zorn.

«Nein», widersprach der Junge trotzig und klopfte wieder mit dem Ziegelstück. «Ich ver-

stehe alles. Niemand weiß, daß Achilles dich liebt. Aber ich weiß es. Und unser Stratos hörte, wie Trambados seinem Sohn versprach, dich ihm als Brautführer zuzuführen, und kam weinend nach Hause.»

Smaragdi machte eine Bewegung, um aufzustehen.

«Schon früher hast du mich mit solchen Albernheiten geärgert. Es ist meine Schuld. Warum sitze ich hier als erwachsene Frau und höre einem törichten Flegel zu?!»

«Ich bin kein törichter Flegel», sagte der Knabe. «Auch was ich dir früher sagte, war alles richtig. Und ... oder gar, wenn jemand anders wüßte, was ich von Lambis' Fall weiß ...»

«Von Lambis?» rief sie erschrocken.

«Ja, von Lambis», wiederholte Vatis aufgeregt. «Was wissen die Richter, was wissen die Gatzalis, was weiß Ohm Fortis, was weißt du? Ihr alle redet ins Leere.»

Er sah sie herausfordernd an und nickte bedeutungsvoll mit dem Kopf.

«Aber wenn ich wollte ...»

Smaragdi setzte sich wieder hin.

«Was heißt das?» fragte sie zornig. «Jeder anständige Mensch hat die Pflicht, seine Hand aufs Evangelium zu legen und dem Richter, was er weiß, zu sagen!»

Vatis öffnete den Mund zum Reden und brach

wieder ab. Er hob die Hand und schleuderte den Ziegel nach der Klippenbank zu ins Wasser. Als sein Plätschern verklungen war, sagte er: «Na, dort haben sie Lambis gefunden. Mir ist, ich sehe ihn über den Abhang fallen ...»

«Einbildungen! Vielleicht hat der Pate recht, vielleicht haben ihn die Gatzalis umgebracht. Die sind zu allem fähig.»

Leidenschaftlich rief er: «Smaragdi, wenn ich wollte, könnte ich dich jetzt hier mit offenem Mund sitzenlassen! Dich, die glaubt, daß ich Einbildungen erzähle.»

«Vorwärts! Warum sprichst du dann nicht wie ein Mann?»

Er sah sie stolz an, dann grinste er melancholisch. «Weil ich dir nicht wehtun will, Smaragdi.»

«Mir?»

«Ja», nickte der Knabe und wandte seine Augen von den ihren ab, da er ihre grüne Flamme nicht ertragen konnte.

Smaragdi lachte höhnisch.

«Da sitzt du und machst mir Faxen vor, wie ein kleines Mädchen. Und ich nehme dich ernst ...»

Dies unbedacht hingeworfene Wort traf den Jüngling an seiner empfindlichen Stelle. Er sagte tiefgekränkt: «Ist es so? Dann höre: Lambis hat sich selbst ertränkt, aus Ehrgefühl und Liebe!»

«Pf! Frische Fische!» spottete Smaragdi. «Weil ihn die Gatzalis verprügelten und weil es ihm

voller Bilder. Sie blätterte darin, um sich abzulenken. Sie erkannte Bilder wieder, die sie als kleines Kind gesehen hatte und die damals ihre Phantasie beflügelten. Das war jetzt weit entfernt. Ihre inneren Flügel waren gelähmt, für immer zerbrochen.

Sie erinnerte sich eines Tages, da sie einige Fischerkinder mit einer Möwe spielen sah. Es waren halbnackte, grausame Kinder. Sie hatten die Flügel der Möwe gebrochen, johlten und zwangen sie, vorwärtszugehen. Der Vogel mußte schrecklich leiden, brachte aber keinen Laut hervor. Er blieb nur in seinem Martyrium ermattet stehen, blickte auf das Meer und schleifte dann durch den Sand seine zerbrochenen Schwingen, die Furchen hinter sich ließen.

Sie legte die Zeitschriften beiseite und wühlte in den Büchern von Lambis. In seinen alten Schulbüchern. Sie hatten sich zusammen über diese mißhandelten, bekleckerten Seiten gebeugt. Lambis hatte seine Finger daran abgewischt und den Engeln der Heiligen Geschichte Bärte angeschmiert. Seine Hefte waren in noch schlimmerem Zustand. Zwischen ihren undeutlichen Zeilen waren Schiffe und Boote jeder Art und Gestalt mit Rudern, Masten und Segeln gezeichnet.

Dann hörte all das auf, und in einem Heft waren mehrere reine, ungebrauchte Seiten. Zwischen ihnen fanden sich wieder zwei oder drei beschriebene. Hier waren die Buchstaben fester gezogen, die Worte freilich nicht richtig orthographisch. Offenbar wurden sie später, viel später geschrieben, als Lambis herangewachsen war. Mehrere Sätze brachen in der Mitte ab. Zwei Blätter waren bis zur Naht ausgerissen.

Sie las:

«Sie wäre ertrunken. Ich rettete sie. Ich nahm sie in meine Arme und rettete sie. Wäre ich sogleich gestorben! Sie schalt mich. Aber sie ließ mir das rote Tuch. Jetzt lege ich es jeden Abend auf mein Kopfkissen und schlafe ein.»

«Heute sah ich sie wieder. Sie war traurig, und ich sah sie, hinter der Eiche hockend. Könnte ich nahe an sie herangehen!»

«Gestern sah ich sie die ganze Nacht im Traum.»

«Der Feigenbaum bekommt schon gelbes Laub. In wenigen Wochen werden die Blätter abfallen.»

«Sie sagten, es sei unmöglich, das Patenkind des Vaters zu heiraten.»

«Es ist das Tuch. Es ist auch das hellblaue Band, das ich ihr in der Schule weggenommen habe.»

«Wie schön du bist! Wie schön du bist! Wie schön du bist!»

«Armer Vater, wenn du wüßtest, wie lieb ich dich habe.»

Tränen entströmten ihr. Sie legte die Hände auf das Heft, das Gesicht auf die Hände und schluchzte.

wieder ab. Er hob die Hand und schleuderte den Ziegel nach der Klippenbank zu ins Wasser. Als sein Plätschern verklungen war, sagte er: «Na, dort haben sie Lambis gefunden. Mir ist, ich sehe ihn über den Abhang fallen ...»

«Einbildungen! Vielleicht hat der Pate recht, vielleicht haben ihn die Gatzalis umgebracht. Die sind zu allem fähig.»

Leidenschaftlich rief er: «Smaragdi, wenn ich wollte, könnte ich dich jetzt hier mit offenem Mund sitzenlassen! Dich, die glaubt, daß ich Einbildungen erzähle.»

«Vorwärts! Warum sprichst du dann nicht wie ein Mann?»

Er sah sie stolz an, dann grinste er melancholisch. «Weil ich dir nicht wehtun will, Smaragdi.»

«Mir?»

«Ja», nickte der Knabe und wandte seine Augen von den ihren ab, da er ihre grüne Flamme nicht ertragen konnte.

Smaragdi lachte höhnisch.

«Da sitzt du und machst mir Faxen vor, wie ein kleines Mädchen. Und ich nehme dich ernst ...»

Dies unbedacht hingeworfene Wort traf den Jüngling an seiner empfindlichen Stelle. Er sagte tiefgekränkt: «Ist es so? Dann höre: Lambis hat sich selbst ertränkt, aus Ehrgefühl und Liebe!»

«Pf! Frische Fische!» spottete Smaragdi. «Weil ihn die Gatzalis verprügelten und weil es ihm

stehe alles. Niemand weiß, daß Achilles dich liebt. Aber ich weiß es. Und unser Stratos hörte, wie Trambados seinem Sohn versprach, dich ihm als Brautführer zuzuführen, und kam weinend nach Hause.»

Smaragdi machte eine Bewegung, um aufzustehen.

«Schon früher hast du mich mit solchen Albernheiten geärgert. Es ist meine Schuld. Warum sitze ich hier als erwachsene Frau und höre einem törichten Flegel zu?!»

«Ich bin kein törichter Flegel», sagte der Knabe. «Auch was ich dir früher sagte, war alles richtig. Und ... oder gar, wenn jemand anders wüßte, was ich von Lambis' Fall weiß ...»

«Von Lambis?» rief sie erschrocken.

«Ja, von Lambis», wiederholte Vatis aufgeregt. «Was wissen die Richter, was wissen die Gatzalis, was weiß Ohm Fortis, was weißt du? Ihr alle redet ins Leere.»

Er sah sie herausfordernd an und nickte bedeutungsvoll mit dem Kopf.

«Aber wenn ich wollte ...»

Smaragdi setzte sich wieder hin.

«Was heißt das?» fragte sie zornig. «Jeder anständige Mensch hat die Pflicht, seine Hand aufs Evangelium zu legen und dem Richter, was er weiß, zu sagen!»

Vatis öffnete den Mund zum Reden und brach

rührte. Sie zog die Füße unter ihren Rock zurück.

«Großmutter liebte dich», fuhr Vatis fort.

Er schwieg kurz und fügte hinzu: «Auch mich liebte sie.»

«So ist es», rief Smaragdi. «Unter ihr sind wir aufgewachsen. Wir sind wie Geschwister, Vatis.»

Vatis nahm ein Stück Ziegel in seine Hand und klopfte damit im Takt auf die Steinplatte.

«Stratos», sagte er, «liebt dich nicht mehr.»

«Das merke ich», erwiderte sie lebhaft. «Jedoch aus welchem Grunde weiß ich nicht.»

«Weil er sieht, wie unser Manolis sich ganz und gar verzehrt. Er seufzt und sagt nicht, was ihm fehlt. Ich weiß, was ihm fehlt. Und Stratos weiß es. Und er opfert sich für unsern Manolis auf. Darum liebt Stratos dich nicht mehr. Früher sagte er, du wärest so stolz auf dein Boot, daß du nicht heiraten wolltest. Jetzt redet Stratos auch von diesem Schwammfischer ...»

Sie unterbrach ihn heftig: «Schon wieder? Wir sagten, daß du mir niemals wieder mit solchen Redereien kommen würdest. Alles ‚verstehst‘ du und ‚weißt‘ du und weißt doch nichts. Du bist ein Kind und bist vollgepfropft mit Einbildungen und siehst Dinge, die gar nicht vorhanden sind.»

Ihre Stimme bebte im Zorn.

«Nein», widersprach der Junge trotzig und klopfte wieder mit dem Ziegelstück. «Ich ver-

Steinplatte, viel tiefer tauchen. Aber ich werde all das lumpige Zeug nicht heraufbringen. Ich –»

«Nun, du?»

«Ich, weil du es wissen willst, werde nur nach Perlen tauchen. Jetzt hab' ich dir's gesagt. Perlen!»

Sie nickte fröhlich mit dem Kopf.

«Das ist kein schlechter Gedanke», sagte sie.

Sie setzten sich auf die Steine der Mole und plauderten weiter.

«Erinnerst du dich manchmal an die Großmutter?» fragte Vatis. «Ich denke immerfort an sie.»

Seine Stimme war jetzt ruhiger. Ihr herzlicher Ton rührte sie.

«Auch ich denke immerfort an sie», sagte Smaragdi leise.

Sie blickte in die Ferne und fühlte plötzlich, daß ihrer beider Erinnerung an die Greisin durch die Perlengeschichte von Vatis hervorgerufen war. Muhme Permachula pflegte von den ertrunkenen Palikaren zu reden, deren Augen die Meernixen für ihr Halsband herausnehmen. Ihre Gedanken gingen zu den Augen von Lambis, und Betrübnis stieg in ihrer Seele auf.

«Warum fragtest du mich, ob ich mich an sie erinnere?»

Der Junge zuckte mit den Achseln.

«Die Frage kam mir so.»

Sie fühlte, wie sein Blick an ihre nackten Beine

«Nichts», erwiderte er trotzig. «Ich tauche eben. Ich gehe dort spazieren und sehe mich auf gut Glück um. Ich setze mich unter die Bäume der See und denke nach. Und wenn ich etwas von dort unten heraufbringe, werden es keine Müschelchen und Schmetterlinge sein.»

Sie wollte es ins Scherzhafte wenden.

«Ich weiß», sagte sie, «du bringst uns deine berühmte Gorgone herauf, damit wir sie an der Sonne trocknen.»

Sie bereute dies Wort, als sie die schwärmerischen Augen des Jungen mit der Flamme des gekränkten Ehrgefühls auf sich gerichtet sah. Auf seinen Backen brannte eine Röte, als wäre sie die Spur eines Schlages in sein Gesicht.

«Laß doch», lächelte sie ihn an. «Ich wollte dich nur necken. Ich glaube wirklich, daß du ein tüchtiger Kapitän wirst, tüchtiger als Odysseus.»

Vatis sagte mit gespanntem Ausdruck: «Wenn du es wissen willst, ich werde auf dem Meeresgrund umhergehen wie Achilles. Aber viel besser.»

Sie sah ihm scharf ins Gesicht und sagte ohne Hintergedanken: «Wachse nur erst heran – dann wirst du ein Palikare, hoffentlich noch ein berühmterer als Achilles, Trambados' Sohn.»

Vatis sprach gereizt weiter: «Bestimmt werde ich das. Was ist er denn schon? Er taucht an flachen Stellen und sammelt Schwämme. Bah! Thymios würde ohne Helm und Schlauch, nur mit einer

aus, wie es ihm immer in schwierigen Augenblicken half.

*

Wenn die Schwammfischer in seichtem Gewässer tauchten und Smaragdi keine eigene Arbeit hatte, nahm sie einen oder den anderen von Lathios' Söhnen in ihrer Barke mit und fuhr zum Vergnügen dorthin. Jedesmal drängten sich die Jungen heftig um den Vorzug. Stratos freilich zeigte tiefe Verachtung für die Arbeit der Taucher. In seinen Worten brannte ein deutlicher Haß gegen die Kalymnier. Vatis jedoch verfolgte das Schauspiel leidenschaftlich, über die Glasbüchse des Bootes gebeugt.

Er war gewachsen, sein Gesicht war zugleich länger und bleicher geworden. Seine träumerischen Augen leuchteten noch größer unter dem dunklen Haarkranz, der sie beschattete.

«Wenn ich Kapitän werde», sagte er eines Tages zu Smaragdi, «nehme ich auf mein Schiff auch eine Schwammfischerausrüstung. Ich werde auch einen Luftpumpapparat haben und in die Tiefe gehen, nicht wie die hier, die sich auf den Kieseln von Kaja herumtreiben. Ich gehe tausend Klafter tief. Zweitausend Klafter. Wo noch nie ein Menschenfuß hingekommen ist. Du wirst sehen.»

«Und was machst du, wenn du so tief hinuntergetaucht bist?» fragte das Mädchen.

«Hat schließlich jemand die Ursache seines Hasses herausgefunden?» fragte Achilles voll Teilnahme.

«Nein. Nur eine alte Frau von mehr als hundert Jahren, die vieles wußte und vieles in ihrem Leben gesehen hatte, war der Meinung, dies Mädchen sei ein Nixenfindling, nicht von einer Menschenfrau geboren. Und dies hätte nur der Hund gewittert. Er ertrug es nicht, es vor sich zu sehen, und heulte und schäumte vor Wut, um es zu zerreißen.»

Nach einem kurzen Schweigen fragte sie: «Du hast so viele Bücher gelesen – glaubst du an Seenixen?»

Achilles sah lächelnd zum Meer hin. Dann drehte er sich um und sagte zärtlich: «Seit drei Wochen glaube ich daran.»

Eines Tages sah Ohm Trambados seinen Sohn mit leeren Händen vom Tauchen emporkommen. Achilles trug nur eine rosenfarbene, silbrig schimmernde Muschel.

«Ich verstehe», sagte er. «Du, mein Palikare, wirst lauter solche Kleinodien nacheinander heraufbringen, bis du einen ganzen Brautkranz von dort unten zusammengeholt hast.»

Auch Stratos war zugegen und hörte dies Wort.

Achilles errötete, da ringsum die ganze Bande aufhorchte. Er sah seinen Vater überrascht an und bemerkte ein gutmütig spöttisches Lächeln um seinen Schnurrbart. Da brach er in kindliches Lachen

Ohm Avgustis. Sage mir doch, was für einen Sinn hat diese Geschichte? Es war einmal ein kleines Mädchen, niemand kannte seine Mutter noch seinen Vater. Aus Barmherzigkeit nahmen Fischer es auf und zogen es groß. Es war auch ein Hund, Zimmt mit Namen. Dieser Hund war zahm und kräftig, dabei großgewachsen wie ein Eselchen. Niemals tat er jemandem etwas zuleide. Er gehörte einem Gärtner, dessen Kinder ihn vor eine Kiste mit Rollen banden und sich dann hineinsetzten. Er zog sie und ließ sich ihre Quälerei ruhig gefallen. Er wedelte mit dem Schwanz, und wenn sie ihm sehr wehe taten, winselte er und leckte die Hände, die ihn schlugen. Als dieser Zimmt zum erstenmal das Mädchen sah, wurde er zu einer wilden Bestie. Seine Lefzen bebten, er fletschte die Zähne, seine Augen liefen vor Bosheit rot an. Er tobte hinter ihrem Zaun und hätte sie am liebsten zerrissen. Die Kleine mühte sich ab, ihn zu besänftigen. Was für Fleischstücke warf sie ihm nicht zu, was für Knochen! Er änderte sich nicht. Jedesmal tobte er wilder gegen das Mädchen. Als er sie eines Tages allein fand, warf er sich auf sie und biß sie blutig. Er hätte sie zerfleischt, wenn nicht Hilfe gekommen wäre. So blieb es bis zum Ende. Da vergiftete ihn jemand, und er verreckte. Nichts konnte ihn versöhnen. Der Schatten des Mädchens, sein Atem, den er witterte, brachten seine Haare zum Sträuben, und er heulte wie rasend.»

ter den Wogen ihrer gedachten. Und zwischen ihnen war Achilles.

Er benahm sich ihr gegenüber oft, als hätte er es mit einem kleinen Mädchen zu tun. Ein anderes Mal wiederum war er in ihrer Nähe wie im Taumel und brach jäh seine Worte ab – gelegentlich wurde er vom Lachen gepackt und versuchte gar nicht zu Ende zu sprechen. Aus vollem Herzen freute sie sich an seinem Gelächter, das so frisch und herzhaft hervorsprudelte und seine Zähne wie Mandelkerne schimmern ließ.

So etwas geschah, wenn er versuchte, von sich selbst zu sprechen. Dann sprang er in das Boot und brachte ihr irgendein Buch. Er las ihr Seegeschichten vor, und Smaragdi lauschte ihm wie verzaubert. Sie erzählte ihm von Muhme Permachula: «Nur sie hätte solche Dinge so schön erzählen können.»

Sie wollte wissen, ob all das Wahrheit sei. Achilles lachte.

«Wer weiß», sagte er. «Es gibt Wahrheiten, die wie Lügen, und Lügen, die wie Wahrheiten sind. Und die ganze Welt, was ist sie wohl? Lüge oder Wahrheit?»

Smaragdi dachte an tausend Erlebnisse und Märchen. Sie antwortete versonnen: «So ist es. Niemand kann davon etwas wissen.»

«Höre mich», sagte sie eines Tages nach einem solchen Gespräch zu ihm. «Du bist belesen wie

Alle waren sie besonnene und friedliche Menschen. Die Besatzungen beider Boote waren unter sich verwandtschaftlich verbunden. Sie lebten und arbeiteten kameradschaftlich wie eine große Familie; sie schimpften und fluchten nicht wie die Fischer. Trambados war zudem fromm; sonntags arbeiteten sie auch bei günstigstem Wetter nicht. Sie machten sich zurecht und gingen als große Gesellschaft nach Murja hinauf, um der Messe beizuwohnen und zu kommunizieren.

Ohm Trambados verbrachte Stunden im Gespräch mit Smaragdi. Er konnte mit Späßen vermischt die traurigsten Dinge erzählen. Von dem Leben der Schwammfischer in den Gewässern Afrikas, bei Bengasi und in der Berberei, unter harten Kapitänen, die die Arbeit ihrer Leute kauften und sie wie Sklaven behandelten. Hungrig und abgezehrt, aus Gier oder wegen des geringen Ertrages ihrer Arbeit, irrten sie als Vagabunden der Tiefe tagelang dort unten umher und endeten meist von Lähmungen oder vom Biß des Haifisches getroffen. Was tat der Mensch nicht, um sein Leben zu fristen...

Jedesmal, wenn sie vom Fischen zurückkamen, brachten die Taucher für Smaragdi ein kleines Andenken mit, irgendeine seltene Muschel, einen Korallenzweig oder ein versteinertes Bäumchen. Alles wurde ihr zuliebe in der Tiefe eingesammelt.

Smaragdi empfand eine seltsame Freude, wenn sie sah, wie all diese arbeitsamen Männer dort un-

voller Bilder. Sie blätterte darin, um sich abzulenken. Sie erkannte Bilder wieder, die sie als kleines Kind gesehen hatte und die damals ihre Phantasie beflügelten. Das war jetzt weit entfernt. Ihre inneren Flügel waren gelähmt, für immer zerbrochen.

Sie erinnerte sich eines Tages, da sie einige Fischerkinder mit einer Möwe spielen sah. Es waren halbnackte, grausame Kinder. Sie hatten die Flügel der Möwe gebrochen, johlten und zwangen sie, vorwärtszugehen. Der Vogel mußte schrecklich leiden, brachte aber keinen Laut hervor. Er blieb nur in seinem Martyrium ermattet stehen, blickte auf das Meer und schleifte dann durch den Sand seine zerbrochenen Schwingen, die Furchen hinter sich ließen.

Sie legte die Zeitschriften beiseite und wühlte in den Büchern von Lambis. In seinen alten Schulbüchern. Sie hatten sich zusammen über diese mißhandelten, bekleckstesten Seiten gebeugt. Lambis hatte seine Finger daran abgewischt und den Engeln der Heiligen Geschichte Bärte angeschmiert. Seine Hefte waren in noch schlimmerem Zustand. Zwischen ihren undeutlichen Zeilen waren Schiffe und Boote jeder Art und Gestalt mit Rudern, Masten und Segeln gezeichnet.

Dann hörte all das auf, und in einem Heft waren mehrere reine, ungebrauchte Seiten. Zwischen ihnen fanden sich wieder zwei oder drei beschriebene. Hier waren die Buchstaben fester gezogen, die Worte freilich nicht richtig orthographisch. Offenbar wurden sie später, viel später geschrieben, als Lambis herangewachsen war. Mehrere Sätze brachen in der Mitte ab. Zwei Blätter waren bis zur Naht ausgerissen.

Sie las:

«Sie wäre ertrunken. Ich rettete sie. Ich nahm sie in meine Arme und rettete sie. Wäre ich sogleich gestorben! Sie schalt mich. Aber sie ließ mir das rote Tuch. Jetzt lege ich es jeden Abend auf mein Kopfkissen und schlafe ein.»

«Heute sah ich sie wieder. Sie war traurig, und ich sah sie, hinter der Eiche hockend. Könnte ich nahe an sie herangehen!»

«Gestern sah ich sie die ganze Nacht im Traum.»

«Der Feigenbaum bekommt schon gelbes Laub. In wenigen Wochen werden die Blätter abfallen.»

«Sie sagten, es sei unmöglich, das Patenkind des Vaters zu heiraten.»

«Es ist das Tuch. Es ist auch das hellblaue Band, das ich ihr in der Schule weggenommen habe.»

«Wie schön du bist! Wie schön du bist! Wie schön du bist!»

«Armer Vater, wenn du wüßtest, wie lieb ich dich habe.»

Tränen entströmten ihr. Sie legte die Hände auf das Heft, das Gesicht auf die Hände und schluchzte.

wieder ab. Er hob die Hand und schleuderte den Ziegel nach der Klippenbank zu ins Wasser. Als sein Plätschern verklungen war, sagte er: «Na, dort haben sie Lambis gefunden. Mir ist, ich sehe ihn über den Abhang fallen ...»

«Einbildungen! Vielleicht hat der Pate recht, vielleicht haben ihn die Gatzalis umgebracht. Die sind zu allem fähig.»

Leidenschaftlich rief er: «Smaragdi, wenn ich wollte, könnte ich dich jetzt hier mit offenem Mund sitzenlassen! Dich, die glaubt, daß ich Einbildungen erzähle.»

«Vorwärts! Warum sprichst du dann nicht wie ein Mann?»

Er sah sie stolz an, dann grinste er melancholisch.

«Weil ich dir nicht wehtun will, Smaragdi.»

«Mir?»

«Ja», nickte der Knabe und wandte seine Augen von den ihren ab, da er ihre grüne Flamme nicht ertragen konnte.

Smaragdi lachte höhnisch.

«Da sitzt du und machst mir Faxen vor, wie ein kleines Mädchen. Und ich nehme dich ernst ...»

Dies unbedacht hingeworfene Wort traf den Jüngling an seiner empfindlichen Stelle. Er sagte tiefgekränkt: «Ist es so? Dann höre: Lambis hat sich selbst ertränkt, aus Ehrgefühl und Liebe!»

«Pf! Frische Fische!» spottete Smaragdi. «Weil ihn die Gatzalis verprügelten und weil es ihm

stehe alles. Niemand weiß, daß Achilles dich liebt. Aber ich weiß es. Und unser Stratos hörte, wie Trambados seinem Sohn versprach, dich ihm als Brautführer zuzuführen, und kam weinend nach Hause.»

Smaragdi machte eine Bewegung, um aufzustehen.

«Schon früher hast du mich mit solchen Albernheiten geärgert. Es ist meine Schuld. Warum sitze ich hier als erwachsene Frau und höre einem törichten Flegel zu?!»

«Ich bin kein törichter Flegel», sagte der Knabe. «Auch was ich dir früher sagte, war alles richtig. Und ... oder gar, wenn jemand anders wüßte, was ich von Lambis' Fall weiß ...»

«Von Lambis?» rief sie erschrocken.

«Ja, von Lambis», wiederholte Vatis aufgeregt. «Was wissen die Richter, was wissen die Gatzalis, was weiß Ohm Fortis, was weißt du? Ihr alle redet ins Leere.»

Er sah sie herausfordernd an und nickte bedeutungsvoll mit dem Kopf.

«Aber wenn ich wollte ...»

Smaragdi setzte sich wieder hin.

«Was heißt das?» fragte sie zornig. «Jeder anständige Mensch hat die Pflicht, seine Hand aufs Evangelium zu legen und dem Richter, was er weiß, zu sagen!»

Vatis öffnete den Mund zum Reden und brach

rührte. Sie zog die Füße unter ihren Rock zurück.

«Großmutter liebte dich», fuhr Vatis fort.

Er schwieg kurz und fügte hinzu: «Auch mich liebte sie.»

«So ist es», rief Smaragdi. «Unter ihr sind wir aufgewachsen. Wir sind wie Geschwister, Vatis.»

Vatis nahm ein Stück Ziegel in seine Hand und klopfte damit im Takt auf die Steinplatte.

«Stratos», sagte er, «liebt dich nicht mehr.»

«Das merke ich», erwiderte sie lebhaft. «Jedoch aus welchem Grunde weiß ich nicht.»

«Weil er sieht, wie unser Manolis sich ganz und gar verzehrt. Er seufzt und sagt nicht, was ihm fehlt. Ich weiß, was ihm fehlt. Und Stratos weiß es. Und er opfert sich für unsern Manolis auf. Darum liebt Stratos dich nicht mehr. Früher sagte er, du wärest so stolz auf dein Boot, daß du nicht heiraten wolltest. Jetzt redet Stratos auch von diesem Schwammfischer ...»

Sie unterbrach ihn heftig: «Schon wieder? Wir sagten, daß du mir niemals wieder mit solchen Redereien kommen würdest. Alles ‚verstehst‘ du und ‚weißt‘ du und weißt doch nichts. Du bist ein Kind und bist vollgepfropft mit Einbildungen und siehst Dinge, die gar nicht vorhanden sind.»

Ihre Stimme bebte im Zorn.

«Nein», widersprach der Junge trotzig und klopfte wieder mit dem Ziegelstück. «Ich ver-

Steinplatte, viel tiefer tauchen. Aber ich werde all das lumpige Zeug nicht heraufbringen. Ich –»

«Nun, du?»

«Ich, weil du es wissen willst, werde nur nach Perlen tauchen. Jetzt hab' ich dir's gesagt. Perlen!»

Sie nickte fröhlich mit dem Kopf.

«Das ist kein schlechter Gedanke», sagte sie.

Sie setzten sich auf die Steine der Mole und plauderten weiter.

«Erinnerst du dich manchmal an die Großmutter?» fragte Vatis. «Ich denke immerfort an sie.»

Seine Stimme war jetzt ruhiger. Ihr herzlicher Ton rührte sie.

«Auch ich denke immerfort an sie», sagte Smaragdi leise.

Sie blickte in die Ferne und fühlte plötzlich, daß ihrer beider Erinnerung an die Greisin durch die Perlengeschichte von Vatis hervorgerufen war. Muhme Permachula pflegte von den ertrunkenen Palikaren zu reden, deren Augen die Meernixen für ihr Halsband herausnehmen. Ihre Gedanken gingen zu den Augen von Lambis, und Betrübnis stieg in ihrer Seele auf.

«Warum fragtest du mich, ob ich mich an sie erinnere?»

Der Junge zuckte mit den Achseln.

«Die Frage kam mir so.»

Sie fühlte, wie sein Blick an ihre nackten Beine

«Nichts», erwiderte er trotzig. «Ich tauche eben. Ich gehe dort spazieren und sehe mich auf gut Glück um. Ich setze mich unter die Bäume der See und denke nach. Und wenn ich etwas von dort unten heraufbringe, werden es keine Müschelchen und Schmetterlinge sein.»

Sie wollte es ins Scherzhafte wenden.

«Ich weiß», sagte sie, «du bringst uns deine berühmte Gorgone herauf, damit wir sie an der Sonne trocknen.»

Sie bereute dies Wort, als sie die schwärmerischen Augen des Jungen mit der Flamme des gekränkten Ehrgefühls auf sich gerichtet sah. Auf seinen Backen brannte eine Röte, als wäre sie die Spur eines Schlages in sein Gesicht.

«Laß doch», lächelte sie ihn an. «Ich wollte dich nur necken. Ich glaube wirklich, daß du ein tüchtiger Kapitän wirst, tüchtiger als Odysseus.»

Vatis sagte mit gespanntem Ausdruck: «Wenn du es wissen willst, ich werde auf dem Meeresgrund umhergehen wie Achilles. Aber viel besser.»

Sie sah ihm scharf ins Gesicht und sagte ohne Hintergedanken: «Wachse nur erst heran – dann wirst du ein Palikare, hoffentlich noch ein berühmterer als Achilles, Trambados' Sohn.»

Vatis sprach gereizt weiter: «Bestimmt werde ich das. Was ist er denn schon? Er taucht an flachen Stellen und sammelt Schwämme. Bah! Thymios würde ohne Helm und Schlauch, nur mit einer

aus, wie es ihm immer in schwierigen Augenblicken half.

*

Wenn die Schwammfischer in seichtem Gewässer tauchten und Smaragdi keine eigene Arbeit hatte, nahm sie einen oder den anderen von Lathios' Söhnen in ihrer Barke mit und fuhr zum Vergnügen dorthin. Jedesmal drängten sich die Jungen heftig um den Vorzug. Stratos freilich zeigte tiefe Verachtung für die Arbeit der Taucher. In seinen Worten brannte ein deutlicher Haß gegen die Kalymnier. Vatis jedoch verfolgte das Schauspiel leidenschaftlich, über die Glasbüchse des Bootes gebeugt.

Er war gewachsen, sein Gesicht war zugleich länger und bleicher geworden. Seine träumerischen Augen leuchteten noch größer unter dem dunklen Haarkranz, der sie beschattete.

«Wenn ich Kapitän werde», sagte er eines Tages zu Smaragdi, «nehme ich auf mein Schiff auch eine Schwammfischerausrüstung. Ich werde auch einen Luftpumpapparat haben und in die Tiefe gehen, nicht wie die hier, die sich auf den Kieseln von Kaja herumtreiben. Ich gehe tausend Klafter tief. Zweitausend Klafter. Wo noch nie ein Menschenfuß hingekommen ist. Du wirst sehen.»

«Und was machst du, wenn du so tief hinuntergetaucht bist?» fragte das Mädchen.

«Hat schließlich jemand die Ursache seines Hasses herausgefunden?» fragte Achilles voll Teilnahme.

«Nein. Nur eine alte Frau von mehr als hundert Jahren, die vieles wußte und vieles in ihrem Leben gesehen hatte, war der Meinung, dies Mädchen sei ein Nixenfindling, nicht von einer Menschenfrau geboren. Und dies hätte nur der Hund gewittert. Er ertrug es nicht, es vor sich zu sehen, und heulte und schäumte vor Wut, um es zu zerreißen.»

Nach einem kurzen Schweigen fragte sie: «Du hast so viele Bücher gelesen – glaubst du an Seenixen?»

Achilles sah lächelnd zum Meer hin. Dann drehte er sich um und sagte zärtlich: «Seit drei Wochen glaube ich daran.»

Eines Tages sah Ohm Trambados seinen Sohn mit leeren Händen vom Tauchen emporkommen. Achilles trug nur eine rosenfarbene, silbrig schimmernde Muschel.

«Ich verstehe», sagte er. «Du, mein Palikare, wirst lauter solche Kleinodien nacheinander heraufbringen, bis du einen ganzen Brautkranz von dort unten zusammengeholt hast.»

Auch Stratos war zugegen und hörte dies Wort.

Achilles errötete, da ringsum die ganze Bande aufhorchte. Er sah seinen Vater überrascht an und bemerkte ein gutmütig spöttisches Lächeln um seinen Schnurrbart. Da brach er in kindliches Lachen

Ohm Avgustis. Sage mir doch, was für einen Sinn hat diese Geschichte? Es war einmal ein kleines Mädchen, niemand kannte seine Mutter noch seinen Vater. Aus Barmherzigkeit nahmen Fischer es auf und zogen es groß. Es war auch ein Hund, Zimmt mit Namen. Dieser Hund war zahm und kräftig, dabei großgewachsen wie ein Eselchen. Niemals tat er jemandem etwas zuleide. Er gehörte einem Gärtner, dessen Kinder ihn vor eine Kiste mit Rollen banden und sich dann hineinsetzten. Er zog sie und ließ sich ihre Quälerei ruhig gefallen. Er wedelte mit dem Schwanz, und wenn sie ihm sehr wehe taten, winselte er und leckte die Hände, die ihn schlugen. Als dieser Zimmt zum erstenmal das Mädchen sah, wurde er zu einer wilden Bestie. Seine Lefzen bebten, er fletschte die Zähne, seine Augen liefen vor Bosheit rot an. Er tobte hinter ihrem Zaun und hätte sie am liebsten zerrissen. Die Kleine mühte sich ab, ihn zu besänftigen. Was für Fleischstücke warf sie ihm nicht zu, was für Knochen! Er änderte sich nicht. Jedesmal tobte er wilder gegen das Mädchen. Als er sie eines Tages allein fand, warf er sich auf sie und biß sie blutig. Er hätte sie zerfleischt, wenn nicht Hilfe gekommen wäre. So blieb es bis zum Ende. Da vergiftete ihn jemand, und er verreckte. Nichts konnte ihn versöhnen. Der Schatten des Mädchens, sein Atem, den er witterte, brachten seine Haare zum Sträuben, und er heulte wie rasend.«

ter den Wogen ihrer gedachten. Und zwischen ihnen war Achilles.

Er benahm sich ihr gegenüber oft, als hätte er es mit einem kleinen Mädchen zu tun. Ein anderes Mal wiederum war er in ihrer Nähe wie im Taumel und brach jäh seine Worte ab – gelegentlich wurde er vom Lachen gepackt und versuchte gar nicht zu Ende zu sprechen. Aus vollem Herzen freute sie sich an seinem Gelächter, das so frisch und herzhaft hervorsprudelte und seine Zähne wie Mandelkerne schimmern ließ.

So etwas geschah, wenn er versuchte, von sich selbst zu sprechen. Dann sprang er in das Boot und brachte ihr irgendein Buch. Er las ihr Seegeschichten vor, und Smaragdi lauschte ihm wie verzaubert. Sie erzählte ihm von Muhme Permachula: «Nur sie hätte solche Dinge so schön erzählen können.»

Sie wollte wissen, ob all das Wahrheit sei. Achilles lachte.

«Wer weiß», sagte er. «Es gibt Wahrheiten, die wie Lügen, und Lügen, die wie Wahrheiten sind. Und die ganze Welt, was ist sie wohl? Lüge oder Wahrheit?»

Smaragdi dachte an tausend Erlebnisse und Märchen. Sie antwortete versonnen: «So ist es. Niemand kann davon etwas wissen.»

«Höre mich», sagte sie eines Tages nach einem solchen Gespräch zu ihm. «Du bist belesen wie

Alle waren sie besonnene und friedliche Menschen. Die Besatzungen beider Boote waren unter sich verwandtschaftlich verbunden. Sie lebten und arbeiteten kameradschaftlich wie eine große Familie; sie schimpften und fluchten nicht wie die Fischer. Trambados war zudem fromm; sonntags arbeiteten sie auch bei günstigstem Wetter nicht. Sie machten sich zurecht und gingen als große Gesellschaft nach Murja hinauf, um der Messe beizuwohnen und zu kommunizieren.

Ohm Trambados verbrachte Stunden im Gespräch mit Smaragdi. Er konnte mit Späßen vermischt die traurigsten Dinge erzählen. Von dem Leben der Schwammfischer in den Gewässern Afrikas, bei Bengasi und in der Berberei, unter harten Kapitänen, die die Arbeit ihrer Leute kauften und sie wie Sklaven behandelten. Hungrig und abgezehrt, aus Gier oder wegen des geringen Ertrages ihrer Arbeit, irrten sie als Vagabunden der Tiefe tagelang dort unten umher und endeten meist von Lähmungen oder vom Biß des Haifisches getroffen. Was tat der Mensch nicht, um sein Leben zu fristen...

Jedesmal, wenn sie vom Fischen zurückkamen, brachten die Taucher für Smaragdi ein kleines Andenken mit, irgendeine seltene Muschel, einen Korallenzweig oder ein versteinertes Bäumchen. Alles wurde ihr zuliebe in der Tiefe eingesammelt.

Smaragdi empfand eine seltsame Freude, wenn sie sah, wie all diese arbeitsamen Männer dort un-

Spaß machte, nach Jana zu äugeln! Du bist nicht trocken hinter den Ohren, mein Kind!»

Er sah sie mit halbgeschlossenen Augen an und bewegte den Kopf auf und nieder, dem Takte ihrer Worte folgend. Als sie zu Ende war, erwiderte er langsam und schneidend: «Nein, meine Herrin. Lambis starb nicht für Jana. Niemals hat sich Lambis nach Jana oder sonst einer umgesehen. Denn Lambis liebte nur dich. Und nur deinetwegen hat er sich ertränkt.»

«Lüge», schrie das Mädchen erschüttert. «Was du sagst, sind Lügen! Schändlichkeiten! Deine Einbildungen! Wir kennen dich ja. Du bist hochmütig und willst mich einschüchtern. Du willst mich einschüchtern, weil es mir nicht gefällt, deinen Kram anzuhören. Ist es nicht so? Rede, frecher Bursche!»

Sie packte ihn am Ärmel und zerrte an seinem Arm. Ihre Stimme versagte; sie zitterte am ganzen Leib.

Der Junge sah die Tränen in ihren Augen, die Qual in ihren Händen. Mitleid und Reue ergriffen ihn. Er sprach zärtlich, verworren, von seinem Schmerz überwältigt.

«Nein, das ist es nicht. Verzeih mir, Smaragdi, daß ... Ja, sieh ... Den Mund hätte ich nicht auftun sollen ... Gut war es, daß ich so lange in mir bewahrte, was ich wußte. Und jetzt ...»

«Was weißt du denn? Sage endlich, was du weißt!» sagte sie, und ihre Lippen zuckten.

Vatis dämpfte die Stimme.

«Höre, Smaragdi. Ich weiß, und niemand anders weiß es, daß die Gatzalis sich irrten. Lambis ging jede Nacht dorthin und wachte, um dich zu sehen. Er kletterte auf den Feigenbaum und spähte nach dir aus. Er wollte nicht, daß du es merktest. Das tat er in der Nacht. Er tat das gleiche am Tag. Überall, wo er dich treffen konnte. Er lauerte, wo du vorbeikommen würdest. Er versteckte sich zwischen den Felsen beim Wachtturm. Er schlüpfte durch die Sträucher. Er beobachtete dich, wenn du mit der Barke vorbeifuhrst. Er folgte dir auf den Füßen, immer versteckt. Er liebte dich, Smaragdi. Wie liebte dich Lambis!»

Dem Mädchen schwindelte, während sie zuhörte. Sie hörte ihm bis ans Ende zu. Dann wurde es stille.

Plötzlich fragte sie: «Und woher weißt du das alles? Hat er es dir selbst gesagt?»

Der Knabe warf ihr kopfschüttelnd einen schiefen Blick zu.

«Wer? Lambis? Du kennst Lambis nicht. Der sollte reden? Er war ein Mann, Smaragdi! Ich weiß es, weil ich es gerochen hatte und ihm auf dem Fuß nachlief, ohne daß er es ahnte. Hätte er etwas gemerkt, wäre er fähig gewesen, mich zu töten. So einer war das. So auch an jenem Abend, als ihn die Gatzalis schlugen. Er war am tiefsten gekränkt, weil die Mißhandlung unter deinen Augen geschah. Als er dich über sich sah ... Du achtetest nicht darauf. Ich jedoch war da und wußte ...»

Smaragdi hörte mit Erschütterung zu.

«Dann riß er sich dort los und rannte durch die Nacht. Ich rannte hinter ihm her. Zuerst setzte er sich an den Strand und weinte wie ein Kind. Später bemerkte er neben sich den zerbrochenen Anker. Er band das Tau vom Felsen los, nahm alles auf seine Schultern und stieg zur Klippenbank der Allheiligen hinauf. Im Anfang verstand ich ihn nicht. Ich fragte mich, was er mit dem Eisen wolle. Ich schlüpfte hinter die Kapelle und lauerte. Es dauerte lange, bis er wieder hinter dem Felsen zum Vorschein kam. Dann sah ich seine Gestalt plötzlich aufrecht am Rande des ‚Balkons'. Erst in diesem Augenblick ging mir ein Licht auf. Ich stieß einen Schrei aus: Lambis! Und er – sprang. Ja, so geschah es. Und ich allein weiß es. Und jetzt weißt du es auch.»

«Du – warum liefest du ihm überall nach?» fragte das Mädchen.

Vatis schwieg.

«Ich frage dich, warum?» wiederholte sie. «Warum redest du nicht?»

Er hob den Kopf. Flüsternd antwortete er: «Weil du mir sagtest, ich sollte niemals wieder von ‚jener Sache' sprechen ...»

Betäubt erhob sie sich und ging fort. Sie glaubte, sie würde ihren Verstand verlieren. Sie schloß sich allein in ihrem Haus ein und mühte sich, ihre Gedanken in Ordnung zu bringen. Sie quälte sich, die ganze Nacht durchwachend. Sie fühlte, wie sie auf dem Boden ausglitt, wie der Boden unter ihr verschwand. Alles drehte sich wirbelnd um sie. Sie wußte, daß sie den Kopf nach diesem Schlag nie mehr frei erheben könnte. Hier war ein Ende. Sie schritt darauf zu, ohne schon zu wissen, wie es sein würde. Als ginge sie barfuß auf einem gepflasterten Gang, einem endlosen, steinernen Gang voll Nebel und Kälte. Sie hörte ihre nackten Füße auf den eisigen Platten und ging wie eine Betrunkene vorwärts. Der Gang endete niemals, der Nebel klärte sich nie. Sie ahnte nicht, was drüben sein würde, wie es sein würde. Gewiß war ihr nur *ein* Ding: Drüben war das Ende. Das Ende.

*

Sie stand früh auf und ging zu Fortis.
Erschrocken sah er ihr verwirrtes Gesicht, ihre geschwollenen Augen.

«Hast du nicht geschlafen?» fragte er. «Bist du krank? Hast du geweint?»

Er nahm sie hinein. Sie setzten sich in das kleine Eßzimmer.

«Was hast du?» fragte er wieder. «Irgend etwas ist heute mit dir geschehen. Sage mir, was hast du, Tochter?»

Smaragdi seufzte.

«Ich bin gekommen, um bei dir zu bleiben, Pate. Ich denke daran, daß du jetzt niemanden mehr in der Welt hast. Und bei mir ist es das gleiche. Ich bin allein. Ich werde zu dir kommen und für dich sorgen. Ich werde niemals von dir fortgehen, Pate.»

Fortis umklammerte ihre Hände.

«Recht so», sagte er in tiefer Rührung. «Recht so, Tochter. Ich sehe, du hast dir überlegt, was ich dir sagte.»

«Das – und anderes, Pate. Vieles andere. Ich verlasse mein Haus wirklich. Heute noch ziehe ich zu dir. Und meine Barke – die verlasse ich auch.»

Auch deine Barke, Smaragdi?»

«Ja! Ich kann nie wieder im Meer fischen. Ich meine, ich schenke Manolis unsere ‚Nerantzi‘. Er ist ein goldener Palikare und verdient sie. Und das Haus in der Siedlung ist für die Töchter von Marija.»

Der Alte hörte ihr jetzt ganz verwirrt zu. Er verstand nichts mehr.

«Was bedeutet das, Smaragdi? Ist etwas geschehen?» fragte er unruhig.

Sie streichelte sein knochige Hand und bemühte sich, ihn beruhigend anzulächeln.

«Nichts, Pate. Ich habe nur eingesehen, daß die Fischerei nichts für eine Frau ist. Ich will im Haus und in der Wirtschaft bleiben wie alle Frauen.»

Um ihre Erschütterung zu verbergen, stand sie

auf und begann die Zimmer zu prüfen. Sie plauderte nervös über dies und das.

Der Alte folgte ihr ratlos. Sie traten in das kleine Zimmer, das auf den Platz blickte.

Dort stand ein eisernes, zugedecktes Bett, ein Tischchen mit einer Stehlampe, ein großer Haufen Zeitschriften, Bücher und Hefte. Über dem Kopfkissen hing eine kleine Ikone. Eine kleine Madonna mit einem dürren Lorbeerzweig vom Palmsonntag. Neben dem Fenster eine emaillierte Waschschüssel, von einem sauberen gestickten Handtuch zugedeckt. Sie stand mit dem Besen in der Hand da und wandte sich nach allen Seiten um. Dann trat sie bewegt zu dem Alten.

«Ja», sagte der Kaffeewirt. «Hier ist sein Zimmer. Es ist, wie er es in jener Nacht verließ, in der er nicht mehr zu mir zurückkam.»

«Pate», sagte das Mädchen. «Erlaubst du, daß dies mein Zimmer wird? Ich werde jetzt dein Kind sein und du mein Vater. Und ich werde dich doppelt lieben.»

Sie fiel in seine Arme, und sie weinten zusammen.

53

In der Nacht zündete sie die Lampe an und sann hin und her. Sie durchstöberte die Bücher. Dort war ein großer Pack amerikanischer Zeitschriften

wurde, und weinte Tag und Nacht, bis die Allheilige sich ihrer erbarmte und sie in einen Vogel verwandelte. Und nun erinnerte sie sich immer noch an ihren Kummer und rief die ganze Nacht, damit alle hören sollten, daß sie keine Diebin war: «Es waren achtzehn, achtzehn, achtzehn.»

Doch ehe das Märchen zu Ende war, kam der Schlaf und löste das furchtsame Händchen von Smaragdis Fingern, die es eng umschlossen hatte, um sie ja nicht von Fanulas Seite fortgehen zu lassen.

52

Die Schwammfischer von Kalymnos richteten sich mit ihrer Arbeit in den Gewässern der Insel auf die Dauer ein. Die Gegend war noch ganz unabgeweidet, ein jungfräuliches Gebiet, wie die Fischer es nannten. Die Ware, die sie heraushollten, war nicht außerordentlich, aber sehr reichlich und nicht in den tiefsten Tiefen.

Smaragdi gewöhnte sich daran, daß die beiden Taucherboote nahe bei ihrer Barke ankerten, daß sie wieder hinausfuhren und manchmal vierundzwanzig Stunden abwesend waren. Dann erschienen sie aufs neue am Hafeneingang, langsam, schwerbeladen. Gern hörte sie die singende Sprechweise der Männer und die Geschichten ihres seltsamen Lebens, das einem Märchen glich.

«Oh, meine Allheilige Gorgone», flüsterte sie, «mach, daß alle mich in Ruhe und in Armut lassen! Ich verlange nichts.»

Aus dem Hausflur kam ein leises, weinerliches Stimmchen: «Mühmchen Smaragdi, ich habe Angst.»

Das war gewiß die phantasiereiche Fanula, die vor Schatten und nächtlichen Stimmen zitterte.

«Wovor hast du Angst?»

«Das Lämpchen ist ausgegangen. Und ich fürchte mich, allein die Taube zu hören.»

Sie schwieg ein Weilchen, dann sprach sie wieder mit flehendem Ton: «Sprich mit mir, Mühmchen, sonst fürchte ich mich.»

Smaragdi mußte lachen, als diese Kinderstimme einschmeichelnd unter der dünnen Decke hervorkam. Sie zündete die Lampe an und lehnte sich über das Bettchen. Fanula zog ihr Händchen hervor und preßte es um zwei Finger ihres «Mühmchens». Dieses erzählte ihr nun das Märchen von der ägyptischen Taube, die ein Mädchen war, bevor sie ein Vogel wurde. Sie war die Pflegetochter einer bösen Herrin. Die beschuldigte sie eines Tages, daß sie ihr zwanzig Brote für den Backofen mitgegeben habe.

«Nein, es waren achtzehn», weinte jene, «es waren achtzehn, Herrin. Möge mich sonst die Allheilige blenden.»

Sie war tiefbetrübt, weil sie Diebin gescholten

Sie zog sich das Netz, worin sie ihre Haare sammelte, vom Kopf, so daß sie ihr wie taufrische Pflanzen über den Nacken wogten. Sie barg ihr Gesicht am Fenstergitter in ihren Armen und fühlte, wie die seidenen Strähnen freundlich ihre Wangen und Hände streiften. Sie überlegte: Wieviel Schmerz habe ich heute dem Paten zugefügt.

So sprach sie zu sich selbst und fühlte keinerlei Betrübnis dabei.

Dann erinnerte sie sich an Stratos' strenges Gesicht und bemühte sich herauszufinden, was sie ihm angetan hatte. Sie strengte sich vergeblich an.

Von den Feldern her klang durch die Ruhe der Nacht das Gurren einer ägyptischen Taube, die ihre vier Töne beharrlich, wie eine Losung, wiederholte. Das Mädchen hörte sie mit geschlossenen Augen. Dieser Ruf war nicht melancholisch wie sonst, sondern drang in den Frieden des Frühlings wie eine Stimme der Sehnsucht aus dem Herzen der Nacht selbst.

In ihren geschlossenen Augen, die sie auf den Arm preßte, flimmerten tausend bunte Sternchen. Ihre andere Hand, dem Zufall überlassen, rührte an die harten Blätter des Sellerie in dem Blumentopf. Unwillkürlich zerrieb sie ein Blatt zwischen den Fingern. Da duftete sogleich die ganze Nacht samt Himmel und Meer und Sternen und ihren Gedanken in dem warmen Aroma. Sie seufzte tief und richtete sich auf.

heit, daß es der Kalymenier war. Es war nur ein kurzer, schwacher Widerschein, der jäh in der Nacht erlosch, gleichsam im düsteren Wasser versinkend. Sie konnte keinen einzelnen Zug erkennen. Dennoch kam ihr jäh das längliche Gesicht mit den spöttischen Augen, die ihr im Kaffeehaus begegneten, in den Sinn. Es waren die gleichen Augen, die aus der Tiefe gelächelt hatten. In seiner Gruppe zeichnete er sich durch seine breiten Schultern und weißen Zähne aus. Er trug ein frischgebügeltes Hemd, hellblau und am Hals offen. Dort hatten ihre Augen ein goldenes Kettchen erspäht, das unter dem Hemd verschwand. Sicher hing ein Talisman von seiner Mutter oder Schwester daran, von der dunklen Schwester, der er wie ein Zwilling glich. Smaragdi malte sich ihr süßes, von schwarzglänzendem Haar umgebenes Gesicht aus. Ihre Augen leuchteten schwarz, auch sie hatte volle, kirschrote Lippen. Man nannte sie Angela. Alle Zärtlichkeit, die aus Ohm Trambalos' Stimme klang, als er von seiner Tochter sprach, strömte in dieser Minute in Smaragdi über und rührte sie tief. Ach, hätte sie doch auch einen Vater, einen Bruder, eine Schwester!

Sie sah noch immer nach der Klippenbank. Kein Schatten war mehr auf dem Balkon zu unterscheiden. Überall waren Sterne, die blinzelten, und Frühlingswogen, die flüsterten und sich in Schluchten und auf Dünen küßten.

schine stampfte in ernstem Rhythmus durch die Stille. Eiserne Riesenschritte dröhnten auf den Wellen. Dieser Ton, der den festlichen elektrischen Lichtern folgte und stark und klar bis zu ihr drang, brachte ihrem Herzen eine süße Erregung, als erzählte er eine Feengeschichte, wie sie Muhme Permachula zu erzählen wußte.

Der Dampfer verlor sich hinter der Felsenmasse, die als Klippenbank der Allheiligen aus dem Meer ragte. Im Geist sah sie die Madonna mit dem Fischleib, die dort gemalt war. Jetzt hielt sie in der einen Hand den großen, dröhnenden und erleuchteten Dampfer, in der anderen den Dreizack. Sie sah mit ihren schrägen Augen vor sich hin; der starke Schwanz mit den hellblauen Schuppen ruhte in der Tiefe des Meeres. Wenn sie ihn herauszöge, würde das Meer von Grund auf überwallen. Ebenso, wenn sie nur einen Finger lockerließe, würde das Schiff, das jetzt festlich zwischen den Sternen segelte, in die Tiefe stürzen. Jedoch die Madonna mit dem Fischleib hielt es fest, weil es schwache Seelen in seinem Innern trug. Eine Menge von Seelen.

Sie bekreuzigte sich, auf die Kapelle schauend.

Auf der Klippenbank sprühte ein kleines Licht. Dort stand jemand aufrecht am Rande auf dem «Balkon» und zündete eine Zigarette mit einem Streichholz an. Für wenige Augenblicke erhellte das Flämmchen von unten nach oben ein halbes Gesicht und eine Faust. Sofort kam ihr die Gewiß-

mutterschiff zum Segen für sie am Horizont hinlenkte?

Fortis ging betrübt, mit hängendem Kopf nach Hause. Sie fand kein Maß und Ziel. Bei all ihrer Verständigkeit war ihr Gehirn noch ungefestigt, so schloß er. Ein Weibergehirn – was konnte er da machen? Außerdem schien es ihm heutzutage schwer, sich mit der Jugend zu verständigen. In seiner Zeit war das nicht so gewesen. Damals ehrte man das Wort des Vaters.

Lambis erfüllte sein ganzes Denken.

«Daß du die Kinder liebst, sie anbetest und ihre Sprache nicht kennst, und daß sie die deine nicht verstehen – das ist das bitterste Leid. Das und nichts anderes.»

Smaragdi blieb noch lange Zeit am Fenster. Sie löschte die Lampe und setzte sich und blickte in die funkensprühende Frühlingsnacht. Das Firmament entfaltete seine Glorie so prunkhaft wie ein Pfauenrad. Die Bäume des Wachtturms zeichneten ihre schlanken Silhouetten mit allen Zweigen gegen den veilchenfarbenen Himmel ab. Eine Fülle lebendiger Sternchen nistete auf den Spitzen der Zweige, als sei aus den Laubkronen eine geheimnisvolle Jasminblüte ausgebrochen. Überall flimmerten winzige Blumen aus Licht.

Ein Dampfer, der auf offener See vorbeifuhr, ließ sich hören. Er war groß und erleuchtet, als reiste mit ihm alle Freude des Menschen. Die Ma-

sich zu haben als die Möwen und die Bläue oben und unten. Und dann regierte sie mit dem Steuer und dem Reef, und ihre Barke glitt über die Wogen und schmiegte sich wie eine Maske über die Wange der See.

In solchen Stunden, mit dem Steuergriff unter der Achsel, fühlte sie, daß sie von Glück voll war wie der Krug von Brunnenwasser. Tausend unfaßbare Dinge durchfuhren ihren Sinn. Dann weitete sich ihre Brust in unruhigem Beben. Warum? Vielleicht war es die im Herzen verborgene Furcht, all diese Güter könnten von einer Stunde zur anderen verlorengehen wie die Netze, die die Sonne auf reinem Sand unaufhörlich webt und löst. Noch ein anderes Gesicht zog an ihr vorüber: jenes Perlmutterschiffchen, das am Horizont entlang über die Bergspitzen Anatoliens in himmelhellem Dunst dahinsegelte. Das war ein jugendlicher Traum, der ihr deutlich geblieben und immer höchst willkommen war, wenn er wieder auftauchte.

Wie sollte sie alle diese Dinge erklären, deren Sprache kein anderer kannte? Und würde nicht jeder ihre Worte für törichtes Gerede halten und über jene gefalteten Flügel in ihrer Seele spotten, die so stark und so unlenkbar waren? Ach, daß die Großmutter lebte! Sie würde ihr alles erklären: Wo wehte der mystische Wind, von dem ihre Flügel träumten? Wo war die Hand, die jenes Perl-

Tod gefunden wird, gehört dir. Na, das wollte ich dir sagen.»

Smaragdi nahm seine zitternde Hand, hob sie und küßte sie. Ihre Tränen rannen heiß über seine welken Finger. Er hob die andere Hand und streichelte ihr jugendlich frisches Haar wie zum Segen.

«Recht so ...» sagte er. «Also wir sind einverstanden. Du hast meine besten Wünsche.»

Smaragdi warf den Kopf zurück und wischte sich hastig die Augen: «Nein, Pate.»

Er sah sie entgeistert an.

«Was heißt nein?»

Sie versuchte es ihm zu erklären und fühlte zugleich, daß sie verworren redete, weil sie selbst nicht genug wußte. Und was sie wußte, war schwer vor einem Manne auszudrücken. So bemühte sie sich nur, ihm verständlich zu machen, daß sie entschlossen war, niemals zu heiraten. Der Pate solle das nicht für leeres Mädchengeschwätz halten. Er solle nur wissen, das Teuerste sei ihr diese Freiheit, die alle angriffen.

Im tiefsten Sinn war das die Wahrheit. Sie bewahrte in sich eine wilde Freude an diesem kostbaren Gut. Keinen Herrn über sich zu fühlen, eigenmächtig ihr Leben wie ihr Boot zu lenken: jedesmal, wenn es ihr Sinn begehrte, das rote Segel zu hissen, aufs offene Meer zu fahren, über die fröhlichen Wellen, die ihr die frischen Spritzer ins Gesicht und in die Augen warfen. Nichts um

«Ja, ich weiß, was ich sage. Aber davon wollte ich gar nicht mit dir sprechen. Es ist etwas anderes, woran ich jetzt seit Tagen denke.»

Er seufzte, rieb mit dem Taschentuch an seiner Brille und schob sie wieder behutsam über die Ohren.

«Smaragdi», sagte er, «ich bin sehr heruntergekommen, du weißt, seit wann. Tag für Tag nehmen meine Kräfte ab. Ich ahne, daß ich nicht mehr lange zögern werde, den Abhang zum Heiligen Heiland mit den Füßen voran zu erklimmen.»

«Pate!»

«Es ist, wie ich dir sage. Also überlege ich, wie ich für dich zu sorgen habe. Ich will nicht von dir gehen, ehe ich dich sichergestellt habe. Ich muß vor Gott Rechenschaft ablegen, da ich dich in Seinem großen Namen aus dem Taufbecken gehoben habe.»

Smaragdi wollte ihm antworten.

«Laß mich zu Ende kommen! Ich weiß, daß Manolis dich will. Er ist der würdigste, der verständigste Palikare in unserem Hafenort. Nimm ihn, Smaragdi! Du wirst gut mit ihm leben. Auch bringst du eine reichliche Mitgift. Du hast die ‚Nerantzi‘, die du ihm geben kannst. Du hast dein Haus. Auch ich habe mancherlei. Das Kaffeehaus, einige übriggebliebene Felder. Als ich kürzlich in der Hauptstadt war, ging ich zum Notar und habe alles auf dich überschrieben. Was nach meinem

bist du, Smaragdi. Ich tröste mich und sage: Du bist nicht ganz kinderlos, du Narr. Dieses kleine Mädchen hat dich heute zum Vater und Beschützer. Darum hat Gott sie auf deinen Weg geführt.»

Das Mädchen legte gerührt ihre Handfläche auf die knochigen Finger des Alten.

«Mögest du glücklich sein, Pate», sagte sie.

Fortis schwieg eine Weile, dann fuhr er fort: «Manchmal sagte ich mir, daß Gott mich zu deinem Wohl als deinen geistlichen Vater bestellt hat. Jetzt weiß ich genau, daß du meine Stütze bist, die Stütze meiner niedergebeugten Seele. Ich bin nicht deine Stütze. Du hast keine nötig. Gott hat dir Verstand und ein lauteres Herz geschenkt. Gott hat dir auch Palikarenmut geschenkt, daß du in den Stürmen des Lebens voranfährst und ihnen die Stirn bietest. Das ist ein großes Ding, meine Tochter.»

«Unser Los bringt es so mit sich, Pate. Kann denn jemand im voraus bedenken, wie sich die Dinge für ihn gestalten werden? Sie kommen von selbst, und wir mühen uns, wie wir können. Wir segeln nach dem Wind, so wie er weht, Pate.»

«Nein», antwortete Fortis ruhig. «Du hast mehrmals den Kopf gegen die Zeit erhoben; du bist gegen den Wind gefahren und durchgekommen, ohne deine Bahn zu verlieren. Das kann nur ein richtiger Mann mit so großer Tapferkeit machen.»

«Oh.»

des nächtlichen Meeres kam frisch herein. Der Himmel führte über der weiten Fläche gemächlich die Herden seiner Sterne spazieren. Es war still. Nur leise Mandolinenklänge kamen aus einigen Gärten.

Sie setzten sich Knie an Knie einander gegenüber.

«Siehst du», sagte Fortis, «einmal war auch ich ein Vater. Das ist vorbei; ich bin kinderlos. Im Dorf sind noch ein paar Basen, sonst habe ich niemanden mehr auf der Welt. Und die sind intrigante Weiber mit bösen, neidischen Herzen. Fast alle Leute im Dorf sind von dieser Art. ‚Wenige Häuser machen ein Dorf böse‘, sagt das Sprichwort. In den Städten ist es anders. Dort beschäftigen große, mannigfaltige Fragen das Herz des Menschen. Ihm bleibt keine Zeit, sich ins Wohl und Wehe des Nachbarn einzufressen. Übrigens mache ich mir nichts aus den Basen. Jetzt, in der Einsamkeit meines Alters, rühme ich Gott, daß er dich zu mir geschickt hat, Smaragdi. Ich senke den Kopf, denke nach und frage mich: Was trödelst du abgebrannter Kerl noch in der Welt umher? Da finde ich, daß es zwei Dinge sind, die mich halten, so daß ich nicht auch hinter der Klippenbank abstürze. Das eine ist Gott, an den ich glaube, und den ich ehre wie ein rechtgläubiger Christ. Als wir jung waren, sagte Ohm Lias zu uns: ‚Entfernt euch nicht von Gott. Eines Tages werdet ihr bemüht sein, euch auf seinen Stab zu stützen.‘ Das andere

und sie sprachen miteinander, von der Menge ungestört.

«Erwarte mich heut abend zu Hause», sagte er zu ihr, als sie aufstand und ihm gute Nacht wünschte. «Ich habe mit dir zu reden.»

Er brachte sie bis zur Tür und begleitete mit dem Blick ihre schlanke Gestalt, bis sie im Dunkel verschwand.

Er merkte, daß alle Augen ihr folgten. Besonders die von Achilles, doch nicht weniger die von Stratos.

Als das Mädchen fortgegangen war, rief der Sohn von Trambados dem Kaffeewirt zu: «Viel Glück zu deinem Patenkind, Ohm Komninos. Sie ist eine strahlende Sonne.»

Wäre sein Vater hier gewesen, hätte er sich beherrscht und nicht gesprochen. Aber jetzt strömte seine Begeisterung über.

Fortis blieb stehen, sah ihn freundlich an und sagte: «Sie ist eine ganz lautere Sonne.»

Stratos stand auf und ging wortlos hinaus.

Sehr spät, als die Arbeit in seinem Geschäft beendet war, schloß Fortis zu und begab sich zur Siedlung. Smaragdi erwartete ihn. Zwei oder drei von Marijas Kindern lagerten auf dem Flur unter einer gemeinsamen Decke. Um sie nicht zu wecken, leitete sie ihn mit der Lampe, und er machte einen großen Schritt über sie hinweg.

Sie setzten sich an das Sommerfenster. Der Atem

Der Gehilfe, den Fortis nach dem Unglück angenommen hatte, ein großer, dünner Bauernjunge, bereitete am Feuer die zweite Pfanne voll; das Brutzeln war durch den Lärm vernehmlich.

Smaragdi wünschte einen guten Abend. Ihr Gruß wurde sogleich einstimmig erwidert. Auch hier war der tiefe Eindruck deutlich, den sie überall machte, wo sie erschien. Dann nahm ihr Körper, ohne daß sie es wollte, eine stolze Haltung ein, als klänge die Luft um sie herum von Triumphglocken.

Sie richtete einen lächelnden Blick auf die Schwammfischer. Ohm Trambados sah sie nicht unter ihnen, wohl aber im Zentrum der Bande seinen Sohn Achilles. Sofort erkannte sie das längliche, braungebrannte Gesicht mit den großen, dunklen Augen. Sie schielten ein wenig nach den Ohren zu, was ihnen einen spöttischen Ausdruck gab. Sein Mund war kirschrot; seine Zähne blitzten hier ebenso fröhlich wie im Glashelm. In einem abgelegenen Winkel sah sie Stratos, der sie beobachtete. Sein Gesicht war ernst, beinahe feindlich.

Sie ging geradeswegs zu dem hohen Anrichtetisch. Dahinter saß Fortis, von seinen Kunden zurückgezogen, um nicht zur Unterhaltung mit ihnen gezwungen zu sein. Er kauerte auf seinem Sessel, mit dem Schlauch der Wasserpfeife im Mund. Sie zog einen Schemel nahe an ihn heran,

Stempelmarken beklebt. Er lernte eine Menge juristischer Begriffe und wiederholte Phrasen aus den Briefen seiner Rechtsanwälte. Er ordnete alles in grünen Umschlägen und studierte nachts bei der Lampe seine Korrespondenz, die er endlos durchwühlte und verlängerte.

Einmal gelang es Smaragdi, ihn mit sich hinaus auf ihr Boot zu nehmen und ihn abzulenken. Sie suchte ihn zu unterhalten wie ein krankes Kind.

«Sieh durch das Glas, Pate. Was für ein Panorama!»

Sie setzte ihm das Blech auf, und Fortis beugte sich über Bord, um in die Tiefe zu blicken. Sie glaubte, er verfolge ihr Spiel mit einem Polypen, den sie zu überlisten und mit einem weißen Fetzen auf der Spitze des Speeres aus seinem Gemach zu locken suchte. Dann sah sie seine Schultern zukken.

Sie beugte sich über ihn und bemerkte, daß er still ins Meer hinaus weinte. Seine Tränen tropften auf die glatte Fläche. Da wurde sie sich ihrer eigenen großen Gedankenlosigkeit bewußt: sie hatte ihn veranlaßt, auf den Meeresgrund hinabzublikken. Sie gelobte sich, ihn nie wieder mitzunehmen.

Als sie am Abend ins Kaffeehaus kam, war die große Deckenlampe angezündet. Die ganze eine Seite nahm rings um drei zusammengerückte Tische die Mannschaft der Schwammfischer ein. Sie tranken und aßen dazu gebratene Fischchen.

Als sie der Hafenmündung nahe kam, streiften drei Wasserhühner ihre Barke, ohne Unruhe oder Teilnahme. Müßig und glücklich schwammen sie mit ausgebreiteten Flügeln eines hinter dem anderen her. Manchmal tauchten sie ihre Köpfe ein und spähten nach der Tiefe. Sie rief ihnen «Xu-xu!» zu; aber sie kümmerten sich nicht darum.

Ein Liedchen trat auf ihre Lippen. Sie sang es leise zum ruhigen Schlag des Ruders. Lang hatte sie nicht so gesungen. Es war das silberne Liedchen der Jugend, das sie in ihrem Innern hörte.

51

Am Abend besuchte sie Fortis unter dem Maulbeerbaum.

Seit seinem Unglück ging Smaragdi oft, ihm Gesellschaft zu leisten. Sie bemühte sich auf tausend Arten, seinen zusammengebrochenen Lebensmut neu zu stärken. Sie bekämpfte seine Prozeßwut, die ihm das einzige Lebensziel gab und allmählich sein Vermögen aufzehrte. Er hatte schon ein Feld mit Ölbäumen, das Beste seines Besitzes, verkauft und den Gewinn in wenigen Monaten für Rechtsanwälte und Reisekosten verpulvert. Die Prozesse mit den Gatzalis zogen sich hin; seine Schubladen füllten sich mit Gerichtsakten, Abschriften und Quittungen auf buntem Papier, mit

Heck saß, antwortete auf ihren Gruß nicht. Er glaubte offenbar, daß es ihm noch nicht anstand, sich als eine volle Portion Mensch zu rechnen. Er trug einen löcherigen Strohhut ohne Band auf dem Kopf. Ein schmächtiger Junge mit einer vom Sonnenbrand abgeschälten Haut. Unersättlich betrachtete er das Mädchen, solange die Barke vorbeifuhr. Seine Augen waren blau wie Hyazinthen, seine blonden Haare wie Werg gebleicht. Seine Nase und seine Ohren waren von der Salzluft gegerbt.

Smaragdi fühlte einen Blick auf sich ruhen. Sie hob den Kopf und sah Stratos, der sie von der Spitze eines hohen Felsens aus beobachtete.

«Guten Tag!» rief sie ihm von weitem laut und fröhlich zu.

Er antwortete nicht. Er nickte nur mürrisch mit dem Kopf zum Gruß.

Der Tag war wunderschön. Die kleinen Felsvorsprünge umkränzten den Strand mit gelbem Blumenschmuck; die Felsen schimmerten rötlich, golden und grün, als ob bunte Lampions in ihnen brannten. Als sie um den Wachtturm bog, erschien die Klippenbank der Allheiligen gleich einem Rosenstrauch auf hellblauem Grunde.

Smaragdi hörte die Jugend wie einen munteren Quell, der über blanke Kiesel rinnt, in ihrem Inneren singen. Eine silberne Stimme sprudelte in ihr auf. Sie fuhr nahe am Strand entlang, der sie mit seinen Pfirsichgärten grüßte.

den, wie er dort so sonderbar auf dem Meeresboden saß, und starrte weiter durch ihre Scheibe. Da grüßte er sie mit einer langsamen Armbewegung, als wolle er seinen Helm wie einen Hut vor ihr lüften, und legte darin die Hand mit einer Verbeugung auf seine Brust. Er lachte unter seinem Glase wie ein Kind, und dies Lachen stieg sanft in die Höhe und platzte unter ihrem Glase wie eine Wasserblase. Das Wasser trübte sich im Schlamm, und sie sah seine Gestalt schwanken und sich in tausend gelbgrünen Bläschen zersplittern. Da richtete sie sich auf, legte das Glas in die Barke, ergriff die Ruder und wandte sich zur Rückfahrt in den Hafen. Als sie aus dem Labyrinth der Klippen herauskam, sah sie plötzlich das Schwammfischerboot in nächster Nähe unbeweglich im Gewässer.

Ein Mann stand auf Posten bei dem Schlauch und drehte das Rad unaufhörlich, während ein Palikare auf den Apparat aufpaßte und ein oder zwei andere Jungen einige schwärzliche Schwämme sortierten und beklopften. Die Sonne stand nahe unter der Mittagshöhe, keiner redete. Der Mann am Rad kaute an einem Stück trockenen Brotes.

Das Mädchen fuhr an diesem Boot nahe vorbei und grüßte lebhaft.

«Gute Arbeit!»

«Viel Glück», antworteten sie alle einstimmig, ohne daß einer seine Arbeit unterbrach.

Nur ein kleiner Junge, der tatenlos auf dem

Überall hingen Blumen und Muscheln. In den Ritzen der Felsen klebten ganze Schwärme von Seeigeln. Und als sie schon hoffte, dort zitternde Polypenhaare zu erspähen, sah sie einen großen Schatten auftauchen. Überrascht fuhr sie zurück. Der Schatten kam schnell näher und hielt etwa fünf Klafter unter ihrem Kiel an. Als er so nahe kam, wandelte er sich in einen Menschen in Schwammfischertracht. Sachte und sanft bewegte er Hände und Beine. Wie er von Stein zu Stein voranschwebte, glich er einem seltsamen Tänzer, der schwerelos übernatürlich leichte Sprünge machte. Sein bläulicher Schatten folgte ihm und krümmte sich auf den hellen Felsen unter Wasser, dehnte sich auf den breiten Platten aus.

Als er unter der Barke stehenblieb, hob er den Kopf und betrachtete sie durch das Glas seines Eisenhelmes. Er sah das Mädchenantlitz in ihrem runden Glas mit weiten grünen Augen auf ihn gerichtet. Diese Augen waren voll Staunen und Bangen. Dann merkte Smaragdi, daß seine Augen lachten. Sie waren schwarz wie die seines Vaters; sie sah auch, wie seine dunklen Mienen hinter dem Glasfensterchen ihr freundlich drollige Grimassen schnitten. Dann lehnte er den Rücken an einen Felsen, schob den Luftschlauch zur Seite, schlug ein Bein über das andere und grinste sie an. Seine Zähne blitzten so hell und dicht wie die seines Vaters. Sie konnte den Blick nicht von ihm abwen-

Angela; möge es ihr gut gehen. Ich habe auch einen Sohn. Die beiden ähneln sich wie Zwillinge.»

Smaragdi wandte sich um und suchte unter den Männern der Besatzung. Auf ihren Blick antwortete der Kapitän: «Achilles ist nicht hier. Er ging ins Dorf hinauf, um etwas zu besorgen. Er ist ein städtischer Schwammfischer.»

Das Mädchen stimmte in sein Lachen ein.

«Ein städtischer Schwammfischer?»

«Und was für einer! Studiert wie ein Schulmeister. Und denke nicht, daß die Wissenschaften sein Gehirn verstopfen. Bei der Arbeit ist er so wie wir anderen, und noch besser. Du wirst ihn kennenlernen und es sehen.»

Smaragdi lernte ihn auf unerwartete Weise kennen.

Sie fuhr allein aus, um unter den Felsen des Wachtturmes Polypen zu fangen. Diese schwammen dort zu den seichten Stellen, angelockt von dem Öl, das der Wind hinwehte. Gegenüber lag die Fabrik, wo das Öl ausgepreßt wurde. Die großen Felsen sprangen hier ins Meer vor und schufen Kanäle und Schlupfwinkel. Dort fuhr sie geruhsam mit der Barke umher. Sie beugte sich über ihr Glas und prüfte den Grund, der von farbigen Steinfischchen wimmelte. Sie erhob sich, tat zwei Ruderschläge und sah wieder durchs Glas. Dort ruhte der Boden wie ein grüner Teppich mit schattigem Algengeschlinge.

Schädel abrasiert. Seine schwarzen Augen jedoch, leuchteten sanft. In voller Ruhe maß er das Mädchen vom Scheitel bis zur Sohle. Smaragdi hielt diesem Blick furchtlos stand. Der Mann grinste und zeigte zwei Reihen weißer Zähne.

«Bist du nicht die Fischerin Smaragdi?» fragte er mit der Hand am Gürtel.

«Gewiß», antwortete das Mädchen. «Und wer bist du?»

«Ich und meine Jungen, wir sind von der Insel Kalymnos. Sie rufen mich Trambados, Ohm Trambados. So nenne du mich auch, da wir Nachbarn sein werden. Mir gehören die Maschinen, und wir fischen zum erstenmal in euern Gewässern.»

Es war etwas so Mildes und Stetiges in seiner Stimme und Erscheinung, daß Smaragdi sofort ein Gefühl des Vertrauens überkam. Sie lächelte.

«Willkommen», sagte sie, «und gute Arbeit! Nur weiß ich nicht, ob ihr in dieser Gegend eure Arbeit finden werdet.»

«Wir finden sie schon!» versicherte der Kapitän. «Ja, wir haben schon etwas gefunden. Ich habe schon zwei Bänke bezeichnet, die nicht zu verachten sind. Heute werden wir sehen ...»

Ihr gefiel dieser kraftvolle Greis mit den festen Kiefern und der kupfernen Haut. Seine melodische Stimme war tief und gütig.

«Ich habe eine Tochter, so wie du bist», sagte er zu ihr. «Auch sie ist schön, aber dunkel. Sie heißt

Die Fischerfrauen bringen Zweige aller Art mit den Booten ein. Das Deck ist mit wilder Steineiche und Rosengesträuch für den Backofen, zarten Weiden für die Ziegen beladen. In den Segelringen hängen dicke Ginstersträuße mit goldigen Blüten. Das Meer ist voll von zerbrochenen Zweigen und Blätterbüscheln wie eine Blumenvase.

Mit den ersten günstigen Winden kommen auch die fremden Fahrzeuge.

Eines Morgens fanden sich zwei Schwammfischerboote an Smaragdis Haltepflock gebunden. In ihrer groben Bauart erschienen sie doppelt unfreundlich neben den anmutigen Linien und den hellen Farben der «Nerantzi». Ihre graue Farbe verdunkelte sich in ihren schmutzigen Tönen fast zu einem Traueranstrich.

Als Smaragdi herbeikam, fand sie die Schiffsbesatzung beim Schmieren der Maschinen. Einige preßten Schwämme auf dem breiten Heck. Die Safte flossen aus den Bordlöchern ab und verunreinigten die Gewässer des Hafens.

Das Mädchen sprang in seine Barke, gefolgt von zwei der Bälge Marijas. Es rümpfte die Nase. Die Schwammfischer unterbrachen die Arbeit und schauten es regungslos an. Sogleich wurde die Abwehr in ihm geweckt.

Unter den Arbeitern fiel ein untersetzter, stämmiger Mann mit starken Muskeln auf. Sein Bart war weiß, sein graues Haar rings um den runden

Schmetterlinge flattern. Sie hält ein volles Schwalbennest behutsam in ihrer Hand. Sie geht durch den Olivenhain und über die Rebenhügel und in die Obstgärten. Sie verweilt auch beim Heiligen Heiland, wo die Mohnblüten sogleich an den traurigen Gräbern aufschießen. Aus den Brüsten der Verstorbenen sprießt üppiges Schöllkraut und umrankt mit blauen Trichtern die vermodernden Kreuze.

Wer am Morgen zum Dünenstrand von Kaja hinausgeht, bemerkt auf dem Boden ganz nahe der Brandung die Eindrücke des nackten Fußes der Frühlingsgöttin. Sie sind zart und länglich wie Sepiaschalen. Das Meer füllt diese winzigen Mulden mit Wasser. Man beugt sich darüber und blickt in die blauen Augen des Himmels.

Die Menschen und die Tiere saugen Schluck für Schluck die berauschend würzige Luft ein. Ihre Eingeweide füllen sich mit süßer Unruhe. Die Frauen seufzen, sehen weit über das Meer. Die eine Hälfte seufzt, weil sie nicht mehr jung ist, die andere gerade, weil sie jung ist.

Der Hafen der Allheiligen lärmt in froher Aufregung. Alle Mannschaften, an den zwei Tauen aufgereiht, ziehen ihre Schiffe ins Meer. Ringsum verpechen und überholen sie die Barken. Es riecht nach frischer Ölfarbe; das kochende Pech verbreitet einen heftigen Gestank, und das Meer atmet seine salzigen Düfte vom blühenden Grunde aus.

und der seidige Himmel. Die Schiffe im Hafen legen, ein freundlicher Anblick, alle Segel breit zum Trocknen aus. In den Untiefen wiegen sich, die behaarten Felsen des Grundes umklammernd, dünne, lange Stiele von Wasserblumen. Ihre Blätter tragen frisches, helles Gelb. Müßig breiten sich weiche, perlmutterfarbene Gespinste aus und tragen Büschel von kleinen Früchten, die unreifen Kirschen gleichen. Überall tummelt sich die festliche Menge der neuen Jugend, die in der ewigen Freude Gottes wiedergetauft wurde. Tausende von bunten Fischen setzen ein Mosaik des Bodens zusammen und lösen es im gleichen Augenblick wieder auf. Unzählbare Schnecken, winzig wie Granatapfelkerne, heben ihre spitzigen Häuschen von orangefarbener Feinarbeit zur Sonne empor. Sie haben rosige Fühler, kommen aus dem Gehäuse hervor und weiden gierig den Gräserflaum auf den Strandfelsen ab. Wenn eine sie fassen will, spüren sie den Schatten der Hand über sich, lösen ihren Körper ab und stürzen in das Kieselgemenge der Tiefe zu den Ihrigen hinab.

Wenn die Frühlingsgöttin aus dem Ägäischen Meer aufgestiegen ist, schreitet sie voran. Sie schlendert zu den Hügeln, den Dörfern, den Gärten. In ihren Ohren stecken Korallenringe. Hinter ihren feuchten Schritten drängen sich die jungen Lämmer mit ihren neuen roten Glocken, während um die blonde Wolke ihrer Haare zahllose kleine

brachten ihn vor das Gericht der Hauptstadt. Er wurde zu zehn Tagen verurteilt. Als er den Spruch vernahm, traf ihn beinahe der Schlag. Es sei nichts, versicherte ihm der Rechtsanwalt. «Wir werden eine Kaution und die Gebühren bezahlen und du fährst nach Hause.»

Unglücklicherweise hatte er kein Geld bei sich. Er gab dem Rechtsanwalt einen Brief für einen ihm befreundeten Händler. Inzwischen führten ihn die Polizisten ins Kastell, bis die Formalitäten der Freilassung erledigt waren.

50

An den Küsten des Ägäischen Meeres kommt der Frühling aus den Wogen in die Welt.

Eines Morgens schimmert die Luft blauer, die Wellen strömen in einem neuen Rhythmus kurze Schläge über den Sand. Die See duftet frisch, von unendlichem Glitzern umspielt. Dann weiten sich auf dem gekräuselten Wasser silberne Kreise, wie Pfauenbrüste schillernd. Einer ist dem anderen eingeschrieben, einer strebt zum anderen hin. So geht es bis zum Horizont. Aus dem Zentrum, aus dem Herzen dieses Blütenkelches der See, kommt die ägäische Frühlingsgöttin in die Welt. Anadyomene! Überall flattern weiße, hellblaue Flügel. Es feiern die Luft, das feste Land, die leichte Wolke

Hals binden und sich gleichfalls hinter der Klippenbank der Allheiligen ins Meer stürzen, damit die Welt Ruhe habe.

So ging der ganze Winter mit Prozeßvorbereitungen, Aufregungen und Streitigkeiten dahin.

Der Prozeß fand statt. Die Gatzalis wurden vom Mord freigesprochen und nur für die Mißhandlung des Knaben verurteilt. Einige Tage Gefängnis war ihre ganze Strafe. Sie kehrten nur noch frecher und tückischer in den Hafenort zurück. Da legte Fortis Berufung ein, und der Handel kam vor die Gerichte von Syra. Lange, ermüdende Reisen mit Strapazen und Zeitvergeudung. Vom Hafenort zur Hauptstadt, von der Hauptstadt mit dem Dampfer zum Piräus, von dort mit einem anderen nach Syra und das Ganze wieder zurück. All das schuf eine dauernd aufgeregte, erbitterte Stimmung, obwohl die Zeugengelder erhöht wurden.

Eines Morgens kam Jana selbst an Fortis' Haus vorbei und sang ein Spottlied. Sie trug eine rote Geranienblüte im Haar, um ihm das Herz zu verbrennen. Der Kaffeewirt schäumte vor Wut, als er sie sah. Er ging zur Tür und schmähte sie als eine Hure. Die Leute hörten die Stimmen, kamen hinzu und erbauten sich. Grün vor Empörung, schrie Fortis, er würde ihr jedes Haar einzeln ausreißen, wenn sie sich noch einmal unterstände, durch seine Gasse zu kommen.

Die Gatzalis erhoben nun ihrerseits Klage und

derin!», steckten ihre Köpfe in die Körbe und pflückten, ihr den Rücken zuwendend. Sie brach in lautes Geheul aus und floh vor dem Feld, um nie mehr zum Olivenpflücken zurückzukehren.

Aus der Taverne der Gatzalis zogen sich alle zurück, die an einen Mord glaubten oder mit dem alten Fortis in seinem Unglück Mitleid hatten.

In seinem Kaffeehaus versammelten sie sich, und mit ihnen alle Einheimischen. Dort sagte jeder seine Meinung.

Die Hitzigsten schlugen vor, die Gemeinde solle eine Anzeige an die Regierung machen. Diese würde alle Elemente aus ihrer Mitte entfernen, die die friedliche Gegend mit ihren Diebstählen, Ausschweifungen und Gewalttaten befleckten.

Auf der anderen Seite versammelten sich die Gatzalis mit ihrer Bande in der Taverne. Sie tobten vor Wut über den Schaden, der ihrem Geschäft aus den Reden der Leute erwuchs. Dazu kamen die Ausgaben, zu denen Fortis sie mit den Prozessen zwang, die er, einen nach dem anderen, gegen sie anstrengte.

«Ich verkaufe meine Felder», kündigte er ihnen an. «Ja, ich gebe den Kaffeehausbetrieb auf und verbrauche den Ertrag vor den Gerichten. Bis ich euch das Lebenslicht ausgeblasen habe, wie ihr es mir ausgeblasen habt.»

Die Gatzalis schickten ihm die Antwort, er solle den eisernen Stößer des Kaffeemörsers an seinen

die Gatzalis hätten den Knaben getötet und nachher ins Meer geworfen, um der Züchtigung zu entgehen und die Untersuchung in die Irre zu führen. Sähen sie denn nicht das Mal des Schlages auf dem Gesicht, die schwarzen Flecken auf dem Körper? Außerdem habe man kein Meerwasser in seinen Eingeweiden gefunden. Wie wäre das möglich, wenn der Knabe lebend ins Meer gefallen wäre?

Der kleine Arzt hörte ihn geduldig an, rauchte Luxuszigaretten und erklärte ihm mit ruhiger Stimme in Hinsicht auf das Wasser, daß schon der Ankerstrick ihn hätte erwürgen können. Man müsse bedenken, daß die Haut um seinen Hals einen schwarzen Streifen vom Druck der Schlinge zeige.

Der Alte mochte davon nichts hören. Die Gatzalis hatten ihn getötet. Sie hatten ihn zuerst vor ihrer Tür gemartert. Die ganze Siedlung hatte die Schläge gehört. Auch gaben sie es selber zu, daß sie am frühen Morgen unter seinem Fenster vorbeigingen und hinaufschrien, daß sie «den Wächter für ihren Garten» hingestellt hätten. Jana war ihr Garten. Diese Halunken hätten den Mord seit Monaten geplant, seitdem sie ihm die Botschaft zukommen ließen, sie würden mit dem Knaben fertig werden, wie sie es verstünden. Die Sache sei völlig klar. Ein Haufen von Zeugen würde es bestätigen. Fortis verstand die Blindheit der Behörde nicht. In jener Nacht, wo Lambis ihnen entronnen sei, hätten sie ihn verfolgt und ergriffen. Vielleicht war er auch in der nächsten Nacht selbst zurückgekommen, um für die Beleidigung Rache zu nehmen oder die Tochter wiederzusehen, an deren Haupt Gott die von ihnen vollbrachte Untat vergelten möge ... Da hätten sie ihn wieder gefaßt und ermordet. Und damit es nicht herauskäme, hätten sie ihm den Anker um den Hals gebunden und ihn hinter der Klippenbank versenkt.

So zog sich die Angelegenheit vor den Untersuchungsbehörden und vor den Gerichten in die Länge. Die Prozeßgegner reisten den Winter hindurch zur Hauptstadt hin und zurück. Auch die Zeugen wurden hingeschleppt, und die Advokaten bekamen zu tun. Das Dorf und der Hafenort teilten sich in zwei Parteien: für und gegen Fortis.

Der Kaffeewirt alterte mit einem Schlag um zehn Jahre.

Er wurde bucklig und krumm, er humpelte und blieb unrasiert. Seine Glatze wurde immer gelber und dickhäutig wie Wachstuch. Wenn er den Kaffee servierte, zitterten seine langen Finger.

Zum erstenmal verbrachten die Menschen im Hafenort einen traurigen Winter, weil noch niemals unter ihnen ein solches Ereignis zu solcher Gehässigkeit geführt hatte. Jana versuchte, wieder mit der Mädchengruppe zum Olivenpflücken zu gehen. Da schrien die anderen: «Mörderin, Mör-

einen See von Jammer mit schweren, bleiernen Wassern versenkt. Dann erschien das Mütterchen vor ihrem Sinn, dessen flammende, große Augen voll Kummer aus dem Kreis tiefblauer Schatten liebend auf sie gerichtet waren. Von dort wanderte ihr Geist zur Großmutter, zur Muhme Permachula, und da fand sie plötzlich den Faden, an dem sich die ganze Kette dieser Erinnerungen aufreihte: Lambis' Augen, die unter den Lidern verschwunden waren. Lathios hatte ihr Fortis' Traum erzählt. Seit sie ihn gehört, schaute sie ihn selbst immer wieder, und er hielt sie mit seiner unergründlichen Tragik in Bann. Noch etwas anderes peinigte ihre Erinnerung in diesem Umkreis. Sie suchte in ihrem Gedächtnis nach einem Vorgang zu greifen, um ihre Gedanken um Lambis zu vervollständigen. Sie griff danach wie nach einem Zweig, der die Einheit von all dem tragen sollte. Aber der Zweig brach immer wieder ab und ließ sie in unsagbarer Angst. Endlich, nach langem Suchen, hellte sich ihre Erinnerung auf. Muhme Permachula stand vor ihr und mit ihr jener Sommerabend, da sie neben ihr am Strande saß und ihr das Märchen der Gorgonen erzählte. Wie diese Seenixen von Liebe zu einem Palikaren geschlagen wurden und ihn betörten und mit sich in die Tiefe zogen. Dort ertrank er, und sie nahmen ihm die Augen heraus, um sie am Halsband über ihrer Brust aufzureihen.

Als er dies gefunden hatte, spürte ihr ermatteter Geist eine Erleichterung. Sie seufzte aus ihrem tiefsten Innern.

Draußen begann es zu regnen. Ein dünner, eisiger Regen, der die Scheiben wie Hagel peitschte. Die Finsternis in der Ferne verdichtete sich, die Luft war trübe, kein Stern am Himmel sichtbar. Auf der Bahre flackerte die Totenlampe nur mehr wie ein Glühwürmchen, das von einer Faust umschlossen wurde.

Smaragdi fühlte bitteren Schmerz in sich aufsteigen. Sie litt unter dem Gedanken, daß dieser schräge Regen dem toten Palikaren ins unbeschützte Antlitz, auf den halbgeschlossenen Mund, in die leeren Augenhöhlen schlug. Die nackten Hände, die kleine Ikone, der halbentblößte Leib würden jetzt da draußen von der Nässe geschändet. Es würde bis zum Morgen, ja vielleicht noch den ganzen nächsten Tag regnen. Da überwältigte sie der Schlaf hinter dem Fenster. Aber auch im Schlaf hörte sie das kalte Wasser grausam in die leeren Augen des Knaben hineinrinnen.

Der Tag brach an, und es regnete noch immer.

Gegen Mittag kamen zwei Polizisten und ein kleiner Arzt mit grauem Gummimantel und Lederhandschuhen, um den gerichtsärztlichen Bericht zu machen.

Sie schrieben, der Tod sei durch Ertrinken erfolgt. Fortis jedoch behauptete leidenschaftlich,

Stundenlang weinte sie, bis sie über dem Tisch einschlummerte. Und sie weinte noch im Schlaf.

*

Das also war das Ende?

Zunächst fühlte sie eine ununterbrochene Verwirrung ihrer Gedanken und Empfindungen, die in ihr stürmische Wogen schlugen. In diesem Wirbel schwankte ihre aufgewühlte Seele schwach und schutzlos hin und her. Dann begann sich alles mit der Zeit zu beruhigen. Ganz allmählich, Tag um Tag. In der Trauer, die sie umhüllte, zeichneten sich einige Linien am Grunde ab, bis sie schließlich feste, gebietende Gestalt annahmen.

Sie wurden zur Gestalt von Lambis, freilich ganz verwandelt, völlig entgegengesetzt jener, die sie bis zur Stunde der Enthüllung in sich bewahrt hatte. Die Wandlung geschah nicht durch ein tröstliches Licht, das ihren Nebel auflösend durchdrang. Sie kam wie ein Blitz, der unwiderstehlich die düstere Wolke zerriß. Eine große Flamme erleuchtete und verbrannte sie gleichzeitig.

Kein Kummer, kein aufgewühltes Bewußtsein ungewollter Schuld, nichts von Weichheit und Reue erfüllte sie. Nur Liebe, echte, große Liebe überschwemmte sie triumphierend und gewaltsam, wurde einziges, unabänderliches Ziel ihres ganzen Lebens. Eine starke Liebe, die in jedem Augenblick tiefe Wurzeln in ihr schlug. Riesenhaft schwoll sie an und verzweigte sich in Schweigen und Dunkel.

Niemand anders würde je diese Liebe kennen, niemand von ihr erfahren. Es machte sie hart und stolz, daß kein Mensch die verzehrende Flamme mit ihr teilen würde.

Jetzt gab es nur mehr sie und den toten Geliebten. Er konnte sie nie enttäuschen; denn er konnte sie nie berühren. Dennoch fühlte sie ihn, dennoch atmete sie ihn überall rings um sich ein. In dem kleinen Zimmer, in den Kinderheften, in den Büchern, wo seine schmutzigen Finger lila Tintenflecke hinterlassen hatten. Mit bitterer Lust sammelte sie jede Erinnerung aus seinem Leben, aus seinem kurzen, flammenden Leben, das er nicht zur Reife bringen sollte. Sie sammelte und ordnete sie und stellte sie unter das furchtbare Licht des Blitzes, der sie klärte.

Sie empfand eine unüberwindliche Abneigung gegen das Meer. Sie wagte nicht mehr, in die hellen Gewässer hinunterzuschauen, wo die Felsen der Tiefe von braungoldenen Fäden umwebt waren wie von Haaren ertrunkener Palikaren, wo Muscheln, ähnlich den Ohren Ertrunkener, weißlich schimmerten.

Sie kleidete sich wieder in Schwarz, um es nie mehr abzulegen.

«Was tust du da?» fragte sie der Alte. «Ein junges Ding bist du noch und machst dich düster wie eine verwitwete Frau.»

Ihr gefiel dies Wort. Sie antwortete nicht sogleich darauf und bewahrte es im Innern wie einen kostbaren Fund. Das war es: eine verwitwete Frau.

Und später redete sie: «Ich habe mich der Allheiligen angelobt, Pate.»

Ihre Stimme war ernst, ruhig und entschieden.

Fortis, der sie kannte, kam nicht mehr auf dies Gespräch zurück. Und alle Menschen im Hafenort und in der Siedlung und oben die Bauern in Murja erfuhren davon und gewöhnten sich daran und sagten: «Das Mädchen ist der Allheiligen angelobt.»

Jeden Tag ging Smaragdi hinauf, die Kapelle auf der Klippenbank aufzuräumen, für das Lämpchen zu sorgen und vor der seltsamen Ikone zu beten.

Und die Madonna mit dem Fischleib betrachtete sie mit ihren grünen, schrägen Augen regungslos, in ihr Geheimnis und ihr Schweigen gehüllt.

Immer hielt sie in der einen Hand das Schiff und in der anderen den Dreizack Poseidons, und ihr Fischschwanz ringelte sich krafterfüllt.

Die Stimme des Meeres stieg aus der Tiefe durch die Schluchten ernst herauf.

Nachwort

Stratis Myrivilis wurde im Jahre 1890 in dem Dörfchen Skamia auf der berühmten äolischen Insel Lesbos geboren. Diese stand damals noch unter türkischer Herrschaft; aber das Leben ihrer Olivenpflanzer und Fischer, Kaufleute und Handwerker war von rein griechischer, während dreitausend Jahren niemals abgerissener Tradition. Ihre kleine Hauptstadt Mytilene besaß ein altes Gymnasium, auf dem wie überall im griechischen Gebiet noch bis ins zwanzigste Jahrhundert hinein die antike Sprache mit ebensoviel nationalem Enthusiasmus wie trockener Pedanterie eingehämmert wurde. Die Kinder mußten für den schriftlichen und offiziellen Gebrauch eine gekünstelte «Reinheitssprache» erlernen, durch die ihr natürlich weitergewachsenes populäres Idiom sich in archaische Regeln und Formen eingepreßt fand. Hier nährte sich also der junge Myrivilis von Anfang an mit zweieinigem geistigem Kampfeseifer: für die von außen unterdrückte Nation und für die von innen unterdrückte Volkssprache. Sein ganzes schriftstellerisches Werk blieb von dieser Doppelbegeisterung getragen.

Er begann an der Universität Athen ein philosophisches und juristisches Studium, als im Jahre 1912 der

Balkankrieg ausbrach. Natürlich stellte er sich sogleich dem Vaterland zur Verfügung und trug nun die Soldatenuniform sehr viel länger, als das anfängliche Waffenglück der Griechen hatte hoffen lassen. Denn der Erste und Zweite Balkankrieg gingen nach einer kurzen Pause in den Weltkrieg über, und dieser führte nach dem Sturz des Ottomanischen Reiches zu einem neuen Krieg mit Kemal Paschas Türkei, der im Jahre 1922 in einer furchtbaren Katastrophe des griechischen Heeres und Volkes in Kleinasien endete. Myrivilis kämpfte im Verlauf dieser zehn Jahre in Mazedonien, Thrazien und Kleinasien und wurde mehrmals verwundet.

Nach dem Zusammenbruch kehrte er zur heimatlichen, seit 1912 befreiten Insel zurück und widmete sich seiner Tätigkeit als Schriftsteller und Journalist. Schon im Jahre 1914 waren kurze Geschichten von ihm erschienen. Jetzt brachte er die Erinnerungen aus der schweren Kriegszeit zuerst in seiner Zeitung, dann zusammengefaßt in einem Buch heraus. Es hieß «Das Leben im Grabe» – ein Titel, der in der griechischen Kirchensprache die «Höllenfahrt» Christi bezeichnet. Durch den Erfolg dieses Buches war er mit einem Schlag in die erste Reihe der Schriftsteller seiner Generation gerückt. «Das Leben im Grabe» hat durchaus den Rang der berühmten europäischen Kriegsbücher, mit denen zusammen es den Einbruch der Schicksalsgewalten in das bürgerliche Menschentum des Westens – und zwar hier an dessen östlichem Rande – bezeugt. Es wurde auch ins Französische, Englische, Holländische und Albanische übersetzt. Kennzeichnend für den Griechen bleibt es dabei, daß seine leidenschaftlich neu erlebte humane Passion in keinen Konflikt mit seiner nationalen Hingabe gerät. Denn diese wird von ihm niemals als staatlich erobernd, sondern immer nur als volkstümlich befreiend empfunden.

Im Jahre 1930 ließ er sich endgültig in Athen nieder, wo damals ein reges literarisches Leben herrschte. Seine Lebensbasis war ein überbeschäftigter Journalismus, zu dem nach der griechischen Sitte vor allem die tägliche Abfassung einer ausführlichen Tagesglosse in einer der großen Zeitungen gehörte. Dann kam das reiche Werk des Erzählers kurzer Geschichten, die in mehreren Bänden (das «rote», das «blaue», das «grüne» Buch) gesammelt wurden. Dazu längere Novellen («Der Albaner Vassilis», «Pan») und endlich die beiden Romane «Die Schulmeisterin mit den Goldaugen» und «Die Madonna mit dem Fischleib». Eine Stelle für sich beansprucht «Das Lied der Erde», ein Werk von ganz eigener Schönheit: Es sind Lebensbilder der griechischen Landschaft, in eine lyrische Bewegung eingefangen, deren rhythmische Prosa dem Volkslied den echten Klang entnimmt und ihn manchmal zu hymnischer Großartigkeit steigert.

«Die Madonna mit dem Fischleib» erschien 1949. Sie ist das Werk der vollen Reife ihres Verfassers, in der seine erzählerische Begabung den reinsten Ausdruck findet. Innerhalb der griechischen Literatur steht sie in einer Tradition, die vor etwa einem Jahrhundert durch den außerordentlichen Volksschriftsteller Papadiamandis begründet wurde. Dieser entdeckte den Hirten und den Bauern, den Schiffer und Fischer als Träger einer dämonischen Existenz, umwebt von den Geistern der Berge und des Meeres, sowie seelisch gestaltet von den Heiligen und Teufeln der orthodoxen Kirche. Die städtische Gesellschaft des damals so jungen Staatswesens war noch – und ist fast bis heute – eine Improvisation, in deren europäisch imitierten Lebensformen keine interessanten Schicksale und Personen zu beschreiben waren. So gibt es, bis auf wenige Ausnahmen aus den letzten Jahrzehnten, kaum einen griechischen Roman europäischen Stils von eigenem Gewicht. Andererseits war die naturbestimmte Lebensatmosphäre auch der großstädtischen noch so nahe, daß die Schilderung des populären Daseins nicht als eine Flucht aus der Zivilisation empfunden zu werden braucht. Der für die modernen Okzidentalen so wichtige Konflikt von technisch mechanisiertem und erdhaft gebundenem Dasein spielt in Griechenland kaum eine Rolle. Einerseits ist das städtische Leben noch zu jung, und andererseits trägt das ländliche, wenn auch unbewußt, eine bis auf die Antike zurückgehende Lebensweisheit in sich, die den Menschen in voller Klarheit von der dumpfen Kulturangst des nordischen Daseins fernhält. So brauchten Myrivilis und seine Leser in Athen nach der fernen schönen Insel keine verzehrende Sehnsucht zu fühlen. Sie ist ihnen innerlich ganz nahe und daher gegenwärtig auch im trivialen Lärm ihrer zu schnell gewachsenen Stadt.

Papadiamandis ließ die Männer und Frauen seiner Erzählungen in ihrer natürlichen Sprache reden. Aber wenn er selbst das Wort ergriff, mußte es das künstliche der klassizistischen Pedantensprache sein. Erst gegen Ende des vorigen Jahrhunderts drang die literarische Bewegung der Volkssprache entscheidend vor. Trotz ihrem Siege in allen Gebieten des gestalteten Wortes besteht auch heute noch ein offizieller Archaismus, zumal in Jurisprudenz, Politik und Wissenschaft. So müssen wir die große Bedeutung des rein sprachlichen Elementes im Werk Myrivilis', worauf wir schon im Anfang hinwiesen, verstehen. Sein Stil hat eine natürlich blühende Anmut, die nicht in den der Künstlichkeit entgegengesetzten Fehler gewollter Vulgarität verfällt. Eher könnte man ihm manchmal den Vorwurf allzugroßer Breite machen.

Der besondere Zauber unseres Romans liegt darin, daß der Schriftsteller von den einzigartigen Möglichkeiten seines Stoffes einen meisterhaften Gebrauch macht. Wo sonst als auf diesen griechischen Inseln findet sich ein starker und echter Nachklang antiken Geisterwesens? Von ihm zeugt aufs lebendigste die seltsame Madonna mit dem Fischleib! Der griechische Titel bedeutet, genau übertragen: «Die Allheilige als Gorgone.» Sie ist ein Bild der Verwebung heidnischen und christlichen Schauens. Ein Widerspruch zwischen beiden Elementen wird vom griechisch populären Fühlen gar nicht wahrgenommen. «Panajia», «Allheilige», die liebende und leidende Mutter, hat alle mütterlichen Mächte, die im antiken Hellas in reicher Mannigfaltigkeit walteten, in ihrer jungfräulichen Gestalt vereint und für die volkstümliche Verehrung lebendig erhalten. Sie hat Züge von Demeter, von Hera und auch von Aphrodite, der diva potens Cypri, die zugleich Herrin der Liebe und Schützerin der Seefahrt war.

So erscheint die Allheilige hier als Helferin und Retterin der Fischer, die im Gefahrengebiet des Meeres ihr Lebensbrot suchen. Und sie hat in echt antiker Art für eine besondere Kultstätte eine besondere Gestalt angenommen: sie erscheint einem Abenteurer der See als «Gorgone». Dies Wort hat in der populären Legende seine Bedeutung gewandelt. Es hat nichts mehr mit der versteinernden Gorgo zu tun, sondern ist der Name einer Meernixe, die ihre Schwestern im gesamten Märchengebiet Europas findet. Aber diese griechische Nixe mit ihrem Fischleib ging eine merkwürdige mythische Verbindung ein: sie wurde zur Schwester des großen Alexander, des unsterblichen Königs, in dem das Leben des griechischen Stammes zugleich entrückt und verewigt ist. Die Gorgone sucht auf allen Meeren nach ihrem Bruder, und wenn sie ein Schiff erblickt, taucht sie vor ihm auf und fragt den Kapitän: «Lebt der große Alexander?» Antwortet jener mit Ja, dann ist er des Schutzes der Seegöttin sicher. Antwortet er aber mit Nein, verzweifelt er am Lebensgeist seines Stammes, dann geht sein Schiff im Sturm zugrunde.

Diese echt mythische Gestalt, Dämonin und Heilige zugleich, durchwaltet unser ganzes Buch. Aber dieses selbst bringt kein Märchen, keine antikisierende oder romantisierende Geschichte, die uns nur halb ergreifen könnte. Es bringt eine der Wirklichkeit ganz verhaftete Schilderung gegenwärtiger Menschen und ihrer Schicksale, die uns gerade so unmittelbar angehen wie unsere eigene Wirklichkeit. Eben in solch klarer Humanität, die doch nicht ihren mythischen Urgrund verloren hat, liegt die Bedeutung dieses griechisch-europäischen Schriftstellers. Gleichsam als Übergang vom mythischen zum realen Raum schildert er in schwingenden Linien und leuchtenden Farben die Landschaft, in der seine Geschichte spielt. Die Insel Lesbos im Ägäischen Meer gegenüber der Küste Kleinasiens bringt uns hier in ihrer berauschenden Schönheit, himmlisch und irdisch zugleich, dem antiken Hellas nah und läßt uns vor ihrem Hintergrund gleichzeitig die Leidenschaften und Illusionen, die Begierden und Triebe unserer Zeitgenossen in voller Körperlichkeit und Schärfe sehen. Dabei lebt diese Landschaft: in den Geschöpfen des Meeres, deren Spiel wir mit den Fischern zugleich unter der Wasseroberfläche verfolgen, und in den Olivenwäldern, deren Früchte dem Volk der Insel sein menschliches Dasein verbürgen.

Auf dieser klassischen Bühne bewegen sich die modernen Menschen nun nicht in chaotischem Durcheinander, sondern in einer Atmosphäre überpersönlicher Norm, die wiederum ein Ausdruck weiterlebenden antiken Geistes ist. Die individuellen Schicksale, wie sie die Erzählung vorführt, sind umspannt von einer universalen Tragödie. Die Fischer, in deren Kreis unsere Geschichte spielt, sind Flüchtlinge von der gegenüberliegenden Küste. Seit Jahrtausenden (ebensolang wie Lesbos) war jene ein griechisches Siedlungsgebiet, deren Charakter weder die Herrschaft der Römer noch der Türken verändert hatte. Für ganz wenige Jahre nach dem Großen Krieg waren sie von der Oberhoheit des Sultans befreit und mit dem Mutterland auch politisch vereinigt, im Jahre 1922 jedoch als Opfer des Spiels der europäischen Großmächte einer neuen türkischen Eroberung preisgegeben. Diese führte zu grausamer Zerstörung, Niedermetzelung und Vertreibung. Nach den weit wüsteren Zerstörungen und Greueln, die unsern Planeten seitdem heimsuchten, erhalten diese griechischen Schicksale gleichsam etwas von antikem Maß, das sie für uns gerade heute um so ergreifender macht. Dabei ist hier nichts von nationalem Haß zu spüren. Des Zusammenlebens mit den Türken wird ohne Erbitterung gedacht; die Jahre friedlicher Arbeit milderten alle schmerzlichen Erinnerungen, zumal bei der Jugend, die im Mittelpunkt unserer Erzählung steht. Trotzdem bleibt auch die zarte Liebesgeschichte, die sie enthält, vom tragischen Schicksal der Gemeinschaft überschattet und zugleich leidenschaftlich gesteigert.

In der Heldin des Romans vereinen sich diese Motive: antike Dämonie, christliche Frömmigkeit, tragisches Schicksal, menschliche Passion. Realistisch gesehen, ist sie ein junges Mädchen, das durch ein furchtbares Kindheitserlebnis von jeder männlichen Liebesannäherung durch ein komplexhaftes Grauen abgesperrt wird. Aber zugleich ist diese holde und herbe Smaragdi eine Nymphe des Altertums, ein zauberhaftes Geschöpf, das die werbenden Jünglinge und Knaben zur Ekstase emporhebt und zur Vernichtung niederwirft ... Und sie ist ein armes, verwaistes Fischerkind, umgeben von einer Welt sich plagender und zankender armer Leute, in deren Dasein sie zugleich Licht und Untergang bringt. Diese so beleuchtete und erregte Fischerwelt erscheint durch die erzählerische Lebendigkeit des modernen Schriftstellers voll spannender Fülle und Buntheit. Ernste und komische Charaktere wirbeln durcheinander. Alle sind sie echte Griechen und zugleich echte Menschen. Es ist ein ganz unmodernes Buch, insofern es keine verkrampfte Problematik, keine Übertreibung der Wirklichkeit zuläßt. Darum wird es vielen Lesern um so willkommener sein, indem es ihnen erschütternde Eindrücke vermittelt und zugleich das Gefühl zeitloser Norm und Würde in ihrer Seele bestätigt.

Helmut von den Steinen